Das Buch

Polizistin Klaudia Wagner hat genug von der Hektik der Großstadt und lässt sich vom Ruhrgebiet in den beschaulichen Spreewald versetzen. So richtig idyllisch ist es in Lübbenau allerdings nicht. Zwischen den Kanälen und Fließen verbergen sich Geheimnisse und nie vergessene Schicksale. Und bald schon hat Klaudia zwischen den staubigen Akten ihres Vorgängers den ersten Fall auf dem Tisch: Ein Unternehmer wird tot aufgefunden, seine Geliebte ist spurlos verschwunden. Bei den Ermittlungen stößt sie tief im Wald vergraben auf das Skelett einer jungen Frau.

Dunkle Wolken ziehen im Spreewald auf, und Klaudia droht, sich bei den Ermittlungen selbst zu verlieren. Sie muss erkennen, dass die Idylle nicht nur trügt, sondern eine teuflische Kehrseite hat …

Die Autorin

Christiane Dieckerhoff, Jahrgang 1960, machte eine Berufsausbildung zur Kinderkrankenschwester, ist Mutter zweier erwachsener Kinder und lebt in Datteln. Sie schreibt vor allem aktuelle und historische Krimis.

Von Christiane Dieckerhoff sind in unserem Hause
bereits erschienen:
Spreewaldgrab · *Spreewaldtod*
Spreewaldrache · *Spreewaldwölfe*

CHRISTIANE
DIECKERHOFF

SPREEWALD GRAB

KRIMINALROMAN

Ullstein

Besuchen Sie uns im Internet:
www.ullstein.de

Wir verpflichten uns zu Nachhaltigkeit
- Papiere aus nachhaltiger Waldwirtschaft
  und anderen kontrollierten Quellen
- ullstein.de/nachhaltigkeit

Originalausgabe im Ullstein Taschenbuch
1. Auflage Januar 2016
5. Auflage 2023
© 2016 by Christiane Dieckerhoff
© dieser Ausgabe by Ullstein Buchverlage GmbH, Berlin 2016
Wir behalten uns die Nutzung unserer Inhalte für Text und
Data Mining im Sinne von § 44b UrhG ausdrücklich vor.
Umschlaggestaltung: zero-media.net, München
Titelabbildung: © FinePic®, München
Satz: LVD GmbH, Berlin
Gesetzt aus der Berling und der Neuen Helvetica
Druck und Bindearbeiten: ScandBook, Litauen
ISBN 978-3-548-28760-7

Prolog

Grelles Licht. Bleilider. Ein Wasserfleck. Erinnerungen: Der italienische Stiefel. Treppe. Telefon. Die Frau schluckt. Galle steigt ihr in die Kehle. Weiter. Nicht aufgeben: Das Haus am Fließ. Das Haus der alten Frau. Ihr Haus. Sie ist zu Hause. Liegt im Schlafzimmer. Ihrem Schlafzimmer. Auf dem Bett. Ihrem Bett. Ist gefesselt. Zäh wie Schlick schwappen die Erinnerungen durch ihren Schädel. Ihr Zwerchfell zieht sich zusammen. Wieder füllt sich ihr Mund mit dem fauligen Inhalt ihres Magens. Diesmal gibt es kein Zurück. Sie kann nicht schlucken, kann nicht atmen. Ihr Herzschlag stolpert. Sie wirft sich auf die Seite, die Fesseln zerren an ihren Gelenken. Schweiß brennt in ihren Augen. Sie würgt und kotzt und würgt und keucht: Luft. Atmen. Ihr Herz pumpt gegen den Druck in ihrer Brust an, bis nur noch einzelne Schläge in ihren Schläfen widerhallen. Schlieren wabern vor ihren Augen, nehmen ihr die Sicht. Dunkelheit. Schwärze. Tod. Panisch reißt sie die Augen auf. Sieht die Rose. Angst. Ein Knarren. Die Tür öffnet sich. Ein Mann stolpert in den Raum. Er ist nackt.

Nicht Uwe, gellt eine Stimme im Inneren der Frau.

1. Kapitel

16. Mai

»Dein unbekannter Verehrer hat wieder zugeschlagen.«

Klaudia kramte nach ihrem Autoschlüssel, als Silkes verschnupfte Stimme sie zwischen den Schulterblättern erwischte.

»Ich bin spät dran«, sagte sie, und das war nicht einmal gelogen, denn irgendwie versackte sie ständig in dem Zeitloch, das zwischen Dusche und Wasserkocher lauerte. Dabei verbrachte sie nicht einmal mehr viel Zeit im Bad.

Vorbei die Zeiten, als sie eine halbe Stunde eher aufgestanden war, um sich zurechtzumachen. Heute drehte sie sich selbst beim Haare föhnen den Rücken zu. Was gab es auch schon großartig zu sehen. Müde Augen mit Krähenfüßen, mittelblonde Haare, die am Ansatz grau wurden, Kerben in den Mundwinkeln. Unattraktiv. Ausgemustert. Und ersetzt durch ein jüngeres Modell. Es bestand kein Grund mehr, Mängel zu übertünchen oder das Fahrgestell zu tunen.

»Uwe ist schon weg.« Ihre sonst immer adrett gekleidete Vermieterin zog ein Taschentuch aus dem Ärmel der ausgeleierten Strickjacke, die sie über T-Shirt und Jogginghose trug, und putzte sich umständlich die Nase.

Ich weiß, hätte Klaudia antworten können. Sein Abgang gestern war laut genug gewesen. Nicht zum ersten Mal verfluchte sie die Idee, in die Einliegerwohnung eines Kollegen zu ziehen.

»Er musste früh raus.« Silke stopfte das Taschentuch zurück in den Jackenärmel. Ihre Stimme zitterte bei der Lüge.

»So ist Polizeiarbeit halt.« Klaudia wusste nicht, was sie sonst sagen sollte. Vielleicht: Das wundert mich aber. Schließlich hat dein Mann als Repo so viel mit Polizeiarbeit zu tun wie ein Sachbearbeiter beim Finanzamt. Für einen Augenblick wunderte sie sich über diesen Vergleich: Musste daran liegen, dass sie mit ihrer Steuererklärung im Rückstand war. Der letzten gemeinsamen.

Aber ganz so falsch war der Vergleich nicht. Bevor Klaudia ihren Dienst in Brandenburg angetreten hatte, hatte sie nicht einmal gewusst, was ein »Repo« war. Sie hatte den Begriff googeln müssen, und zwar in Kombination mit Brandenburg und Polizei, ansonsten warf die Suchmaschine auf den ersten Seiten nur Treffer im Bereich Rest- und Sonderposten aus. Wobei diese Begriffe durchaus auch auf Revierpolizisten anwendbar waren, fand Klaudia, behielt diesen Gedanken aber lieber für sich.

»Ich muss los.« Entschlossen, sich nicht von Silke aufhalten zu lassen, öffnete sie die Haustür. Ein Schwall kühler Morgenluft wehte ins Treppenhaus, und irgendwo in Silkes Wohnung knallte ein Fenster zu.

Du kannst sie nicht einfach so stehen lassen. Klaudias Erziehung machte ihr einen Strich durch die Rechnung. Als Tochter einer Krankenschwester und eines Arztes war die Verpflichtung, zu helfen, in ihren Genen verankert. Und außerdem: Wer, wenn nicht sie, wusste schließlich, wie beschissen Beziehungen sein konnten.

»Es tut mir leid.« Klaudia ignorierte ihr schlechtes Gewissen, ebenso wie ihre Vermieterin die Abfuhr ignorierte. Sie hörte, wie Silke die Wohnungstür hinter sich ins Schloss zog und ihr zu dem funkelnagelneuen Peugeot folgte, den sie sich von ihrem Anteil am gemeinsamen Bausparvertrag gekauft hatte. Ihr alter Wagen war bei Arno geblieben, ebenso wie die Couchgarnitur und der Schadenfreiheitsrabatt. Klaudia erwischte sich dabei, dass sie mit den Zähnen knirschte. Sofort schwoll das Rauschen in ihrem Ohr an. Sie entspannte den Unterkiefer, wie sie es in der Kur gelernt hatte. Gut, dass Silke ihr Gesicht nicht sehen konnte. Mit entspannt hängendem Unterkiefer sah sie aus wie ein Betrunkener mit Sabberproblem.

»Wenn du Uwe siehst, kannst du ihm vielleicht etwas ausrichten?«

Nein, kann ich nicht, dachte Klaudia. Sie wollte sich nicht einmischen. Sie hatte genügend eigene Sorgen, sie brauchte nicht noch die anderer Leute. Silkes Frage wirkte wie ein Magnet auf ihre Backenzähne, und das Rauschen schwoll wieder an. Entsprechend schmallippig fiel ihre Antwort aus.

»Ja klar«, antwortete Klaudia und lächelte Silke gemäß dem Motto, eine Lüge und ein Lächeln sind besser als eine Lüge allein, so freundlich an, wie es ihre knirschenden Backenzähne erlaubten.

»Sag ihm einfach, er soll mich anrufen.«

Jetzt zitterte nicht nur Silkes Stimme, sondern auch ihr Kinn.

»Mach ich, klar.« Kommunikation zwischen Minenfeldern ist schon eine schwierige Sache, dachte Klaudia. Du weißt, dass ich weiß, und ich weiß, dass du weißt, aber beide tun wir so, als sei alles in Ordnung.

Sie dachte an das letzte Jahr mit Arno und ihre Gespräche, die sich um Einkaufslisten und Fälle gedreht hatten. Ich weiß, dass du weißt, dass ich weiß …

Warum sagten die Leute nicht einfach die Wahrheit? Warum sagte sie nicht einfach die Wahrheit? Wie Mama, dachte Klaudia. Der Gedanke fühlte sich an wie Sodbrennen.

Mit dem Gefühl, haarscharf einer Katastrophe entgangen zu sein, zog Klaudia die lachsfarbene Rose unter dem Wischerblatt hervor.

»Und du hast wirklich keine Ahnung, wer das sein könnte?« Auch Silke schien erleichtert zu sein, zum Ausgangspunkt ihrer Unterhaltung zurückkehren zu können.

»Nein wirklich nicht«, antwortete Klaudia.

»Na ja, irgendeiner der Kollegen muss sich doch irgendwie …« Silke beendete den Satz mit einer Handbewegung, als wedele sie eine Mücke fort. »Du kannst mir nicht erzählen, dass du so gar keine Ahnung hast.«

»Und doch ist es so.« Nachdenklich drehte Klaudia die Rose zwischen den Fingern. Dieser heimliche Rosenkavalier war ihr nicht ganz geheuer. Es erschien ihr so … altmodisch. Wie aus der Zeit gefallen.

»Uwe meint, der alte Dassow vom Ende der Straße könnte es sein«, sagte Silke. »Verrückt genug ist er, und er dreht immer vor Tau und Tag eine Runde mit seinem Hund.«

»Mag sein«, antwortete Klaudia, einfach nur um Silke zum Schweigen zu bringen. Sie warf die Rose auf den Beifahrersitz und schlug die Tür zu. Möglicherweise war der alte Mann verrückt, aber nicht so verrückt, einer mittelalten, mittelattraktiven Polizistin Rosen unter die Wischblätter zu stecken. Oft genug kühlte sie in den schwarzen Stunden zwischen drei und fünf, wenn die Sehnsucht nach ihrem alten Leben sie am Weiterschlafen hinderte, ihre Stirn an der Fensterscheibe und starrte hinaus in die ruhige Seitenstraße. Dabei hatte sie den Alten schon oft gesehen, aber nicht einmal sein Border Collie hob das Bein an ihrem Wagen. Und trotzdem klemmte jeden Morgen eine Rose unter dem Scheibenwischer.

»Aber ich glaub's nicht«, verkündete Silke. »Du hast bestimmt einen Verehrer.« Seufzend putzte sie sich die Nase, und Klaudia fragte sich, ob Silke nach all den Streitereien vielleicht ein bisschen neidisch war. Nicht ihr Problem. Klaudia klemmte sich hinters Lenkrad. Sie hatte weder Zeit noch Lust, sich weitere Gedanken über das Eheleben ihrer Vermieter zu machen. Wollte sie noch einigermaßen pünktlich zur Morgenbesprechung kommen, ohne ein Ticket zu riskieren, musste sie los. Sie winkte Silke zum Abschied, startete den Wagen, und Celine Dion schallte aus den Lautsprechern. *My heart will go on.* Wie wahr. Auch ihr Herz schlug nach der Trennung einfach weiter. Dafür hatte ihr rechtes Ohr den Löffel abgegeben.

»Danke, Arno«, murmelte Klaudia und streckte der Erinnerung an ihren Ex den Mittelfinger entgegen. »Blumen zum Abschied hätten völlig gereicht.«

2. Kapitel

Nach einer unruhigen Nacht, die Uwe eingeklemmt zwischen Schreibtisch und Heizkörper verbracht hatte, weckte ihn ein schriller Schrei.

»Herrgott im Himmel, ham Sie mich erschreckt«, stammelte die Putzfrau und bückte sich nach dem Wischmopp, der klappernd auf seinen Beinen gelandet war.

Eine Entschuldigung murmelnd, quälte Uwe sich aus dem Schlafsack. Seine Hüfte schmerzte, und sein Rücken fühlte sich an, als hätte er auf einem Nagelbett genächtigt. Er war eindeutig zu alt, um auf dem Fußboden zu schlafen. Er war auch zu alt, um von einer erschrockenen Putzfrau aufgescheucht zu werden. Den Schlafsack unter den Arm gezwängt, drängte er sich an der Frau vorbei. Wahrscheinlich wussten morgen sämtliche Kollegen, dass er die Nacht hier verbracht hatte. Triefend vor Selbstmitleid öffnete er die Tür zum Waschraum. Ein kritischer Blick in den Spiegel zeigte ihm, dass die Nacht keine Spuren hinterlassen hatte, die sich nicht durch den beherzten Einsatz von kaltem Wasser beseitigen ließen. Mit steifem Rücken beugte er sich über das Handwaschbecken und drehte den Wasserhahn auf. Leidlich erfrischt verließ er dann das Bad und schlich aus dem Revier, um den Schlafsack in seinem Sharan zu verstauen. Von dort lief er hinüber zu ›Bubner‹ und kaufte sich zwei Käsebrötchen und einen Coffee to go.

»Wie geht's Annalene?« Die Verkäuferin packte ihm unaufgefordert ein Quarkbällchen zur Bestellung. Ihre Tochter Chantalle war Annalenes beste Freundin. Silke mochte Chantalle nicht. Sie sei nicht der richtige Umgang, fand sie. Dabei waren die beiden schon seit der Grundschule unzertrennlich. Aber Chantalle lebte mit ihrer Mutter hinter den Bahngleisen und damit in einer Welt aus renovierter Platte und Billigklamotten, in der Jugendliche viel zu früh mit Alkohol und Drogen in Kontakt kamen.

»Gut.« Uwe kramte nach Kleingeld. Er fragte sich, ob die Frau ihm die Quarkbällchen aus Mitleid zusteckte oder weil er Polizist war. Wahrscheinlich wusste sie von ihrer Tochter, dass der Haussegen im Hause Michalke schief hing. Oder auch nicht. Wenn Chantalle nur halb so verstockt war wie Annalene, würde sie mit ihrer Mutter bestenfalls sprechen, wenn sie irgendwohin gefahren werden wollte.

Zurück im Bürgerbüro steckte Uwe das Ladekabel seines iPhones ans Stromnetz und setzte sich vorsichtig hinter den Schreibtisch. Die Wirbel in seinem Rücken knirschten. Noch so eine Nacht und er wäre dienstunfähig bis Neujahr. Dabei war noch nicht einmal Pfingsten. Er schob das blaue Stiefmütterchen zur Seite, das mitten auf dem Schreibtisch thronte und das eine psychologisch geschulte Kollegin angeschafft hatte, um die Hemmschwelle für den Bürger zu senken. Vorsichtig zerriss Uwe die Bäckereitüte, pickte die Salatblätter vom Käse und biss in die krachende Kruste. Nach dem ersten Bissen legte er das Brötchen zurück. Streit schlug ihm immer auf den Magen. Außerdem fror er wie ein abgezogenes Kaninchen. Mit beiden Händen umfasste er den Pappbecher, während er noch einmal den gestrigen Abend Revue passieren ließ. Der Abend hatte so toll angefangen: die Mädchen bei Freundinnen. Entenbraten mit Gurkensoße und Bratkartoffeln. Kerzenlicht. Ein Glas Wein für ihn, Wasser für Silke. Das allein hätte ihn misstrauisch machen sollen, aber er war nur ins Bad gegangen und hatte im gravierten Ehering nachgeschaut. Kein Hochzeitstag. Also hatte er beschlossen, den Abend zu genießen; hatte gedacht, sein Lieblingsessen sei so eine Art Entschuldigung. Die letzten Wochen waren nicht einfach gewesen. Ständig war Silke losgegangen, wie eine ungesicherte SIG Sauer.

Uwe schnaubte. Entschuldigen? Silke? Eher schmilzt das Eis der Arktis. Er hätte es wissen müssen, die Anzeichen erkennen. Und dann hatte sie ihm die drei Worte ins Ohr geflüstert: Ich bin schwanger. Vor Schreck hatte er sich am Wein verschluckt, und danach war die Sache gelaufen.

Ich dachte, du freust dich, hatte sie gesagt, als er sich in seinen Sätzen verhedderte. Später hatten sie sich nur noch angeschrien. Zum Schluss hatte sie ihn als egoistisches Arschloch beschimpft. Ihn. Ausgerechnet ihn. Uwe drückte den Pappbecher zwischen den Handballen zusammen. Hatte er nicht alles für sie und die Mädchen getan? War sogar Repo geworden und regelte vor Kindergärten den Verkehr, anstatt richtige Polizeiarbeit zu leisten. Er war kein Egoist. Er wollte nur kein Kind mehr. Ein Klopfen riss ihn aus seinen trüben Gedanken.

»Früher Vogel fängt den Wurm, wa Achim?« Schiebschick setzte sich auf den Besucherstuhl vor Uwes Schreibtisch. Er war der Einzige, der Uwe mit seinem zweiten Rufnamen ansprach.

Schiebschicks nach Zwiebeln und feuchten Wänden riechender Körper vertrieb den letzten Hauch von Kaffeeduft, der noch über dem Schreibtisch schwebte.

»Du siehst dem alten Achim immer ähnlicher.« Schieb-schick tippte sich gegen die Nase. Er und Uwes Großvater waren zusammen im Tagebau gewesen. Der alte Achim war kurz nach seiner Verrentung an den Folgen einer Tuberkulose und zu vielen Schnäpsen gestorben.

»Sprechstunde ab zehn.« Uwe zerknüllte die Bäcke-reitüte und warf sie in den Papierkorb. Dann schob er das Stiefmütterchen wie einen Schild zwischen sich und Schiebschick.

»Nu hab dich mal nicht so. Wa? Bist doch schon da.«

»Was willst du?« Mit einem Seufzer, der Schiebschick zeigen sollte, wie schwer das Polizistenleben war, beugte Uwe sich vor. »Hat wieder einer Fensterscheiben ange-sprüht?«

Seit Wochen trieb ein Unbekannter sein Unwesen und schmiss mit roter Farbe gefüllte Farbbeutel gegen Spreewaldhäuser. Allerdings nur gegen die Fensterschei-ben von Datschen. Meist informierte der Förster oder ei-ner der Kahnführer die Polizei. Und weil die Kollegen von der Wasserschutzpolizei sich für nicht zuständig er-klärt hatten, landeten diese Fälle von Vandalismus nun bei ihm.

»Kommt noch. Wa?« Schiebschick drehte den Kopf zur Seite und spitzte die Lippen, als wolle er ins Wasser spucken, erinnerte sich aber noch gerade rechtzeitig daran, dass er nicht auf seinem Kahn war. »Von mir aus könnten sie denen alle die Fensterscheiben verkleistern. Bleiben sie wenigstens in Berlin. Wa?«

»Bist doch selbst von da.«

»Aber kein Bonze.« Schiebschick ließ sich nur ungern daran erinnern, dass er kein echter, sondern nur ein ein-geheirateter Sorbe war.

»Immerhin richten sie die Häuser her«, gab Uwe zu bedenken. Es war kein Geheimnis, dass die Datschenbesitzer bei den Alteingesessenen so beliebt waren wie ein Furunkel zwischen den Arschbacken. »Also, was führt dich zu mir?«

»Der kleine Rudnik hat angerufen.«

»Aha.« Obwohl jeder Knochen unterhalb seines Zwerchfells schmerzte, grinste Uwe. Solange Schiebschick lebte, würde Uwe »Achim« und Thang »der kleine Rudnik« bleiben. So war das hier eben. Namen waren hier so beständig wie die geteerten Kähne.

»Er sagt, diesmal isset eine Kollegin.« Schiebschick schüttelte den Kopf. Für ihn gehörten Frauen an den Herd oder – wenn sie schon arbeiten mussten – als dralle Bedienung in eine Wirtschaft. Auf keinen Fall gehörten sie zur Polizei. »Ist sie wenigstens hübsch?«

Typisch Schiebschick. Nach allem, was Uwe über ihn wusste, war der Alte in seiner Jugend ein richtiger Schwerenöter gewesen, und an guten Tagen hielt er sich auch jetzt noch für ein Gottesgeschenk an das weibliche Geschlecht.

»Hübsch?«

Uwe kratzte sich am Nasenflügel. War Klaudia hübsch? Bisher hatte er sich noch keine Gedanken über seine Mieterin gemacht. Sie sah ein bisschen aus wie Silke, fand er: nicht zu groß, nicht zu klein, ein schmales Gesicht. Ihre Haare waren länger als Silkes und heller. So irgendwie mittelblond.

»Ich glaub schon«, sagte er schließlich.

»Ich soll sie zu 'nem Tatort bringen, sagt der kleine Rudnik. Wa?« Wieder erinnerte sich Schiebschick erst im letzten Augenblick daran, dass er nicht auf seinem

Kahn war. Uwe sah, wie der Adamsapfel den faltigen Hals herunterwanderte.

»Gönn ihr die große Runde«, sagte er. »Bis runter nach Burg.« Sollte wenigstens Klaudia einen netten Tag haben. Sie wirkte sowieso immer verspannt. Vielleicht sollte er mit Silke auch mal wieder eine Runde durch den Hochwald staken. Aber dann fiel ihm wieder der Grund für ihren gestrigen Streit ein.

3. Kapitel

Seufzend zog Klaudia den Zündschlüssel. Celine Dion verstummte und machte Platz für den Wasserkessel, der in ihrem Kopf pfiff.

Zu laut. Mittlerweile kannte sich Klaudia mit den diversen Geräuschen aus, die ihr Gehirn seit dem Hörsturz produzierte. Langsam ließ sie den Kopf kreisen. Tatsächlich. Die Welt hinkte der Kopfbewegung mal wieder einen Wimpernschlag hinterher. Scheiße. Dieses ständige Ruckeln über Kopfsteinpflaster war einfach Gift für ihr Ohr. Klaudia biss sich auf die Unterlippe: Nicht mehr lange, und die Welt würde ihren Bewegungen nicht mehr nur hinterherhinken, sondern sich um sie drehen, und das war ein Zustand, den sie nie lange ertrug.

Aus dem Rückspiegel starrte Klaudia ihr eigenes grimmiges Grinsen entgegen. Als Kind, das zwischen den Teppichstangen der Hochhaussiedlung tanzte und davon träumte, einmal eine berühmte Ballerina zu sein, hatte sie sich gewünscht, die Welt möge sich um sie drehen.

Und jetzt hing sie kotzend über der Kloschüssel, weil sie es tatsächlich tat. So war es nun mal mit Wünschen, sie konnten in Erfüllung gehen.

Aber auf keinen Fall würde sie zulassen, dass der Schwindel sie außer Gefecht setzte. Sie hatte ein neues Leben, eine neue Heimat, einen neuen Job. Und in keiner dieser neuen Errungenschaften war Platz für Schwindelattacken. Klaudia griff nach ihrer Schultertasche. Auch neu. Ihren Rucksack hatte sie in der Emscher versenkt. Zu viele Erinnerungen verbargen sich in seinem altersfleckigen Leder. Klaudia schüttete den Inhalt der Tasche auf den Beifahrersitz. Haustürschlüssel, Portemonnaie, Taschentücher, Tampons und die Notfall-Vomex-Packung plumpsten auf den Sitz und begruben die Rose unter sich. Klaudia griff nach der Tablettenschachtel, die sich erschreckend leicht anfühlte. Noch mal Scheiße. Leer. Einen Augenblick zögerte sie, dann wischte sie über den Bildschirm ihres Smartphones und gab »Nächste Apotheke« in das sich öffnende Menü ein. Während die Suchmaschine rechnete, startete sie den Wagen und rollte vom Parkplatz. Besser zu spät zum Dienst als kotzend in der Ecke hängen.

Noch etwas außer Atem vom Aufstieg ins Dachgeschoss hängte Klaudia schließlich die Schultertasche an den Haken neben der Tür und murmelte etwas, das wohlwollend interpretiert als Gruß durchgehen konnte. In der Apotheke hatte sie sich noch mit Kaugummi versorgt, das sie nun gegen den schlechten Geschmack kaute, den das Vomex auf ihren Schleimhäuten hinterließ.

Thang, der halbvietnamesische Kollege, mit dem sie sich das Büro im Backsteingebäude der Polizeiwache

Lübben teilte, telefonierte gerade. Theatralisch hielt er den Hörer einige Zentimeter vom Ohr entfernt. Klaudia hörte das Keifen einer hysterischen Altfrauenstimme.

»Natürlich kommt eine Kollegin und nimmt alles auf, Frau Nowak«, schrie er gegen das Keifen an. »Machen Sie sich keine Sorgen.«

Er legte auf und strich sich mit der Hand übers Gesicht, als müsste er seine Gesichtszüge zurechtrücken. Nicht dass er das nötig gehabt hatte. Die dunkelbraunen Augen in seinem asiatischen Gesicht verbargen jede Emotion.

»Ausgeschlafen?«

»Ich musste noch was erledigen.« Klaudia verfrachtete das Kaugummi hinter die Backenzähne. »Wer war 'n das?«

»Eine Frau Nowak. Sie sagt: In ihr Haus sei eingebrochen worden.«

»Mal wieder?«

Klaudia fuhr herum. Joachim Schreiber, der von allen außer ihr – der Neuen – nur Joe genannt wurde, stand direkt hinter ihr. Schreiber schien ihr Zusammenzucken nicht zu bemerken. Im Gegensatz zu Thang, dessen Augenbrauen in die Höhe fuhren. Dem Mann entging so leicht nichts.

»Ihr sollt die hier unterschreiben und dann weitergeben.« Schreiber warf eine Geburtstagskarte auf den Tisch. »Pi Äitsch wird fünfundfünfzig.« Joe sprach, wie alle anderen, die Initialen des Chefs englisch aus.

»Wofür steht PH eigentlich?«

»Das ist eins der großen Reviergeheimnisse«, flüsterte Thang theatralisch. »Angeblich für seinen Vornamen.«

»Wieso angeblich?«

»Nicht mal Petra kennt ihn.«

»Aha.« Klaudia fragte sich, was sie von einem Chef halten sollte, der seinen Vornamen geheim hielt und dem diese Abkürzung als Spitzname gefiel.

»Und ich soll Geld für das Geschenk einsammeln.« Schreiber senkte den Blick auf seine Schuhspitzen.

»Wer hat die denn besorgt?« Thang las mit gerunzelter Stirn den Aufdruck. »Mit fünfundfünfzig bist du schon erfahren …«, las er.

»Keine Ahnung.« Abwehrend hob Schreiber die Hände. »Ich bin nur der Bote.«

»Wie viel Geld sammeln Sie denn immer so ein?« Verzagt dachte Klaudia an den letzten Zwanziger in ihrem Portemonnaie. Sie hatte es wieder nicht zum Geldautomaten geschafft. Irgendwie schaffte sie nichts mehr.

»Ein Fünfer reicht«, antwortete Schreiber, den Blick immer noch auf seine Schuhspitzen geheftet.

Klaudia dachte an Silkes Bemerkung. Vielleicht war dieser Schreiber ihr Rosenkavalier. Sie musterte ihn: Ganz unsympathisch war ihr der Gedanke nicht, aber dann rief sie sich selbst zur Ordnung. Der Mann wusste wahrscheinlich nur, dass sie meistens Sneakers trug.

»Ich hoffe, Sie haben sich schon ein wenig bei uns eingelebt?«, sagte Schreiber in seiner umständlichen Art, und es verging mehr als eine Schrecksekunde, bis Klaudia begriff, dass er tatsächlich mit ihr sprach.

»Ja danke.« Unwillkürlich senkte auch sie den Blick. Schreibers Schuhe waren braun und ein wenig staubig, und sie passten zu seinem aktenblassen Wesen. Wieder ein Gedanke, für den sie sich schämen sollte. Hitze kroch in ihre Wangen.

»Ich geb Ihnen sofort das Geld.« Klaudia kramte in ihrer Schultertasche. »Autsch.« Sie zog die Hand zurück. Ein Bluttropfen quoll aus der Fingerbeere ihres Mittelfingers. »Verdammt.« Sie steckte den Finger in den Mund und angelte mit der linken Hand die Rose aus ihrer Tasche.

»Wenn Sie die mal halten könnten?«

Schreiber öffnete den Mund, als wollte er etwas sagen, unterließ es dann aber.

Als sie ihm endlich das Geld geben konnte, reichte er ihr die Rose mit einer angedeuteten Verbeugung zurück und verließ das Büro.

»Na da hat sich aber einer in die neue Kollegin verguckt.« Grinsend schob Thang ihr die Karte zu.

»Sei nicht albern.« Klaudia warf die Rose in den Abfall. »Er will bestimmt nur nett sein. Ich wünschte, PH hätte das gleiche Bedürfnis.«

Klaudia nahm einen Kugelschreiber und unterschrieb in der äußersten Ecke der Karte, damit er zur Not ihre Unterschrift übersehen konnte.

»Hat er dir seinen Vortrag über Aktenführung und kollegialen Führungsstil gehalten?«

»Jepp«, bestätigte Klaudia.

»Dann ist doch alles in Butter.«

»Wahrscheinlich.« Klaudia sah keinen Grund, Thang zu erzählen, dass sie PH hatte auflaufen lassen, als er versuchte, sie über ihre gesundheitliche Situation auszuhorchen.

Meine Tür steht Ihnen immer offen, hatte er mit dieser falschfreundlichen Stimme gesagt, die jeder Bulle beherrschte.

»Sag mir lieber, was mit diesem Einbruch ist.«

»Tja, da du ja bei der Frühbesprechung gefehlt hast

und mein Schreibtisch unter der Last der Akten ächzt ...«
Grinsend tätschelte Thang den Aktenstapel zu seiner
Linken. »... bist du wohl die Kollegin, die das Glück hat,
bei diesem herrlichen Sonnenschein einen Außentermin
wahrnehmen zu dürfen.«

»Du klingst wie ein Anlageberater.« Nichts lag Klaudia ferner, als dem Schicksal zu danken. Auch auf ihrem
Schreibtisch wartete ein ansehnlicher Aktenberg. Wahrscheinlich war der Kollege, dessen Stelle sie in der
Tauschbörse ergattert hatte, einfach nur geflohen, bevor
der Aktenberg ihn unter sich begraben konnte.

»Sieh es positiv«, sagte Thang. »So lernst du wenigstens deine neue Heimat kennen. Du solltest dir wirklich
ein Rad anschaffen.«

»Wohin muss ich?« Noch mehr als vor dem Anwachsen des Aktenberges auf ihrem Schreibtisch fürchtete
Klaudia die sportlichen Anwerbeversuche des Kollegen.
Thang kam jeden Morgen mit dem Rennrad zum
Dienst und joggte in der Mittagspause durch den Hain,
während Klaudia auf der anderen Seite der Gleise zwischen KiK und Döner ihr Heimweh pflegte.

»Nach Lübbenau zum Anleger. Dort nimmst du einen
Kahn.«

»Ein Boot?« Das Sirren in Klaudias Klingelohr
schwirrte plötzlich wie eine ungeduldige Wespe.

»Kein Boot. Einen Kahn.«

»Macht das einen Unterschied?«

Thang schüttelte den Kopf. »Kommt in den Spreewald und kennt nicht mal den Unterschied zwischen einem Boot und einem Kahn.«

»Ich kann nicht behaupten, dass mir eins von beiden
sympathisch wäre.«

»Du kannst natürlich auch schwimmen.«

»Klaro.« Klaudia verdrehte die Augen. Sie konnte sich sogar vorstellen, wie Thang zu einem Tatort kraulte.

»Frag nach Gustav Schiebschick«, fuhr Thang fort. »Er bringt dich zum Haus von Frau Nowak.« Er schrieb eine Adresse auf einen Zettel und gab ihn ihr. »Und: Gib ›Großer Kahnhafen‹ in dein Navi ein.«

»Wieso machen das nicht die Kollegen in Lübbenau?«, startete Klaudia einen letzten Versuch.

»Uwe hat Bürgersprechstunde«, antwortete Thang knapp. »Und nun mach dich vom Acker, und nicht vergessen: Lübbenau. Großer Kahnhafen. Nicht dass du in Berlin landest.«

»Komm du mal ins Ruhrgebiet«, murmelte Klaudia. Ihre fehlende Ortskenntnis war für Thang ein sprudelnder Quell der Heiterkeit. Als Kind einer Vietnamesin und eines Deutschen war er hier aufgewachsen und kannte jeden Stein zwischen dem Müggelsee, den Zittauer Bergen und der Neiße, während Klaudia ohne die Pfadfinderfunktion ihres Smartphones gerade mal zurück nach Hause fand.

Aber wahrscheinlich würde Thang sich als ständig trainierender Triathlet auch an der Ruhr innerhalb kürzester Zeit auskennen, und zwar ohne GPS und Smartphone, sondern nur durch die Kraft seiner Waden, die für den eher zierlichen Halbvietnamesen wirklich beachtlich waren, was Klaudia neidlos anerkannte.

4. Kapitel

Pling – Pling – Pling. Das Geräusch zerplatzt auf ihrer Stirn. Die Frau rollt sich zusammen, umschlingt die Beine mit ihren Armen. Embryonale Haltung. Schutzreflex. Klein machen. Noch ist sie ein vegetatives Bündel aus Schmerz und Benommenheit. Nicht bereit, aufzutauchen aus dem Nirgendwo, in das sich ihr Geist geflüchtet hat.

Pling – Pling – Pling.

Ich und du, Müllers Kuh. Müllers Esel … Das. Bist. Du. Kinderstimmen treiben durch ihr Gehirn.

»Ich?« Rau zwängt sich die Silbe über die verkrusteten Lippen der Frau.

»Ich und du, Müllers Kuh. Müllers Esel …«

Sie reißt die Augen auf. Alles Licht der Welt ist verschwunden. Dunkelheit dringt mit jedem Atemzug in ihren Körper. Erstickt sie von innen. Die Frau spürt das Schlagen ihres Herzens in den Schläfen, den Fingerspitzen, den Zehen. Druck in der Brust. Vor ihren Augen wirbeln Schlieren. Keuchend atmet sie ein, löst die verschränkten Finger, hebt die Hände, stößt dabei mit den Fingerknöcheln gegen etwas. Sie presst die Handflächen auf dieses Etwas. Kälte kriecht ihre Knochen entlang.

Wand. Das Wort taucht aus dem Nichts auf. Trotzdem weiß die Frau, dass dieses Wort richtig ist. Vor ihr ist eine Wand.

Pritsche. Das nächste Wort. Auch dieses Wort fühlt sich richtig an. Was sich nicht richtig anfühlt, sind der Schmerz in ihrem Kopf und die Dunkelheit. *Blind.* Wieder ein Wort. Ich bin blind. Nein. Es fühlt sich falsch an. Auch wenn die Frau versteht, was es bedeutet.

Ich bin. Das hat etwas mit ihr zu tun. Das versteht sie, auch wenn sie nicht weiß, wer sie ist oder woher die Schmerzen und die Dunkelheit kommen. *Müllers Esel.* Irgendwo im Nirgendwo weiß die Frau, dass sie nicht *Müllers Esel* ist. Sie ist jemand. Sie hat einen Namen, eine Geschichte, ein Leben. Und irgendwo im Nirgendwo weiß die Frau, dass die Dunkelheit nicht ihr Leben ist.

Amnesie. Wieder ein Wort aus dem Nichts.

»Amnesie.« Die Silben scharren über ihre Zunge.

Ich und du, Müllers Kuh. Ich und du! Müllers Kuh! Müllers Esel! Müllers Esel! Müllers Esel!

Die Frau presst die Hände gegen die Ohren, sofort verstummen die Kinderstimmen. Zurück bleibt der Schmerz. Mit zitternden Fingern zupft sie verklebte Haarsträhnen auseinander. Immer wieder muss sie innehalten. Wie hat sie jemals das Gewicht ihrer Arme halten können? Schließlich ertastet sie die Quelle ihres Schmerzes.

Hühnereigroß. Die Frau ist dankbar über jedes Wort, das aus dem Nirgendwo auftaucht.

Blut. Beule. Bald wird auch ihre Erinnerung aus dem Nirgendwo auftauchen. *Erinnern.* Ein Zittern überrollt die Frau, ihre Zähne schlagen aufeinander. Sie rollt sich zusammen, zieht den Kopf zwischen die Schultern. Welche Erinnerung lauert im Nirgendwo?

Pling – Pling – Pling.

Wasser. Mit dem Wort kommt der Durst.

»Wasser.« Die Zunge klebt an den Silben fest.

Ich muss aufstehen. Die Frau dreht sich weg von der Wand, streckt die Hände in die Dunkelheit, richtet sich auf. Wabernd bricht Übelkeit über ihr zusammen.

Boden. Fußsohlen. Kälte. Die Worte tröpfeln jetzt so regelmäßig wie das Wasser. Keuchend vor Anstrengung sitzt die Frau auf der Kante der Pritsche. Ihre Finger krallen sich in die Matratze, suchen Halt. In ihrem Kopf tobt wirbelndes Chaos. Die Frau krümmt sich, würgt. Galle tropft ihr vom Kinn. Schließlich ebbt die Übelkeit ab, und die Frau kann die Arme vorstrecken. Vor ihr ist nichts. *Ich bin nichts.*

5. Kapitel

Kaum hatte Klaudia das Büro verlassen, schallte die elektronisch verzerrte Version von »Auferstanden aus Ruinen« aus Thangs Jackentasche. Für einen Moment war er in Versuchung, den Anruf zu ignorieren. Auch in Zeiten des Handys war man schließlich nicht immer erreichbar. Er könnte sonst wo sein: in einer Befragung, einem Funkloch, auf der Toilette. Doch kurz bevor sich die Mailbox einschaltete, glitt seine Hand doch in die Jackentasche.

»Kommst du heute pünktlich nach Hause?«, fragte Janina. Ihr Atem pfiff, als sei sie zu schnell gerannt.

»Ich denke.« Etwas wie eine Faust ballte sich unterhalb seines Zwerchfells.

»Ich dachte nur …«

Nicht schon wieder. Ungehört verhallte Thangs Stoßgebet. Er wusste, was seine Frau dachte. Ihr ganzes Sein kreiste nur noch um ein Thema.

»Könntest du noch was einkaufen?«

»Natürlich«, beeilte er sich zu sagen. Sie konnte schließlich nichts dafür, dass sie ans Haus gefesselt war. Es sei nicht ihre Schuld, hatte der Arzt gesagt. Es sei eine

Krankheit. Alle Menschen, die ihr einmal wichtig gewesen waren, hatte sie nach dem Unfall aus ihrem Leben verbannt, und nun gab es nur noch ihn in ihrem Leben. Eigentlich hatte er vorgehabt, nach Dienstschluss noch eine Runde zu schwimmen. Der Sport und der Job waren die beiden Konstanten, die ihm geblieben waren. Und natürlich Janina. Irgendwo in dieser Frau, die in seiner Wohnung lebte, musste sie stecken. Nicht zum ersten Mal ertappte sich Thang bei der Frage, was er falsch gemacht hatte.

»Was brauchst du denn?«

»Mir ist langweilig.«

»Ich komm, sobald ich kann, okay? Und ich bring dir was Süßes mit, ja? Was Süßes für die Süße.« Womit sie beim Thema waren. Essen.

»Stör ich?« Petra Bartke steckte den Kopf zur Tür herein.

»Ich muss Schluss machen.« Hastig drückte Thang das Gespräch weg. Ein vorbeifahrender Zug ließ die Fensterscheiben klirren.

»Nur wenn du Arbeit bringst.«

»Etwas mehr Einsatz bitte, Herr Rudnik«, näselte die Sekretärin. »Joe sagt, Frau Nowak hat angerufen?« Sie zwinkerte ihm zu.

»Ja«, antwortete Thang, ohne dass ein Muskel in seinem Gesicht auch nur zuckte. »Bei ihr wurde wohl eingebrochen.«

»Irgendwann kommt dir PH auf die Schliche.«

»Du würdest mich doch nicht verraten, oder?« Thang bückte sich nach seiner Fahrradtasche, die er sich zu Weihnachten gegönnt hatte. Er mochte Petra. Sie war so etwas wie der gute Geist des Reviers und die Einzige, die es wagte, PH zu widersprechen. Wahrscheinlich schliefen die beiden miteinander.

»Ich hab was für dich.« Er reichte Petra eine Tupperdose. Bevor seine Mutter zu ihrer Schwester nach Hanoi gefahren war, hatte sie ihnen die Eistruhe vollgepackt, und Janina steckte ihm jeden Morgen eine gefüllte Tupperdose in den Rucksack.

»Was ist es denn?« Voller Vorfreude öffnete sie die Dose. »Oh, Frühlingsrollen.« Die Augen verträumt geschlossen, atmete sie ein. Petra mochte alles, was seine Mutter kochte, dafür liebte Thang sie.

»Bedien dich.«

»Aber die sind doch für dich.« Widerstrebend stellte Petra die Dose auf seinen Schreibtisch. »Du bist eh nur ein Hungerhaken.«

»Kein Hungerhaken. Durchtrainiert. Nimm dir.« Allein der Gedanke an die fetttriefenden Köstlichkeiten schnürte ihm den Magen zu.

»Aber nur eine und nur, weil ich dir keinen Wunsch abschlagen kann. Gott ist mein Zeuge.« Nach einem Blick zur Zimmerdecke griff Petra in die Tupperdose. »Bei den Kochkünsten deiner Frau würde ich aufgehen wie ein Hefekuchen.«

Begeistert kauend, klopfte sie sich auf den flachen Bauch. »Mach mal lieber zu«, nuschelte sie an der Frühlingsrolle vorbei. »Bevor ich die ganze Dose leer futtere.«

»Iss ruhig«, forderte Thang sie auf, aber Petra winkte kauend ab.

»Hast du nicht etwas vergessen?«, fragte er sie, als schon fast die Tür hinter ihr ins Schloss fiel. »Du bist doch nicht gekommen, um Frühlingsrollen abzustauben?«

»Erwischt.« Kauend zog sich Petra einen der Besucherstühle an Thangs Schreibtisch. »Also«, sie beugte sich vertraulich vor. »Das bleibt aber unter uns, klar?«

»Nun mach's nicht so spannend.«

»Es ist wegen der Neuen. PH macht sich Gedanken.«

»Wieso das?«

»Na ja. Sie war sehr lange krankgeschrieben und dann dieser Wechsel.«

»Also auf mich wirkt sie ganz patent.« Thang spielte mit der Maus seines Rechners. So gern er Petra mochte, so ungern ließ er sich vor PHs Karren spannen.

»Auf mich auch.« Petra legte die Hand auf die Brust, als würde sie die Nationalhymne singen. »Aber PH hat versucht, in ihrer alten Dienststelle etwas über sie zu erfahren, und er sagt, der Kollege dort sei seltsam zugeknöpft gewesen.«

»Vielleicht steht er einfach nur nicht auf Klatsch und Tratsch. Im Gegensatz zu PH.« Thang hob die Augenbrauen.

»Er macht sich halt Sorgen«, verteidigte Petra, ganz loyale Sekretärin, den Chef.

»Und deshalb schnüffelst du für ihn herum.«

»Nein, so ist das auch nicht.« Petra wurde tatsächlich rot. »Ich wollt' nur mal nachhören. Oder von Frau zu Frau mit ihr sprechen. Apropos Frau«, fügte sie hastig hinzu. »Ich hab Janina ewig nicht mehr gesehen. Wie geht's ihr eigentlich?«

»Gut«, antwortete Thang, und als Petra ihn weiterhin freundlich lächelnd anschwieg, fügte er hinzu: »Sie kämpft halt mit ihren Allergien.«

»Ja. Jetzt im Frühling ist das besonders schlimm.« Mitfühlend wackelte Petra mit dem Kopf. »Grüß sie ganz lieb von mir.«

»Mach ich.« Als Petra das Büro verlassen hatte, griff Thang nach der Tupperdose. Der Duft von Sesamöl und Sojasoße stieg ihm in die Nase. Hastig setzte er den Deckel auf.

6. Kapitel

Klaudias Navigationsgerät kam nicht zum Einsatz. Wo der Kahnhafen in Lübbenau war, wusste sie. Schließlich wohnte sie in der Nähe. Sie parkte vor der Kindertagesstätte und lief Richtung Altstadt. Immer wenn Klaudia in diesem Teil ihrer neuen Heimat unterwegs war, fühlte sie sich, als lebte sie in Disneyland. Das Kopfsteinpflaster, die zierlichen Brücken, das Schloss, die Touristen, die die Gaststätten rund um den Hafen belagerten. Vor dem Restaurant *Flaggschiff* verdarb allerdings ein hellgelber Fiat Panda den Gesamteindruck. Der rostige Kleinwagen wurde nur noch durch Aufkleber zusammengehalten. Die Erinnerung brannte wie Ameisenpisse in ihrem Herzen: So einen Fiat hatte sie in ihrem Leben vor der Trennung auch besessen. Als Zweitwagen halt. Den großen fuhr Arno und sie den kleinen. Nur ohne bunte Aufkleber. Ein Auto war schließlich keine Litfaßsäule.

Der Besitzer dieses Autos schien in diesem Punkt allerdings anderer Ansicht zu sein. Zwei besonders große Aufkleber schmückten die Beifahrertür. Der eine zeigte silberne Blätter auf rotem Grund, der andere blaue Wolken, aus denen Flammen züngelten, unterschrieben mit Energiecamp 2012. Klaudia bog ab zum Anleger. Von den Lautsprechern am *Flaggschiff* mit Musik beschallt, vertrieben sich Touristen die Zeit bis zum Beginn der ersten Spreewaldkahntour an den Auslagen der Verkaufsbuden. Klaudia zwängte sich zwischen Rentnern mit bayrischen Trachtenjoppen hindurch und lief zu einer Gruppe Kahnführer, die vor dem Büro der Genossenschaft auf einer Bank hockten.

»Guten Morgen die Herren, ich such einen Herrn Schiebschick.« Stoisch ertrug sie die abschätzenden Blicke der Männer.

»Wohin willste denn?« Ein hagerer Mann, dessen blaue Weste über einem kleinen Altmännerbauch spannte, erhob sich ächzend.

»Hierhin.« Klaudia gab ihm den Zettel mit der Adresse. »Mein Kollege hat gesagt, Sie würden mich hinbringen.«

»Soso.« Schiebschick wackelte mit dem Kopf. »Dann tu ich das wohl. Wa?« Er fingerte eine Hornbrille aus der Brusttasche seines Hemdes, schob sie auf die Nase und trat so dicht an Klaudia heran, dass sie sein Altmännergeruch einhüllte. Unwillkürlich trat sie einen Schritt zurück. Nicht wegen des Geruchs. Als Polizistin in einer sterbenden Ruhrgebietsmetropole hatte ihre Nase schon Schlimmeres ertragen. Aber seit dem Hörsturz hatte sie das Gefühl, sich irgendwo festhalten zu müssen, wenn jemand zu dicht vor ihr stand.

»So eine nette holca«, brummelte Schiebschick.

»Nette was?«

»Das heißt Mädchen«, sagte einer der anderen Fährleute. »Ist sorbisch.«

»Und so was ist bei der Polizei.« Schiebschick schnalzte missbilligend mit der Zunge. »Von hier bisse nicht, wa?«

»Nein. Wessi.« Klaudia hatte die Erfahrung gemacht, dass den meisten Menschen hier die grobe Richtung reichte. Sie spreizte die Finger, als sie dem Alten zum Kahn folgte. Noch so eine Angewohnheit, die sie nach dem Hörsturz angenommen hatte. Irgendwie half ihr die dadurch entstehende Körperspannung, das Gleichgewicht zu halten. Schweiß versickerte im Kragen ihres Poloshirts.

Die Bretter am Anleger knarrten, und das träge gegen die Pfosten plätschernde Wasser flimmerte im Sonnenlicht. Klaudia schob sich ein neues Kaugummi in den Mund. Allein die Vorstellung, gleich in einen schwankenden Kahn zu steigen, ließ ihren Magen zaghaft am Zwerchfell anklopfen und nach dem nächsten Ausgang fragen.

»Ist es weit, Herr Schiebschick?«

»Knappes Stündchen.«

»Und es gibt keine andere Möglichkeit, zu diesem Haus zu kommen?«

»Na schon. Von Burg aus. Aber das ist genauso weit. Von hier aus haste Sprit gespart. Tut die Umwelt schonen. Wa?«

Der alte Mann spuckte ins Wasser. »So ist das hier bei uns im Spreewald. Wa? Wie Venedig, nur ohne Markusplatz.« Der Bootsführer half ihr ins Boot. »Und sag Gustav zu mir. Wa?«

Das Boot schwankte weniger, als Klaudia befürchtet hatte, und wider Erwarten genoss sie die Fahrt. Zunächst hielten sie an einem Steg, wo Schiebschick sie trotz ihres Protestes mit einer Gurke und Kaffee versorgte, dann verließen sie das Hauptfließ, und schon bald schien es nur noch dieses Boot und die langsam vorbeigleitende Landschaft zu geben.

»Warum sind die Stämme an der Wetterseite so rot?«
Klaudia biss in die Gurke. Die erwartete Säure blieb aus.
Fade süßlich breitete sich der Geschmack in ihrem Mund
aus. Hastig trank sie einen Schluck Kaffee. Der war immerhin so, wie sie ihn erwartet hatte: heiß und stark.

»Rotfäule.« Schiebschick stemmte sich gegen das Rudel. »Macht die Erlen kaputt.« Er spuckte ins Wasser.
Lautlos glitt der Kahn über die Wasserfläche. Ein Entenpärchen näherte sich dem Boot. Klaudia war versucht,
sie mit ihrer Gurke zu füttern, aber wahrscheinlich würden sich die beiden daran nur den Magen verderben. Sie
leerte ihren Kaffeebecher. Durch das Blätterdach flimmerndes Sonnenlicht malte Muster auf ihre Hand.

Während Schiebschick stakte, erzählte er ihr mit seiner brüchigen Altmännerstimme die Sage von der Entstehung des Spreewaldes. Der Teufel höchstpersönlich
habe hier das Bett der Spree in die Erde pflügen wollen,
doch irgendwann hätten die Ochsen gebockt, und kein
Schimpfen und Toben konnte sie von der Stelle bewegen.
In seiner Wut schrie der Teufel: Da hol euch doch meine
Großmutter. Das hätte er wohl besser nicht getan, sagte
Schiebschick. Die Erde riss auf, und die alte Dame
zischte wie ein Flaschengeist auf einer Schwefelwolke
gen Himmel. Ihre riesige Gestalt verdunkelte die Sonne.
Ihre donnernde Stimme fuhr wie ein Gewittersturm
durch den Wald. Selbst der Teufel klammerte sich an einen Stamm. Schon griffen ihre klauenbewehrten Hände
nach dem Gespann, da rissen sich die Ochsen los und
flohen, den Pflug hinter sich herziehend, mal in die eine,
mal in die andere Richtung und hinterließen anstelle eines geraden Flusslaufs ein Netz von kreuz und quer verlaufenden Wasserläufen.

»So eine nette holca«, murmelte Klaudia, als Schiebschick am Ende der Geschichte ins Wasser spuckte. Das
Boot trieb an moosigen Baumwurzeln vorbei, deren
Stämme sich im Wasser spiegelten. Von Baum zu Baum
fliegend, begleitete ein Kleiber den Kahn. Sonnenfle-
cken tanzten auf den Wellen, und Wasserläufer flohen
langbeinig vor der flachen Bugwelle. Von Zeit zu Zeit
paddelten Touristen mit Wasserkarten in der Hand an
ihnen vorbei.

»Verirrt sich hier auch mal einer?«

»Ständig. Wa? Vor allem die Berliner. Wo keine S-
Bahn fährt, finden die nicht hin. Wa?«

Offensichtlich hatte Schiebschick keine hohe Meinung von den Hauptstädtern.

Nach der nächsten Biegung wurde die Uferbebauung
wieder dichter. Hölzerne Läden lagen vor den Fenstern.

»Wohnt hier eigentlich jemand?« Klaudia tauchte die
Hand ins Wasser, genoss die Kühle. Sie hatte schon längst
die Orientierung verloren. Die Orientierung und jeg-
liches Gefühl für das Verstreichen der Zeit. Wie eine
Decke aus Daunen breitete sich das Zwitschern der Vögel über das Sirren in ihrem Kopf, und zum ersten Mal
seit ihrem Zusammenbruch herrschte Stille zwischen
ihren Ohren. Fast erschrak sie vor dem Frieden, den dieses Schweigen ihr brachte. Die ersten Tage nach dem
Hörsturz dröhnte ein Fragment von Puccinis *Nessun
Dorma* wie eine hängen gebliebene Schallplatte in ihrem
Kopf. Als Klaudia diese Arie das erste Mal hörte, hatte
sie vor Rührung eine Gänsehaut bekommen. Als sich jedoch dieses Stück in ihrem Ohr festsetzte, stand sie kurz
davor, den Kopf an den Wänden ihrer Wohnung zu zer-
schmettern. Nach einer Woche mit Infusionen und sehr

viel Ruhe war *Nessun Dorma* diesem Sirren gewichen, das mal lauter und mal leiser durch ihre Schädelgrube flirrte.

»Alles Datschen«, knurrte Schiebschick. »Bonzen aus Berlin und so.«

Träge folgte Klaudias Blick der Handbewegung des alten Mannes. Rechts und links eines schmalen Wasserlaufs standen Holzbohlenhäuser mit schimmernden Fensterfronten und akkurat ausgerichteten Holzstapeln an kiesbedeckten Wegen.

»Kommt man hier mit dem Auto hin?« Klaudia drehte sich um. Vor einem der Häuser standen ein protziger Geländewagen und ein Coupé.

Ihre Frage ignorierend stemmte sich Schiebschick gegen das Rudel. Bisher waren sie mit der Strömung geglitten, doch nun schob Schiebschick den Kahn gegen die Strömung an.

Hinter der nächsten Kehre führte eine Holzbrücke über das Fließ. Ein Radfahrer raste plötzlich wie die Ochsen des Teufels darüber hinweg. Klaudia sah noch den Wolkenaufkleber auf dem Spritzschutz des BMX-Rades, dann war er auch schon zwischen den Bäumen verschwunden.

»Mit ihren Rädern rasen könn'se«, brummte Schiebschick. »Und mit ihren dicken Autos die Luft verpesten. Aber staken. Staken können die nicht. Kähne brauchen die nur noch, um Blumen darin zu pflanzen und in den Fischkasten kühlen die Schampus.« Schiebschick spuckte ins Wasser.

»Wie weit ist es noch?« Klaudia schaute auf ihre Armbanduhr. Schon Mittag. Sie waren bereits sehr viel länger als eine Stunde unterwegs.

»Wir haben hier viele Traditionen.« Als hätte Schieb-schick ihre Frage nicht gehört, stakte er in einen schmalen Seitenarm. Zweige kratzten am Kahn. »Manche sind alt, andere neu.«

»Ah ja.« Eine Wolke schob sich vor die Sonne, durch die Baumkronen rauschte der Wind. Auf einmal wirkte der gerade noch so lichte Wald bedrohlich. Die Wespen kehrten in Klaudias Kopf zurück.

Schiebschick stakte das Boot an einen Steg und legte das Rudel auf die Planken.

»Hier ist ja alles verrammelt.« Klaudia schüttelte den Kopf. »Hoffentlich lässt sie uns rein.« Sie schaute hinüber zu den geschlossenen Fensterläden.

»Wohl nicht.« Schiebschick kratzte sich das Kinn.

»Wie? Wohl nicht.« Sie drehte sich zu Schiebschick.

»Aber ich hab einen Schlüssel.« Er strahlte sie an, als würde er ihr ein Geschenk machen. »Man kann es übrigens mieten. Wa. Ist möbliert.«

»Möbliert«, wiederholte Klaudia. »Aber. Ich suche keine Wohnung, sondern ein Haus, in das eingebrochen wurde. Außerdem, was soll ich mit einem Haus, zu dem ich staken muss?«

Andererseits. Klaudia lauschte auf das friedliche Sirren in ihrem Ohr. Es war schon nett hier und ruhig. Ihr gefiel das Holzhaus mit den für die Region so typischen Schlangen auf dem Giebel und den roten Fensterläden, die so gar nicht aufgehebelt aussahen, sondern hübsch ordentlich verriegelt. Alles um sie herum wirkte friedlich. Das träge gluckernde Wasser des Fließ, das Zwitschern der Vögel, das Knattern eines vorbeifahrenden Traktors.

»Das Haus liegt ja an einer Straße.« Fassungslos drehte sie sich zu Schiebschick herum.

»Na ja«, antwortete er und setzte die Worte, wie er stakte. Langsam und bedächtig. »Das ist wohl so.«

»Und wieso schickt mich Thang dann zu Ihnen?«

»Na ja.« Schiebschick spuckte wieder ins Wasser. Wenn er so weitermachte, würde das Fließ über die Ufer treten. Schließlich bequemte er sich aber doch noch, etwas anderes als Speichel über seine Lippen kommen zu lassen. »Ich hab Ihnen das ja erklärt mit den Bräuchen.«

»Ja und?« Klaudia verstand immer weniger. Sie zog ihr Smartphone aus der Tasche. Vielleicht würde Thang ihr ja diese Frage beantworten können.

»Na ja«, sagte Schiebschick zum dritten Mal und hob die Hand, als wollte er sie daran hindern, zu telefonieren. »Immer wenn die gute Heidelise ein unbewachtes Telefon findet, ruft sie bei der Polizei an, und wenn die einen Neuen haben, schicken sie ihn zu mir.«

»Wie nett.« Klaudia schluckte an ihrer aufwallenden Wut. Thang würde was zu hören kriegen. Ihr Schreibtisch bog sich unter der Aktenlast ihres faulen Vorgängers, und er schickte sie in die Wüste.

Klaudias Smartphone klingelte.

Ihr Ausflug sei zu Ende, sagte Thang, und Klaudia hatte das Gefühl, ein hämisches Grinsen in seiner Stimme zu hören.

»Du mich auch«, schnarrte sie in den Hörer. »Meinst du eigentlich, ich hätte nichts Besseres zu tun, als mich von euch auf die Schippe nehmen zu lassen? Echt. Ich ….«

»Reg dich ab«, unterbrach Thang sie. »Es ist gerade eine Meldung eingegangen. In einer der Datschen soll eine Leiche liegen. Gib mir mal Schiebschick, damit ich ihm sagen kann, wohin er dich bringen soll.«

»Einen Teufel werde ich tun. Schiebschick wird mich direkt zurück zum Anleger bringen. Ich hab hier schon genug Zeit vertrödelt.« Klaudia drückte das Gespräch weg.

»Was starren Sie mich so an? Und wenn ich zehnmal ein Spielverderber bin. Ich muss zurück an meinen Schreibtisch. Ich bin hier nicht in den Ferien.«

»Ist ja gut, Mädchen.« Schiebschick schlurfte zurück zu seinem Kahn. »Kommst du halt wieder, wenn du mehr Zeit hast.«

»Was entgeht mir denn?« Vorsichtig setzte sich Klaudia auf die Fahrgastbank und beobachtete, wie Schiebschick das Boot losband. »War das eigentlich Rudnik, den wir gesehen haben?«

»Du meinst den Radfahrer?« Schiebschick tauchte das Rudel ins Wasser.

»Ja. Genau den. Warten in diesem Haus alle Kollegen auf mich und rufen ätschi bätschi, reingefallen?«

»Ich weiß nicht«, murmelte Schiebschick. »Vielleicht haben sie sich was Neues ausgedacht.«

»Ein neuer Brauch?«

Das Smartphone in ihrer Tasche vibrierte. Diesmal war es PH, und was er sagte, brüllte er so laut, dass Klaudia das Smartphone einige Zentimeter von ihrem gesunden Ohr entfernt halten musste, wollte sie nicht einen weiteren Hörsturz riskieren. So bald würde sie wohl nicht an ihren Schreibtisch kommen.

7. Kapitel

Schiebschick half ihr aus dem Kahn. Er machte Anstalten, zum Haus zu gehen, aber Klaudia hielt ihn zurück.

»Sie warten hier.«

Um ruhig zu werden, atmete sie bewusst durch die leicht geöffneten Lippen aus, während sie ihre SIG Sauer entsicherte. Angenehm warm schmiegt sich die Waffe in ihre Handfläche. Klaudia hatte eine Sondergenehmigung gebraucht, um ihre alte P 225 in die neue Dienststelle mitnehmen zu dürfen. Auch wenn die Dienstwaffe, die hier in Brandenburg im Einsatz war, besser in der Hand lag, fühlte sie sich mit ihrer alten Waffe sicherer. Und Sicherheit hatte sie nötig. Wespen sirrten durch ihren Schädel, und der Steg schwankte unter ihren Füßen. Nur nicht schlappmachen. Sie atmete ein und aus, bis der Aufruhr in ihrem Kopf sich legte. Klaudia schaute sich systematisch um. Auch dieses Haus war ein Holzbohlenhaus. Die Terrassentür stand weit offen. Gardinen wehten träge in der Brise. Irgendwo dudelte ein Radio. Möglicherweise im Haus. Keine Fußspuren auf dem Kiesweg zum Anleger, aber rote Fußspuren am Haus. Blut? Klaudia schluckte. Der Wind rauschte in den Erlen, die das Haus wie Leibwächter umstanden.

Mit dem Pistolenlauf schob Klaudia die Gardinen zur Seite: Knallbunte Acrylbilder, auf Hochglanz poliertes Parkett, weißes Sofa. Mitten im Raum: ein zerplatzter Farbbeutel in einer tiefroten Pfütze. Die blutroten Farbspritzer reichten bis zu einem nackten Männerfuß. Vorsichtig, um nicht in die Farbe zu treten, ging Klaudia zum

Sofa, beugte sich vor. Der typische metallische Blutgeruch, der zu ihr aufstieg, war durchsetzt mit dem blumigen Duft eines Aftershaves. Klaudias Polizistenhirn katalogisierte die Eindrücke: Männlich. Anfang sechzig. Durchtrainiert. Brustschuss. Sie bückte sich und tastete ebenso vorschriftsmäßig wie halbherzig nach der Halsschlagader. Kein Puls. Jeden ihrer Schritte so setzend, als liefe sie entlang einer Abbruchkante, verließ Klaudia das Zimmer. Hier konnte sie nichts mehr tun. Sie folgte den Fußabdrücken, die sie ums Haus herum führten. War das Blut? Oder doch eher die Farbe? Die Spuren führten aus dem Haus am SUV vorbei Richtung Tor. Stopp. Wo war das Coupé? Klaudia zog ihr Smartphone aus der Tasche und sprach eine Notiz ein. Wie hatte Polizeiarbeit nur ohne moderne Kommunikationstechnik funktionieren können?

Sie schaute sich weiter um. Die Fußspuren endeten vor einem Gebüsch: zerknickte Zweige. Der Radfahrer? Klaudia versuchte sich zu erinnern. Wie hatte er ausgesehen? Sie kaute auf ihrer Unterlippe. Als Zeugin war sie ein Reinfall. Aber woher hätte sie auch wissen sollen, dass sie möglicherweise einen fliehenden Täter, vielleicht sogar einen Mörder, gesehen hatte. War er jung gewesen? Oder alt? Dick? Dünn? Ein Rascheln. Klaudias Herz stolperte. Die SIG Sauer im Anschlag fuhr sie herum. Ein Eisvogel flatterte durchs Gebüsch, im Schnabel einen winzigen Fisch. Klaudia sicherte ihre Waffe und steckte sie zurück ins Halfter. Hier war niemand, der ihr gefährlich werden konnte. Sie lief zurück zum Briefkasten, der am Zaun befestigt war. Auf einer Metallplakette stand der Name: König.

Martinshörner übertönten das Singen der Vögel und

kündigten das Eintreffen der Kollegen an. Wenn PH dabei war, würde sie sich auf einen Einlauf gefasst machen müssen. Sie straffte die Schultern. Thang war der Erste, der aus dem Wagen sprang. Plastikhandschuhe überstreifend lief er zum Haus. »Tut mir leid mit PH.« Er warf ihr ein Paar Handschuhe zu.

»Ja. Dumm gelaufen.« Sie hatte Mühe, mit ihm Schritt zu halten. Stichpunktartig erzählte sie Thang alles, was sie bisher wusste.

»Farbbeutel?« Er drehte sich zu ihr um, seine Augenbrauen trafen sich über der Nasenwurzel. »Klingt nicht nach Einbrechern.«

»Schon vergessen?« Klaudia zerrte an den Handschuhen. Irgendwie gelang es ihr nie, mal eben so mit den Fingern hineinzugleiten. »Frau Nowak war das mit den Einbrechern.«

»Danke, dass du dichtgehalten hast. Dafür hast du einen gut«, sagte Thang etwas kleinlaut.

»Ich werd drauf zurückkommen.« Mit einem leisen Schnappen glitt der Handschuh endlich über Klaudias Hand. Nur leider teilten sich Ringfinger und sein kleiner Nachbar nun einen Fingerling.

»Nicht schlecht«, murmelte Thang und schaute sich neugierig im Wohnraum um. »Wenn man mal von der Leiche absieht, sieht das hier aus wie bei *Schöner Wohnen*. Fehlt was?«

»Der Täter?«, fragte Klaudia und erntete einen erstaunten Blick des Kollegen, der erst nach einer Sekunde des Nachdenkens zu dem Schluss kam, dass sie wohl scherzte.

»Ich weiß es nicht«, räumte sie ein. »Aber ich würd' sagen, auf den ersten Blick nicht.«

»Entschuldigung.« Die Kollegen der Spurensicherung zwängten sich mit ihren Koffern an ihnen vorbei.

»Na, wenn ihr euch da mal nicht verbessert habt? Bitte lächeln.« Ein Kollege im weißen Ganzkörperkondom hob die Kamera.

Klaudia kniff die Augen zusammen, als der Blitz sie blendete.

»Sie sehen auf jeden Fall deutlich besser aus als ihr Vorgänger. Heute Abend schon was vor?«

»Äh danke. Nein. Ich meine. Ja danke, ich hab schon was vor.«

»Vielleicht ein anderes Mal.« Der Kollege verschwand im Haus.

»Vielleicht.« Klaudia drehte dem Kollegen den Rücken zu.

»Wer war das denn?«, zischte sie.

»Wer?« Thang schaute auf.

»Na, der Typ mit der Kamera.«

»Meinst du Demel?«

»Wenn das der Typ ist, der mich gerade fotografiert hat, dann meine ich ihn wohl.«

»Peter ist unsere Allzweckwaffe aus KW.«

»Aus was?« Entnervt pustete Klaudia die Wangen auf.

»Extra für dich: Königs Wusterhausen.« Thang lächelte freundlich. »Wir sind hier nicht so gut bestückt wie ihr im Westen. Da müssen wir uns unsere Talente schon sehr gut einteilen.«

Du mich auch, dachte Klaudia und lächelte ihren Kollegen in Grund und Boden. »Danke für die Landeskunde, aber bevor wir damit fortfahren, sollten wir vielleicht zunächst einmal herausfinden, wer dieser Herr König überhaupt ist?«

»Da kann ich helfen.«

Klaudia fuhr herum.

Ein Kollege der Spurensicherung streckte ihr eine Brieftasche entgegen. »Kannst'se ruhig nehmen«, fügte er hinzu. »Die hat nix von dem Segen abgekriegt.«

8. Kapitel

Ich und du! Müllers Kuh!

Die Frau spürt das Gewicht ihrer Arme, das Streicheln von Stoff über ihrer Haut. Sie drückt die Fingernägel in die Handballen, erst rechts, dann links. Der Schmerz gibt ihr die Hände zurück. Die Frau hat ihre erste Lektion gelernt: Wenn ich nicht aufpasse, verliere ich mich.

Du kannst dich nicht verlieren.

Die Frau zuckt zusammen, sie braucht einen Augenblick, um zu begreifen, dass diese Stimme nicht aus der Dunkelheit kommt, sondern aus dem Nirgendwo.

»Wer bin ich?«

Nur das gleichmäßige Tröpfeln des Wassers antwortet und erinnert sie an ihren Durst. Wenn sie leben will, muss sie trinken. Auch das weiß die Frau, ohne zu wissen, woher sie dieses Wissen hat. Widerstrebend stemmt sie sich in die Höhe, denn schon bedeutet die Pritsche für sie Sicherheit. Sie fürchtet sich vor dem Raum, der Dunkelheit. Ihre Zehen krallen sich an den nackten Boden. Übelkeit steigt in ihr hoch, doch diesmal schluckt die Frau sie mit der Galle hinunter. Sie muss zu diesem tropfenden Wasserhahn. Die Hände vorgestreckt, tastet sie sich ihren Weg durch die Dunkelheit. Sie schwankt, muss innehalten. Zählt die schlurfenden Schritte.

Eins. Zwei. Drei. Vier. Bei Fünf berühren ihre Finger eine Wand. Die Frau lauscht, ihr Kopf dreht sich wie ein Radar. Nach rechts, nach links, wieder nach rechts.

Pling – Pling – Pling.

Schließlich tastet sie sich nach links vorwärts. *Eins. Zwei. Drei.* Ihr Knie stößt gegen ein Hindernis. Ein Waschtrog. Die Frau wundert sich nicht einmal mehr über dieses Wort. Es ist einfach da. Ihre Hände tasten durch die Dunkelheit, ihre Finger umschließen den Wasserhahn. Von irgendwo aus dem Nirgendwo weiß sie, wie sich ihre Finger bewegen müssen. Sie kennt die Bewegung. Widerstand. Sie beißt sich auf die Unterlippe. Nimmt die zweite Hand zu Hilfe. Endlich ein Ruck. Der Hahn knirscht wie selten benutzt, dann dreht er sich ohne Widerstand.

Pling – Pling – Pling.

Die Frau schluchzt, klammert sich ans Becken. Ihre Zunge schwillt an, nimmt ihr den Raum, den sie braucht, um zu atmen.

Pling – Pling – Pling.

Zitternd streckt die Frau die Hände aus, Tropfen zerplatzen auf ihrer Haut.

Pling – Pling – Pling.

Sie beugt sich vor, leckt das Wasser von den Händen. Streckt sie wieder vor. Die Frau weiß nicht, wie lange sie das tut. Für sie gibt es nur Dunkelheit und den tropfenden Wasserhahn und die bohrende Frage nach dem Warum?

Schließlich sinkt sie neben dem Waschtrog zu Boden, hockt dort, die Beine auf dem kalten Stein.

Ich und du! Müllers Kuh! Ich und du! Müllers Kuh!
»Müllers Esel das bist DU.«

Kinderlachen. Wärme auf der Haut. Gras unter den Fußsohlen. Die Frau hebt das Gesicht, starrt in die undurchdringliche Dunkelheit. Ihre Augen füllen sich mit Tränen. *Es gibt ein Draußen.* Die Erkenntnis trifft sie wie eine Ohrfeige.

Natürlich gibt es ein Draußen. Wieder diese fremde Stimme.

»Aber warum bin ich hier?« Diesmal wird sie die Stimme nicht zurückgehen lassen in dieses Nirgendwo. Nicht ohne Antworten. Hastig poltern Fragen über ihre spröden Lippen, zwängen sich an dem Schluchzen vorbei, das in ihrer Kehle wütet.

Pling – Pling – Pling.

Das Geräusch zerplatzt auf ihrer Stirn.

9. Kapitel

Herr König entpuppte sich als Dr. Dipl.-Ing. mit Adresse in Berlin.

Obwohl Klaudia von der A43 einiges an Stau gewohnt war, ließ Berlin zur Rushhour selbst ihre Handflächen feucht werden.

Taxis schlängelten sich durch den Feierabendverkehr, als gäbe es weder Straßenmarkierungen noch Verkehrsregeln, und Klaudias Kopf sirrte, als sie endlich in die belebte Wohnstraße einbogen. Im Gegensatz zu anderen männlichen Kollegen schien Thang kein Problem damit zu haben, auf dem Beifahrersitz Platz zu nehmen. Die meiste Zeit der Fahrt hatte er geschlafen, und jetzt telefonierte er.

»Ich komm sobald ich kann. Wirklich. Aber wir haben eine Leiche. – Ja. Ich weiß. – Ich dich auch.« Seufzend ließ Thang sein iPhone in die Brusttasche seines Hemdes gleiten.

»Deine Frau?«

»Hhm.«

Sehr kommunikativ war Thang gerade nicht. Ob Beziehungsprobleme ansteckend waren? Klaudia warf einen hastigen Seitenblick auf den Kollegen, dann konzentrierte sie sich wieder auf den Verkehr.

Thang streckte sich, und sein Gähnen entblößte goldene Backenzähne in Ober- und Unterkiefer.

»Da drüben ist es.« Er stieß einen Pfiff aus, der sehr dem Warnruf des Eisvogels glich. »Schlecht schien es dem Herrn Dr. Dipl.-Ing. nicht zu gehen.«

»Zügle deinen Sozialneid. Er ist tot.« Klaudia fuhr an den Straßenrand und parkte in zweiter Reihe zwischen den Bäumen. Thang stieß die Beifahrertür auf. Fluchend wich ein vorüberfahrender Radfahrer aus.

Klaudia zog die Handbremse an und stieg ebenfalls aus.

»Als Radler solltest du wissen, dass man sich so keine Freunde macht.« Sie schaute dem Radfahrer hinterher, der mit hochgerecktem Mittelfinger davonfuhr.

Eine Gruppe Japaner übertönte mit ihrem Schnattern die Erklärungen ihres Reiseführers. Mit ausgestreckten Armen fotografierten sie alles, was ihnen vor die Linse kam. Inklusive des Radfahrers, Thangs und der Caffè-Latte-Tussen – so viel zum Thema Sozialneid – die vor funkelnden Schaufenstern saßen und das Treiben durch ihre überdimensionierten Sonnenbrillen beobachteten. Unwillkürlich zog Klaudia den Bauch ein. Sie hasste diesen Typ Frau, und das nicht erst, seit eine Vertreterin dieser Gattung ihre Rolle in Arnos Leben übernommen hatte. Carolin! Selbst in Gedanken sprach Klaudia den Namen mit gespitzten Lippen aus.

Sie hatten das Haus erreicht, und Thang drückte auf einen der hochglanzpolierten Klingelknöpfe. Die Stimme aus dem Lautsprecher der Gegensprechanlage klang atemlos, als sei ihre Besitzerin zu schnell gelaufen. Kaum hatte Klaudia das Zauberwort Polizei gesagt, summte der Türöffner.

»Wow.« Klaudia wusste nicht, wohin sie zuerst schauen sollte. Die Japaner würden sich nicht mehr einkriegen, könnten sie sehen, was sich hinter den schmucklosen Holztüren verbarg.

Buntglasscheiben tauchten den Hausflur in weiches Licht. Ein roter Läufer schützte die schwarz schimmernden Holzstufen. Im Hausflur roch es nach Bohnerwachs und Holz.

»Wo sind wir denn hier gelandet?« Thang reckte den Hals. Über ihnen wölbte sich die Decke wie eine Kirchenkuppel und zeigte einen Sternenhimmel, der – zumindest vor Klaudias Augen – kreiste. Klaudia schluckte mal wieder die aufsteigende Übelkeit hinunter und schob sich hastig ein Kaugummi zwischen die Zähne.

»Kleb das bloß nicht irgendwohin«, zischte Thang und öffnete die schmiedeeiserne Gittertür des Aufzugs.

Frau König knetete ein farbverschmiertes Tuch in den Händen und führte sie, ohne auch nur einen Blick auf ihre Dienstausweise zu werfen, in einen hellen Raum. Sie hielt sich sehr aufrecht. Vielleicht aus Angst vor dem, was die Polizei von ihr wollte, vielleicht aus einem anderen Grund. Klaudias Nasenflügel blähten sich. Diese leicht muffige Geruchsmischung aus Mentholbonbon und Mäusekot katapultierte sie direkt in die Zweizimmer-Küche-Diele-Bad-Wohnung ihrer Kindheit zurück. Klaudia blinzelte die Erinnerung an ihre Mutter weg, die nach der Nachtschicht Schnaps trank, um die nötige Bettschwere zu kriegen, und ließ den Raum auf sich wirken, in den die Frau sie führte. Vor den geöffneten Flügeltüren hingen zarte Gardinen, die sich wie im Haus, in dem sie den Toten gefunden hatten, im Luftzug bauschten. Das gleiche Sofa, die gleichen knallbunten Acrylbilder an den Wänden. Es fehlte nur Farbbeutel und Leiche.

»Bitte nehmen Sie Platz.« Frau König zeigte auf das Sofa, machte aber selbst keine Anstalten, sich zu setzen.

»Was kann ich für Sie tun?«

Klaudia unterdrückte ihre spontane Abneigung. Die Frau benahm sich, als würden jeden Tag Polizisten bei ihr anklingeln. Aber wahrscheinlich traute sie sich selbst nicht über den Weg, wie so viele heimliche Alkoholiker. Irgendwann verloren sie in ihrem ständigen Bemühen die Fassade zu wahren, das Gefühl für die richtigen Emotionen zum richtigen Zeitpunkt. Noch sah man der Frau ihre Sucht nicht an. Sie sah aus, wie einer Botoxreklame entstiegen. Die Gesichtshaut saß wie angetackert an den Schädelknochen, und ihre Augen lagen tief in den Höhlen. Umrahmt wurde das maskenhafte Gesicht von honigblondem Haar, das sich in weichen Wellen an ihre Wangen schmiegte. Nur ihre Hände, die ein farbverschmiertes Tuch kneteten, ließen ihre Angst und ihr wahres Alter erahnen.

Frau König bemerkte Klaudias Blick. »Ich war gerade in meinem Atelier.« Sie hielt das Tuch, als wisse sie nicht, wohin damit, schließlich legte sie es auf einen der Glastische, die zwischen den Sesseln standen.

»Frau König«, sagte Klaudia, weil Thang offensichtlich ihr das Gespräch überlassen wollte. Wie ein schüchterner Oberschüler hockte er auf dem Sofa und starrte auf seine Sneakers. Typisch Mann. Wenn es schwierig wurde, kniffen sie. In solchen Situationen hatte auch Arno immer ihr das Reden überlassen. Damals, als sie noch ein Team waren. Er sei so feinfühlig wie ein Maschinenhauer, hatte er immer gesagt. In den Dienstbesprechungen hatte dann er geredet und ihre Ergebnisse vorgestellt. Da war seine mangelnde Sensibilität nicht von Nachteil gewesen. Im Gegenteil. Immerhin war er zum Dienststellenleiter befördert worden und nicht sie. Sie hatte sich sogar für ihn gefreut. Aber das war jetzt eh vorbei. Schnee von gestern. Klaudia zwang sich zurück in dieses Zimmer, zu dieser Frau, von der sie wusste, dass sie Alkoholikerin war, und der sie gleich sagen musste, dass ihr Mann tot war. »Frau König.« Klaudia räusperte sich. »Wir sind gekommen …«

»Ist was mit Sebastian?«

Klaudia stutzte, schüttelte den Kopf. Wer war Sebastian?

Dann begriff sie. Natürlich. Der erste Gedanke einer Frau galt immer ihren Kindern. Wie hatte sie das vergessen können? Sie hatte es schließlich oft genug erlebt.

Etwas wie Trauer senkte sich über Klaudias Übelkeit. Arno hatte nie Kinder haben wollen.

»Ist er …?« Die Frau schlug sich auf den Mund, als könne sie damit die Worte aufhalten. Obwohl sich ihre

Augen mit Tränen füllten, blieb ihre Stirn glatt, als zerschelle ihre Mimik an einer unsichtbaren Mauer.

»Wir sind nicht wegen Ihres Sohnes hier«, antwortete Klaudia hastig. »Es …«

Sie kämpfte mit den Worten, wie mit ihrer Übelkeit. Es gab keine gute Art, einer Frau zu sagen, dass ihr Mann tot war. Keine Umschreibung, die sich schonend ins Bewusstsein schob und den Schmerz dämpfte.

»Es geht um Ihren Mann«, sagte sie schließlich und wusste, dass sie die schlechtesten Worte gewählt hatte. Keine Klarheit, nur Fragen. Unsicherheit.

»Ernst? Wieso? Ist er nicht …?« Auf der Suche nach einer Antwort schwenkte Frau Königs Kopf zwischen Klaudia und Thang hin und her.

Der Druck auf Klaudias Nasenwurzel wuchs. Sie musste den Blick abwenden: Linden raschelten im Wind.

»Was ist mit ihm?«, fragte Frau König. »Hatte er einen Unfall? Ist er …? Nun reden Sie doch!«

Sie sackte in einen der Sessel und griff sich an die Kehle. Ihre Fingernägel leuchteten blutrot.

»Ihr Mann.« Klaudia schluckte das Kaugummi mit der aufsteigenden Übelkeit hinunter. Reiß dich zusammen, fluchte sie innerlich.

Schweiß sickerte ihr vom Haaransatz.

Sie schaute zu Thang, der unbeeindruckt durch die Kraft ihrer Gedanken, immer noch Zwiesprache mit seinen Schnürsenkeln hielt.

Wieso starrte der Idiot auf seine Schuhe? War das ein besonderer Tick der Männer, mit dem sie die Welt aussperrten?

»Ich muss Ihnen leider sagen: Ihr Mann ist tot.« Klaudia stolperte durch den Satz, ohne der Frau Gelegenheit zu geben, sie zu unterbrechen. »Er wurde heute Morgen erschossen in Ihrem Haus im Spreewald aufgefunden.«

»Oh mein Gott.« Frau König schlug die Hände vors Gesicht. »Sie haben ihn umgebracht.«

»Wen meinen Sie mit *sie*?« Klaudia beugte sich vor.

»Na die. Diese Graswurzelfritzen, oder wie die heißen.«

»Wie kommen Sie auf diesen Verdacht?« Klaudia dachte an den Farbbeutel. Das Sitzpolster bewegte sich. Thang hatte offensichtlich den stummen Dialog mit seinen Schnürsenkeln beendet und zog seinen Notizblock aus der Hosentasche.

Magensäure schwappte gegen Klaudias Kehle. Hastig unterdrückte sie den Impuls, sich festzuhalten.

»Es gab Briefe«, sagte Frau König. Tränen tropften von ihrem Kinn. »Anonym. Einfach so im Briefkasten. Ohne Marke und ohne Absender. Wenn Sie verstehen, was ich meine?«

»Gab es einen besonderen Grund für diese Briefe?«

Oh, der Herr Kollege beteiligt sich wieder an den Ermittlungen. Sie schaute kurz zu Thang hinüber, der jetzt auf der äußersten Kante des Sofas saß.

»Brauchen solche Leute einen Grund?«, fragte Frau König. Die Tränen hinterließen feuchte Spuren auf ihrem Make-up, doch ansonsten verzog sie keine Miene. Faltenfrei um jeden Preis. »Man sieht doch immer am ersten Mai, wozu diese linken Spinner in der Lage sind.«

»Haben Sie diese Briefe noch?« Klaudia überwand ihre Irritation über das ausdruckslose Gesicht der Frau und klinkte sich wieder in die Befragung ein. Sie war nicht bereit, ihrem Kollegen, nun, da er aus seiner Trance erwacht war, das Gespräch zu überlassen.

»Nein, mein Mann hat sie immer gleich ins Altpapier getan.«

Ins Altpapier? Klaudia unterdrückte ein Kopfschütteln. Wie sich die Zeiten änderten. Früher wären solche Briefe im Kamin gelandet, heute wurden sie umweltverträglich entsorgt. »Er hat sich also nicht an die Polizei gewendet?«

»Nein.«

»Was stand denn in diesen Briefen?« Klaudia beugte sich ebenfalls vor. Ihr Oberschenkel berührte den ihres Kollegen. Irritiert rückte sie zur Seite. »Bitte. Es ist wichtig, Frau König.«

»Es ging um ein Gutachten meines Mannes, glaube ich.« Frau König versuchte so etwas wie ein Stirnrunzeln, das an ihrer Nase hängenblieb. »Ich weiß es wirklich nicht so genau. Ich verstehe nichts von diesen Dingen. Ich bin eher der künstlerische Typ.«

Sie wedelte mit den Händen in Richtung der großformatigen Acrylbilder.

»Oh Gott, wie soll ich es nur Sebastian sagen?« Schluchzend barg Frau König ihr Gesicht in den Händen.

»Solltest du nicht …?« Flüsternd zog Thang eine Packung Papiertaschentücher aus der Jackentasche.

Idiot, dachte Klaudia. Gib du sie ihr doch. Aber natürlich zog sie ein Taschentuch aus der Packung und hockte sich neben Frau König. Um nicht das Gleichgewicht zu verlieren, klammerte sie sich an die Lehne.

»Gibt es jemanden, der bei Ihnen bleiben kann? Eine Freundin vielleicht, oder eine Verwandte.«

»Nur Sebastian.«

»Wo erreichen wir ihn?«

»Im Büro. Er ist auch Ingenieur.«

»Im Büro Ihres Mannes?«

Frau König schaute mit aufgerissenen Augen auf. »Glauben Sie, er ist auch …? Oh mein Gott.«

10. Kapitel

Uwe hatte lange mit sich gerungen, ob er nach Dienstschluss überhaupt nach Hause fahren sollte. Aber schließlich hatte sein SOS-funkender Ischias gesiegt, und nun lenkte er den Sharan in die heimatliche Garage. Eine weitere Nacht zwischen Heizkörper und Schreibtisch würde er nicht überstehen, und wohin sollte er sonst gehen? Er konnte sich ja schlecht ein Zimmer irgendwo nehmen. Wie sah das denn aus? Noch vor der Haustür zog er die Schuhe aus. Donnerstags wischte Silke immer den Flur. Und nach gestern war es wohl besser, sie nicht zu provozieren. Uwe fragte sich, wann sie sich eigentlich so verändert hatte? Nach Annalene? Oder erst nach Bhanu? Oder war sie schon immer so pedantisch gewesen und er hatte es nur nicht gemerkt? Er drehte den Schlüssel im Schloss. Der Duft von Schweinebraten wehte ihm in die Nase, und das Wasser lief ihm im Mund zusammen. Auch Silke schien bereit, sich zu versöhnen.

»Das ist voll Scheiße.« Annalene stürmte aus ihrem Zimmer und baute sich vor ihm auf. »Hättest du nicht aufpassen können?«

»Hör mal, Fräuleinchen!« Uwe schnappte nach Luft. Für einen Moment wünschte er sich die guten alten Zeiten zurück. So hätte er mal mit seinem Vater reden sollen. Er versenkte die Hände in den Hosentaschen. Sicher war sicher.

»Ihr seid voll alt«, kreischte Annalene. »Das ist so peinlich!«

Bevor Uwe auch nur ein Wort erwidern konnte, stürmte sie in ihr Zimmer und knallte die Tür hinter sich zu.

»Hallo Papa.« Bhanu versuchte ein zittriges Lächeln. Als jüngstes Kind der Familie litt sie immer besonders, wenn er und Silke sich stritten. Uwe kannte dieses Gefühl aus seiner eigenen Kindheit. Er hatte auch immer Angst gehabt, dass sich seine Eltern trennen würden, hatte versucht, zwischen ihnen zu vermitteln und erst Ruhe gefunden, wenn sie wieder miteinander sprachen. Und dann hatten sie sich doch getrennt, und sein Vater war von einem Tag auf den anderen aus seinem Leben verschwunden. Er würde sich nie von seinen Töchtern trennen. Zumindest nicht von Bhanu. Bei Annalene war er sich im Moment nicht so sicher. Aber dann dachte er daran, wie sie immer früh am Morgen zu ihnen ins Bett gekrochen war, mit dem leicht muffigen Geruch nach vollgepinkelter Windel, und wie sie in seinen Armen wieder eingeschlafen war. Nein, er würde nie einfach so aus ihrem Leben verschwinden.

»Mach dir keine Sorgen«, brummte er und strich Bhanu den Pony aus der Stirn. »Wo ist Mama?«

»Sie telefoniert«, antwortete Bhanu. »Mit Oma.«

Uwe seufzte. So weit waren sie also schon. Die alliierten Truppen wurden mobilisiert.

»Hast du Hunger?«, fragte Bhanu. »Ich kann dir was warmmachen.«

»Ihr habt also schon gegessen.« Uwe hängte seine Dienstmütze an die Garderobe. Der Schweinebraten war also kein Versöhnungsangebot, sondern nur Silkes Art, ihn zu foltern.

»Ich wollte ja auf dich warten«, murmelte Bhanu. »Aber Mama hat gesagt, du kommst spät.«

»Ist schon in Ordnung, Kleine.« Hilflos tätschelte Uwe die Schulter seiner Jüngsten. Beide wussten sie, dass es schlecht für ihn aussah. Es gehörte zu Silkes Vorstellung von Familienleben, dass sie zumindest eine Mahlzeit am Tag gemeinsam einnahmen. Wenn sie ihn ausschloss, hatte das die gleiche Bedeutung, als würde sie ihn in die Ecke stellen.

»Aber es ist noch was da.« Bhanu kaute auf ihrem Zopf. Das tat sie immer, wenn sie Angst hatte, und jede Form von Streit machte ihr Angst.

»Bist du nicht ein bisschen zu jung für Nagellack?« Sanft zog er den Zopf aus ihrem Mundwinkel und strich über ihre Finger. Sie war geradezu süchtig nach Harmonie, und Uwe fragte sich oft, ob sie ahnte, dass auch sie nicht erwünscht gewesen war. Er hatte Angst, dass all die Liebe, die er für sie empfand, nicht ausreichte, um die Tatsache auszugleichen, dass er auch sie nicht hatte haben wollen. Und er hatte Angst, dass Silke dieses Wissen einmal gegen ihn verwenden würde.

11. Kapitel

Fünfzehn Minuten nach dem Anruf betrat Sebastian König die Wohnung seiner Mutter. Er sah aus, wie die Typen in den amerikanischen Fernsehserien, mit denen Klaudia ihre Abende verbrachte: Geschniegelt, gestriegelt und dazu den sensiblen Mund von Tom Hanks. Der Typ Mann, bei dem jede Frau unwillkürlich die Schultern straffte und den Bauch einzog. Klaudia schätzte ihn auf Anfang bis Mitte dreißig. In ein paar Jährchen würde er wahrscheinlich zusammen mit seiner Mutter zum Botoxen gehen. Aber noch war seine Gesichtshaut beweglich.

Er wusste von den anonymen Drohungen, die sein Vater erhalten hatte. »Natürlich habe ich ihm gesagt: Geh zur Polizei. Immerhin war ich ebenfalls an diesem Gutachten beteiligt. Aber er hat nur gesagt, ›Hunde, die bellen, beißen nicht‹.«

Seit Sebastian König vom Tod seines Vaters erfahren hatte, saß er auf der Sesselkante neben seiner Mutter und hatte den Arm um ihre Schultern gelegt. Trotz der Nähe, die diese Geste demonstrierte, wirkte etwas an seiner Körperhaltung so, als würde er lieber weit weg von ihr sitzen. Klaudia fragte sich, ob er von dem Alkoholproblem seiner Mutter wusste, oder ob er die Anzeichen ignorierte, wie so viele Angehörige von Suchtkranken.

»Was ist das für ein Gutachten?«, fragte Klaudia. Frau König schluchzte in ihr Taschentuch. Seit ihr Sohn neben ihr saß, war es um ihre Fassung geschehen.

»Soll ich Jan rufen, Mama?« Etwas wie ein Flehen schlich sich in Königs Stimme. »Er kann dir was zur Beruhigung geben.«

»Nein.« Entschlossen straffte Frau König die Schultern. »Hauptsache, du bist bei mir.«

»Geht's in dem Gutachten um die Eisenbelastung des Grundwassers?« Thang mischte sich wieder in das Gespräch.

»Nein.« König fuhr sich mit der Hand übers Kinn.

»CO_2-Speicherung. Mehr kann ich Ihnen dazu nicht sagen. Das Gutachten ist streng vertraulich.«

»Ach ja?«, hakte Klaudia nach. »Immerhin hat ihr Vater deshalb Drohbriefe erhalten.«

»Die er nicht ernst genommen hat«, widersprach Sebastian König.

Klaudia wollte ihn gerade daran erinnern, dass sein Vater tot war und es also zumindest posthum einen Grund gab, die Drohbriefe ernst zu nehmen, als Frau König das Wort ergriff.

»Doch hat er«, stieß sie hervor.

»Mama! Du hast doch selbst gesagt, er hätte …«

»Das stimmt auch. Aber er hat sich trotzdem Sorgen gemacht. Er hat sich sogar eine Pistole besorgt.«

»Eine Pistole?«, echote Sebastian. »Papa hatte eine Waffe?«

»Und das sagen Sie erst jetzt?«, fragte Thang scharf.

»Tut mir leid.« Frau König zuckte zurück, als hätte er sie geschlagen. »Ich bin so durcheinander.«

»Natürlich, Frau König.« Klaudia stieß Thang leicht mit dem Fuß an. Es fehlte noch, dass er die Frau verunsicherte.

»Woher hatte Ihr Mann diese Pistole?« Klaudia versuchte so beiläufig zu klingen, als spräche sie über das Wetter.

»Ich weiß es nicht«, schluchzte Frau König in ihr Taschentuch. »Vom Russenmarkt vielleicht. Er hat sie versteckt.«

»Woher weißt du es dann?«, wollte ihr Sohn wissen.

»Weil ich sie gesehen habe.« Frau König schaute zu ihm auf. Etwas in ihrer Haltung veränderte sich. »Dein Vater war nie gut darin, Sachen zu verbergen.«

Klaudia fragte sich, was Herr König noch vergeblich vor seiner Frau zu verbergen versucht hatte. Vielleicht lag hier ein Motiv.

»Ich glaub das einfach nicht. Das Ganze ist absurd.« Sebastian König trat an die Flügeltür und starrte hinaus. »Es kann einfach nicht sein. Bestimmt war es ein Unfall.« Er drehte sich um, schaute zu Thang. »Ich meine, dieser Farbbeutel … Man kommt doch nicht mit einem Farbbeutel, wenn man jemanden umbringen will. Oder?« Sein Blick wanderte zu Klaudia, und unwillkürlich schüttelte sie den Kopf. »Möglicherweise hat mein Vater versucht, den Einbrecher, oder wer immer das war, mit der Pistole zu vertreiben. Wäre das nicht möglich? Und dann war das Ganze ein Unfall.« Seine Augen füllten sich mit Tränen. »Und es hat ein Handgemenge gegeben, und ein Schuss hat sich gelöst. Es war bestimmt ein Unfall. Niemand würde doch meinen Vater töten wollen.«

»Oh Sebastian.« Frau König streckte die Arme nach ihrem Sohn aus, und zum ersten Mal hatte Klaudia das Gefühl, als würde ihr Schmerz über das Botox siegen.

»Wer ist noch an diesem Gutachten beteiligt?« Klaudia kramte ihr Handy aus der Tasche.

»Wieso fragen Sie?«

»Ihr Vater ist tot. Er hat Drohbriefe deswegen erhalten.«

»Sie meinen?«

»Wenn dieses Gutachten etwas mit dem Tod Ihres Vaters zu tun hat, dann kann es sein, dass auch andere Beteiligte gefährdet sind. Zumindest können wir diese Möglichkeit nicht ausschließen«, erklärte Klaudia geduldig. »Also: Hat außer Ihnen und Ihrem Vater noch jemand an diesem Gutachten gearbeitet?«

»Frau Heise«, sagte Sebastian König schließlich. Hastig schaute er zu seiner Mutter.

Was hatte dieser Blick denn nun zu bedeuten, dachte Klaudia. Sie tippte den Namen mit zwei Ausrufezeichen versehen in ihr Handy.

»Wie können wir diese Frau Heise erreichen?«

»Im Moment schlecht. Sie ist auf einer Fachtagung in London.«

»Wann kommt sie zurück?«

»Nach Pfingsten.«

»Okay. Sagen Sie ihr bitte, Sie soll mich anrufen.« Klaudia gab Sebastian König ihre Karte und stand auf, um sich zu verabschieden. Die wichtigste Frage hatte sie sich für den Schluss aufgespart.

»Ach so«, sagte sie, als fiele es ihr gerade erst ein. »Was für Wagen fahren Sie und Ihre Mutter?«

»Was spielt das für eine Rolle?«

»Bitte, Herr König.« Klaudia steckte ihr Handy zurück in die Tasche. »Sie können davon ausgehen, dass ich Gründe habe.«

»Ich fahre einen Van und Mutter ein Mercedes Coupé.«

»Ein Mercedes Coupé«, wiederholte Klaudia mit einem Seitenblick zu Thang. »Frau König, ich muss Sie fragen: Waren Sie heute Morgen am Wochenendhaus?«

»Wie kommen Sie darauf?«, polterte Sebastian König.

»Waren Sie dort, Frau König?«, wiederholte Klaudia ihre Frage, ohne Frau König aus den Augen zu lassen. Verdammte Botoxmaske.

»Nein. Warum sollte ich?« Die Finger der Witwe krallten sich um die Perlenkette.

»Hat vielleicht jemand Ihr Auto benutzt?«

»Nein. Natürlich nicht. Wer sollte das sein? Wie kommen Sie auf diese Frage?« Jedes Wort mit einem Ausrufezeichen versehend, wiederholte Frau König die Frage ihres Sohnes.

»Weil ein Coupé am Haus stand.«

»Wollen Sie etwa behaupten, ich hätte meinen Mann ermordet?«

»Ich gleiche lediglich Fakten ab«, antwortete Klaudia ausweichend. »Im Verlauf von Ermittlungen arbeiten Polizisten mit verschiedenen Varianten.« Ein Satz wie aus einer Vorlesung an der Polizeihochschule.

»Das fasse ich nicht.« Frau König musterte sie über das Kleenex hinweg. »Sie verdächtigen mich?«

»Tatsache ist, dass heute Morgen zwei Autos vor Ihrem Wochenendhaus parkten: Der SUV Ihres Mannes und ein Coupé.«

»Das ist absurd.« Frau König schüttelte den Kopf. Tränen liefen ihr über die Wangen. »Mein Mann wurde bedroht, erschossen – wahrscheinlich von irgendwelchen Radikalen –, und Ihnen fällt nichts Besseres ein, als mich zu verdächtigen.«

»Ich habe Sie nicht verdächtigt«, antwortete Klaudia und hoffte, dass man ihr die Lüge nicht anmerkte. »Wir müssen jedoch alle Möglichkeiten in Betracht ziehen.«

»Bitte gehen Sie.« Frau König sank in einen Sessel. »Diese Variante hat ein Nachspiel für Sie.«

12. Kapitel

Sobald die Wohnungstür hinter ihnen ins Schloss gefallen war, kramte Klaudia nach einem Kaugummi. »Puh«, stöhnte sie. »Wie ich das hasse. Mein Kopf dröhnt, als hätte ich die letzte Stunde bei einem Status-quo-Konzert im Inneren der Basedrumm verbracht.«

»CCS ist ein heißes Thema hier.« Thang wandte sich zur Treppe. Klaudia folgte ihm erleichtert. Allein der Gedanke, den Aufzug zu benutzen, ließ sie schlucken. Sie musste unbedingt etwas gegen diese Übelkeit unternehmen, sonst landete sie schneller im Innendienst, als sie das Wort buchstabieren konnte. Verstohlen schaute sie auf ihr Smartphone. Zumindest konnten sie Feierabend machen, wenn sie zurück waren.

»Was ist das eigentlich, dieses CCS?«

»Carbon Capture and Storage«, antwortete Thang, und Klaudia war so klug wie zuvor. Na ja. Sie würde es herausfinden. Zur Not konnte sie googeln, oder Annalene fragen.

»Und das Thema ist heiß genug, dass jemand ermordet wird?«

»Keine Ahnung.« Thang blieb auf dem Treppenabsatz stehen und wandte sich zu ihr um. »Klingt schon ein bisschen neben der Spur, oder?«

»Spinner gibt's überall. Denk mal an die RAF. Dabei fällt mir ein. Als ich mit diesem Schliebstieg …«

»Du meinst Schiebschick?«

»Wie auch immer«, antwortete Klaudia. »Also als ich mit dem unterwegs war, da war ein Radfahrer. Und das muss in der Nähe dieses Hauses gewesen sein.«

»Kannst du ihn beschreiben?«

»Nein.« Gedankenverloren ließ Klaudia eine Kaugummiblase zwischen den Lippen platzen. »Leider nicht. Ich hab nur seinen Rücken gesehen.«

»Auch 'ne Variante?«, fragte Thang und grinste breit. »Du hast dich da drin angehört wie ein Dozent für Ermittlungstechnik.«

»Gelernt ist gelernt.«

Aus Thangs Hose schallte der unsägliche Klingelton, der einen Anruf seiner Frau ankündigte.

»Willst du nicht drangehen?«, fragte Klaudia, als ihr Kollege keine Anstalten machte, das Handy aus seiner Jeans zu ziehen.

»Ich rufe später zurück.« Das Schrillen verstummte.

Klaudia stieg gerade in den Wagen, als Sebastian König aus dem Haus trat und sich suchend umschaute.

»Warten Sie.« Er winkte ihnen. »Das mit dem Auto ... Ich wollte nicht ... Ach Scheiße.« Hilflos hob er die Hände. »Können wir irgendwo in Ruhe miteinander reden?«

»Wie wär's mit da drüben?« Thang zeigte auf ein Café, das nur wenige Schritte entfernt lag. Als sie die Tür öffneten, tauchten sie ein in eine Wolke aus Bratfett und schnatternden Stimmen. Offensichtlich war die japanische Reisegruppe nun beim Programmpunkt Geselliges-Beisammensein-in-origineller-Restauration angelangt, und so zwängten sie sich an der Menschentraube und einem riesigen Coca-Cola-Kühlschrank vorbei zur Theke.

Klaudia hatte das Gefühl, in einem Meer von Geräuschen zu ertrinken. Um sich nur ja keine Blöße zu geben, stieg sie auf den Barhocker links von Sebastian König. Sie würde ihre gesamte Konzentration brauchen, um etwas in diesem Stimmenbrei zu verstehen.

»Möchten Sie etwas essen?«, fragte König.

Was dachte der sich eigentlich? Dass das ein Geschäftsessen war? Klaudia fing einen Blick Thangs auf, der offensichtlich das Gleiche dachte.

»Nein danke.« Auch wenn Klaudia wusste, dass sie etwas essen musste, wollte sie nicht, dass ihr Tinnitus auf die Lautstärke eines Hornissenschwarms anschwoll, so würde sie bestimmt nicht jetzt essen. Was hatte die Kurärztin gesagt? Regelmäßiges Essen. Keine Aufregung. Sie sollten vielleicht ihre berufliche Zukunft überdenken.

Klaudia seufzte. Die Ratschläge passten so gut wie Lippenherpes in ihren Alltag. Auf keinen Fall würde sie ihr Leben von gelegentlichen Schwindelattacken und einem Geräusch, das nur sie hörte, bestimmen lassen. Sie bestellte sich eine Cola, während Thang sich einen Tee und Sebastian König einen Caffè Latte bestellte.

Klaudia und Thang warteten schweigend, während Sebastian König mit einem Salzstreuer spielte. Was immer er zu sagen hatte, schien ihm nicht leichtzufallen. Klaudia bemerkte einen schmalen Goldreif am Ringfinger seiner rechten Hand. Sebastian König war verheiratet. Seltsam. Weder er noch seine Mutter hatten eine Schwiegertochter erwähnt.

»Das mit dem Auto«, begann König schließlich. »Ich wollte nicht, dass meine Mutter davon erfährt. Es ist schon schwer genug für sie …«

»Ja?« Klaudia dehnte den Vokal über Gebühr, als Sebastian König keine Anstalten machte, weiterzusprechen.

»Also wir leasen die Autos«, fuhr er schließlich fort. »Auch der Wagen meiner Mutter läuft über das Büro. Es ist einfach kostengünstiger. Verstehen Sie?«

»Ja«, sagte Klaudia, die ahnte, worauf Sebastian König

hinauswollte. »Wollen Sie sagen, es gibt mehr als ein Mercedes Coupé?«

»Ja.« Sebastian König klang erleichtert.

»Und wer fährt das andere Coupé? Ihre Frau?«

»Meine was?« Klappernd landete der Salzstreuer auf der Theke.

»Sie sind doch verheiratet, oder?« Auch Thang war der Ehering nicht entgangen.

»Ja schon.« Sebastian König schaute auf seine rechte Hand. »Aber mein Mann fährt kein Auto aus unserem Bestand. Eigentlich fährt er überhaupt kein Auto. Er arbeitet hier im St.-Hedwig-Krankenhaus, in Mitte.«

»Ah. Ja.« Wieder dehnte Klaudia den Vokal. Sie wartete ab, bis die Bedienung die Getränke vor ihnen abgestellt hatte, bevor sie den Faden wieder aufnahm.

»Wenn nicht Ihr Mann? Wer fährt dann das andere Coupé?«

»Eine Mitarbeiterin«, antwortete Sebastian König.

»Und hat diese Mitarbeiterin auch einen Namen?«, fragte Thang, während er Zitrone in seinen Tee presste.

»Frau Heise.«

»Ist das die Frau Heise, die zur Tagung in London ist?« Thang presste die Antworten aus König wie den Saft aus der Zitronenscheibe.

Sebastian König nickte.

»Und seit wann ist Frau Heise in London?« In Klaudias Hirn rastete ein Rädchen ein. Sie hatte das Gefühl, sich einer wichtigen Antwort zu nähern.

»Seit heute.« Sebastian König starrte auf seine Hände, die neben dem Caffè-Latte-Glas lagen. Für einen Mann hatte er erstaunlich lange und gebogene Wimpern. Welch eine Verschwendung.

»Aha.« Klaudia trank einen Schluck Cola, um ihm Gelegenheit zu geben, von sich aus weiterzusprechen.

»Und warum darf ihre Mutter nichts von diesem Wagen erfahren?«, fragte sie schließlich, als König die Gelegenheit verstreichen ließ.

Natürlich kannte sie die Antwort, aber sie wollte, dass er sie aussprach.

»Nun ja. Frau Heise war meinem Vater sehr zugetan.«

»Und er ihr.«

»Wahrscheinlich.«

»Sie könnte also am Ferienhaus gewesen sein?«

»Es kam vor, dass die beiden sich dort trafen, ja.«

»Und ihre Mutter wusste nichts von diesen Treffen?«

»Das weiß man bei ihr nie so genau.« Sebastian König nippte an seinem Kaffee. Er verzog das Gesicht.

»Wissen Sie«, fuhr er fort und stellte die Tasse zurück auf die Theke. »Meine Mutter hat die Fähigkeit perfektioniert, Dinge zu ignorieren.«

»Und weshalb hat sie diese Fähigkeit entwickelt?«, fragte Klaudia.

»Wahrscheinlich um ihre Selbstachtung nicht zu verlieren«, antwortete Sebastian König. »Mein Vater hat wohl schon seit längerem einen Hang zu jüngeren Frauen.«

»Hatte er?« Plötzlich sah Klaudia Arno und Carolin im Tresenspiegel. Sie hatte die beiden in seinem Büro erwischt. Sie hatte ihm nur eben die Trainingspläne geben wollen; gemeinsam hatten sie das Krav-Maga-Training der Polizeisportgruppe geleitet. Sie stellte ihr Glas so heftig ab, dass Cola auf den Tresen schwappte.

»Und Sie wussten von dieser Affäre?«

»Na ja. Im Büro wusste es jeder.«

»Und Sie haben nie daran gedacht, Ihrer Mutter von dieser Frau Heise zu erzählen?«

»Was hätte es gebracht?« Sebastian rührte Süßstoff in seinen Caffè Latte. »Meine Mutter hätte es wahrscheinlich ignoriert. Wie sie alles ignoriert, was ihr nicht passt.« Gedankenverloren spielte er mit dem schmalen Goldreif an seinem Ringfinger.

»So wie Ihre Ehe mit einem Mann?«, fragte Klaudia.

»Sie sagen es. Dabei könnte Jan ihr wirklich helfen. Er ist ja Arzt. Aber für meine Mutter existiert er einfach nicht. Nicht mal zur Trauung ist sie gekommen. Für sie bin ich immer noch ein Junggeselle, den sie mit den geschiedenen Töchtern ihrer Tennisklubfreundinnen zu verkuppeln versucht.«

»Und ihr Vater?«, fragte Thang. »Wie stand er zu Ihrer Ehe?«

»Begeistert war er nicht. Aber er hat sie schließlich akzeptiert. Ich bin sein einziger Sohn.«

Klaudia nickte. Sie versuchte sich vorzustellen, wie ein Ernst König auf die offene Homosexualität seines Sohnes reagiert hatte.

»Ich muss los.« Sebastian König schaute auf seine Armbanduhr. »Meine S-Bahn kommt in ein paar Minuten.«

»Es wird interessant sein, mit Frau Heise zu sprechen«, murmelte Thang, als König gegangen war.

»Wenn wir das können.« Klaudia kramte nach Trinkgeld für die Bedienung.

»Warum sollte das ein Problem sein?«, fragte Thang.

»Ich weiß nicht. Nur so ein Gefühl.«

13. Kapitel

»Bin ich?« Mit den Fingern reibt die Frau über ihre nackten Schienbeine.

Pling – Pling – Pling.

»Bin ich?« Sie reibt fester, bis das das schabende Geräusch das Tropfen übertönt und sie sich spürt. Ihre Hände wandern über ihre Arme, spüren den Stoff ihres …? *Nachthemd* taucht aus dem Nirgendwo auf.

»Nachthemd?« Die Hände der Frau erstarren in der Bewegung.

Schlafen. »Ich schlafe.« Die Frau lauscht dem Klang ihrer Stimme. Hohl klingt sie, wie nicht von dieser Welt.

»Ich träume.« Irgendwo im Nirgendwo weiß sie, dass es so etwas wie Träume gibt, und zu träumen erscheint ihr logischer zu sein, als namenlos, frierend und ohne Erinnerung neben einem Waschtrog in undurchdringlicher Dunkelheit zu kauern.

»Ich hatte einen Unfall. Ich bin bewusstlos.«

Es gibt Worte, die ihre Situation erklären.

»Und ich träume.« Die wichtigste Erklärung.

Ich träume. Wenn ich wach werde, liege ich in einem Bett und es ist Tag. *Tag? Nacht. Zeit.* Die Erkenntnis, dass es etwas wie Zeit gibt und sie keine Ahnung hat, wie viel Zeit seit – was auch immer passiert ist – vergangen ist, schüttelte die Frau wie hohes Fieber. Wie lange schon dauerte dieser Traum. Wie lange schon ist sie bewusstlos?

Sekunden? Wie die Stille zwischen den Wassertropfen.

Oder Minuten? Stunden? Tage? Wochen? Monate?

Ein Stoß hat's gegeben, ein Stoß hat's genommen.
Irgendwo im Nirgendwo wächst dieser Gedanke. Rhythmisch bewegt die Frau ihren Oberkörper vor und zurück. Zunächst sacht, dann schneller. Ihr Hinterkopf schlägt gegen die Wand. Schneller. Fester. Ihre Schädelknochen dröhnen.
Ein Stoß! Ein Stoß.
Ein Hut, ein Stock, ein Regenschirm, und vorwärts, rückwärts, seitwärts rein. Und eins und zwei und drei. Im Nirgendwo singen die Kinder. Lachen. *Und vier und fünf.*
Immer heftiger schlägt die Frau den Kopf gegen die Wand. *Ein Stoß hat's gegeben, ein Stoß hat's genommen.* Sie spürt nicht, wie die pralle Haut über der Beule aufspringt, spürt nicht, ihr Blut den Nacken hinunterfließen, spürt nicht den Schmerz. Der Kinderreim treibt sie vorwärts.
Und sechs und sieben und acht.
»Und neun und zehn«, stöhnt die Frau zwischen zusammengepressten Zähnen hervor.

Die Frau liegt wieder auf der Pritsche. Glühende Kohlen fressen sich durch ihren Hinterkopf.
Glühende Kohlen. Bilder begleiten diese Worte, Gerüche. Fett, das zischend auf Glut tropft. Inmitten dieser Bilder lauert die Angst.
Tropft? Eine Erinnerung streift ihr Bewusstsein. Schemenhaft und flüchtig wie ein Hauch.
Tropft? Tropfen? Getropft. Ich tropfe. Du tropfst.
Irgendwo im Nirgendwo lauert eine Erinnerung.
Der Tropfen. Die Tropfen. Tropfsteinhöhle. Die Gedanken verlieren sich im Schmerz. Die Frau hebt die Hand, tastet ihren Kopf ab, zischt, als ihre Finger auf die Wunde

treffen. Ihre suchenden Finger tasten sich durch das feuchte Haar hinunter zum Nacken, kratzen an der Kruste, wandern zur Nase. Metallischer Hauch.

Blut?

Ich und du! Müllers Kuh!

Die Kinderstimmen bringen die Erinnerung zurück. Sie ist schon einmal in dieser Schwärze erwacht. Ein Tröpfeln hat sie geweckt. *Das Tröpfeln!* Die Frau erstarrt, richtet sich auf, lauscht in die Stille, in der sie nichts hört außer dem Rasseln ihres Atems und einem fernen Sirren in ihrem Kopf. Der Hahn tropft nicht mehr. Das ferne Sirren schwillt an.

Der Hahn ist tot, der Hahn ist tot.
Der Hahn ist tot, der Hahn ist tot.
Er kann nicht mehr krähn! Ko-ko-di, Ko-ko-da.
Er kann nicht mehr krähn! Ko-ko-di, Ko-ko-da.

Wie Stacheldraht windet sich der Kanon um den Kopf der Frau, bohrt sich in ihre Stirn. Sie zerrt daran, wehrt sich.

Stacheldraht. Wieder so ein Wort aus dem Nichts. Ein Wort, das wehtut, Grenzen setzt.

Grenzen? Auch kein gutes Wort. Was haben diese Worte mit ihr zu tun? Wo findet sie sich in diesen Worten? Die Frau reibt sich die Stirn.

Da ist kein Stacheldraht.

Die Frau hebt den Kopf, braucht einen Moment, um zu begreifen, dass die Stimme in ihr ist.

»Wer bin ich?« In dem Moment, in dem sie die Frage ausspricht, weiß sie, dass sie diese Frage nicht zum ersten Mal stellt, und sie weiß, dass die Stimme ihr nicht antworten wird.

»Wer bist du?« Eine neue Frage, aber auch diese verhallt ungehört. Die Stimme hat sich zurückgezogen ins
Nirgendwo, das nun von Stacheldraht umzäunt ist, auch
wenn die Stimme es leugnet.

14. Kapitel

Die Putzfrau leerte bereits die Papierkörbe, als Klaudia
und Thang in ihr Büro unterm Dach zurückkehrten. Auf
Klaudias Schreibtisch lagen die vorbereitete Akte sowie
eine Notiz, dass laut – es folgte ein unleserlicher Name –
die Leiche direkt nach Pfingsten dran sei.

»Das bedeutet wohl, dass wir Feierabend machen können.« Thang griff nach seinem City-Biker. »Hast du Hunger?« Er zog eine Tupperdose hervor und hielt sie ihr
hin.

»Was ist das?« Klaudia öffnete sie. Fettiger Sojageruch
stieg ihr in die Nase.

»Hat meine Frau gemacht«, sagte Thang, weil es nor-
maler klang als die Wahrheit.

»Danke nein.« Sie reichte Thang die Dose zurück.
»Mann müsste man sein. Dann kriegt man sogar regelmä-
ßige Mahlzeiten. Was macht deine Frau, wenn sie nicht
gerade kocht?«

»Erzieherin.«

»Und da hat sie Zeit, dich zu bekochen?«

»Im Moment arbeitet sie nicht.« Thang setzte seinen
Fahrradhelm auf.

»Urlaub?«, fragte Klaudia.

»Nein.« Thang starrte auf einen Punkt neben Klaudias Gesicht. »Gesundheitliche Probleme.«

Und Platsch. Fettnäpfchenalarm. Klaudia wäre am liebsten in der Fallakte verschwunden.

»Das tut mir leid. Na ja«, fügte sie hinzu. »War ein langer Tag. Wir sehen uns.«

Nachdem Thang das Büro verlassen hatte, lehnte Klaudia sich in ihren Bürostuhl zurück. Nach dieser Schlingerpartie durch diverse Fettnäpfchen war sie froh, dass niemand zu Hause auf sie wartete. Mit Dienstschluss hatte sich auch dieser Dauerschwindel aus ihrem Kopf verabschiedet, und sie beschloss, dass dies ein guter Tag wäre, um ihn vor dem Fernseher zu beenden.

Die Sonne stand schon tief im Westen, als sie auf den Kauflandparkplatz fuhr. Sie ignorierte die Tiefkühltheke mit den praktischen Singleportionen und klemmte sich stattdessen einen Beutel Weingummi und eine Chipstüte unter den Arm.

Kauf nie mit leerem Magen ein, hatte ihre Mutter immer gesagt. Klaudia drehte Celine Dion lauter, die gerade sehr passend *No Surrender* sang.

Uwes Wagen parkte bereits in der Einfahrt, er war also zu seiner Familie zurückgekehrt.

Na bitte, dachte Klaudia. Allen Streitigkeiten zum Trotz konnte sie sich ihn nicht ohne seine Familie vorstellen. Soweit sie das beurteilen konnte, gehörte Uwe zu der Sorte Männer, die samstags mit ihren Frauen einkaufen fuhren und selbst bei strömendem Regen zum Rauchen vor die Tür gingen. Er war also so ganz anders als Arno, dem Klaudia nur mit Mühe abgewöhnt hatte, im gemeinsamen Schlafzimmer zu rauchen. Eben ein Familienmann durch und durch, auch wenn er beim Rasenmähen ab und zu den Macho raushängen ließ. Möglicherweise lag das aber auch an seinem Minderheitenstatus in der eigenen Familie: Er stand als einziges männliches Wesen drei Weibern gegenüber, einer davon pubertierend.

»Bist du da?«

Annalene klopfte an ihrer Wohnungstür, bevor Klaudia noch die Schuhe abgestreift hatte. Wenn man vom Teufel spricht. Sie war sehr versucht, das Klopfen zu ignorieren, aber dann siegte ihr schlechtes Gewissen.

Du kannst das Mädchen nicht vor der Tür stehen lassen, dachte sie. Das gehört sich nicht. Klaudia verdrehte die Augen. Ein typischer Satz ihrer Mutter. Die Begegnung mit Frau König hatte ihr offensichtlich nicht nur beruflich zugesetzt. Die betrunkene Frau hatte eine Tür in ihr geöffnet, die sie lieber verschlossen hielt. Klaudia hatte das Gefühl, die rauchige Säuferstimme ihrer Mutter zu hören. Der waren solche Sachen immer wichtig gewesen. Was man tat oder, wichtiger noch, nicht tat. Nicht darauf bedacht, was die Leute denken. Das war ihr egal gewesen. Sondern eher im Sinne von: Tu keinem weh. Typisch Krankenschwester eben. Ihre eigenen Verletzungen hatte Klaudias Mutter mit Alkohol desinfiziert, bis die Wunden auf ihrer Seele nicht mehr nässten, aber dafür ihre von Krampfadern durchzogene Speiseröhre. Das Blut war nur so aus ihr herausgesprudelt. Kein schöner Tod. Und kein schöner Anblick, wenn man von der Schule nach Hause kam. Klaudia schüttelte die Erinnerung ab wie eine haarige Spinne und öffnete die Tür.

»Hi«, sagte sie mit aufgesetzter Munterkeit in der Stimme. »Ich bin grad erst zur Tür rein.«

Nicht dass Annalene solche zarten Winke verstanden hätte. Wie alle Teenager war ihr Gehirn auf Durchzug geschaltet, wenn es nicht um ihre eigenen Bedürfnisse ging oder darum, die Welt zu retten. Wahrscheinlich war diese Form von Autismus eine notwendige Phase der Abnabelung. Klaudia plumpste auf das blaue Leinensofa, das diskreten 80er Jahre Ikea-Charme versprühte, ebenso wie der Flickenteppich, der Rattanschaukelstuhl und der niedrige Couchtisch. Sie hatte die Einliegerwohnung mitsamt den Möbeln übernommen. Ihre eigenen Möbel waren, ebenso wie der Fiat Panda, in ihrem alten Leben geblieben. Nur den badetuchgroßen Flokati, der jetzt vor dem Sofa lag, hatte sie mitgenommen. Jetzt fuhr Carolin den Panda (wenn er ihr nicht zu poplig war), schlief in ihrem Bett, duschte in ihrem Bad, und kuschelte sich auf ihrem Sofa an Arno. Letzterer war ihr bestimmt nicht zu poplig. An dieser Stelle stolperte Klaudias Verstand aus der Erinnerung, wie aus einer überfüllten S-Bahn.

»Würde hier nicht ein Bild gut aussehen?«, fragte sie ihren Besuch.

»Mama ist voll ätzend.«

»So richtig knallbunt.« Klaudia kniff ein Auge zu und versuchte, sich eins der Acrylbilder, die Frau König malte, an der geweißten Wand hinter dem Fernseher vorzustellen. Sie schüttelte den Kopf. Eindeutig fehlte ihrer Wohnung dazu die nötige Weite.

»Du hörst mir nicht zu!«

Du mir doch auch nicht, hätte Klaudia antworten können, unterließ es aber. Das Mädchen konnte schließlich nichts dafür, dass sie einen Scheißtag hinter sich hatte. Ihr Magen knurrte, aber sie würde einen Teufel tun und Chips und Weingummi mit Annalene teilen. Was hatte die Kleine eigentlich gesagt? Irgendetwas über Silke.

»Das denkt man immer in deinem Alter«, gab Klaudia eine der potenziell passenden Standardantworten. »Später tut's einem leid.«

Sie drehte das Gesicht weg, während sie diese Floskeln abspulte. Annalene würde am Schwung ihrer Augenbrauen erkennen, dass sie log. Teenager waren in solchen Dingen mindestens so hellsichtig, wie sie ansonsten betriebsblind waren.

Noch immer bereitete ihr das Gespräch mit der Witwe Bauchschmerzen. Normalerweise gelang es ihr, mit den Menschen mitzufühlen und über deren Schmerz eine Beziehung zu ihnen aufzubauen, aber bei Frau König war sie schmählich gescheitert. Sie hatte sich gefühlt, als säße sie vor einer Leinwand.

»Was hat Silke denn diesmal ausgefressen?«

»Papa ist auch voll von der Rolle. Keiner will es. Nur sie und natürlich Bhanu. Aber für die ist es auch nur eine andere Sorte Puppe. Sie ist voll scheiße.«

»Wer? Bhanu?« Klaudia verwirrte der Name immer noch. Irgendwie klang er türkisch, Silke hatte ihr jedoch erklärt, der Name stamme aus Indien und würde Sonne bedeuten.

»Häh? Wieso Bhanu? Mama natürlich. Wie kann sie nur so egoistisch sein.«

»Egoistisch?«, wiederholte Klaudia. Sie schüttelte den Kopf. Also egoistisch war nicht das erste Adjektiv, das ihr zu ihrer Vermieterin einfiel. Bei ihr sähe Silkes Personenbeschreibung anders aus: Weiblich – Ende 30 (38 um genau zu sein) mausbraune Haare – schmales Gesicht – prominentes Kinn – breiter Mund – die Schultern immer etwas nach vorne geneigt und die Knie eingeknickt, um zu verschleiern, dass sie größer war als Uwe. Also kurz gesagt: Langweilig. Betulich. Durchschnittlich. So wie ich halt, nur fehlen mir das prominente Kinn und der breite Mund. Die Erkenntnis traf Klaudia wie eine Ohrfeige. Wir sind uns ähnlich. Nur hatte sie keinen Mann, für den sie in die Knie ging.

Und sie war auch keine Helikoptermutter, wie es auf neuhochdeutsch hieß und würde mangels Mann wohl auch nie eine werden.

Aber egoistisch? War jemand egoistisch, der auf jedem Schulfest hinter der Kuchentheke stand, der seine Kinder vom Schwimmen, zur Musikschule, zur Freundin, zum Klo kutschierte? Vielleicht. Immerhin hatte Silke ihren egoistischen Wunsch nach Kindern durchgesetzt. Nicht so wie andere Frauen, deren biologische Uhr ungehört tickte.

»Was hat deine Mutter denn diesmal gemacht?«, fragte Klaudia, bevor sie ganz in Selbstmitleid versinken würde. »Weigert sie sich, dich von der Disse abzuholen?«

»Sie lässt mich ja nicht mal hin«, schnaubte Annalene. »Mann ich bin fünfzehn Jahre alt und Bhanu zehn. Und sie setzt sich hin und brütet ein neues Baby aus. Als ob es nicht sowieso schon zu viele Menschen auf diesem Planeten gäbe. Weißt du, dass es zum Jahreswechsel 7.111.960.000 Menschen waren und jede Minute kommt einer hinzu?

Deutschland überaltert, hätte Klaudia anmerken können, unterließ es aber.

»Außerdem. Wie sieht denn das aus? Sie ist doch uralt.« Annalene sackte neben Klaudia aufs Sofa und zog die Beine an die Brust.

Uralt? Silke war knapp drei Jahre jünger als Klaudia. »Deine Mutter ist schwanger?«

»Sag ich doch«, brummte Annalene, die Nase zwischen den Knien, was ihrer Aussprache einen leicht hanseatischen Touch gab. »Und nun sollen wir alle Rücksicht nehmen: Mir ist grad nicht wohl, kannst du bitte das Müsli vorbereiten? Musst du so viel Ketchup auf deinen Käse schütten? Mir wird schon vom Geruch übel. Ich muss mich noch mal hinlegen«, imitierte Annalene ihre Mutter. »Papa findet das auch voll scheiße.«

»Ach ja?« Klaudia blies die Wangen auf. Deshalb also hatte der Haussegen bei Familie Michalke mehr Schlagseite als ein Betrunkener mit drei Promille. Klaudia suchte in ihrem leeren Hirn nach passenden Worten, hörte aber nur das Sirren.

»Nun ja«, stotterte sie schließlich. »Wenn Menschen sich …« Herrgott, was rede ich da. Bitte, wo geht's zur nächsten Todesnachricht?

»Ich weiß, wie Babys gemacht werden.« Annalene stellte die Füße auf den Boden und schob die Hände unter die Oberschenkel. Mit vorgebeugtem Oberkörper schaukelte sie sacht vor und zurück. »Was ich nicht weiß, ist, warum Mama das in ihrem Alter nicht verhindert hat.«

Klaudia stand auf und setzte sich in den Schaukelstuhl. Ihre eigenen Bewegungen konnte sie ertragen, aber nicht, wenn das Sofa wackelte.

»Papa will, dass sie es wegmachen lässt. Aber Mama denkt nicht daran.«

»Woher weißt du das denn?« Klaudia konnte sich nicht vorstellen, dass Uwe dieses Thema mit seiner Tochter besprach.

»So viele Kopfkissen gibt's im ganzen Haus nicht, dass ich sie nicht hören muss, wenn sie sich anschreien.«

»Dumme Sache.«

»Kannst du laut sagen.«

»Lieber nicht, sonst hört mich einer.«

Nach dem gequälten Lachen, das Klaudias Bemerkung folgte, saßen sich die beiden gegenüber und starrten Löcher in die Luft.

Silke war schwanger. Eine Faust ballte sich unterhalb Klaudias Nabel. Wann hatte sie eigentlich das letzte Mal ihre Tage gehabt? Nicht dass sie befürchten musste, schwanger zu sein. Eher das Gegenteil. Jenseits der vierzig, war ein Sechser im Lotto wahrscheinlicher. Vor allem, wenn Frau – wie Klaudia – im unfreiwilligen Zölibat lebte. Arno pimperte eine Dreißigjährige und war der große Hengst. Sie war für dreißigjährige Kerle so attraktiv wie ein klebriger Duschvorhang. Silke hat doch schon zwei Kinder. Und ich keins. Ein Gedanke wie ein Schrei. Warum hatte sie Arno nicht einfach vor vollendete Tatsachen gestellt? Warum nicht einfach die Pille vergessen? Damals, als noch Zeit war.

»Sie verschickt sogar Bilder. Schau hier.« Annalene zog ihr Smartphone aus der Jeanstasche. Ein Aufkleber – blaue Wolke, rote Flamme – zierte die Schutzhülle.

Klaudia warf einen kurzen Blick auf das Ultraschallbild. Wie mochte sich das anfühlen, wenn so ein Mensch in einem heranwuchs. »Woher hast du den?« Mit dem Daumen strich sie über den Aufkleber.

»Na, von Mama. Sie hat's mir per E-Mail geschickt. Wenn die das in ihrem Facebookprofil postet, bring ich mich um.«

»Nicht das Bild, den Aufkleber.«

»Den?« Annalene drehte das Smartphone in ihrer Hand um. »Den hab ich vom Klimacamp im letzten Jahr.

Papa ist ausgerastet. Ich hab nämlich gesagt, ich übernachte bei einer Freundin. Sogar bei der Blockade waren wir dabei. Das war so was von geil.«

»Wie sind diese Leute so?« fragte Klaudia. »Sehr radikal?«

»Glaubst du auch diesen Scheiß?« Annalenes Zeigefinger wischte über den Bildschirm. »Die Bosse von den multinationalen Energiekonzernen sagen das nur, um Stimmung gegen uns zu machen.«

»Der Satz stammt aber nicht von dir, oder?«

»Du redest genau wie Papa.« Annalene steckte ihr Smartphone zurück in die Tasche ihrer Jeans. »Nein im Ernst. Das Camp letztes Jahr hat sogar ein Pfarrer organisiert. Der hat deshalb Riesenärger mit seiner Kirche gekriegt.«

»Und wie heißt dieser Pfarrer?«

»Bist du bei der Stasi oder was?«

»Haha. Du bist schließlich nicht die Einzige, die sich für die Umwelt interessiert.« Klaudia erwähnte nicht, dass sie bei dem Thema kaum über das Alltägliche hinausging. Sie trennte Müll, kaufte keine Einmalflaschen und hatte immer einen Einkaufskorb im Kofferraum, um nur ja nicht in Verlegenheit zu kommen, Plastiktüten kaufen zu müssen. Aber das trieb sie nicht auf die Straße, um Kraftwerke zu blockieren. Ganz im Gegenteil. Wenn sie nur daran dachte, bekam sie Rückenschmerzen. Schließlich hatte sie ihre Dienstjahre in der Hundertschaft damit verbracht, in und um Brokdorf Demonstranten von Straßen und Gleisen zu tragen.

»Keine Ahnung.« Annalene stemmte sich auf ihre Füße. »Ich weiß nur, dass er Pfarrer in Jänschwalde ist.«

15. Kapitel

Klaudia fand noch heraus, dass dieser Pfarrer evangelisch war – immerhin ein erster Ansatzpunkt –, dann verschwand Annalene, und sie schaltete den Fernseher ein und verkroch sich mit Chips und Weingummi in ihr Bett. In der Nacht träumte sie von Händen, die sie berührten, eine Zunge glitt über ihre Brüste, ihren Bauchnabel, ein dunkler Haarschopf schob sich zwischen ihre Beine und ... klingelte. Klaudia erwachte mit der fettigen Hand zwischen den Schenkeln. Ihre Klitoris pulsierte im Rhythmus des Smartphones auf dem Nachttisch. Sie hätte heulen können. »Ja?«

»Hab ich dich geweckt? Das tut mir leid. Ich wollte nur –«

»Morgen, Conny. Ja. Ich meine nein.« Klaudia rieb sich die Augen. »Autsch.«

»Was ist?« Connys besorgte Nachfrage ließ nicht auf sich warten. Solange Klaudia Conny kannte, machte sich die Frau ihres Vaters Sorgen. In erster Linie um sie, die traumatisierte voreheliche Tochter, und in zweiter Linie um den Einfluss, den diese Tochter auf ihre jüngeren Halbgeschwister hatte.

»Nein, nein. Alles bestens«, widersprach Klaudia hastig. Wie spät ist es eigentlich? Sie nahm das Smartphone vom Ohr. Halb sieben. Wieso rief Conny mitten in der Nacht an. »Ist was mit Papa?«

»Nein, nein, alles bestens«, antwortete Conny so munter, dass Klaudia das Schlimmste befürchtete. Was war passiert? Herzinfarkt? Schlaganfall? Wasserrohrbruch?

»Geht's Papa wirklich gut?«

»Doch ja. Er hat alles gut überstanden.«

»Was. Hat. Er. Überstanden?« Klaudia setzte sich auf und stellte beide Füße auf den Fußboden. Sie hatte das Gefühl, sitzend besser gegen das Kommende gewappnet zu sein. Ein rotes Gummibärchen fiel ihr in den Schoß.

»Na ja, alles. Die Besucher. Die Enkel. Die Anrufe.«

Besucher? Enkel? Anrufe?

Gedankenverloren steckte sich Klaudia das Bärchen in den Mund.

»Was war denn?« Oh Scheiße. Kaum ausgesprochen, rieselte die Erkenntnis, dass ihr Vater gestern Geburtstag gehabt hatte, zu den Krümeln in ihrem Schoß. »Tut mir leid, dass ich mich nicht gemeldet habe. Ich steck mitten in einer Ermittlung. Ich ruf heute Abend an. Versprochen.«

»Das wird ihn freuen. Wir vermissen dich. Aber sag ihm nicht, dass ich angerufen habe. Er wollte es nicht. Aber ich hab gedacht …«

»Danke, dass du angerufen hast. Und ich komm bestimmt demnächst mal ein Wochenende vorbei«, log Klaudia. Allein die Vorstellung, in die Stadt zurückzukehren, in der Arno mit seiner Neuen lebte, ließ die Gummibärchen in ihrem Bauch zu Monstern aufquellen. Apropos Monster. »Wie geht's denn den Enkelmonstern?« Conny auf die Enkelkinder anzusprechen, war immer das sicherste Mittel, sie von einem unangenehmen Thema abzubringen. Der Trick funktionierte auch diesmal. Klaudia drückte auf die Freisprechfunktion und nahm das Smartphone mit zum Zähneputzen ins Bad.

Uwes Sharan stand noch vor dem Haus, als sie geduscht und schwindelfrei das Haus verließ. Hinter dem Wischblatt ihres Wagens steckte keine Rose, und sehr zu ihrem Erstaunen fand sie sogar einen Parkplatz vor dem Revier. Ein guter Tag.

Zwei Stufen auf einmal nehmend, rannte sie die Treppe zu den Büros hinauf.

»Morgen.« Ihr etwas atemloser Gruß blieb unerwidert. Thangs Schreibtisch stand verwaist in seiner Ecke. Staub tanzte im Sonnenlicht. Das Pfingstwochenende schien früh anzufangen in diesen Breiten. Klaudia griff nach der Fallakte. Bilder vom Tatort rutschten heraus. Alle Achtung. Der Akten führende Kollege war wohl Frühaufsteher. Klaudia nahm die Bilder zur Hand. Überall rote Farbe, die Leiche. Und dann der Bruch: Grau. Schwarz. Sie selbst, wie sie neben Thang stand: Hängende Schultern, Knie eingeknickt und die Augen zusammengekniffen. Blödmann. Klaudia erinnerte sich an den Moment vor dem Haus des Toten. Aber wer war hier eigentlich der Blödmann? Sie strich mit der Fingerspitze über das Bild. Wieso machte sie sich klein, wenn sie neben einem Kollegen stand? Und wieso kriegte sie das nicht einmal mit?

»Dieser Farbbeutel …«

Das Foto flatterte auf die Tischplatte. Mann, Schreiber hatte vielleicht eine Art, sich anzuschleichen.

»Ja, war eine ganz schöne Schweinerei.«

»Ich hab mal bei den uniformierten Kollegen nachgefragt. In letzter Zeit hat es einigen Vandalismus in der Gegend gegeben«, bemerkte Schreiber.

»Das ist interessant.« Klaudia erzählte ihm von den Drohbriefen und dem Radfahrer. »Deshalb wollte ich heute mal einem Pfarrer in Jänschwalde einen Besuch abstatten. Vielleicht kann der mir helfen.«

»Ist Thang schon im verlängerten Wochenende?«, fragte Schreiber.

Klaudia schaute sich um, als würde sie erst jetzt die Abwesenheit des Kollegen bemerken. »Sieht fast so aus«, antwortete sie schließlich mit einem schiefen Grinsen. »Wir zwei scheinen die letzten Mohikaner hier zu sein.«

»Einer muss ja die Stellung halten, und da ich keine Familie hab ...«

»Auch Pfingstbereitschaft?«

Schreiber nickte seinen Schuhspitzen zu.

»Na, dann können wir nur hoffen, dass wir nicht die kompletten Feiertage miteinander verbringen ...«

Zum ersten Mal schaute Schreiber ihr ins Gesicht: die Augen so rund wie seine Nickelbrille. Vom Adamsapfel ausgehend wanderten hektische Flecken über das glatt rasierte Gesicht.

»... und es ruhig bleibt«, beendete Klaudia den Satz und spürte, wie auch ihr die Hitze in die Wangen stieg. Sie lächelte, um ihren Worten die vermeintliche Schärfe zu nehmen. »Sie haben die Bilder schon gesehen?« Schreiber zeigte auf die Akte.

»Ja, danke.« Klaudia zerriss das Bild, das dieser Demel von ihr gemacht hatte. »Das dient ja wahrscheinlich nicht der Wahrheitsfindung.« Wow, Schreiber konnte sogar lächeln.

»Der Kollege Demel fotografiert alles, was nicht bei drei auf dem Baum ist.«

»Wär ich gewesen, wenn er mich angezählt hätte.« Unschlüssig schob Klaudia die Akte über den Schreibtisch. »Ich –«

»Vielleicht –«, sagte Schreiber im gleichen Augenblick.

»Oh Entschuldigung.« Wieder beide gleichzeitig.

»Sie zuerst.« Klaudia ließ die Akte Akte sein und achtete darauf, sich nicht als Nächstes die Haare hinter die Ohren zu schieben.

»Ich wollte sagen, vielleicht könnten wir mal ...«

»Ja gerne«, antwortete Klaudia, bevor er seine Frage überhaupt ausgesprochen hatte, und hätte sich dafür die Zunge abbeißen mögen.

»Heute Abend?«

»Heute? Äh. Ich.«

Klaudia wollte einen Rückzieher machen, sich eine Ausrede ausdenken. Aber: Warum eigentlich nicht? Schreiber war ein Kollege. Er wollte wahrscheinlich nur nett sein. Es gab solche Männer. Männer, die einfach nur nett waren, ohne jeden Hintergedanken.

Klaudia schob sich die Haare hinter die Ohren. Und wenn schon. Ich muss ja nicht gleich mit ihm ins Bett steigen. »Gerne, Herr Schreiber«, antwortete sie und fragte sich im gleichen Augenblick, ob sie nun das Essen oder das Insbettsteigen meinte. Wahrscheinlich würde Schreiber aus ihrem Büro fliehen, wenn er nur einen flüchtigen Blick auf ihre Gedanken werfen könnte.

»Wie wär's mit dem *La Casa* am Markt?«

»Ist das ein Italiener?«

»Nein, ein Spanier, wollen Sie lieber ...? Dann könnten wir auch ins *Taj Mahal*?«

»Nein. Nein. Perfekt. Sagen wir ...« Klaudia überschlug ihren Tagesplan. »So gegen sieben?« Dann blieb ihr genügend Zeit, sich umzuziehen.

Schreiber nickte.

»Wie komme ich eigentlich nach Jänschwalde?«, wechselte sie das Thema.

»Oh, das ist ganz einfach.« Schreiber empfahl Klaudia für ihren Weg dorthin eine landschaftlich reizvolle

Route, die sie um die Cottbusser Innenstadt herumführen würde. Klaudia war einverstanden, auch wenn sie weniger Angst vor dem Cottbusser Vorfeiertagsverkehr hatte, als Schreiber annahm.

Klaudia genoss die Fahrt. Arbeiten, wo andere Urlaub machen. Als Kind des Reviers hatte sie sich den Osten immer dunkel vorgestellt. Aber das war er nicht. Klaudia gefiel ihre neue Heimat. Sie mochte die gemütlichen Orte mit ihren zweisprachigen Ortsschildern und den Feuerwehrtürmen, den Blick über Felder und Wiesen und das frische Grün der lichten Wälder. Weniger gut gefielen ihr die Wahlplakate der NPD, die am Straßenrand hingen. Gemessen an der Plakatdichte, schienen sie die stärkste politische Kraft der Region zu sein. Aber vielleicht schrien sie einfach nur am lautesten. In Göritz verhinderte nur eine Vollbremsung, die ihr das ärgerliche Hupen des nachfolgenden Audis einbrachte, ein Foto aus dem Starenkasten. In Eichow fuhr sie direkt in eine Räucherwolke, und es dauerte weitere fünf Kilometer, bis sich ihr Appetit auf Wurst legte.

»I can touch the sky.« Klaudia sang den Text mit, während sie die von Erlen gesäumte Landstraße entlangzockelte. Selbst die vielen Radfahrer mit ihren windschnittigen Helmen störten sie nicht. Zum ersten Mal seit der Trennung zerrte kein Gewicht an ihr. Sie wusste nicht, wem oder was sie ihre Hochstimmung verdankte. Dem gestohlenen Orgasmus, der immer noch zwischen ihren Schenkeln vibrierte? Oder dem Date? Oder lag es einfach nur daran, dass sie einen Fall hatte und die Sonne schien und die Welt sich heute nicht um sie, sondern um die eigene Achse drehte. Sonnenlicht flimmerte durch die Baumwipfel und malte Muster auf den Asphalt.

Klaudia fuhr vorbei an Seen, die wie gehämmertes Glas in der Sonne glitzerten. Am Rand der Wiesen, die gelb gesprenkelt vom Löwenzahn waren, wuchs Schilf und erinnerte daran, dass dieses gesamte Land einmal Sumpf gewesen war. Noch in Cottbus sah Klaudia die ersten Hinweisschilder auf Aussichtspunkte des Braunkohletagebaus. Als Ruhrgebietskind kam sie aus einer Region, in der man wusste, wie wichtig Kohle war, trotzdem stellten sich ihr bei dem Gedanken, wie riesige Maschinen ganze Dörfer von der Landkarte frästen, die Nackenhaare auf, und unwillkürlich fragte sie sich, was vorher an Stelle der Seen gewesen war, die sich hinter Schilfgürteln verbargen. Kurz hinter Cottbus ragten die Kraftwerkstürme von Jänschwalde hinter einer frisch angepflanzten Schonung auf, und dann ließ Klaudia für die letzten Kilometer die Industrie wieder hinter sich und fuhr durch lichtes Ackerland.

Am Dorfsupermarkt verkündete ihr Navi, dass Klaudia ihr Ziel erreicht habe.

16. Kapitel

Der Hahn ist tot …

Die Worte dörrten ihre Schleimhäute aus.

Durst. Sie weiß, sie muss trinken. Ihr Körper erinnert sich: Fünf torkelnde Schritte geradeaus, drei nach links. Dann berührt ihr Knie den Waschtrog. Die Hände der Frau tasten durch die Luft, finden den Hahn, drehen ihn. Nichts. Kein Tropfen Wasser. Mit der Fingerspitze wischt sie den Rest Feuchtigkeit vom Kran. Den Finger im Mund sinkt sie zu Boden.

Ko-ko-di, Ko-ko-da. Sind diese Kinderstimmen Teil der Stille, oder sind sie Teil ihres Lebens? Hat sie Kinder? Die Frau versucht, sich Kinder vorzustellen. Einen Jungen? Ein Mädchen? Sie wartet auf ein Gefühl, das ihr sagt: Du bist auf dem richtigen Weg.

Reiß dich zusammen. Denk nach.

Denken? »Ich denke, du denkst, er denkt …« Die Worte verschrumpeln auf dem Weg. *Was soll ich denken?*

Irgendwer tut dir das an. Irgendwer ist hier.

»Wo ist hier?« Die Stimme der Frau versickert in der Dunkelheit.

Finde es heraus.

»Wie denn?« Die Frau duckt sich unter dem Vorwurf.

Taste dich vor.

So lange ist die Stimme noch nie aus dem Nirgendwo aufgetaucht.

»Wer bin ich?«

Ich und du Müllers Kuh. Ich und du Müllers Kuh. Die Kinderstimmen. Die Frau beginnt sie zu hassen. Kann man Kinder hassen? Ist sie hier, weil sie Kinder hassen kann?

Zerrissen wie Nebelschwaden wabern Gedanken durch den Kopf der Frau. Ein Bild taucht auf: Bäume. Ein Fluss. Nebel ziehen über die Wasser. Eine gesichtslose Gestalt in einem Boot. Sie streckt die Hände aus.

Der Hahn ist tot, der Hahn ist tot.

Die Frau wippt vor und zurück, erst langsam, dann im Rhythmus des Kanons immer schneller. Ihr Hinterkopf schlägt wieder gegen die Wand. Sie begrüßt den Schmerz wie einen Freund.

Du bringst dich um.

»Ich sterbe sowieso. Ich sterbe. Du sterbe. Er sterbe. Ihre Zunge stolpert über die Worte. Sie klingen falsch.

Die Frau schlägt heftiger mit dem Kopf gegen die Wand. Der Schmerz der aufgeplatzten Wunde zerfetzt den Stacheldraht.

Ein schrilles Kreischen lässt die Frau erstarren. Licht explodiert im Raum. Schützend kneift sie die Lider zusammen, presst die Hände gegen die Ohren. Trotzdem fährt das Kreischen wie ein Stromstoß durch ihren Körper. Das grellweiße Licht hinterlässt blutrote Schlieren auf ihren Netzhäuten.

»Was?« Die Frau zittert, spürt das Blut an ihren Händen. Ohne nachzudenken, leckt sie es sich von den Fingern. »Wer bist du?« Sie schreit die Frage in das weiße Licht. Dann ist es vorbei.

»Wo bist du?«, ruft sie und meint doch: Wo bin ich?

Nach der Explosion von Licht und Lärm vibriert die Stille, und in diese Stille hinein schwappt ein Gedanke.

ER sieht mich.

»Warum?«, schreit sie in die Dunkelheit. *Ich und du … Ich und du …*

Die Frau wippt wieder mit dem Oberkörper. Zögernd, in die Dunkelheit lauschend. Schlägt mit dem Kopf gegen die Wand.

Ich und du … Ich und du …

Diesmal weicht sie dem Schmerz aus. Sie weiß jetzt, dass es sie gibt, und sie weiß, dass ER sich hinter der Finsternis verbirgt. Sie ruft ihn mit ihrem Schmerz. Diesmal rechnet sie mit dem grellen Licht und dem Lärm, trotzdem zerreißt es sie.

»Ich will trinken.« Sie kreischt gegen den Lärm an. In

der plötzlichen Stille hört sie das Tropfen des Wasserhahns.

Pling – Pling – Pling.

Die Frau hat ihre zweite Lektion gelernt: Schmerz
hilft.

17. Kapitel

Der Pfarrer hatte ein rundes Gesicht, einen gepflegten
Bart, und Klaudia musste neben ihm weder in die Knie
gehen noch die Schultern hängen lassen. Dr. Jörg Vollmer überragte sie um Haupteslänge, trug Jeans, ein kariertes Hemd und einen Ehering, und Klaudia schätzte
ihn auf Mitte bis Ende vierzig.

»Was führt Sie zu mir?« Der Pfarrer öffnete die Tür zu
seinem Arbeitszimmer, und Klaudia prallte zurück. Hinter seinem Schreibtisch prangte das gleiche überdimen-
sionale Acrylbild wie in der Datscha.

»Ich find's auch ein bisschen wuchtig, aber Sie wissen
ja, nur was gut und vollkommen ist, wird uns von Gott
geschenkt, alles andere ist, na ja … Ein bisschen wuchtig.
Ich hab's etwas abgewandelt«, ergänzte der Pfarrer leise
lächelnd. »Sonst hätten Sie das Zitat bestimmt erkannt.
Es stammt aus Jakobus' Brief an die Zwölf Stämme«,
fügte er augenzwinkernd hinzu.

»Und von wem stammt diese wuchtige Gabe?«, fragte
Klaudia leichthin, obwohl sie eine sehr klare Vorstellung
vom Spender hatte. Sie überlegte, ob sie von ihrem ur-
sprünglichen Plan abweichen sollte, verwarf diesen Ge-

danken aber genau so schnell, wie er ihr gekommen war. Auf keinen Fall würde sie den Mord ohne Backup durch einen zweiten Kollegen ansprechen.

»Meine Frau hat das Bild hier abgeladen. Eine ihrer Kundinnen hat es ihr zukommen lassen. Eine gute Kundin«, fügte Pfarrer Vollmer hinzu. »Zu gut, als dass Rebecca es einfach verschwinden lassen konnte. Also hat sie um Kirchenasyl für das Werk gebeten.«

»Und Sie können Ihrer Frau keinen Wunsch abschlagen.«

»So ist es.« Pfarrer Vollmer setzte sich hinter seinen Schreibtisch und forderte Klaudia mit einer Handbewegung auf, sich ebenfalls zu setzen. Mehrere aufgeschlagene Bücher lagen um einen Schreibblock. Vollmer griff nach einem Füller und schraubte ihn zu. »Ich kann meine Predigten immer noch am besten mit der Hand schreiben. Mein Sohn sagt, ich sei ein hoffnungsloser Fall. Aber dieser Füller ...« Er drehte den zerkratzten Stift zwischen seinen kräftigen Fingern. »... begleitet mich seit meiner Konfirmation. Im Gegensatz zu diesem Bild hinter mir, macht dieses Geschenk dem Menschen Raum und geleitet ihn vor die Großen. Buch der Sprüche, Kapitel 18, Vers 16.« Mit dem Füller klopfte er auf eins der aufgeschlagenen Bücher. Wieder blinzelte er ihr zu. Entweder hatte der Pfarrer einen nervösen Tic oder einen sehr bibellastigen Humor.

»Ja, es gibt solche und solche Geschenke.« Der zerkratzte Stuhl knarrte unter Klaudias Gewicht. »Ich hoffe, ich störe Sie nicht allzu sehr.«

»Was kann ich für Sie tun, Frau ...?«

»Wagner.« Klaudia streckte ihm ihren Dienstausweis entgegen.

»Polizei?« Das Lächeln verschwand aus dem runden Gesicht des Pfarrers und wich einem irritierten Stirnrunzeln.

»Ich wollte Ihnen ein paar Fragen zu diesen Klimacamps stellen. Ich hab Aufkleber gesehen und wüsste gerne mehr darüber.«

»Und deshalb kommen Sie zu mir?« Der Pfarrer lehnte sich zurück und hielt den Füller nun mit beiden Händen vor der Brust. Geduldig wie ein Lehrer, der eine Klausur beaufsichtigt, drehte er ihn zwischen den Fingern. »Ich mag ja altmodisch sein, was das Schreiben meiner Predigten angeht, aber selbst ich weiß, dass eine kurze Internetrecherche Ihnen alle Infos druckfertig liefern würde. Ich kann Sie gerne mit entsprechenden Links versorgen.« Ohne die Augen zu erreichen, versackte das Lächeln des Pfarrers in seinem Bart.

»Die Infos, die ich gerne hätte, finde ich wahrscheinlich nicht im Internet. Für manche Informationen sind persönliche Gespräche aufschlussreicher.«

»Gespräche. So, so«, sagte der Pfarrer und deklamierte mit erhobener Stimme: »Der Verräter aber hatte ihnen ein Zeichen gegeben und gesagt: Welchen ich küssen werde, der ist's, den ergreifet … Markus, Kapitel und Vers 14.«

»Nun«, antwortete Klaudia. »Das Recht hat eben immer schon Menschen gebraucht, die es unterstützen. Kaum ein Verbrechen wird ohne die Hilfe von Menschen aufgeklärt, die auf irgendeine Weise zum Verräter werden. Sie wissen doch: Denn wehe denen, welche ihre Schuld an Lügenstricken hinter sich herschleppen und Sünde an Wagenseilen. Jesaja, 5.18.« Klaudia hätte nie gedacht, dass sie ihren Konfirmationsspruch jemals im wirklichen Leben einsetzen würde. Sie hatte ihn damals gewählt, weil sie wütend auf ihre Mutter war und ein bisschen, weil sie damals schon wusste, dass sie zur Polizei gehen würde. Sozusagen als Warnung für die Bösewichte dieser Welt. Klaudia erinnerte sich an den Schmerz in den trüben Augen ihrer Mutter, als sie ihr die Worte von ihrem etwas erhöhten Platz vor dem Altar, wo sie, die Kerze in der Hand, mit den anderen Konfirmanden gestanden hatte, wie einen Speer entgegenschleuderte. Ihre Mutter hatte nur zittrig gelächelt. Sie hatte kein Wort gesagt, auch später nicht. Nach der Kirche, als sie allein waren. Immer hatte sie geschwiegen. Geschwiegen, gelächelt und neue Verstecke für den Schnaps gesucht, den Klaudia ins Klo kippte, sobald sie ihn fand. Und dann war sie an ihrem eigenen Blut erstickt. Ösophagusvarizenblutung, hatte der Arzt im Krankenhaus gesagt.

Pfarrer Vollmer ließ sich nicht anmerken, ob ihn ihr Bibelzitat beeindruckte. »Also ein Verbrechen führt Sie zu mir.« Er legte den Füller sorgfältig zurück auf das beschriebene Blatt Papier und legte nun die Fingerspitzen gegeneinander. »Ich nehme an, es geht um mehr als Sachbeschädigung. Letzteres dürfte ja wohl eher in den Zuständigkeitsbereich Ihrer uniformierten Kollegen fallen.« Seine Zeigefinger tippten rhythmisch gegeneinander. Etwas wie Resignation verdunkelte den Klang seiner Stimme. Es klang, als wäre dieses Wissen um Zuständigkeiten nicht nur theoretischer Natur. Hatte er nicht einen Sohn erwähnt? »Nicht nur«, improvisierte Klaudia. »Es kommt auf das Ausmaß an.«

»Wie habe ich das zu verstehen?«, fragte der Pfarrer nun und streifte alles Joviale wie einen Talar ab: keine augenzwinkernden Bibelzitate mehr. Der Herr Pfarrer hatte sich zurückgezogen, nun sprach Klaudia mit dem Herrn Doktor.

»Wir haben Grund zu der Annahme, dass ein Symbol der Lausitzer Klimabewegung – nämlich die blaue Wolke mit der roten Flamme – regelmäßig mit der Verübung vorsätzlicher Ordnungswidrigkeiten in Zusammenhang zu bringen ist.« Klaudia konnte nicht nur Teenager mit Annalene sprechen, sie konnte auch Korinthenkacker Besoldungsstufe A 7, auch wenn sie mittlerweile nach A 8 bezahlt wurde.

»Dieses Symbol ist weit verbreitet.«

»Das mag durchaus sein, aber möglicherweise können Sie mir als einer der Organisatoren des letztjährigen Klimacamps Hinweise auf etwaige Radikalisierungstendenzen in Ihren Reihen geben.«

»Das ist absurd.« Pfarrer Vollmer stand auf und ging zur Tür. »Die Menschen hier kämpfen um ihre Heimat, um die Zukunft ihrer Kinder. Um Gottes Schöpfung. Suchen Sie Ihre radikalen Elemente von mir aus in Berlin. Aber nicht hier.« Er öffnete die Tür. »Wenn Sie sonst keine Fragen haben, ich muss an meiner Predigt arbeiten.«

Klaudia hatte noch eine Menge Fragen. Aber die würde sie dem verehrten Pfarrer an einen anderen Ort stellen. »Danke für Ihre Hilfe.« Sie streckte dem Pfarrer die Hand entgegen und zwang ihn so, sie zu ergreifen. Sein Händedruck war ebenso fest wie der Blick seiner Augen. Dieser Mann fühlte sich im Recht. Oder er war Schauspieler genug, um diesen Eindruck zu vermitteln.

Während des Gesprächs war das Wetter umgeschlagen. Als Klaudia vor die Tür des Pfarrhauses trat, verbarg sich die Sonne hinter einer grauen Wolkendecke. Ein hellgelber Fiat Panda, der über und über mit Aufklebern beklebt war, fuhr auf den Pfarrhof. Bevor er überhaupt hielt, sprang die Beifahrertür auf, und ein etwa fünfzehnjähriger blonder Punk mit wütend gespreiztem Irokesenschnitt stürmte am Pfarrer vorbei ins Haus. Obwohl der einsetzende Regen unangenehm in ihren Kragen lief, ließ sich Klaudia bei der Suche nach den Autoschlüsseln Zeit und musterte die Frau, die nun ebenfalls aus dem Auto stieg. Sie war mittelgroß, rundlich, vielleicht Mitte bis Ende dreißig und trug das rot gefärbte Haar in einer praktischen Kurzhaarfrisur. Schwarzes Poloshirt mit verdrehtem Kragen, als hätte sie das Shirt in aller Eile übergestreift, beige Dreiviertelhose, Gesundheitslatschen. Das einzig Auffällige an ihr waren die überdimensionalen Kreolen, die ihre Ohrläppchen dehnten. Die Frau stellte sich auf die Zehenspitzen und küsste den Pfarrer auf die Wange. Der Pfarrer sagte etwas. Klaudia sah die Bewegung seiner Lippen, und beide schauten zu ihr hinüber, ein fragendes Lächeln umspielte die Lippen der Frau.

18. Kapitel

Die Frau dreht am Wasserhahn. Diesmal plätschert das Wasser. Sie sieht einen Bach. Einen Kahn. Beides verschwimmt mit der Dunkelheit. Irgendwo im Nirgendwo gibt es ein Draußen. Die Frau streckt die Hände vor, bildet einen Kelch und trinkt. Sie schluckt und schluckt, findet kaum Zeit zu atmen. Jede Faser ihres schmerzenden Körpers schreit nach Wasser. Sie spürt, wie sie sich aufbläht, immer leichter wird. Gerade als sie anfängt zu schweben, versiegt der Strahl bis auf das gleichmäßige Tröpfeln.

Pling – Pling – Pling.

Die Frau krümmt sich. Hände greifen nach ihr, sie weicht zurück, stolpert. So schwer der Körper. Sie stürzt. Die Hände sind überall, hinterlassen brennende Pfade auf ihrer Haut, dringen in ihren Schlund. Die Frau röchelt, windet sich. Fäuste ballen sich in ihrer Kehle, in ihrem Bauch. Die Frau würgt, krümmt sich, schlägt um sich.

»Nein!« Ihr Schrei verhallt im Nichts.

Die Hände pressen sie aus, würgend erbricht sie das Wasser. Schluchzend atmet sie den sauren Geruch ein.

»Nicht.«

Die Frau weiß nicht, wie lange sie so daliegt. Es können Minuten sein, Stunden oder Tage. Sie hat kein Gefühl mehr für das Verstreichen der Zeit.

Irgendwann kämpft sie sich auf die Füße und tastet sich zurück zur Pritsche. Ihre Zähne schlagen aufeinander. Vor Kälte kräuselt sich ihre Haut. Die Frau spürt, wie sich die Haare auf ihrem Körper aufstellen.

Wie ein Wald.

Wie Stacheln.

Die Worte aus dem Nirgendwo rieseln durch ihr Bewusstsein ohne ein Bild. Worte ohne Bilder sind wie … Wie? Irgendwo gibt es ein Wort für das, was die Frau denken möchte. Als der Schmerz sie zu zerreißen droht, rollt sie sich wimmernd zusammen.

Zieh die nassen Sachen aus. Die Stimme drängelt sich vorbei an dem Stacheldraht. Sie klingt blutig und verkrustet, wie die Wunde an ihrem Kopf.

»Wer bin ich?«, murmelt die Frau. Sie tut es reflexhaft, ohne eine Antwort zu erwarten.

Du bist die Frau, die überlebt. Zieh die nassen Sachen aus.

Die Frau richtet sich auf, greift nach dem Nachthemd. Zögert.

ER sieht mich.

ER *ist egal.*

Kennst du ihn?, fragt sich die Frau. *Hört er mich?*

»Hörst du mich?«, schreit sie in die Dunkelheit. Ihre Stimme klingt wie berstendes Glas. Keuchend schnappt die Frau nach Luft.

Ich und du Müllers Kuh. Die Kinder.

ER *ist egal. Zieh die nassen Sachen aus.*

»Wer bist du?« Unschlüssig wandern die Finger der Frau über den Saum ihres Nachthemdes, finden einen Faden, ziehen daran.

Kaputt machen. Ihre Finger verharren unbeweglich. *Ich mache kaputt. Du machst kaputt. Er ...*« Die Gedanken der Frau krallen sich in diese Worte. *Er macht kaputt. Er macht mich kaputt.*

19. Kapitel

Klaudia bremste scharf, als sie ihre Wohnung erreichte. Uwes Sharan blockierte mit offener Heckklappe die Einfahrt.

Silke hievte einen Koffer auf die Ladefläche. Um sie herum standen Reisetaschen und Koffer, als habe sie die Absicht, eine Weltreise zu unternehmen.

Oh, oh, dachte Klaudia.

»Hey, lass mich das machen.« Sie schlug die Fahrertür zu und griff nach einer der prallen Reisetaschen. »Ich wusste gar nicht, dass ihr einen Pfingstausflug plant?«

»Wir fahren zu meinen Eltern.« Silkes Dauerlächeln hing an den Rändern durch. Sie wirkte müde und erschöpft.

»Uwe sollte das machen.«

»Ach, du bist auch schon informiert«, fauchte Silke. »Hat sich mein Mann etwa bei dir ausgeweint?«

»Red' keinen Unsinn«, antwortete Klaudia von der plötzlichen Attacke überrascht.

»Tut mir leid.« Silke wischte sich über die Augen. »Bhanu! Annalene! Wo bleibt ihr denn?«, rief sie mit unechter Munterkeit in der Stimme.

»Ich hab nur eben noch Petra Pan gefüttert.« Bhanu kam aus dem Garten gerannt, auf ihrem Rücken hüpfte ein pinkfarbener Lillifee-Rucksack auf und ab. »Ich freu mich so auf Oma.« Ihr Strahlen wirkte so unecht wie Silkes Stimme.

»Wo bleibt denn deine Schwester?« Unruhig schaute Silke zum Haus.

»Soll ich sie holen?« Bhanus Hilfsbereitschaft schnürte

Klaudia die Kehle zu. Die Kleine erinnerte sie an sich selbst, wie sie versucht hatte, ihre Mutter zu schützen. Vor sich selbst, den anderen, dem Alkohol.

»Nicht nötig, da kommt sie ja. Steig ein.« Silke klemmte sich hinters Steuer und startete den Motor.

Im Gegensatz zu ihrer Mutter und ihrer Schwester war Annalene nicht bereit, so zu tun, als sei alles in Ordnung.

»Das ist voll scheiße«, schimpfte sie. »Kann ich nicht Pfingsten bei dir bleiben?«, fragte sie laut genug, dass Silke sie auch bestimmt hören musste. »Du bist der einzig normale Mensch hier.« Das zitternde Kinn vorgeschoben blieb sie vor dem Sharan stehen.

»Sei nicht kindisch.« Klaudia hatte keine Lust, sich von Annalene zum Komplizen ihres pubertären Familienhasses machen zu lassen.

»Annalene Schatz, steig bitte ein«, rief Silke. Mittlerweile klang ihre Stimme wie zerbrechendes Glas.

»Nun mach schon.« Klaudia streckte sich nach der Heckklappe und schlug sie zu. Sie ignorierte Annalenes betroffenen Gesichtsausdruck. Irgendwann würde dieses Mädchen lernen müssen, dass man Beulen bekam, wenn man mit dem Kopf durch die Wand wollte. Jeder lernte es irgendwann. Klaudia schaute dem aus der Einfahrt rollenden Wagen nach. Vielleicht war es doch gut, dass sie keine Kinder hatte. Plötzlich stand Uwe neben ihr, die Hände in den Hosentaschen, den Blick gesenkt.

»Alles klar bei dir?«, fragte Klaudia.

»Ja sicher.« Seine Stimme klang belegt und seine geröteten Augen sprachen Bände. »Was macht dein Fall?«

»Nichts Besonderes«, log Klaudia. »Das wird schon wieder.«

»Ja, wird es wohl.« Ein Zipfel blutig braun verfärbtes Klopapier klebte an seinem Hals. »Sie sagt, ich sei ein egoistisches Arschloch.«

»Und?«

»Und was?« Irritiert schaute er auf.

»Bist du eins?«

»Ich weiß nicht. Sie hat sich Sorgen gemacht. Weil ich sie nicht angerufen hab.«

Oh scheiße. Siedend heiß fiel Klaudia ein, dass sie Silke versprochen hatte, ihm zu sagen, er solle zu Hause anrufen. Uwe fuhr sich mit der Hand über die Augen. »Willste ein Bier?«

Eigentlich wollte Klaudia ablehnen. Sie hatte wenig Lust, sich in Uwes Beziehungsprobleme hineinziehen zu lassen, aber dann zwickte sie ihr schlechtes Gewissen.

»Warum nicht«, sagte sie also.

Uwes Grinsen geriet reichlich schief, aber immerhin war es ein Grinsen.

»Willst du darüber reden?«, fragte Klaudia ihn, nachdem er schweigend die zweite Flasche Köstritzer in sich hineingeschüttet hatte, während sie noch immer an ihrer ersten nippte. Die Sonne stand schon tief im Westen, und Klaudia zog fröstelnd die Schultern hoch. Sie saßen bei Uwe auf der Terrasse, die Rattansessel knarrten bei jeder Bewegung und ein früher Maikäfer prallte gegen ihre Flasche. Klaudia wich zurück.

»Wenn ich jetzt anfange, darüber zu reden, hör ich nie wieder auf.«

»Und was ist das Problem? Hast du etwa etwas Besseres vor?« Für den Bruchteil eines Wimpernschlages hatte Klaudia das Gefühl, etwas Wichtiges vergessen zu haben. Sie schaute einer Blaumeise hinterher, die mit einem

Zweig im Schnabel in der Hecke zum Nachbargrundstück verschwand.

»Es ist nicht so, als würde ich kein Baby wollen. Also eigentlich schon. Ich will kein Baby mehr. Ich bin zu alt.«

»Zu alt, ein Kind zu machen?«

»Nein, natürlich nicht.« Etwas wie Stolz klang in seiner Stimme mit, und nicht zum ersten Mal stellte Klaudia fest, dass Männer ein merkwürdiges Volk waren.

»Aber wir waren uns einig.« Uwe redete sich in Rage. »Nach Bhanu sollte Schluss sein. Kein Risiko mehr.«

Und jetzt ist Silke schwanger. Zum dritten Mal. Das tut weh, stellte Klaudia zu ihrer eigenen Verwunderung fest. Sie griff nach ihrem Köstritzer und konzentrierte sich wieder auf Uwe.

»Die letzte Schwangerschaft mit ihr war schon eine Katastrophe.«

Klaudia brauchte einen Moment, um den Zusammenhang zu Uwes jüngster Tochter herzustellen. Mit jedem Symptom, das Uwe aufzählte, beneidete sie Silke weniger: Blutdruckprobleme, Füße wie ein Elefant. Zucker.

»Silke konnte nicht mehr laufen und musste ständig nur liegen.« Uwe zählte die Schwangerschaftsprobleme seiner Frau wie Indizien auf. »Und dann wird sie einfach schwanger.«

»Na ja, ganz unbeteiligt bist du ja wohl nicht.«

»Sie ist Ende dreißig, da wird man nicht mehr einfach so schwanger«, fauchte Uwe und hebelte mit dem Feuerzeug die nächste Flasche auf. »Wir hatten Pläne. Absprachen. Sie wollte Teilzeit arbeiten, wenn die Kinder groß genug sind. Wir wollten anbauen, in Urlaub fahren. All so Sachen, die man macht, wenn mal ein bisschen Geld übrig ist, und dann wird sie wieder schwanger.« Er setzte die Bierflasche an und trank in tiefen Zügen.

»Glaubst du eigentlich noch an den Klapperstorch?«

Hustend setzte Uwe die Flasche ab. »Wie bitte?«

»Na ja, ich meine. Vielleicht hab ich im Biologieunterricht nicht so richtig aufgepasst, aber ich dachte, zum Kindermachen gehören zwei?«

»Du weißt, wie ich das meine.« Uwe verdrehte die Augen und setzte die Flasche wieder an.

Nein, dachte Klaudia und beobachtete, wie sein Adamsapfel bei jedem Schluck über den Hals wanderte. Aber das wundert mich nicht. Sie dachte an die nächtelangen Gespräche, die Arno und sie zum Thema Kinderkriegen geführt hatten. Es war nicht so, dass er gegen Kinder gewesen war, also nicht grundsätzlich: Aber immer war etwas anderes wichtiger gewesen. Eine Urlaubsreise. Die Eigentumswohnung. Das neue Auto. Und je länger sie die Entscheidung hinauszögerten, umso größer wurde Klaudias Angst vor den Veränderungen, die ein Kind bedeuten würde, und irgendwann hatte sie sich zu alt gefühlt. Allein der Gedanke, mit vierzig und schmerzendem Ischias zwischen lauter Fünfundzwanzig- bis Dreißigjährigen beim Laternenbasteln im Kindergarten zu sitzen, hatte sie die letzten Jahre die Pille zuverlässig schlucken lassen. Und jetzt war es zu spät, und sie hatte nicht einmal mehr die Option.

Uwe wischte sich den Schaum von der Oberlippe. »Du hältst mich auch für ein egoistisches Arschloch, oder?«

»Ja, irgendwie schon. Aber Egoismus scheint bei euch in der Familie zu liegen.« Klaudia dachte an ihr Gespräch mit Annalene.

»Kann sein.« Leise rülpsend stellte Uwe die Flasche auf den Tisch. »Danke, dass du zuhörst.«

»Ich hatte eh nichts Besseres vor.« Klaudia prostete ihm zu und trank. Bier schäumte ihr in die Nase. Hustend kramte sie in ihrer Schultertasche nach einem Tempo. Dabei geriet ihr das Smartphone zwischen die Finger, reflexhaft wischte sie über den Bildschirm. Ein Anruf in Abwesenheit. »Ach du Scheiße. Ich hab Schreiber vergessen.«

»Den Mönch?« Uwe zog eine neue Bierflasche aus dem Kasten.

»Wieso nennst du ihn so?«, fragte Klaudia.

»Na ja.« Uwe kratzte sich am Hals. Das Fitzelchen Klopapier blieb an seinen Fingernägeln hängen, und ein Blutstropfen quoll aus der Wunde. »Weil. – Weil.« Offensichtlich bekam Alkohol seiner Argumentationskette nicht. »Weil er einer ist.«

»Ich kann dir nicht ganz folgen.«

»Na ja, Zölibat und so«, stotterte Uwe. »Asexuell halt. Der hat noch nie was mit einer gehabt. Nicht mal mit Petra, und das will was heißen.«

»Hast du was mit ihr gehabt?«

»Ich?« Das Feuerzeug entglitt Uwes Hand und fiel klirrend auf die Steinfliesen. Uwe bückte sich. Mit hochrotem Kopf tauchte er wieder auf. »Im Leben nicht«, nuschelte er und hebelte den Kronkorken von seiner Flasche.

»Ja, ja.« Klaudia drückte auf Rückruf und lauschte dem Freizeichen. »Entschuldigen Sie bitte«, sagte sie, als sich Schreiber meldete. »Es tut mir fürchterlich leid, aber es hat alles sehr viel länger gedauert, und …« Hastig winkte sie ab, als Uwe prustend die Bierflasche absetzte.

»Und dann hat mich auch noch mein GPS in die Irre geführt.« Sie runzelte die Stirn, um Uwe zum Schweigen zu bringen, der mittlerweile so viel Bier intus hatte, dass er albern kicherte, während sie versuchte, sich herauszureden. Wie hatte sie nur die Verabredung vergessen können? Was war nur los mit ihr?

»Nicht bös sein, wir holen das nach«, stotterte sie. »Wirklich. Ja, gerne auch morgen.« Klaudia drückte das Gespräch weg. »Also«, fragte sie mit ihrer um eine Oktave tiefer gelegten Verhörstimme. »Wie war das mit dir und Petra? Ach, vergiss es.« Sie winkte ab, bevor Uwe ihr antworten konnte. »Gib mir lieber noch ein Bier.«

20. Kapitel

Bis auf einen Vorfall in einer Frittenbude, den sie zusammen mit Schreiber aufgenommen hatte, blieb es Pfingsten ruhig. Und das war auch gut so, weil Klaudias Hirn nach dem Absturz mit Uwe nur noch eingeschränkt funktionsfähig war. Vorsichtshalber hatte sie sich in ihrer Notfallpackung Vomex bedient und kaute nun lustlos den Pfefferminzgeschmack aus einem Kaugummi. Schreiber hatte sich bereit erklärt, den Bericht für die Calauer Kollegen zu schreiben, die den Frittenbuden-Fall nach den Feiertagen übernehmen würden, und Klaudia arbeitete den Aktenstapel auf ihrem Schreibtisch ab. Vor dem geöffneten Fenster zwitscherten Amseln, und die Sonne schien ihr warm auf den Rücken. Wenn sie so weitermachte, würde die Putzfrau nach Pfingsten zum ersten Mal seit Jahren die Tischplatte abstauben können.

Entspannt legte sie die Akte zur Seite und griff zur nächsten. Könnte so ihr Arbeitsleben aussehen? Innendienst? Akten bearbeiten, sich die Sonne auf den Rücken scheinen lassen? Ein eisiger Finger drückte sich bei dem Gedanken auf Klaudias Nasenwurzel. Nie wieder ermitteln? Immer nur zuarbeiten? Sie dachte an die Warnungen der Ärztin. Aber auch Halbgötter konnten irren.

»Ich bin fertig.«

Klaudia fuhr hoch. »Haben Sie mich erschreckt.«

»Tut mir leid.« Schreiber schob die Akten zur Seite und setzte sich auf die Schreibtischkante.

Obwohl es bereits Nachmittag war, duftete seine Kleidung, als hätte sie gerade noch im Wind gehangen.

Aprilfrisch, dachte Klaudia und schnüffelte unauffällig an sich selbst. Nicht frisch, höchstens ein bisschen abgestanden. Aber war es ein Wunder? Sobald nur ein wenig die Sonne schien, wurde es hier richtig warm unterm Dach.

Erwartungsvoll lächelte Schreiber sie an. Worauf wartete er? Einfach zurücklächeln. Mundwinkel anheben und oben lassen.

Klaudia wünschte, Schreiber würde sich weniger offensichtlich auf den heutigen Abend freuen. Sie fühlte sich eh schon schuldig genug, weil sie ihn gestern versetzt hatte.

»Scheint eine ziemlich klare Sache zu sein.«

»Was?« Klaudia spürte, wie sie rot wurde.

»Die Sache für die Calauer Kollegen.«

»Ach so, ja.« Nicht einmal der tote Grillbudenbesitzer wischte das Lächeln aus Schreibers Gesicht. Klaudia nahm die noch dünne Ermittlungsakte. Eine Kundin hatte den Toten am Fuß der steilen Kellertreppe liegend aufgefunden und die Polizei benachrichtigt.

»Kein Hinweis für Fremdverschulden?«

»Laut Tatortbericht nicht.«

»Könnte aber trotzdem sein, oder?«

»Könnte, ist aber nicht.« Das Lächeln kriegte einen leicht selbstgefälligen Touch. »Wir sind hier schließlich in der Lausitz und nicht in Hanoi.«

»Wieso Hanoi?« Klaudia hatte Mühe, dem Kollegen zu folgen. Dieses Vomexzeug vernebelte ihr wirklich das Hirn. Nicht zum ersten Mal seit dem Hörsturz fragte sie sich, ob sie den Rest ihres Lebens mit der Angst vor dem Schwindel verbringen würde.

»Der Tote ist Vietnamese«, fuhr Schreiber fort. »Ihm ist wohl auf der Treppe eine Flasche Sesamöl aus der Hand gefallen, und er ist ausgerutscht.«

»Mit Leinöl wär das nicht passiert, was?«

»Wie bitte?« Offensichtlich verstand Schreiber die Anspielung nicht. Aber Klaudias Lächeln verrutschte nicht einmal, als ein Zug vorbeifuhr und die Fensterscheiben klirrten. Nicht zum ersten Mal fragte sich Klaudia, wo wohl die Gelder für den Aufbau Ost versandet waren. Hier in diesem Revier auf jeden Fall nicht. Die Frauenumkleide im Keller war wegen Schimmelbefall geschlossen, der Steinfußboden im Eingangsbereich geborsten, und die Sicherheitsfolie vor den Fenstern rollte sich auf.

»Vielleicht kennt Thang ihn«, sagte Klaudia, als der Zug vorbeigefahren war.

»Gut möglich«, räumte Schreiber ein. »Aber wie gesagt, alles deutet auf einen Unfall hin.«

»Gemordet wird häufiger, als man denkt«, sagte Klaudia, nicht aus Überzeugung, sondern weil die Selbstsicherheit des Kollegen sie provozierte.

»Reicht Ihnen ein Fall nicht?« Schreiber nahm die Nickelbrille ab und putzte sie mit einem gebügelten Taschentuch. »Glauben Sie mir …«, fügte er hinzu. »… für die Vietnam Mafia ist das Ganze zu unspektakulär. Die lieben den großen Auftritt. Schließlich wollen sie Angst und Schrecken verbreiten, und Polen hätten auf jeden Fall die Kasse mitgehen lassen.«

»Tja dann.« Klaudia klappte die Akte zu. Die diebischen Polen. Sie kannte diese Art Sprüche von ihrem Großvater, der mit Mutter und Schwestern aus Ostpreußen geflohen war. Opa hatte ständig über die Polen geschimpft. Mit Vorliebe sonntags beim Kaffeetrinken, und je älter er wurde, umso übler wurden die Sprüche. Conny hatte immer versucht, Opa von seinem Lieblingsthema abzulenken, und Klaudia wusste seitdem durchaus etwas mit dem Begriff fremdschämen anzufangen. Diese Vorurteile gegen Polen schienen hier im Osten, so nah an der Grenze, sogar noch tiefer zu sitzen als im Ruhrgebiet, wo jeder vierte Name auf *ski* endete. Aber vielleicht saßen auch nur ihre Vorurteile gegen Ossis tiefer, als sie sich selbst eingestehen wollte.

»Ich mach Schluss für heute.« Klaudia griff nach den bearbeiteten Akten, um sie zum Archiv-Fach zu bringen.

»Lassen Sie mich das machen.« Schreiber legte die Hand auf den Aktenstapel. »Es bleibt doch dabei, oder?« Alle Selbstsicherheit war aus seiner Stimme gewichen, und er sah sie bittend an.

»Natürlich.« Klaudia vermied seinen Blick und wünschte sich, der Abend läge bereits hinter ihr.

21. Kapitel

Klaudia zog das großblumig gemusterte *Marc Cain*-Etui-kleid aus dem Schrank, das sie sich kurz nach der Trennung von Arno in einem Anfall von Trotz gekauft hatte. Und dann hatte sie es doch nie getragen, weil sich keine passende Gelegenheit ergeben hatte. Bis heute. Unschlüssig hielt sie sich das Kleid vor den Körper und schlüpfte in die hochhackigen Schuhe. Mit dem schwarzen Blazer und den Pumps würde es gehen. Chic, aber nicht zu chic.

Klaudia drehte sich vor dem Spiegel. Das Kleid schmiegte sich wie eine zweite Haut an ihren Körper. Aber vielleicht sollte sie doch besser die schwarze Jeans mit dem roten Seidentop anziehen? Und überhaupt. Sie dachte an den immer etwas staubig wirkenden Schreiber. Was würde er denken, wenn sie so aufgetakelt im Restaurant aufschlug. Den Schwanz einziehen und fliehen? Ein Kichern stieg ihr in die Kehle. Klaudia der männermordende Vamp. Warum nicht? Sie griff nach ihrer Tasche und verließ die Wohnung. Kleider machen Leute, und sie war jetzt eine coole Sau, der die Männer zu Füßen lagen. Wow, der Gedanke gefiel ihr. Arno ade.

Mit dem Starten des Motors röhrte *Misled* aus den Lautsprechern, und Klaudia sang lauthals den Refrain mit, während sie zu ihrem ersten Date seit wie viel Jahren fuhr? Sie rechnete nach und stellte die Stereoanlage bis zum Anschlag auf, als sie auf die stolze Summe von achtzehn Jahren kam. Achtzehn Jahre mit ein und demselben Mann und dann abserviert, wie ein altes Sofa, das man zum Sperrmüll gibt.

Schreiber wartete bereits vor dem Restaurant auf sie. Er zertrat seine Zigarette, kaum dass er Klaudia sah, und steckte sich ein Mentholbonbon in den Mund.

Klaudia nahm die Schultern zurück und streckte die Brust raus. Der seidige Stoff streichelte ihre Schenkel.

»Sie sehen großartig aus.« Diesmal lächelte er ihr und nicht seinen hochglanzpolierten Schuhen zu.

»Sie aber auch.« Und das war nicht einmal gelogen. Nicht nur die Schuhe, der ganze Mann wirkte wie hochglanzpoliert. Keine Spur mehr von Aktenstaub. Klaudia hatte das Gefühl, einem komplett fremden Mann gegenüberzustehen. Sogar einem recht attraktiven Mann.

Er sieht Arno ähnlich. Der Gedanke bog scharf um die Ecke.

Klaudia schluckte. Tatsächlich, allerdings hatte er mehr Haare und weniger Gründe, ein Doppelkinn hinter einem gepflegten Bart zu verstecken. Er trug Jeans, weißes Hemd, und selbst die Brille war verschwunden.

Die ganze Selbstsicherheit, die eben noch pulsierend durch ihre Adern gerauscht war, verpuffte bei dieser Erkenntnis. »Ich wusste nicht, dass Sie rauchen«, sagte Klaudia schließlich, um das Schweigen, das sich wie eine Schlechtwetterfront zwischen sie schob, zu brechen.

»Nur ganz selten«, versicherte Schreiber hastig. »Ich bin ein bisschen nervös.«

»Ich auch«, gab Klaudia zu.

»Wollen wir uns setzen?«

»Deshalb sind wir hier, oder?« Klaudias Stimme kippte, als sei sie im Stimmbruch.

Was war das denn? Klaudia spürte, wie ihr Hitze in die Wangen stieg. Mit einem Lachen überspielte sie ihre Verlegenheit. Mit dem aktengrauen Schreiber hätte sie umgehen können, aber dieser andere, gut aussehende Schreiber verunsicherte sie. Wie war das gewesen? Damals, in ihrer ersten Zeit mit Arno. Hatte sie da auch das Gefühl gehabt, ihre Stimmbänder seien falsch gespannt und würden bei jeder unpassenden Gelegenheit kieksende Laute von sich geben?

»Ich hab einen Bärenhunger«, sagte sie schließlich und hätte sich dafür ohrfeigen können. Wieso konnte sie nicht etwas Kluges oder wenigstens etwas Lustiges sagen.

»Möchten Sie draußen sitzen?« Sie zeigte auf den Aschenbecher.

»Wenn es Ihnen nicht zu kalt wird.«

»Nein, das geht schon. Ist doch nett hier.« Klaudia schaute sich um. Das La Casa war eine typische Möchtegern-Tapasbar mit gemauerter Theke und Korbstühlen. Die Kellner trugen überlange rote Schürzen und waren sehr jung und chic. Immerhin hatte man einen guten Blick über den Marktplatz. Sehen und gesehen werden.

Schreiber rückte ihr einen Korbstuhl zurecht und wartete, bis sie saß, bevor er sich selbst setzte.

»Danke.« Klaudia schmunzelte. Zu Anfang ihrer Beziehung hatte Arno ihr auch immer noch den Stuhl hingeschoben, nachher nur noch die Rechnung.

Hör auf! Klaudia schüttelte kurz den Kopf, was Schreiber prompt missverstand.

»Sie finden mich altmodisch.«

»Nein, nein«, antwortete Klaudia hastig. »Es ist nur – so ein Geräusch im Ohr.« Und damit kam sie der Wahrheit erschreckend nahe. »Hab ich Ihnen eigentlich schon von meinem Besuch bei diesem Pfarrer erzählt?«

Das war das Gute, wenn man sich mit einem Kollegen

verabredete. Wenn einem gar nichts einfallen wollte, konnte man immer noch über die Arbeit reden. Sie beugte sich vor, wurde aber abrupt unterbrochen.

»Ah, wen haben wir denn da? Die schöne Kollegin von der Kripo. Hübsches Kleid.« Mit quietschenden Bremsen hielt Demel vor ihrem Tisch. Er trug einen Helm wie die Radler, die Klaudia auf ihrer Fahrt nach Jänschwalde überholt hatte.

»Nicht ganz die richtigen Reifen für dieses Pflaster, was?« Klaudia hob spöttisch die Augenbrauen. Zwischen Demels Beinen, die in engen Radfahrerhosen steckten und sein Geschlecht betonten, klemmte ein ultraleichtes Rennrad mit mindestens fünfundzwanzig Gängen.

»Lass uns weiterfahren, Papa.« Ein etwa zehnjähriger Junge in identischer Fahrradkluft bremste ebenfalls an ihrem Tisch. »Nicht bevor ich ein Foto gemacht habe.« Demel zog eine Kamera aus der Tasche, die an seinem Lenker befestigt war.

»Ach Papa.«

»Lass den Scheiß!« Schützend hielt Schreiber seine Hand zwischen Klaudia und das Objektiv.

»Ich kann euch auch beide fotografieren.« Demel beugte den Oberkörper zurück. Klaudia fragte sich, ob ihm bewusst war, dass sich seine Geschlechtsteile auf ihrer Augenhöhe befanden. Unwillkürlich lehnte sie sich ebenfalls zurück. »Die Schöne und das Biest.«

Der Blitz flammte auf und blendete sie.

»Du bist voll peinlich, Papa.«

»Fürs Schwarze Brett.« Wieder drückte Demel auf den Auslöser. »Interessiert die Kollegen bestimmt.«

»Sei nicht albern.« Schreiber senkte die Hand. »Probierst du grad deine neue Kamera aus, oder was?«

»Volltreffer.« Demel reichte Schreiber die Kamera. »Eine *Hasselblad H4D*. Was sagst du nun?«

»Erpresst du jemanden mit deinen Bildern, oder hast du im Lotto gewonnen?«

»Keins von beiden. Aber als geschiedener Mann bleibt einem viel Zeit für Nebenjobs, und seit meine Ex wieder geheiratet hat, reicht das Geld nicht mehr nur bis zur Mitte des Monats. – Wie sieht's aus?«, er zwinkerte Klaudia zu. »Wollen Sie mir nicht mal helfen, es auszugeben? Ich kenn eine schnuckelige kleine Bar. Ganz in der Nähe.«

»Wenn ich so drüber nachdenke …« Klaudia schnalzte mit der Zunge. »Nein.« Bedauernd schüttelte sie den Kopf. »Weil: Von Ihnen in einer schnuckeligen Bar fotografiert zu werden, steht auf meiner Präferenzenliste kurz hinter einem Eintrag in der Personalakte.«

»Sei'n Sie nicht voreilig. Appetit kommt bekanntlich beim Essen …«

Klaudia schnappte innerlich nach Luft. Hatte sie sich das jetzt eingebildet, oder hatte er tatsächlich das Becken noch ein Stück weiter in Richtung ihres Gesichtes geschoben?

»Papa!«

Demel hätte wahrscheinlich noch mehr Sprüche von sich gegeben, aber da sein Sohn nun endgültig genug hatte, verabschiedete er sich lediglich gut gelaunt.

»Etwas anstrengend der Mann.«

»Präferenzenliste.« Schreiber schüttelte grinsend den Kopf. »Auf den Mund gefallen sind Sie nicht.«

»Danke für Ihren heldenhaften Versuch, mich vor einem Foto zu retten.«

»Peter ist harmlos.«

»Sie klingen wie diese Hundebesitzer, die immer

sagen, der will nur spielen, wenn ihre Riesentölen einen anspringen.

»Nein wirklich.« Schreiber schüttelte den Kopf über ihren Vergleich. »Eigentlich liebt Peter nur seine Kamera.«

»Und Sie, was lieben Sie?« Geht doch, dachte Klaudia und war eigentlich sehr zufrieden damit, wie sie die Steilvorlage genutzt hatte.

»Nun ja. Also hin und wieder fotografiere ich auch, aber vor allem lese ich gerne.«

»Was denn so?« Ein Bulle, der Bücher las. Vielleicht sogar Krimis. Vor der Trennung von Arno hatte Klaudia eine heimliche Vorliebe für Liebesgeschichten gehabt. Aber seit ihr Ex sie abserviert hatte, schaute sie nur noch fern oder spielte dämliche Spiele auf ihrem Laptop.

»Nun ja. Vor allem Reiseberichte und so.«

Auf Schreibers Hals blühten hektische rote Flecken auf. Klaudia war sehr zufrieden mit sich.

»Und, reisen Sie auch viel?«

»Nein, eher nicht. Eigentlich bin ich eher bodenständig.«

»Aber das ist doch toll. Heimat ist doch etwas Wunderbares.« Klaudia senkte den Blick. Sie hatte das Gefühl, etwas zu dick aufgetragen zu haben, aber immerhin war sie auch aus der Übung. Achtzehn Jahre waren eine lange Zeit.

»Und was lesen Sie so?«, fragte Schreiber.

»Ich glaub, ich les einfach nur zu viele Berichte, da müssen sich die Augen abends erholen.« Klaudia steckte ihre Nase in die Speisekarte. Auf keinen Fall würde sie ihren Hang zu Anwaltsserien preisgeben.

Nach diesem Intermezzo wurde es ein netter Abend.

Klaudia erfuhr, dass Schreibers Verlobte nach dem Fall der Mauer in den Westen abgehauen war. Als sie von einem Tag auf den anderen verschwand, hatte er wegen eines Motorradunfalls im Beckengips im Krankenhaus gelegen. Sie hatte sich nie wieder bei ihm gemeldet. Also doch kein Mönch, wie Uwe behauptet hatte, sondern ein Mann, der von der Liebe seines Lebens verlassen worden war. So wie sie. Das gab Klaudia den Mut, ein wenig von Arno zu erzählen, und während die Bilder von ihm und seiner Neuen vor ihren Augen tanzten, fragte sie sich, ob es nicht besser war, wenn eine Exliebe einfach verschwand, oder besser noch – starb. Dann konnte man einen Kranz kaufen und sie aus seinem Leben streichen.

Vielleicht sollte ich einfach so einen Kranz kaufen und Kerzen für Arno anzünden, dachte Klaudia nach dem zweiten Viertel Wein, was für sie ein Zeichen war, besser auf Wasser umzusteigen.

Klaudia und Schreiber trennten sich, als das Restaurant schloss. Und als Schreiber sie zu ihrem Wagen brachte, waren sie bereits beim Du. Zum Abschied küsste Joe sie sacht auf die Wange, nicht mehr. Klaudia wusste nicht, ob sie enttäuscht oder froh über seine Zurückhaltung war. Sie beschloss, erleichtert zu sein. Schließlich hatte sie ihr ganzes erwachsenes Leben mit ein und demselben Mann verbracht.

Gut gelaunt startete Klaudia den Motor, und Celine Dion sang: *Just another one of those mysteries.*

22. Kapitel

Mutter! Wieder ein Wort aus dem Nirgendwo, das die Frau kennt. Sie hört die Stimme ihrer Mutter. Die Frau schließt die Augen, wartet auf Bilder, einen Hinweis. Kinder ähneln ihren Müttern. Schemen ziehen auf, wachsen, gewinnen Kontur. Sie sieht den Rücken einer Frau. Sie rührt in einem Topf. Dampfschwaden steigen auf.

Kochwäsche. Die Frau weiß, dass sie in der Tür steht. Hinter ihr ist der Hof. Und die Frau vor ihr, mit dem grauen Rock und den ordentlich gebundenen Schürzenbändern, ist ihre Mutter. Sie weiß es. Sie muss nur noch ihr Gesicht sehen, dann weiß sie, wer sie ist. Doch ihre Mutter dreht sich nicht um, rührt nur in dem Topf, fördert Unterhosen, Büstenhalter, Taschentücher zu Tage, schmeißt sie hinter sich. Der Wäscheberg wächst. Erst reicht er ihr nur bis zur Kniekehle, dann verschwindet das Schürzenband. Wieder landet eine Unterhose platschend auf dem Wäschehaufen, der ihrer Mutter nun bis zur Schulter reicht.

»Mama«, schluchzt die Frau, streckt die Hände aus. Endlich bewegt ihre Mutter den Kopf, dreht sich zu ihr herum. Die Frau hält die Luft an. Gleich wird sie ihr Gesicht sehen, und dann weiß sie, wer sie ist.

Zieh deine nassen Sachen aus. Das Gesicht ihrer Mutter ist ein heller Fleck im Nirgendwo. Die Frau gehorcht. Kinderlachen zerschellt in ihren Ohren.

Müllers Esel … Das. Bist. Du.

Das Nachthemd landet in der Pfütze aus Erbrochenem und Urin, die den Boden ihrer Zelle bedeckt. Die Frau wickelt sich in die Decke, rollt sich zusammen und starrt in die Dunkelheit. Sie wagt es nicht, die Augen zu schließen, fürchtet sich vor den Bildern, die so viel versprechen und so wenig halten. Noch immer atmet sie den Geruch nach Seife und Dampf ein. *Waschtag.* Die Frau hat wieder eine Lektion gelernt. Sie kann sich nicht auf die Bilder in ihrem Kopf verlassen.

Sie muss systematisch vorgehen, sonst wird sie sich verlieren. Die Frau zählt auf, was sie von sich weiß: Ich bin eine Frau. Woher hat sie diese Gewissheit? Ihre Hände wandern unter der Decke über ihren Körper. Sie spürt ihren Busen, die Knochen unter der Haut. Buschige Haare. Zwischen den Beinen, einen weichen Spalt. Wärme. Hastig zieht die Frau ihre Hände zurück. ER sieht sie. Irgendwo hinter der Dunkelheit lauert ER wie eine Spinne. Die Frau spürt seine Blicke wie klebrige Fäden über ihre Haut wandern, sie einpuppen. Sie zerrt an den Spinnenfäden, will sie sich von der Haut kratzen. Doch die Fäden kleben an ihren Fingern, an ihren Beinen, an ihrem Bauch, dringen in ihre Kehle. Ersticken sie.

Hör auf, schreit die Stimme in ihrem Kopf, und die Fäden fallen von ihr ab. Keuchend zieht die Frau die Decke über den Kopf. So wenig Zeit ist vergangen, und sie hat schon wieder eine Lektion gelernt. Sie darf ihrer Angst keinen Namen geben, darf nicht an IHN denken.

Sie fängt wieder von vorne an.

Ich bin eine Frau. Ihre tastenden Finger haben ihr diese Erkenntnis bestätigt. *Ich bin ein Mensch.* Das Wort rasselt aus dem Nirgendwo, ein anderes poltert hinterher.

Name. Jeder Mensch hat einen Namen. *Also auch ich.* Die Frau nickt, wiederholt es flüsternd: Es ist so einfach, dass sie lachen muss. Sie erschrickt vor dem heiseren Bellen, dass ihrer Kehle entweicht. Lauscht in die Dunkelheit. *Ich muss meinen Namen finden,* selbst ihre Gedanken flüstern, um sie nicht zu verraten. *Dann weiß ich, wer ich bin, und dann ...* Mit den Händen tastet sie die Dunkelheit ab, aus Angst, ER könne da sein. So nah, dass er das Wispern ihrer Gedanken hört.

23. Kapitel

Trotz aller guten Vorsätze versackte Klaudia auch am Dienstag nach Pfingsten wieder in einem Zeitloch. Sie schleuderte die Rose in den Fußraum und startete den Wagen. Es regnete in Strömen, und sie wäre fast in einem Fließ gelandet, als sie eine Kurve zu schnell nahm. Alle befestigten Parkplätze in der Nähe des Reviers waren belegt, und Klaudia hatte natürlich keinen Schirm dabei. Nass und mit schlammverschmierten Schuhen stürmte sie die Treppe zu den Büroräumen der Kripo hoch. Auf der ersten Etage endete ihr Aufstieg jäh. Am schwarzen Brett über der Spüle hing der Schnappschuss von ihr und Joe, von einem Herzen umrandet. Joes vorgestreckte Hand verbarg leider nur unzureichend ihr Gesicht und sah zu allem Überfluss auch noch so aus, als hätten sie etwas zu verbergen.

»Arschloch.« Klaudia riss das Foto ab. Dieser Demel würde sie noch kennen lernen.

»Hübsches Kleid.« Frau Bartke, die immer diskret gebräunte Verwaltungsangestellte, um deren Arbeitskraft sich das Revier mit der 2. Grundschule stritt, lehnte an ihrer Bürotür. »PH will Sie sprechen.«

»Ich komm gleich. Ich …«

»Sofort. Oder was meinen Sie, warum ich hier wie ein Kleiderständer herumstehe? Konferenzraum.«

»Aber das ist doch … Mein Gott, wir waren nur miteinander essen.«

»Nicht das …« Die Bartke lachte. »Keine Panik. Es handelt sich um Ihren Fall.«

»Ich bring diesen Demel um.«

»Tun Sie das nicht, denn eigentlich ist er ein ganz Netter. Sie sollten mal mit ihm ausgehen.«

»Eher stürze ich mich in die Spree.«

»Nein wirklich. So übel ist er gar nicht und …«, vertraulich beugte sich die Bartke vor »… genau der richtige Typ für eine nette, aber kurze Affäre. Das sollten Sie ausnutzen.«

»Sie klingen, als hätten Sie es ausprobiert.«

»Er hat mich mit seinem Blondinenblick rumgekriegt.« Die Bartke seufzte theatralisch.

»Ah ja.« Klaudia wusste nicht, ob sie lachen oder wegrennen sollte. Sie war noch nie gut in dieser Art von Frauengesprächen gewesen, und irgendwie hatte sie das Gefühl, dass weder sie noch die Bartke jung genug für diese Art von Girlstalk waren.

»Sie wissen, was ich meine?«

»Äh ja. Ich kann's mir vorstellen.« Das war noch nicht einmal gelogen. Auch Arno hatte diesen zerknirschten Blick mit dem halben Lächeln beherrscht, selbst als seine Haare immer weiter zurückwichen. »Sie müssten ihn doch auch ganz gut draufhaben.«

»Sie meinen so von Blondine zu Blondine?«

Die Bartke lachte. »Nein, ich glaube, diesen Blick beherrschen nur Männer. Wenn Frauen ihn probieren, ist es nur peinlich. Na ja«, fuhr sie gut gelaunt fort. »Jetzt flattert er zur nächsten Blüte. Die typische posttraumatische Beziehungsstörung.«

»Post was?«

»Ich erklär's Ihnen bei Gelegenheit.« Die Bartke winkte ihr zum Abschied und verschwand in ihrem Büro.

Ich glaub's nicht. Klaudia starrte auf die geschlossene Tür. Flattert zur nächsten Blüte. Kopfschüttelnd zerriss sie das Foto in kleine Stücke. Dann kannst du mir auch gleich erklären, wieso du denkst, ich hätte Bedarf an einer Affäre.

PHs Stammplatz vor dem Flipchart war verwaist. Stattdessen saßen ihre Kollegen das Gegenlicht nutzend an der Fensterseite des Konferenztisches. So lagen ihre Gesichter im Schatten, während die Gesprächspartner gegen die Sonne blinzeln mussten. Ein Verhörtrick, den es wahrscheinlich gab, seit die peinliche Befragung aus der Mode gekommen war. Ihnen gegenüber saßen ein Mann, den Klaudia nicht kannte, der aber in seinem gediegenen Anzug unschwer als Rechtsanwalt zu erkennen war, sowie – Überraschung – der Pfarrer aus Jänschwalde nebst Familie. Alle Erwachsenen blickten in ihre Richtung. Nur der Junge starrte mit gesenktem Kopf auf seine Hände, der frisch gewaschene und damit schlaffe Irokesenschnitt verbarg sein Gesicht.

Bingo. Klaudia ließ sich ihren Triumph nicht anmerken.

Der Rechtsanwalt versuchte, sie gleichzeitig zu taxieren und auf sie herabzuschauen.

Arschloch. Klaudia nickte ihm freundlich zu und schaute sich weiter um. Der Pfarrer sah aus, als drücke eine große Last auf seine Brust, und in den vom Weinen geröteten Augen seiner Frau lauerte die Angst.

»Schön, dass Sie es einrichten konnten, Frau Wagner«, sagte PH leicht säuerlich. »Das ist Rechtsanwalt Doktor Regen, die anderen Herrschaften kennen Sie ja bereits, wie ich erfahren habe.«

Klaudia nickte und setzte sich auf den freien Platz zwischen PH und Thang. Block und Kugelschreiber mit dem Werbeaufdruck *Polizei Dahme Spreewald* lagen bereit. Die Bartke hatte den Laden im Griff.

»Ähem.« Der Rechtsanwalt räusperte sich. »Da Frau Demeter-Anders nicht im Dienst ist, wie ich hörte …« Klaudia schaute sich um. Offensichtlich waren sie und die Pfarrersfamilie die einzigen, die nichts mit dem Namen anfangen konnte. »Sind wir wohl vollzählig.« Er räusperte sich. Seine Hand wanderte zu einem nicht vorhandenen Glas Wasser und landete auf der Tischplatte neben dem teuer aussehenden Notebook. »Zunächst danke ich Ihnen, dass Sie uns den kurzfristigen Termin ermöglichen konnten.«

Arschloch mit Sprechdurchfall. Passt ja, dachte Klaudia und sicherte das Polizistenlächeln wie ihre SIG Sauer, damit es ihr nicht aus den Mundwinkeln rutschte. Demeter-Anders, schrieb sie auf ihren Block.

»Mein Mandant …« Regen zeigte auf den Jungen, der immer noch auf seine Hände starrte. »… räumt ein, am Vormittag des 15. Mai am Haus der Familie König …«

»Warst du am oder im Haus?«, fragte Klaudia den Jungen.

»Wenn Sie mich bitte ausreden lassen, dann wird sich auch dieser Sachverhalt klären.«

»Ist der Junge stumm?« Klaudia lehnte sich zurück und klopfte mit dem Kugelschreiber auf ihren Block.

»Ich – das heißt die Sorgeberechtigten meines Mandanten – halten es für besser, wenn zunächst ich Ihre Fragen beantworte. Schließlich ist mein Mandant noch minderjährig.«

»Wie heißt du?« Klaudia verschränkte die Arme. Sie würde einen Teufel tun, sich von einem arroganten Rechtsverdreher die Spielregeln aufzwingen zu lassen. Egal wie silberweiß sein Haarkranz schimmerte.

»Martin«, murmelte der Junge und hob den Blick. Seine Augen waren gerötet vom Weinen.

»Okay, Martin. Weshalb warst du am Haus?«

»Mein Mandant …«

»Ich glaube, es geht schneller, wenn Ihr Mandant – so jung er mit seinen siebzehn Jahren auch ist – diesen Sachverhalt selbst erklärt«, mischte sich nun auch PH in das Gespräch ein. »Frau Wagner ist bekannt für ihren behutsamen Umgang mit Heranwachsenden.«

Der Kerl muss mich verwechseln, dachte Klaudia. Kein Muskel in ihrem Gesicht verriet, dass sie zum ersten Mal von dieser besonderen Fähigkeit hörte.

»Ich hab keine Angst.« Martin strich sich die Haare aus der Stirn.

»Das musst du auch nicht. Erzähl einfach der Reihe nach.«

»Na ja. Ich hab blaugemacht und … dieser König ist ein kapitalistisches Arschloch,« – bei dieser Charakterisierung des Opfers seufzte der Pfarrer schmerzlich, während der Rechtsanwalt zusammenzuckte – »der mit seinen Pseudogutachten die Zerstörung der Umwelt legitimiert.«

Klaudia nickte. »Und das wolltest du ihm sagen.«

»Nein, ich …«

Klaudia konnte sich denken, was der Junge gewollt hatte. Unklar war sie sich über die Rolle seiner Mutter. Sie hatte den Fiat nicht vergessen.

»Also ich wollte einen Beutel mit roter Farbe gegen das Fenster werfen. Um diesem Bonzen zu zeigen, dass wir wissen, wo wir ihn finden.«

»Wer ist wir?«

»Na ja. Wir halt. Ich mein' ich.«

»Okay«, sagte Klaudia gedehnt und machte sich eine Notiz. Noch wollte sie keinen Druck aufbauen. Erst einmal war es wichtig, dass der Junge überhaupt redete. »Und woher wusstest du es?«

»Was?« Verwirrt schaute Martin auf. Sein Gesicht nahm die Farbe des Irokesen an.

» Woher wusstest du, wo Doktor König sein Wochenendhaus hat?«

»Ich …« Martin schaute hastig zu seiner Mutter, bevor er wieder den Blick senkte.

»Ähem.« Frau Vollmer biss sich auf die Unterlippe, sprach dann aber doch weiter. »Als Architektin habe ich mich auf die Restaurierung alter Spreewaldhäuser spezialisiert, und die Königs gehörten zu meinen Kunden.«

»Gut. Dann wäre das ja geklärt.« Klaudia kritzelte ›Ich krieg dich‹ auf ihren Block. Noch war nicht der richtige Zeitpunkt, die Katze aus dem Sack zu lassen. Sie wandte sich wieder an den Jungen. »Also, Martin, du bist zum Haus der Königs gefahren. Was passierte dann?«

»Ja – ich hab' den Farbbeutel geschmissen, und der hat die Verandatür aufgestoßen und ist ins Haus. Ich hab' gedacht – Scheiße – und bin hinterher, weil ich wollt' ja nichts kaputt machen.«

Wie rücksichtsvoll von dir, dachte Klaudia. Sachbeschädigung ja, aber bitte nur ein bisschen.

»Ja und da war's aber schon passiert«, fuhr der Junge fort. »Überall rote Farbe – und ich denk' noch, Scheiße – nichts wie weg, da seh ich den Fuß, und dann bin ich ums Sofa rum und da ...« Der Junge stockte, schaute Hilfe suchend zu seiner Mutter. Seine Unterlippe zitterte. Unter dieser Schicht aus Pubertät und Akne hockte ein verängstigtes Kind.

»Und da?«, fragte Klaudia sanft. Sie wusste nur zu gut, was es für ein Kind bedeutete, einen Toten in seinem eigenen Blut vorzufinden.

»Da lag der Mann«, flüsterte Martin. »Und, und es war alles rot. Aber – das war keine Farbe. Das war Blut. Das lief so aus dem raus. Ich wollt' nur noch weg. Aber dann hab' ich gedacht: Das kannst du nicht bringen, und hab' von der nächsten Telefonzelle die Polizei angerufen. Weil der konnt' ja nicht so liegen bleiben.«

»Der Mann war also schon tot?«

»Ja. Ich mein'.« Martin stockte. »Ich weiß nicht«, flüsterte er schließlich. »Ich glaube. Ich mein', ich hab ihn ja nicht angefasst.«

»Warum bist du überhaupt ins Haus gegangen?« fragte Klaudia.

»Das hat mein Mandant bereits ...«

Klaudia unterbrach den Rechtsanwalt mit einer Handbewegung. »Wäre es nicht sicherer für dich gewesen, einfach abzuhauen? Immerhin hättest du erwischt werden können.«

»Ich ... Weil die Tür auf war, und ich wollt' ja nicht ...!«

Wieder der hastige Blick zu seiner Mutter. »Ich hab' doch nicht gewusst, dass da einer drin ist. War doch noch nicht Wochenende. Erst als ich abgehauen bin, hab' ich die Autos gesehen.«

»Wieso dann erst?«

»Na ja, ich bin doch über den Zaun rein.«

»Und dein Fahrrad?«

»Stand oberhalb vom Haus. Am Weg.«

Klaudia nickte. »Du bist also zurück durch die Einfahrt gelaufen.«

»Ja. Das war schneller.«

»Ich verstehe. Und was waren das für Autos?«

»So ein Tussenauto und ein Offroader.«

Der Junge hatte mehr Glück als Verstand gehabt. Wer immer dieses Coupé fuhr, war noch im Haus gewesen.

»Frau König«, mischte sich die Mutter des Jungen ein, »fährt ein Coupé.«

Aha, dachte Klaudia, dir ist also wichtig, dass wir das wissen. Was willst du uns damit sagen? »Wie gut kennen Sie eigentlich die Königs?«

»Wie man halt seine Kunden kennt«, antwortete die Mutter des Jungen ausweichend. »Ich hab das Haus für sie umgebaut.«

»Und dabei sind sie sich nicht näher gekommen?«

»Was wollen Sie damit andeuten?« Frau Vollmer schaute zu ihrem Anwalt.

Der wusste, was seine Mandanten für ihr Geld von ihm erwarten durften, und sprang ihr zur Seite. »Was unterstellen Sie?«

»Gar nichts.« Ganz gekränkte Unschuld hob Klaudia die Hände. »Ich dachte nur, wegen des Bildes, das Frau König Ihnen geschenkt hat.«

»Ach das.« Frau Vollmer winkte ab. »Frau König hat jedem eins ihrer Bilder geschenkt, ich glaube, das ist der einzige Weg, wie sie die Dinger loswird.«

»Und Herr König? Hat er Ihnen jemals etwas geschenkt?«

»Ich glaube, meine Mandantin muss sich dem nicht länger aussetzen.« Der Rechtsanwalt stauchte die Papiere zusammen, die vor ihm lagen, und erhob sich mit einem Ruck, der seinen Stuhl über das Linoleum schaben ließ. Die Pfarrersfamilie folgte, wenn auch zögernd, seinem Beispiel.

»Eine Frage noch.« Klaudia spielte mit dem Stift in ihrer Hand. »Was haben Sie eigentlich am Donnerstagmorgen in Lübbenau gemacht, Frau Vollmer? Sie waren doch dort, nicht wahr?«

»Nein«, antwortete Frau Vollmer heftig. »Wie kommen Sie darauf?«

»Weil ihr Fiat Panda am großen Kahnhafen stand. Ich habe ihn selbst dort gesehen, als ich zu einem …«, Klaudia schielte zu Thang, der sehr konzentriert ein Blatt Papier faltete. »… Außentermin musste«, fügte sie etwas leiser hinzu.

24. Kapitel

Die Frau erwacht von einem reißenden Schmerz in ihrem Bauch. *Hunger.* Das Wort ist in ihrem Kopf, nagt an ihren Gedärmen. *Essen.* Obwohl die Frau sich nicht erinnert, jemals gegessen zu haben, weiß sie, dass es so etwas wie Essen gibt. Worte wie Brot, Kartoffeln, Rüben wirbeln durch ihren Kopf.

Sauerkraut und Rüben, die haben mich vertrieben.

»Hätt meine Mutter Fleisch gekocht, dann wär' ich bei ihr blieben.«

Die Frau kennt das Lied. Sie richtet sich auf. Die Decke rutscht ihr von der Brust. Sofort ist die Scham wieder da und mit der Scham die Erinnerung. ER kann sie sehen. Ein Schluchzen drängt sich in ihre Kehle. Verborgen in der Dunkelheit liegt ihr Nachthemd. Ihr nasses Nachthemd. Ihr beschmutztes Nachthemd. *Wasser.* Die Frau wickelt sich die Decke um den Körper, tastet sich vor zum Rand der Pritsche, stellt die Füße auf den kalten Boden, richtet sich auf, schwankt. Die Dunkelheit kippt. Kein Halt. Sie stürzt, fällt einfach um, wie ein gefällter Baum. Schlägt hart auf dem kalten Kellerboden auf, und plötzlich flimmert Sonnenlicht durchs Blätterdach. Mit einem tiefen Seufzer atmet die Frau die linde Frühlingsluft ein, streckt die Hände aus, nach einem Schmetterling, der durch den Tag torkelt. Das Sonnenlicht verblasst, schwarze Schlieren wabern durch das Bild, und dann ist es fort, und zurück bleibt die Frau, gefangen in undurchdringlicher Dunkelheit.

Der Boden ist trocken, murmelt die Stimme aus dem Nirgendwo, von der die Frau nun weiß, dass es die Stimme ihrer Mutter ist. Die Stimme ihrer Mutter sein muss. Denn wenn es nicht die Stimme ihrer Mutter ist, dann ist sie ganz allein in dieser Dunkelheit.

Sauerkraut und Rüben. Die haben mich vertrieben.

»Ich hab dich nicht verlassen«, murmelt die Frau. Auf keinen Fall dürfen die Kinder die Stimme ihrer Mutter verjagen.

»Der Boden ist trocken«, murmelt die Frau. Sie liegt jetzt flach auf dem Rücken und bewegt die Arme wie Pumpenschwengel. Auf und nieder.

Schnee-Engel. Das Wort rieselt durch ihr Bewusstsein. Sie versteht es nicht.

Nachthemd.

Die Frau ist froh, dass die Stimmen sich nicht hat verjagen lassen, von diesen Kindern, die sie mit ihren Liedern verhöhnen.

»Ich hab dich nicht verlassen«, ruft sie in die Dunkelheit.

Dein Nachthemd!

»Fort«, sagt die Frau. Einfach fort. Ein Schluchzen zerrt an ihren Stimmbändern, überlegt es sich auf dem Weg zu ihrem Mund anders und wird ein Lachen. Das Lachen schüttelt die Frau und versickert im Boden, dem kalten, dem trockenen. Die Frau begreift.

ER war hier. ER hat den Boden getrocknet, ihr Nachthemd genommen. Ihre Nüstern blähen sich bei dem Versuch, SEINE Witterung aufzunehmen. Dieser Hauch von Frühling. Das ist ER. Die Frau stemmt sich auf. Bewegt den Kopf in alle Richtungen. Sieht ER sie jetzt in diesem Augenblick? Was denkt ER? Jetzt in diesem Augenblick?

»Bitte«, murmelt sie. Ihre Stimme knistert wie Herbstlaub. Sie räuspert ihre Panik fort. »Bitte, ich hab Hunger.« Etwas quietscht in die Stille hinein, und die Dunkelheit löst sich auf in einem blutigen Licht.

Zum ersten Mal sieht die Frau ihr Gefängnis: Neben ihr die Pritsche. Daneben ein Metalltisch. Beides fest mit dem Boden verschraubt. Vor ihr eine Eisentür. Hinter ihr eine Wand, seitlich davon der Waschtrog. Die Frau kriecht zu dem Tisch. Stemmt sich in die Höhe. Findet ihr Nachthemd. Gewaschen. Gebügelt. Nach Frühling duftend. Die Frau sieht die Metallklappe in der Wand. Berührt sie mit den Händen. ER ist da, hinter dieser Klappe. Gerade eben haben seine Hände diese Klappe zur Seite geschoben.

Sie waschen. Sie waschen. Sie waschen den ganzen Tag. Zitternd greift sie nach dem Nachthemd, zieht es sich über den Kopf. *Aprilfrisch.* Das Wort gleitet an ihr herab, wie der Stoff. Als der Kopf der Frau wieder aus dem Nachthemd auftaucht, sieht sie die Blechdose, darin einen Apfel, ein Käsebrot. Eine kleine Thermoskanne. Mit beiden Händen nimmt sie das Brot, beißt hinein, kaut. Das Brot ist trocken, der Käse klebt an ihrem Gaumen. Sie schraubt die Thermoskanne auf. Dampf steigt ihr in die Nase. Der Tee ist bitter, aber er wärmt. Viel zu schnell ist der letzte Bissen heruntergeschluckt, der Käse vom Gaumen gepult. Nie hat sie etwas Besseres gegessen. Die Frau greift nach dem Apfel, wiegt ihn in der Hand, schließt die Augen, riecht an ihm. Als sie die Augen wieder öffnet, ist die Dunkelheit zurückgekehrt.

Die Frau schreit auf. Den Apfel in der Hand sinkt sie auf die Pritsche. Klammert sich an ihn, seinen Duft: Sie sieht Obstwiesen. Bienen summen von Blüte zu Blüte. Wolken ballen sich am Horizont. Blitze zucken über den Himmel. Ein Kreischen liegt in der Luft. Die Frau beißt in den Apfel. Saft läuft ihr übers Kinn.

Ich mag keine Äpfel. Die Gewissheit ist auf einmal da. Trotzdem kaut und schluckt die Frau. Kaut und schluckt und schluchzt. Kennt ER sie so wenig, dass er nicht weiß, dass sie keine Äpfel mag? Oder kennt er sie so gut, dass er weiß, dass sie keine Äpfel mag?

Dornröschen nimm Dich ja in Acht, ja in Acht, ja in Acht.

Dornröschen nimm Dich ja in Acht, ja in Acht.

Nimm. Dich. Ja. In. Acht. Die Frau zieht sich die Decke über den Kopf. Macht sich unsichtbar. Ab sofort wird sie auf der Hut sein. Wird nicht schlafen. Nie wieder. ER war hier, in diesem Raum, und sie hat es nicht bemerkt. Hat nicht bemerkt, dass er das Nachthemd vom Boden aufgehoben hat. Hat nicht bemerkt, dass er den Boden getrocknet hat, hat nicht bemerkt, dass … Der Gedanke verläuft sich in ihrem Kopf. Hat er sich über sie gebeugt, sie berührt? Tränen laufen ihr über die Nase.

Häschen in der Grube
saß und schlief, saß und schlief.

»Armes Häschen, bist du krank, dass du nicht mehr hüpfen kannst?«, murmelte die Frau. Ihre Lider werden schwer. *Der Tee*, denkt sie noch, dann explodiert die Dunkelheit in ihrem Schädel.

25. Kapitel

»Was war das denn?«, fragte PH kaum war die Familie samt Rechtsanwalt verschwunden. »Und wieso weiß ich nichts von diesem Fiat?« Er griff nach der Akte und blätterte darin. »Kein einziger Satz dazu.« Mit einem Knall landete die Akte auf dem Tisch.

»Entschuldigung. Das mit dem Fiat habe ich erst am Freitag herausgefunden.«

»Heute ist Dienstag. Sie hatten also Zeit genug, der Ermittlungsakte einen Vermerk hinzuzufügen. Führt man etwa so in NRW Ermittlungsakten? Nach Gusto?

Hier ist das anders, Frau Kollegin.« Zur Unterstreichung seiner Worte klopfte PH mit dem Zeigefinger auf die Akte. »Und um das Fass voll zu machen, schießen Sie auch noch wie ein Fernsehbulle aus der Hüfte und beschuldigen die Frau, quasi ein Verhältnis mit dem Opfer gehabt zu haben. Haben Sie eine Profilierungsneurose? Oder wollten Sie mit diesem Alleingang Ihre Weigerung ausbügeln, sich unverzüglich zum Tatort zu begeben?«

»Es kommt nicht wieder vor, Chef.« Klaudia hätte einiges sagen können. Zum Beispiel die polizeifreie Zone erwähnen können, in die sich das Revier am Freitag verwandelt hatte, oder die Akten ihres Vorgängers, die ihren Schreibtisch zierten. Aber sie schwieg. Wer sich verteidigt, klagt sich an. Eine der Lebensweisheiten ihres Vaters.

»Immerhin sind wir einen Schritt weiter, und das verdanken wir der Kollegin.« Thang glättete den Zettel, den er zuvor mit so viel Mühe zusammengefaltet hatte. »Auch wenn der Fall nun ein paar Autos zu viel hat.«

»Was hat das denn nun zu bedeuten?«

»Wir haben bereits mit der Familie König über das Coupé gesprochen. Nicht nur Frau König fährt so ein Auto.«

»Auch davon steht nichts im Bericht.« PH blätterte durch die schmale Fallakte. »Vielleicht setzen Sie mich erst einmal ins Bild.« Er warf den Hefter auf den Tisch und lehnte sich zurück.

»Also«, setzte Thang an, schaute dann aber in Klaudias Richtung. Sie nickte ihm zu. Diesmal hatte sie nichts dagegen, dass er das Reden übernahm.

»Und«, fragte PH, nachdem Thang seinen Bericht abgeschlossen hatte. »Was sagt diese Tanja Heise?«

»Wir konnten sie noch nicht sprechen.«

»Dann wird es aber höchste Zeit«, knurrte PH und stand auf. »Ich bete, dass es eine Beziehungstat ist«, sagte er, sich das Kinn kratzend. »Denn wenn diese Anti-CCS-Bewegung sich radikalisiert, sehen wir düsteren Zeiten entgegen.« Er schüttelte den Kopf. »Seht zu, dass diese Tanja Heise ihren Arsch hierher bewegt. Ach und noch etwas …« Schon in der Tür stehend, schaute PH aus der luftigen Höhe seiner geschätzten zwei Meter und fünf auf Klaudia herab. »Ich würde es begrüßen, wenn Sie in Zukunft pünktlich zum Dienst erscheinen. Wir haben hier keine Gleitzeit.«

»Puh. Das war die volle Ladung.« Thang kratzte sich den Nacken.

»Kann man wohl sagen.« Klaudia griff nach der Fallakte.

»Tut mir leid, dass er dich so ausgehebelt hat. Aber Akten sind ihm heilig, deshalb kann er auch so gut mit Joe. Übrigens nettes Foto.«

Bevor Klaudia eine spontane und wenig damenhafte Entgegnung einfiel, hatte auch Thang das Besprechungszimmer verlassen.

Männer!

Im Flur lief sie Uwe in die Arme. War heute eigentlich jeder Bulle in Lübben?

»Scheint ja ein netter Abend gewesen zu sein.« Er grinste von einem Ohr zum anderen.

»Du hast dich aber schnell von deinem Weltschmerz erholt«, fauchte Klaudia. »Ist das der Mann, der am Freitag am Boden zerstört war? Oder hast du die Erinnerung mit dem Kasten Bier fortgespült?«

»Wer ist dir denn quer gekommen? PH?«

»Ach, leck mich.« Klaudia drehte sich um und prallte gegen Schreiber. Scheiße, wie viel hatte er von ihrem Gespräch mitbekommen. Hitze stieg ihr in die Wangen. »Ich muss telefonieren«, stammelte sie und ließ die Kollegen stehen.

26. Kapitel

»Versteh einer die Frauen.« Kopfschüttelnd rückte Uwe die Schirmmütze zurecht. Da machte man einmal einen Scherz, und schon kriegte man einen übergezogen. Und was sollte das überhaupt. Weltschmerz. Er hatte keinen Weltschmerz. Er hatte Probleme.

»Alles klar bei dir?«, fragte Joe und schob sich die Akte unter den Arm. Es sah aus, als wollte er sich auf einen längeren Plausch einrichten.

»Klaro. Alles bestens.«

»Lange nicht mehr gesehen.«

»Kreis-Repo-Besprechung.«

»Na dann.« Joe machte immer noch keine Anstalten, sich in sein Büro zu verziehen. »Wirklich nette Kollegin.«

Daher wehte also der Wind. Der Mönch wollte ihn aushorchen? Uwe unterdrückte ein Grinsen.

Er zwinkerte Joe zu.

»Ja. Wirklich. Sie ist schon toll.«

»Ihr kennt euch gut?«

Den armen Kerl hatte es ja richtig erwischt. Uwe konnte sich nicht erinnern, den Kollegen jemals so gesprächig erlebt zu haben.

»My lips are sealed.« Mit Zeige- und Mittelfinger fuhr sich Uwe über die Lippen. Und Joe hatte ihn genau richtig verstanden. Er wurde rot wie eine Tomate, und die Akte wanderte vom linken Arm unter den rechten. Uwe spürte, wie sich sein Brustkorb weitete. Jetzt noch einen draufsetzen. Ihm klarmachen, was für eine Witzfigur er im Vergleich zu ihm war.

»Läufst du eigentlich nur noch mit Akten durch die Gegend?« Als Joe den Blick auf seine Schuhe senkte und die Akten wieder von einem Arm zum anderen wanderten – diesmal von rechts nach links –, platzte Uwes Hochstimmung wie eine Seifenblase. Zurück blieb ein übler Geschmack auf der Zunge. Silke hatte recht, er war ein richtiges Arschloch. Ein Kollegenschwein. Warum musste er dem armen Kerl seine dämlichen Sprüche um die Ohren hauen? Nur damit er als toller Hecht dastand? Oder, damit er sich weniger schlecht fühlte, weil er Silke und die Mädchen vermisste. Anbau? Urlaub? Was war das schon? Wenn Silke sich nach allem, was sie in ihren Schwangerschaften durchgemacht hatte, zutraute, noch einmal schwanger zu versuchen, sollte er nicht den Schwanz einziehen und rumheulen. Er liebte seine Mädels, und selbst Annalenes pubertäres Nölen fehlte ihm, von Bhanu ganz zu schweigen. Er würde auch das dritte Kind lieben. So war er eben.

Rumheulen? Bhanu? Scheiße. Uwe schlug sich gegen die Stirn. Er hatte vergessen, Petra Pan zu füttern.

Klaudia versuchte vergeblich, Tanja Heise über ihr Handy zu erreichen. Schließlich wählte sie die Nummer des Ingenieurbüros.

»Sie ist nicht hier.« Sebastian König klang, als sei er in

Eile, aber Klaudia hatte nicht die Absicht, sich mit dieser Bemerkung abspeisen zu lassen.

»Hat sie sich krankgemeldet?«

»Ich weiß nicht, hören Sie, ich bin gerade auf dem Sprung.«

»Es ist mir egal, was Sie gerade sind. Ich will wissen, wo Frau Heise ist. Es geht hier nicht um Fahrerflucht.«

»Haben Sie es schon auf Ihrem Festnetzanschluss versucht?«, fragte König. Ohne ihre Antwort abzuwarten, fuhr er fort: »Hören Sie. Meine Sekretärin wird Ihnen die Nummer geben. Ich muss jetzt wirklich ... Sie können sich gar nicht vorstellen, was hier los ist. Die Kunden sind verunsichert. Außerdem klingelt ständig das Telefon, weil irgendwelche Journalisten versuchen, an Informationen zu kommen.«

»Das tut mir alles sehr leid für Sie«, antwortete Klaudia, ohne es zu meinen. Bevor sie noch mehr Phrasen absondern konnte, hatte Sebastian König sie abgewürgt, und eine professionell freundliche Stimme diktierte ihr Tanja Heises Festnetznummer. Auch hier meldete sich nur der Anrufbeantworter.

»Wieder nichts?« Entspannt zurückgelehnt saß Thang hinter seinem Schreibtisch und biss in einen Apfel. »Vielleicht hat sie noch einen Tag angehängt oder ihren Flieger verpasst.«

»Vielleicht.« Klaudia wählte die Nummer der Fluggesellschaft. Es dauerte eine Weile, bis sie mit jemandem verbunden war, der bereit und berechtigt war, ihre Fragen zu beantworten, aber schließlich erfuhr sie, dass Tanja Heise in keinem Flug von London nach Berlin gewesen war. Weder am Sonntag noch am Montag. Unterhalb von Klaudias Zwerchfell ballte sich eine dumpfe

Ahnung zusammen. Und da sie gerade einen auskunftsfreudigen Mitarbeiter in der Leitung hatte, fragte sie auch gleich, ob denn Frau Heise am Donnerstag nach London geflogen sei. Ebenfalls negativ.

»Wir schreiben den Wagen dieser Heise zur internen Fahndung aus«, sagte PH, als sie ihn vom Ergebnis ihrer Suche unterrichtet hatte.

»Veranlassen Sie das?«

»Ja, mach ich.« PH griff nach der Maus.

Unter normalen Umständen verstand Klaudia solch einen Wink mit dem Cursor, doch diesmal blieb sie vor seinem Schreibtisch stehen.

»Was denn noch?« Irritiert schaute er auf.

»Ich denke, wir sollten uns in der Nähe des Wochenendhauses noch einmal umschauen.«

»Und warum …?«

»Wir haben keine Tatwaffe oder sonstigen Hinweise auf den oder die Täter.«

»Und was lässt Sie glauben, dass wir in der Umgebung des Hauses noch etwas finden?«

»Als der Junge seinen Farbbeutel warf, standen zwei Wagen auf dem Grundstück.« Klaudia strich sich eine Haarsträhne hinters Ohr und ärgerte sich im gleichen Augenblick darüber. Wieso machten Männer so etwas eigentlich nicht?

»Nach meiner Einschätzung kann dieses für den oder die Täter unglückliche Zusammentreffen dazu geführt haben, dass er oder sie darauf bedacht sein musste, die Waffe so schnell wie möglich loszuwerden. Er oder sie konnte ja nicht ahnen, dass dieser Junge kein mobiles Telefon bei sich hatte. Und das kann bedeuten, dass …«

»Ich hab schon verstanden«, unterbrach sie PH. »Außerdem reicht es, wenn Sie geschlechtsparitätisch korrekte Berichte schreiben, Sie müssen nicht auch noch wie ein Lehrbuch reden. Also von mir aus: Organisieren Sie in Dreiteufelsnamen eine Umgebungssuche.« Er musterte sie, und da er saß, musste er dabei zu ihr aufschauen.

»Sie sind ganz schön hartnäckig«, sagte er schließlich, und Klaudia hatte zum ersten Mal das Gefühl, dass er sie als Ermittlerin ernst nahm. Vor Freude hätte sie sich fast wieder eine nicht vorhandene Haarsträhne hinters Ohr geschoben. Doch PHs nächster Satz wischte ihr das Grinsen aus den Mundwinkeln.

»Das hat Ihr alter Chef übrigens auch von Ihnen gesagt.«

»Hat er das?« Mit Mühe beherrschte sich Klaudia, ihr Gesicht nicht entgleiten zu lassen. Was hatte Arno noch über sie erzählt?

»Ja, hat er«, bestätigte PH und blickte nachdenklich zum Fenster, das blind war vom Regen. »Ich hoffe, Sie irren sich nicht. Die Kollegen, die mit Ihnen da rausmüssen, werden Sie bis in alle Ewigkeit hassen, wenn Sie nichts finden.«

27. Kapitel

Der Anruf, dass eine Suchstaffel gebildet wurde, der er sich umgehend anzuschließen hätte, erreichte Uwe vor der Traugott-Hirschberger-Grundschule. Für Petra Pan war jede Hilfe zu spät gekommen, und er würde auf dem

Nachhauseweg bei der Tierhandlung vorbeifahren und ein neues Kaninchen für Bhanu kaufen. Hoffentlich fand er eins, das genauso aussah, sonst musste er beichten. Außerdem würde er Silke anrufen und ihr sagen, dass es okay war mit dem dritten Kind und sie wieder nach Hause kommen sollte.

Um ihn herum heulten vor Nässe triefende Vorschulkinder, mit denen er das richtige Verhalten im Straßenverkehr einüben sollte. Diese Aktion war schon bei trockenem Wetter eine Herausforderung, bei Regen verstieß diese Art von Tätigkeit für Uwe eindeutig gegen die UN Charta für Menschenrechte.

Es täte ihm leid, sagte er zu Frau Bohde, die bereits Annalene und Bhanu betreut hatte und die ihm mit ihrer evangelischen Betulichkeit schon damals auf die Nerven gegangen war. Aber er müsse nun leider zu einem Einsatz.

»Müssen Sie das nicht immer?«, fragte die Erzieherin und kniff ihre altersdünnen Lippen so fest zusammen, dass ihre Nase sich Richtung Kinn bewegte.

»Das bringt der Beruf so mit sich«, murmelte Uwe und fragte sich, was Silke eigentlich bei diesen Bastelnachmittagen über ihr Leben als Polizistenfrau erzählte. »Kommen Sie allein mit der Gruppe zurecht?« Er fragte nur, weil die Wahrscheinlichkeit mehr als hoch war, dass auch sein drittes Kind dieser Erzieherin ausgesetzt sein würde. Kaum gedacht, schämte er sich für diesen Gedanken. Annalene und Bhanu hatten sie geliebt, und auch Silke schwärmte für sie. Uwe hielt sie für eine verklemmte Jungfer, die ihre Frustration an jedem männlichen Wesen ausließ, das ihr über den Weg lief, egal ob es der Vater einer ihrer Schützlinge war oder ein Repo. Sie betrachtete den gemeinen Mann an und für sich als Eindringling in ihre Welt, und eigentlich teilte Uwe ihre Ansicht: Er fühlte sich wie der böse Riese, wenn er in Uniform in diese Kindergartenwelt eindrang. Alles um ihn herum erschien ihm zu klein und zu bunt. Seine Welt waren Tatorte, triste Büros oder Streifenwagen, die nach Fußschweiß und Pizza stanken. Keine Kindergärten oder Schulhöfe und noch viel weniger Bürgersprechstunden, in denen alte Damen darüber lamentierten, wie schlimm die Welt doch nach der Wende geworden sei. Seit er Repo geworden war, verfolgte ihn dieses Gefühl, ständig am falschen Ort zu sein. Es war wie bei diesem Märchen vom Hasen und vom Igel. Egal wo er auftauchte, dieses stachelige Gefühl war schon da. In der Anfangszeit hatte er noch versucht, mit Silke darüber zu reden, aber sie hatte sich gleich hinter ihrem Totschlagargument – Was ist, wenn dir etwas passiert? Denk an die Kinder! – verschanzt.

Er hatte versucht, Gegenargumente zu finden, aber noch nicht einmal die Tatsache, dass Gerüstbauer, Dachdecker und sogar Fleischer gefährlicher als Polizisten lebten, konnte Silke überzeugen.

Also schob er Dienst nach Vorschrift, hielt Bürgersprechstunden ab, beriet die Stadtverwaltung zu Fragen der Ampelschaltungen oder baute Fahrradparcours auf Schulhöfen auf. Uwe wusste, dass all diese Dinge für die Sicherheit der Bürger wichtiger waren als die Festnahme eines Junkies, der einen Bruch gemacht hatte. Aber dieses Wissen half nicht gegen den nagenden Neid, den er empfand, wenn Klaudia oder Thang einen Fall hatten. Er hatte nicht die Jahre in der Hundertschaft abgerissen und sich das Kreuz an Demonstranten verhoben, um kleinen

Rotznasen zu zeigen, wie man richtig die Straße überquert. Er wollte die bösen Buben jagen. Und das war jetzt die Gelegenheit.

Erleichtert ließ er die Kinder stehen. Er drehte sich auch nicht um, als Frau Bohde seinen Namen rief, deshalb sah er nicht, dass Bhanu mit hängenden Schultern im Regen stand.

28. Kapitel

Als die Frau wieder wach wird, schmerzen ihre Muskeln bei jeder Bewegung. Hasen hüpfen über eine Wiese. Die Frau richtet sich auf. Beobachtet ihr Treiben. Die Hasen springen gegeneinander, ihre Ohren flattern wie Bänder im Wind. Die Frau lacht, lockt die Hasen mit einem Zungenschnalzen.

Häschen hüpf. Häschen hüpf.

Ein Häschen hüpft auf die Pritsche der Frau. Mustert sie mit schiefgelegtem Kopf. Schwarze Knopfaugen, die immer größer werden, in denen sie versinkt.

Das ist nicht wirklich.

Die Stimme vertreibt die Hasen. Zurück bleiben die Dunkelheit und ein Drängen im Bauch der Frau. *Pinkeln*, denkt die Frau.

Ich muss pinkeln. Der Gedanke treibt ihr Tränen in die Augen. Sie versucht, sich an alles zu erinnern, was sie in diesem blutigen Licht gesehen hat: *Die Tür, die Klappe, die Pritsche. Die Tür, die Klappe, die Pritsche.*

Pling – Pling – Pling.

Der Waschtrog. Die Scham kehrt zurück. ER würde sie sehen. ER ist immer da, lauert hinter der Klappe. Die Frau krallt ihre Fingernägel in die weiche Haut ihrer Handflächen. Der Schmerz lenkt sie nur kurz ab von dem Druck in ihrem Inneren. Sie tastet sich durch die Dunkelheit. Fünf Schritte geradeaus, drei nach links. Dann berührt ihr Knie den Waschtrog. Ihre Finger finden den Wasserhahn, aus dem Tropfen wird ein Plätschern, das den Druck in ihrer Blase verstärkt. Die Frau hebt das Nachthemd, klemmt es sich unters Kinn. Verbietet sich jeden Gedanken an IHN. Vergeblich.

ER sieht mich. ER sieht mich nicht. ER sieht mich. ER sieht mich nicht. Sie stellt sich auf die Zehenspitzen, stemmt sich in die Höhe. Ihre Arme zittern, ihr Gesäß schiebt sich über den Rand. Das Plätschern ihres Urins vermengt sich mit dem Plätschern des Wassers.

ER sieht mich. ER sieht mich nicht. ER sieht mich. ER liebt mich nicht.

Liebt ER sie? Der Gedanke zwängt sich in ihren Kopf, während die Frau sich vom Rand des Waschtrogs schiebt.

Ich liebe dich, du liebe mich, er liebe sich, sie liebe sich. Wieder verwirren sich die Worte im Gehirn der Frau.

»Ich liebe mich. Du liebe – du liebst dich.« Die Frau spricht die Worte laut. Sie weiß wieder, wie es geht. »Er liebt sich. Sie liebt sich.« Atemlos hält sie inne.

Was denkt ER, wenn ER sie so reden hört? Wenn ER denkt, dass sie IHN liebt? Liebt ER sie dann auch? Und was ist, wenn ER sie liebt? Gibt er ihr das Licht zurück? Gibt ER ihr die Freiheit zurück?

Und wenn sie nicht gestorben sind, dann leben sie noch heute.

Böse Kinderstimmen. Die Frau presst die Hände gegen die Ohren. Will die Stimmen zwischen den Handflächen zerquetschen.

Ringel Rangel Reihe, sind der Kinder dreie.

»Verschwindet!«, schreit die Frau. Sie dreht sich im Kreis. Überall sind lachende Kinder. Böse Kinder. Böse Augen. Böses Lachen. »Lasst mich in Ruhe!«

Weißes Licht versenkt ihre Pupillen. Wie Steinschlag prasselt Kreischen auf sie herab. Ist das der Tod? Die Frau hebt die Arme vor die Augen, hält inne. Dunkelheit. Stille. Fort sind die Kinderstimmen, und die Frau hat wieder etwas gelernt. ER beschützt sie vor den Kindern.

29. Kapitel

»Was habe ich eigentlich verbrochen?«, fragte Thang über das Stakkato des Regens hinweg, der sich in den Planen sammelte, mit denen die Touristenkähne abgedeckt waren. Er und Klaudia warteten unter dem Vordach des *Flaggschiffs* auf das Spezialboot der Wasserschutzpolizei, das sie zum Tatort bringen sollte.

»Nimm's sportlich«, antwortete Klaudia entnervt. Seit sie in Lübben losgefahren waren, jammerte Thang, nur unterbrochen von den Anrufen seiner Frau, die sich durch dieses enervierende Klingeln ankündigten.

Irgendwas stimmte bei Thang und seiner Frau ganz und gar nicht. Nach jedem Telefonat wirkte Thang schmallippiger. Klaudia vermied es, ihn anzuschauen. Nach den Erfahrungen mit Uwe legte sie keinen Wert darauf, einen weiteren Kollegen in familiären Fragen zu beraten. Sollte Thang sich bei Petra ausweinen, sie war die gute Seele des Reviers.

Stampfende Schritte ließ sie aufschauen.

Schlimmer geht immer, dachte Klaudia. Jetzt hatte sie zwei beziehungsgeschädigte Kollegen an den Hacken.

»Hi«, grüßte sie halbherzig, als Uwe sich zu ihnen unter das Vordach drängte.

»Grad noch geschafft.« Er strich sich die Nässe aus dem Gesicht.

»Wer hat dich denn abkommandiert?« Klaudia wusste nicht, ob sie lachen oder weinen sollte. Uwe war Repo. Das war so weit weg von Polizeiarbeit, wie …« Sachbearbeiter beim Finanzamt, erinnerte ihr schlechtes Gewissen sie an die Steuererklärung, die sie immer noch nicht gemacht hatte. Sie wusste nicht einmal, was sie machen sollte. Arno hatte sich immer um solche Dinge gekümmert.

»Ein wohlmeinender Geist, nehm ich mal an.«

Obwohl die Schultern seiner Uniform bereits vor Nässe glänzten, grinste Uwe, als würde er sich tatsächlich freuen. Wahrscheinlich tat ihm im Moment jede Ablenkung gut.

»Du wirst dich zurücksehnen«, prophezeite Thang.

»Herr Rudnik ist aus Zucker«, fauchte Klaudia.

»Wo sind die anderen?«

»Die Kollegen aus Cottbus fahren direkt zum Haus.«

»Wow, da hast du ja ganz schön was in Bewegung gesetzt.« Uwe wischte sich die Nässe aus dem Gesicht.

»Das kann sie auch nur, weil Demeter-Anders nicht im Dienst ist.«

»Wer ist das eigentlich?« Klaudia erinnerte sich, dass der Rechtsanwalt diesen Namen erwähnt hatte.

»Die Staatsanwältin, mit der wir normalerweise zusammenarbeiten.«

»Und was ist das Problem?«

»Kein Problem.«

»Komm mir jetzt nicht auf die Tour. Warum meinst du, hätte sie den Einsatz verhindert?«

»Weil er teuer ist und sie Karriere machen will.«

»Du gehörst wohl nicht zu ihrem Fanklub.«

»Hoffentlich lohnt sich der Aufwand«, knurrte Thang, Klaudias letzte Frage ignorierend. Zu ihrem eigenen Fanklub konnte sie den Kollegen wohl aktuell auch nicht zählen.

»Ich bin überzeugt, dass wir etwas finden werden«, sagte Klaudia. Sie dachte lieber nicht an PHs Reaktion, wenn diese Aktion ein Griff ins Klo wäre. Irgendetwas musste sie bringen. Klaudias Tinnitus pfiff über das Rauschen des Regens hinweg. Sie spürte die Anspannung bis in die tiefgekühlten Zehen. Es reichte nicht, irgendetwas zu finden. Was sie brauchte, waren Beweise oder wenigstens die Mordwaffe. Thangs iPhone klingelte schon wieder mit diesem nervenden Elektrosmog, der jeden Anruf seiner Frau ankündigte, und er entfernte sich einige Schritte von den Kollegen, um das Gespräch anzunehmen.

»Dieser Telefonterror geht schon den ganzen Tag so«, murmelte Klaudia. »Bei Rudniks scheint auch nicht alles im grünen Bereich zu sein.«

»Weiber«, sagte Uwe nur.

»Aha, für den Herrn steht die Schuldige bereits fest.« Klaudia musterte Uwe, der sie anstarrte, als hätte er gerade eben erst bemerkt, dass auch sie zu dieser seltsamen Spezi gehörte. Männer! Klaudia war froh, als das Boot der Wasserschutzpolizei in den Hafen einlief. Seine Bugwelle schob das Spreewasser auf den Anleger.

»Wenn das so weiterregnet, kriegen wir noch richtig Spaß.« Thang und Uwe rannten los, und Klaudia sprintete hinterher. Gleichzeitig streckten die Kollegen eine Hand aus, um ihr ins Boot zu helfen.

Immerhin wussten sie, was sich gehörte. Klaudia war froh über die doppelte Stütze, die ihr ins Boot halfen. Das Smartphone vibrierte an ihrer Hüfte. Mit klammen Fingern versuchte sie es aus der Jeanstasche zu fischen, was ihr auch schließlich gelang. Ein Blick auf das Display verriet ihr, dass PH in der Leitung war. Der Chef war kein Freund langer Reden, entsprechend kurz war das Gespräch.

»Heises Wagen steht vor ihrer Wohnung«, informierte Klaudia die Kollegen. Von ihr selbst fehlt nach wie vor jede Spur.«

»Ist sie zur Fahndung ausgeschrieben?«

»Erst mal nur zur Aufenthaltsermittlung. Joe wollte das erledigen. Aber ich glaube, Frau Heises Eltern sind ihm mit einer Vermisstenmeldung zuvorgekommen, und weil ihr Wagen sowieso schon in der internen Fahndung war, haben die Kollegen die Gelegenheit genutzt und sich mit Erlaubnis der Eltern in der Wohnung umgeschaut.«

»Und?«, fragte Thang. Sie drängten sich zu den Kollegen unter die Plane, die über das Vordeck gespannt war. Thang klopfte gegen die Plexiglasscheibe der Brücke, und das Boot tuckerte vom Steg.

»Ohne Durchsuchungsbefehl konnten sie nicht viel machen.« Klaudia lehnte sich mit dem Becken gegen die Reling, der zusätzliche Halt half ihr, das Gleichgewicht zu halten. »Allerdings haben sie einen verhungerten

Hamster gefunden und im Altpapier die Verpackung eines Schwangerschaftstestes.« Klaudia schob das Smartphone zurück in die Jeanstasche, dabei streifte ihr Handballen die nackte Haut über ihrem Hüftknochen. Fröstelnd zog sie den Bauch ein.

»Schwanger?« Uwe kratzte sich das Kinn.

»Ist das ein Motiv?«, fragte Thang.

»Na ja.« Klaudia dachte über die Konstellation nach: Schwangere Geliebte, ältere Ehefrau, Sohn. Das barg eine Menge Konfliktpotenzial. »Vielleicht war ihr Lover nicht so begeistert?«

»Deshalb bringt man doch keinen um, oder?« Thang schaute zu Uwe, als erwarte er von ihm als zweifachen Vater eine kompetente Antwort.

»Man weiß nie, was Hormone aus einer Frau machen«, antwortete Uwe mit Grabesstimme.

Klaudia unterdrückte ein Grinsen. Sie konnte sich vorstellen, was in seinem Kopf vorging.

Die Cottbuser Kollegen verließen nur sehr zögernd den blauen Spusiwagen, als das Boot der Wasserschutzpolizei anlegte.

Nach der kurzen Einsatzbesprechung bildeten sie eine Linie und entfernten sich vom Haus. Als Einsatzleitung blieb Klaudia im Boot und starrte mit dem Kollegen der WSP auf die bunten Linien des hochauflösenden Sonars, mit dem sie den Grund des Flusslaufs absuchten. Außerdem suchte ein Taucher mit einem speziellen Gerät nach der Tatwaffe.

Klaudia wünschte sich auf einmal eine Zigarette. Seit der Sache mit dem Ohr hatte sie nicht mehr geraucht, aber jetzt hätte sie für eine Zigarette auch wieder das

Nessum Dorma ertragen. Seit sie von der Schwangerschaft und dem toten Hamster wusste, nagte dieses mehr als ungute Gefühl an ihr. Sie schaute auf die Uhr. Seit zwei Stunden arbeiteten sich die Kollegen bereits durch das Gelände. Mittlerweile dürften alle bis auf die Haut durchnässt sein, während sie auf bunte Linien starrte. Vergeblich versuchte sie, allein durch die Kraft ihres Willens, das schweigende Funkgerät zum Piepen zu bringen. Vielleicht war es defekt und die Kollegen konnten sie nicht erreichen. Vorsichtig schüttelte sie es. Klapperte da nicht etwas? Aber das Funkgerät war nicht defekt. Nach einer gefühlten Ewigkeit und fünf weiteren ergebnislosen Eimern mit Schlamm vom Grund des Fließes, fiepte endlich Uwes verzerrte Stimme durch den Äther. »Ich glaub, ich hab was.«

Dieser eine Satz jagte Adrenalinschauer durch Klaudias Körper. Endlich.

30. Kapitel

»Das riecht nach 'nem neuen Fall.« Die Hände in den Hosentaschen vergraben stand Thang am Rand der Grube, in der die Spusitechniker arbeiteten. Generatoren brummten, und im grellen Licht der Halogenscheinwerfer wallten die nach Diesel stinkenden Abgase wie Nebel zwischen den Bäumen. Immerhin hatte es pünktlich mit dem Eintreffen der Spusi aufgehört zu regnen. Doch noch immer tröpfelte es aus dem Blätterdach. Techniker in ihren weißen Ganzkörperoveralls knieten im Schlamm. Auch Klaudia und ihre Kollegen trugen Spusianzüge über ihren nassen Klamotten.

Klaudia stapfte sich die Kälte aus den Gliedern. »Kannste laut sagen.« Diese Knochen waren auf jeden Fall zu alt, um etwas mit ihrem Fall zu tun zu haben. In Gedanken sah sie den Aktenberg auf ihrem Schreibtisch um die Vermisstenakten der letzten paar Jahrzehnte anwachsen.

»Na, wen sehe ich denn da? Bitte lächeln.« Getarnt im Ganzkörperanzug der Spusi hatte Demel sich angeschlichen und hob die Kamera.

»Was soll der Scheiß?« Klaudia kniff die Augen zusammen. Der Blitz blendete sie. »Was halten Sie davon, wenn Sie den Job machen, für den Sie bezahlt werden?«

»Ups«, murmelte Thang, als Demel lachend abschob. »Da lässt aber einer seine schlechte Laune an den Kollegen aus.«

»Nettes Puzzle habt ihr hier.« Demel kletterte auf einen umgestürzten Baumstamm und begann, die Fundstelle systematisch zu fotografieren. Klaudia teilte seine Meinung, hätte sich aber eher die Zunge abgebissen, als ihm recht zu geben. Durch den Regen war ein Teil einer Böschung abgerutscht, und auf einer Fläche von vielleicht zwei mal zwei Metern schimmerten weißliche Knochen aus dem Schlamm. Das Gebilde, das die Spusitechnikerin gerade eintütete, könnte ein Beckenkamm sein. Demel ging um die Grube herum und fotografierte eine Skeletthand. Jetzt wo er konzentriert arbeitete und seine Kamera nicht auf sie gerichtet hatte, gefiel er Klaudia deutlich besser. Eine nette Affäre hatte Petra über ihn gesagt und etwas von einer posttraumatischen Beziehungsstörung gefaselt.

Du brauchst eine Tatwaffe, keine Affäre. Frierend zog Klaudia die Schultern hoch und konzentrierte sich wieder auf das Hier und Jetzt.

»Was haben wir denn da?« Die Spusitechnikerin stieß einen Pfiff aus.

Klaudia trat vorsichtig näher an die Grube und starrte auf den Schädel, den die Technikerin mit ihren Pinselstrichen freilegte.

»Wer hat Ihnen erlaubt, hier Generatoren laufen lassen?« Ein schwerer Mann in Försteruniform und Gummistiefeln stapfte schnaubend auf sie zu.

Klaudia richtete sich auf und ging ihm entgegen. Wir hätten absperren sollen, dachte sie. Aber wer denkt daran, dass bei diesem Wetter mitten im Nirgendwo jemand auftauchte. »Es tut mir leid, Herr …«

»Welber«, stellte der Mann sich nach Luft schnappend vor. Sein Doppelkinn zitterte. »Ich bin hier der Förster, und ich sag Ihnen eins … Mein Gott.« Seine ganze aufgeplusterte Autorität verpuffte, als er auf den freigelegten Schädel starrte. Hastig zog er ein kariertes Tuch aus der Tasche seiner Kniebundhose und hielt es sich vor den Mund. »Ist das? Sind das?«

»Menschliche Knochen«, bestätigte Klaudia. »Wenn Sie bitte zurücktreten würden?«

Folgsam wie ein Kind entfernte sich der Förster, und Klaudia wandte sich wieder an die Spurentechnikerin. »Sollten wir nicht einen forensischen Anthropologen hinzuziehen?«

»Ihre Entscheidung«, sagte die Frau ohne aufzuschauen. »Aber ich würde mal sagen …« Auf den Fersen hockend musterte sie den Schädel, den sie freigelegt hatte. »Es besteht kein Zweifel, dass wir es hier mit einem menschlichen Skelett zu tun haben. Peter?«, rief sie. »Machst du mal ein Foto von dem Schädel?«

»Du willst die nicht wirklich kommen lassen, oder?« Thang schaute zu Klaudia auf. »PH macht dich 'nen Kopf kürzer.«

»Das ist eine Leiche.« Du Arsch, dachte Klaudia, ich wäre auch lieber zu Hause. Die Jeans klebt an meinen Waden, und der Wind bläst mir trotz Ganzkörperkondom den letzten Rest Wärme aus den Knochen. Aber so ist unser Job. Egal, ob es deiner Frau passt oder nicht.

»Aber keine frische«, beharrte Thang. »Wahrscheinlich nicht mal aus diesem Jahrhundert. Schick ihnen das Material und ein paar Bodenproben, das reicht.«

»Okay.« Seufzend wandte sich Klaudia ab. Thang hatte ja recht. Und außerdem würden die Spezialisten aus Berlin die Knochen wahrscheinlich extra lange liegen lassen, wenn sie sie heute hier antanzen ließ.

»Hey, was ist das? Sie beugte sich vor. Etwas Braunes lugte zwischen zwei Halswirbeln hervor.

»Sieht aus wie ein Stück Stoff.« Mit einer Pinzette beförderte die Kollegin das Fundstück in einen Aservatenbeutel. »Vielleicht von einer Decke.«

»Einer Decke«, wiederholte Klaudia. Sie schauderte. »Und das ist alles, was davon übrig ist? Herrgott, wie lange liegt die denn hier?«

»Sie nehmen das doch mit, oder?« Die Frage endete in einem atemlosen Kiekser.

Klaudia hatte den Förster glatt vergessen. Plötzlich stand er wieder an ihrer Seite, das Gesicht war überzogen von einer ungesunden Röte.

»Keine Panik, Herr Förster«, antwortete die Spusitechnikerin. »Das kommt alles nach Berlin.«

»Treten Sie jetzt bitte wieder zurück«, forderte Klaudia ihn erneut auf. Als er nicht reagierte, berührte sie ihn sanft am Arm. Sie hatte Angst, dass er jeden Augenblick zusammenbrechen würde. Dann hätte die Spurensicherung eine weitere Leiche abzupinseln.

»Außer diesen Knochen haben wir nichts gefunden. Sorry.« Uwe trat ebenfalls an den Rand der Grube. »Keine Tatwaffe. Nichts.« Die Uniformhose klebte an seinen Beinen.

»Und somit sind wir keinen Schritt weiter«, murrte Thang. Der Blick, den er Klaudia zuwarf, sprach nicht gerade von kollegialer Hochachtung.

»Na immerhin habt ihr eine Leiche mehr«, lästerte die Spusitechnikerin. »Wenn ihr so weitermacht, müsst ihr Nummern verteilen.«

Klaudia lachte freudlos. Sie konnte nur hoffen, dass diese unbekannte Leiche, die ihnen der Regen beschert hatte, die letzte war, die ihr in diesem Fall begegnen würde. Die Hoffnung starb ja bekanntlich zuletzt, trotzdem konnte sie nicht verhindern, dass sich erneut ein ungutes Gefühl unterhalb ihres Zwerchfells ausbreitete. Wo verdammt noch mal war Tanja Heise?

31. Kapitel

Ringel Ringel Reihe, sind der Kinder dreie
Sitzen unterm Holderbusch.

»Machen alle husch, husch, husch.« Die Frau kennt das Lied. Sie weiß, dass man sich zu diesem Lied an den

Händen fasst und im Kreis herumgeht. Immer rund herum. Und sich bückt und lacht und die Sonne scheint und
die Kinder lachen.

Und die Kinder lachen und die Kinder lachen.

Husch. Husch. Husch. Lachen mit ihr, lachen sie an,
lachen sie aus.

Schlitten vorm Haus. Aus die Maus.

Die Frau presst die Hände gegen die Ohren. Sie will
das Lachen nicht hören. Sie muss an etwas anderes denken. Sie muss ihren Namen finden. Sie ist ein Mensch.
Jeder Mensch hat einen Namen, und wenn sie ihren Namen findet, dann findet sie sich und die Kinder, wenn es
Kinder gibt.

»Habe ich Kinder?« schreit sie mit dieser zerbrochenen Stimme, die ihr den Hals zerschneidet und die doch
die Dunkelheit nicht durchdringt.

ER schweigt, und auch die Stimme, die kommt und
geht, schweigt.

Das Schweigen ist so undurchdringlich finster wie der
Raum um sie herum. Sie muss an etwas anderes denken.
Nicht an Kinder. Nicht an Sonne. Nicht an Lachen. Sie
muss ihren Namen finden.

Wie findet man einen Namen? Die Frau ist unschlüssig.
Soll sie aufstehen und sich an den Wänden entlangtasten?

Suchen. Natürlich suchen. Sie muss ihn suchen.

Systematisch. Sie muss systematisch vorgehen. Am
Anfang anfangen. Nicht mittendrin. Woraus besteht ein
Name?

Aus Buchstaben. Ein Name besteht aus Buchstaben.
Also fängt man bei den Buchstaben an.

Alphabet. So viele Worte rieseln durch ihren Kopf.
Die Frau hat Mühe, sie aufzufangen.

A – B – C, die Katze liegt im Schnee.

Natürlich. Das Alphabet.

Die Frau richtet sich auf, damit ihre Gedanken nicht in der dünnen Matratze versickern. Sie umschlingt sich mit der Decke und lehnt sich gegen die Wand, von der sie weiß, dass sie da ist, weil ihre Hand sie gespürt hat.

»A!«, sagt die Frau in die Dunkelheit hinein. »Andrea? – Anja? – Anna? – Anne? – Agnes?« Jeden Namen tastet die Frau mit der Zunge ab, lauscht seinem Klang nach. Wartet ab.

»B! Barbara? –

Barbara saß am Bach und aß Ananas.

Die Kinderstimmen verhöhnen sie.

»Birgit? – Brigitte? – Bärbel? – Bernd? – Bernadette?« Schweiß versickert zwischen den Brüsten der Frau.

»C! Christa? – Claudia?« Die Frau stockt. Öffnet den Mund, speit den nächsten Namen aus.

»Claudia?« Sosehr sie auch um den Stacheldraht in ihrem Kopf herumschleicht. Kein anderer Name mit dem Anfangsbuchstaben C schafft den Weg in ihre Gedanken.

Nicht aufgeben. Weitermachen.

»D! Doris. Dörthe. Daniela. Dagmar? – E! Elke? Erika? – F! Franziska? Fritzi? – G! Gertrud? Gerlinde? Gudrun?« Die Frau hastet jetzt durch die Namen. Fürchtet, sie verliert ihren Namen, wenn sie ihn nicht schnell genug findet. Weil er unbemerkt durch das Sieb rieselt, wenn sie nicht schnell genug ist.

»H! Heike? Heidi? Heike? *Gibt es denn keine weiteren Namen mit H?«* Die Hände der Frau schaben über ihre Schienbeine. Es muss doch welche geben?

Egal. Weiter.

»I! Inge? Ilse? Irmgard. Ingrid.«

Nein, nicht I – J?

»J! Jutta. Jürgen.« Nein auch nicht richtig. Aber die Frau spürt, dass sie ihrem Namen mit jedem Buchstaben näher kommt. Dass er hinter dem Stacheldraht auf sie wartet.

»K!«, stößt sie hervor. »K!«

Wieso ist da kein Name? Die Finger der Frau bewegen sich hastig, kratzen nun über die Haut.

»K?« Sie lauscht in sich hinein. Katze. Kater. Kinder. Systematisch. Ich muss systematisch vorgehen. Die Frau spürt nicht den brennenden Schmerz, den ihre Fingernägel auf ihren Schienbeinen hinterlassen.

Vokale. Kein Name. Aber ein Hinweis.

A–E–I–O–U »KA!« Nichts. »KE – KI – KO – KU?«

Ich und du, Müllers Kuh.

Die Kinderstimmen verhöhnen sie, aber die Frau hat wieder etwas gelernt. Ihr Name versteckt sich hinter dem Buchstaben K. Erschöpft sinkt sie zur Seite und schläft ein, aber selbst ihre Träume sind schwarz.

32. Kapitel

»Was haltet ihr von einem Absacker zum Aufwärmen?«, fragte Wibke, die Spusitechnikerin, als sie sich alle in den Transporter quetschten. Das Spezialboot hatte schon längst abgelegt.

»Ich bin dabei.« Demel zwängte sich neben Klaudia. »Was ist mit euch?«

Thang, der wieder ein sehr einsilbiges Telefonat mit seiner Frau führte, winkte ab.

»Und ihr?«

»War ein langer Tag.« Klaudia hob entschuldigend die Schultern. Sie fror und sehnte sich nach einer heißen Dusche und ... Und was?, dachte sie. Etwa nach einem weiteren Abend mit Chips, einer DVD und der Hand zwischen den Schenkeln?

»Wo wollt ihr denn hin?«, fragte Uwe.

»Ich würd sagen, wir bleiben in Lübbenau.« Wibke stopfte den Ganzkörperanzug in einen Plastikbeutel, den ihr ein Kollege reichte, und stieg zu ihnen in den Wagen. »Was haltet ihr von einer Runde Piratenbowlen? So wie wir aussehen, kann es gar nicht dunkel genug sein.«

»Wahre Schönheit kann nichts entstellen.« Demel hob die Kamera und fotografierte Wibke, die lachend ihren roten Zopf zurückwarf. Klaudia war nicht oft einer Meinung mit Demel, aber diesmal musste sie ihm recht geben. Solche Haare müsste man haben. Als weibliches Wesen, das ihre mausblonden und ziemlich dünnen Haare regelmäßig mit Honigblond auffrischte, beneidete sie Wibke um deren dichtes rötlich schimmerndes Haar, das ihr in einem geflochtenen Zopf über die Schulter fiel.

»Klingt gut«, sagte Uwe.

»Nein«, wehrte Klaudia ab und wusste selbst nicht, warum. Uwe hatte doch recht. Piratenbowlen klang gut. Was erwartete sie schließlich zu Hause? Nicht einmal ein Zuhause. Sie dachte an die Wohnung, die sie mit Arno zusammen eingerichtet hatte und in der nun ... An dieser Stelle scherte sie aus ihren eigenen Gedanken aus. Sie war in den Osten gegangen, um die Vergangenheit hinter sich zu lassen. Und heute wäre eine gute Gelegenheit, ihre

Vorsätze in die Tat umzusetzen. Die Gedanken pochten hinter Klaudias Schläfen, aber noch war sie unsicher.

»Sei kein Frosch«, sagte Uwe. »Wird sowieso langsam Zeit, dass du deinen Einstand gibst.«

»Ich muss aus den nassen Klamotten raus.«

»Ist doch kein Thema« antwortete er. »Die lassen uns an der Ecke raus. Wir geh'n uns eben umziehen und sind ratzfatz am Hafen.«

»Also gut. Die erste Runde geht auf mich«, willigte Klaudia ein. Eine knappe halbe Stunde später stand sie, durch eine Turbodusche halbwegs wieder aufgewärmt, in ihrem Schlafzimmer und zerrte einen Kleiderbügel nach dem anderen aus dem Einbauschrank. Ein Hauch von Aprilfrische vertrieb den erdigen Waldgeruch, den sie immer noch in der Nase hatte.

Die zwischenzeitliche Euphorie war dem *Nessun Dorma* gewichen. Unentschlossen kaute Klaudia auf ihrer Unterlippe herum. Scheiße, sie konnte doch jetzt keinen Rückzieher machen. Was sollte sie Uwe sagen? Mir geht's nicht gut? Paul Potts singt in meinem Ohr? Sie konnte sich das Getratsche vorstellen. Mit einem Ruck schob sie den nächsten Kleiderbügel zur Seite. Wo verdammt noch mal war die schwarze Jeans? Klaudias Nackenhaare richteten sich auf. Ihre Hände wanderten zurück zu dem *Marc Caine*-Etuikleid, strichen über den seidigen Stoff. Das war verkehrt. Sie hatte es auf links in den Schrank gehängt. Sie hängte ihre Klamotten immer auf links in den Schrank. So hatte sie es von ihrer Mutter gelernt, so tat sie es, seit sie denken konnte.

Gute Sachen hängt man auf links, sie sah ihre Mutter vor sich, wie sie sorgfältig die Kleiderbügel auseinanderschob, um Platz zu schaffen. Sie hatte sich so viel Mühe gegeben und war doch gescheitert. Oder vielleicht gerade deshalb. Vielleicht war sie gerade daran gescheitert, dass sie es immer allen recht machen wollte. Ihrer Stationsschwester, ihrer Tochter, dem Mann, der sie geschwängert hatte. Auf keinen Fall wollte sie ihm lästig fallen. Sie war schon dankbar, dass er Unterhalt zahlte und Klaudia die Ferien bei ihm und seiner Familie verbringen durfte. Es ist halt so passiert, hatte sie gesagt. Klaudia starrte auf das Kleid in ihren Händen. Sie war das Überbleibsel eines One Night Stands. Knapp vierzig Jahre alt, Single und zu blöd, ihre Klamotten richtig herum in den Schrank zu hängen.

Ein Schellen an der Wohnungstür beendete ihren inneren Monolog.

Schon so spät? Klaudia zog sich den ersten besten Pullover, der ihr in die Hände fiel, über den Kopf und zerrte eine Stretchjeans vom Bügel. Stretch ging immer. Dann stolperte sie in ihre Ballerinas und öffnete die Tür.

»Du?« Sie starrte auf Annalene. »Bist du nicht bei deinen Großeltern?«

»Seh ich so aus?« Annalene schob sich an ihr vorbei und ließ sich auf die Couch fallen. »Die können mich alle mal.«

»Ich bin grad auf dem Weg zur Tür raus.« Klaudia schaute sich demonstrativ suchend nach ihrer Schultertasche um. »Piratenbowlen mit den Kollegen.«

»Das ist voll öde.«

»Mag sein«, antwortete Klaudia, die zwar eben noch das Gleiche gedacht hatte, aber lieber einen voll öden Abend mit ihren Kollegen als mit Uwes Tochter verbrachte. Apropos Uwe. »Sag mal, habt ihr eigentlich einen Schlüssel zum Appartement?«

»Ey, war hier einer drin?« Annalene richtete sich auf und schaute sich um. »Papa the Stalker?«

»Red' keinen Quatsch«, fauchte Klaudia, die sich plötzlich wegen ihres Verdachtes schämte. »Warum sollte er das tun?«

»Keine Ahnung. Weil der auch nur noch voll rumspinnt?« Annalene kniff die Augen zusammen und legte den Kopf schief. »Geht er etwa mit?«

»Jepp. Klingt nach sturmfreier Bude, was?«

»Phhh.« Annalene klemmte die Hände unter die Oberschenkel.

Was wird das?, fragte sich Klaudia. Eine Sitzblockade?

»In diesem Kaff läuft doch eh nichts.«

»Dein Problem.« Klaudia klimperte mit den Wohnungsschlüsseln. »Und nun schwing die Hufe.«

»Mama wird toben.«

»Was soll das werden?«, antwortete Klaudia schärfer als beabsichtigt. »Und nun komm. Ich will los.«

Annalene schob sich mit der Geschwindigkeit einer rückwärts kriechenden Schnecke vom Sofa. Eine gefühlte Ewigkeit später stand sie endlich im Hausflur. Klaudia zog die Tür hinter sich zu, und im gleichen Augenblick öffnete sich die untere Wohnungstür.

»Phh«, schnaubte Annalene. »Er hat hinter der Tür gelauert.«

»Was machst du denn hier?« Wenig begeistert musterte Uwe seine Tochter.

»Hab ich was verpasst? Noch wohn ich hier, oder nicht?« Annalene schob sich an ihm vorbei in die Parterrewohnung. »Ups.« Sie wedelte mit der Hand vor ihrer Nase. »Papa ist ins Duftfässchen gefallen. Vielleicht hat er doch in deiner Wäsche geschnüffelt?«

»Hey, was soll das heißen?«, rief Uwe ihr hinterher. »Was geht denn hier ab?«

»Nichts«, winkte Klaudia ab. Außerhalb ihres Schlafzimmers klang das so absurd: Mein Kleid hing verkehrt im Schrank. Das klang ja noch dämlicher als: In meinem Ohr schmettert ein Handyverkäufer Arien. »Lass uns gehen. Sonst sind die anderen weg, bevor wir da sind.«

»Moment noch.« Uwe ließ den Haustürschlüssel in die Hosentasche gleiten. »Wenn du schon mal hier bist, Fräuleinchen«, rief er in die Wohnung, »kannst du die Küche geradeziehen. Und lass dir bloß nicht einfallen, noch wegzugehen. Ich ruf zwischendurch an. Festnetz.« Das letzte Wort stieß er wie eine Drohung aus.

»Huch, mein besorgter Papi.« Annalene tauchte an der Tür ihres Zimmers auf. »Willst du nicht lieber zu Hause bleiben und mir eine Gute-Nacht-Geschichte vorlesen? Ich fürcht' mich so im Dunkeln.«

»Halt mal lieber die Luft an«, knurrte Uwe. »Was ich im Moment lieber will, möchtest du dir gar nicht vorstellen.« Mit einem Ruck zog er die Tür ins Schloss. »Ich weiß wirklich nicht, ob ich das durchhalte.« Mit hochgezogenen Schultern, als erwarte er einen Schlag, verließ er das Haus. »Wenn ich mir nur vorstelle, dass Bhanu auch noch so anfängt. Es ist echt zum Kotzen, wenn das Hirn wegen Umbau geschlossen ist. Und wenn ich Pech hab, wird das Dritte auch wieder ein Mädchen.«

»So übel ist sie doch gar nicht. Immerhin geht sie zur Schule und so.« Eingedenk ihrer eigenen Pubertät hatte Klaudia das Gefühl, für Annalene Partei ergreifen zu müssen.

»Das will ich ihr auch geraten haben. Und klar, zu dir ist sie anders. Dich betrachtet sie als Verbündete. Wir sind bloß die doofen Eltern.« Er nestelte sein iPhone aus der Hosentasche. »Ich sag eben Silke Bescheid.«

»Ihr sprecht also wieder miteinander?«

»Was bleibt einem übrig als geplagte Eltern?«

»So schlimm?«

»Du machst dir kein Bild.«

Oh doch, dachte Klaudia. Über *Nessun Dorma* hinweg hörte sie die müde Stimme ihres Vaters, der bei jedem Konflikt zwischen ihr und seiner neuen Familie vermittelt hatte. Und das waren nicht wenige gewesen, denn nach dem plötzlichen Tod ihrer Mutter hatte für Klaudia jede Fliege an der Wand Dramapotential.

»Silke holt sie ab.«

»Ach du Scheiße.« Klaudia zuckte zusammen. Ihr Vater. Sie hatte ihn anrufen wollen und es doch wieder vergessen.

Verdrängt, meldete sich ihr schlechtes Gewissen.

»Wieso?« Uwe prallte zurück, als sei er gegen eine Wand gelaufen. »Wir sind ja nicht getrennt oder so. Es ist nur.« Seine Stimme wurde immer leiser. »Ach Scheiße«, murmelte er schließlich und stopfte sein iPhone zurück in die Jeanstasche. »Ich hätte keine ruhige Minute gehabt.«

Ihre Schuhe klackerten über das Kopfsteinpflaster.

»Annalene meinte, Silke wäre vielleicht sauer, wenn wir zusammen …?« Klaudia hatte keine Ahnung, wie sie den Satz beenden sollte. Irgendwie würde alles falsch klingen.

»Silke?« Uwe hob die Augenbrauen. »Die ist nicht eifersüchtig. Nie.«

Er klang, als würde er sich ein bisschen mehr Eifersucht wünschen, dachte Klaudia, hütete sich aber, den

Gedanken auszusprechen. Sie bogen in die Dammstraße ein. Klaudia drehte sich um. Für einen Augenblick hatte sie das Gefühl, dass jemand sich in der Einfahrt der Kindertagesstätte verbarg.

33. Kapitel

»Bist du's?« Janinas Stimme fing Thang an der Eingangstür ab. Wie immer nahm ihm der dumpfe Schweißgeruch, der sich wie Schimmel in der Wohnung festgesetzt hatte, den Atem. Selbst wenn er stundenlang lüftete, waberte dieser Geruch nach saurem Schweiß wenig später wieder durch jeden Raum. Er konnte ihm nicht entgehen, aber in wenigen Minuten würde er ihn nicht mehr wahrnehmen.

»Wer sonst?«, murmelte er durch den geöffneten Mund atmend. Er achtete darauf, dass Janina ihn nicht hören konnte. Seit dem Unfall war sie sehr empfindlich. Er brauchte Zeit, um zu Hause anzukommen. Zeit, seinen Alltag, seine Hoffnungen und Wünsche hinter sich zu lassen und Zeit, den taoistischen Gleichmut in sich zu finden, der es ihm ermöglichte, sein Schicksal anzunehmen. Seufzend trat er die nassen Schuhe von den Füßen und hängte seine Jacke über Janinas Wollmantel. Wie von selbst griffen seine Finger nach einem der Ärmel, pressten den Stoff an seine Wange, und ein Hauch von Janinas Parfüm stieg ihm in die Nase. Früher waren sie oft durch den Spreewald gewandert, hatten sich auf verwunschenen Wiesen geliebt. Heute würde Janina nicht einmal mehr die Brücke zum Schloss hochkommen. Wahrscheinlich passte sie nicht einmal mehr durch die Wohnungstür. Er ließ den Ärmel fallen, als habe er sich verbrannt. Es tat nicht gut, an früher zu denken. Er sollte den Mantel in die Altkleidersammlung geben.

»Wo bist du, Schatz?«, rief er, weil diese Frage zu den Ritualen gehörte, die ihm halfen, die Verzweiflung wieder in seiner Brust zu verschließen.

»Im Wohnzimmer«, antwortete Janina.

Jede andere Antwort hätte Thang verwirrt. Aber er brauchte den Klang ihrer Stimme, die sich nicht verändert hatte, die immer noch so klang wie früher – vor dem Unfall. Thangs Socken hinterließen feuchte Spuren auf dem Laminat, als er ins Wohnzimmer hinüberging.

»Schöne Grüße von deiner Mutter«, sagte Janina wie jeden Abend. Ihr Gesicht schimmerte bläulich im fahlen Licht des Fernsehers. Thang nickte. Er sah seine Mutter nur selten, obwohl sie häufig kam. Sie kochte, wusch ab, putzte und kaufte ein. Fast jeden Tag seit Janina ...

Auf dem Weg ins Schlafzimmer zog sich Thang den Pullover über den Kopf. Ihm fiel kein passendes Wort für Janinas Zustand ein. Krank? Depressiv? Verfressen? Jedes dieser Worte beschrieb einen Teil von ihr.

»Was macht dein Knie?«, fragte er mechanisch. Mit den Gedanken war er immer noch im Wald. Scheißidee, diese ganze Aktion. Sie waren keinen Schritt weiter und hatten zu allem Überfluss eine weitere Leiche an der Backe hängen. Er stieg in die Trainingshose, die über dem Bettrand lag, zog ein Sweatshirt aus dem Schrank und kehrte ins Wohnzimmer zurück.

»Warm hier.« Thang öffnete das Fenster und atmete die regenfeuchte Abendluft ein. Zwischen den Grabsteinen jagten Schwalben nach Mücken. Früher hatte ihm die Nähe zum Friedhof nichts ausgemacht, heute hatte er das Gefühl, zwischen schmiedeeisernen Gittern zu vermodern.

»Du bist ja völlig nass.« Janina stemmte sich auf und griff nach der Fernbedienung. Sie ging nicht so weit, den Fernseher auszustellen, aber immerhin stellte sie den Ton ab.

»Klaudia hat PH eine Suchaktion aus den Rippen geleiert.«

»Wie ist sie denn so?«

»Wer? Klaudia?« Thang setzte sich zu seiner Frau aufs Sofa. Sein Blick wanderte über den Bildschirm: Elefanten badeten in einem Wasserloch. Hastig schaute er weg.

»Ganz okay, denke ich.«

»Wie sieht sie aus?« Janina stemmte sich in die Polsterung und drehte sich zu ihm um. Ihre ehemals so schönen Augen verschwanden in Fettwülsten.

»So mittelblond und mittelgroß«, antwortete Thang. »Längliches Gesicht.«

»Und«, fragte Janina lauernd.

»Was und?«

»Dick? Dünn?«

»Was soll die Fragerei? Klaudia ist mindestens zehn Jahre älter als ich, und außerdem kaut sie ständig Kaugummi.«

»Aber sie ist alleinstehend.«

»Nicht jede alleinstehende Frau ist auf Männerjagd«, antwortete Thang. »Sie ist meine Kollegin. Mehr nicht.«

»Das glaubst auch nur du«, zischte Janina. »Meinst du, ich weiß nicht, wie das geht? Ihr verbringt den ganzen Tag miteinander, während ich hier sitze und …« Janina griff nach ihren Gehhilfen, überlegte es sich aber dann doch anders und ließ sich schwer gegen die Rückenlehne fallen. Die Polsterung ächzte. »Ich hab mit dem Essen auf dich gewartet, und du meldest dich nicht einmal. Ich hab den ganzen Tag nichts gegessen.«

»Es tut mir leid«, sagte Thang, obwohl er wusste, dass Janina log. Aber als Halbvietnamese wusste er auch, dass manche Lügen wichtig waren, um das Gesicht zu wahren. »Das hättest du nicht tun müssen.«

»Ist eh egal«, sagte sie und stellte den Ton wieder an. Eine sonore Männerstimme füllte den Raum. Wie Meereswogen, die im Sand versickern, versickerte auch Janinas Eifersucht. Bis zur nächsten Welle. »Warst du einkaufen?«

»Ich hab's vergessen.« Thang beugte sich vor und legte den Arm um ihre Schulter. »Tut mir leid.«

»Etwas Süßes für die Süße, hast du gesagt.« Janinas Unterlippe zitterte. Die nächste Woge rollte auf den Strand zu.

»Ich kann noch mal los, wenn du willst.«

»Das musst du nicht. Ich hab eh keinen Hunger.« Sie starrte wieder auf den Bildschirm. »Ich weiß ja, wie ich aussehe. Ein Wunder, dass du überhaupt noch nach Hause kommst.«

»Du bist meine Frau.«

»Bis dass der Tod euch scheidet. Ich weiß«, murmelte Janina. »Dich hält doch nur dein schlechtes Gewissen.«

»Fang nicht wieder damit an.« Thang duckte sich unter dem Vorwurf. Deine Schuld. Alles deine Schuld. »Wir könnten eine zweite Meinung einholen. Vielleicht …«

»Eine zweite Meinung?«, fauchte Janina. »Hast du vergessen, was der Arzt gesagt hat?« Sie drückte wieder auf die Fernbedienung, und die Stimme des Kommentators erstarb. »Ich bin ein fettes Schwein, und fette Schweine kriegen kein neues Kniegelenk.«

»Das hat er nicht gesagt.«

»Aber gemeint.«

»Du kannst abnehmen. Wir könnten zusammen …«

»Was denn? Schwimmen? Laufen? Radfahren?«, fauchte Janina. »Wie damals?«

»Schwimmen wär doch toll.« Thang liebte Janina und wollte sie zurückhaben. Irgendwo in diesen Fettmassen lebte sie noch. »Vielleicht bist du dann auch nicht mehr so unglücklich.«

»Ich bin nicht unglücklich, ich hab ein kaputtes Knie und einen langsamen Stoffwechsel.«

Wie immer fuhr sie ihre Totschlagargumente auf. Auch ihren nächsten Satz hätte Thang vorhersagen können.

»Ich ess' doch kaum etwas, und trotzdem werde ich immer fetter.« Ihr Satz endete in einem Schluchzen.

»Ich weiß.« Thang wischte ihr einen Chipskrümel von der Wange. Janina aß nie etwas, wenn jemand dabei war. Wie ein Alkoholiker seinen Schnaps versteckte sie Lebensmittel. Auch jetzt lugte die Ecke des roten Deckels einer Pralinenschachtel zwischen Sitzpolster und Lehne hervor. Und er und seine Mutter spielten mit. Er, weil er tatsächlich ein schlechtes Gewissen hatte, und seine Mutter aus Mitleid. Weil es das Einzige ist, was Janina noch vom Leben hat, sagte sie und wusste es doch besser. Thang stand auf. »Ich dreh noch eine Runde mit dem Rad«, sagte er. »Vielleicht komme ich ja beim REWE vorbei.«

»Ich hab schon seit Ewigkeiten kein Eis mehr gegessen«, sagte Janina, und übersetzt hieß das, dass die Familienpackung Stracciatella Eiscreme, die Thang gestern gekauft hatte, leer war.

34. Kapitel

Plaudernd hockten die Kollegen der Spusi an der Bar des Restaurants. Klaudia schaute sich um. Sie kannte das ›Flaggschiff‹ bisher nur von außen. Das Restaurant war aufgemacht wie ein altertümliches Schiffsdeck, und leise Klubmusik waberte durch den Raum. Den Mittelteil des Restaurants trennte eine mit Tauen gesicherte Reling ab, und an einem zentralen Mast hing ein hölzernes Ruder. Ein Klavier vervollständigte die Einrichtung, die ansonsten aus liebevoll dekorierten Tischen und gepolsterten Stühlen bestand. In dem Panoramafenster stand der hölzerne Engel, den man vom Anleger sehen konnte. Alles war so stilecht auf Schiff getrimmt, dass Klaudia das Gefühl hatte, der Boden schwanke unter ihren Füßen.

Die Kollegen tranken Schwarzbier und johlten, als Uwe und Klaudia kamen. Demel hob seine Kamera und richtete sie auf Klaudia.

»Lass das!«, fauchte Klaudia, aber zu spät, der Blitz blendete sie.

»Mich kennst du ja bereits«, sagte Wibke, bevor sie der Reihe nach die anderen Kollegen vorstellte. Klaudia nickte freundlich zu jedem Namen und wünschte sich nichts sehnlicher als Namensschilder.

»Na, wenn das mal keine Überraschung ist.« Demel

winkte jemandem hinter Klaudia zu. »Was treibt dich denn in diesen beschaulichen Ort?«

»Die Nachricht von euren Knochenfunden.« Joe kratzte sich den Nacken.

»Der hat sich ja echt in dich verguckt«, flüsterte Uwe an Klaudias Schläfe.

»Wir haben gerade keinen dabei.« Unter allgemeinem Gelächter kramte Demel in seiner Fototasche. Joe ignorierte Demel und nickte Klaudia und Uwe zu. »Die Fallakte hab ich bereits angelegt.«

»Das wird PH freuen.« Klaudia sagte das Erste, was ihr in den Sinn kam. War sie wirklich der Grund für Joes Kommen? Sie wusste nicht, ob sie sich geschmeichelt, oder genervt fühlen sollte. Es war viel zu lange her. Sie kannte die Spielregeln einfach nicht mehr. Aber wenn man Uwes Worten Glauben schenken durfte, kannte Joe sich noch weniger aus.

»Unsere Bahn ist frei.« Wibke griff nach ihrem Glas, und die Kollegen folgten ihr. »Tadaa.« Sie öffnete eine Tür und trat zur Seite, um Klaudia den Vortritt zu lassen. »So etwas gibt es nur bei uns im wilden Osten.«

»Wow.« Klaudia starrte in den in blaues Licht getauchten Durchgang. »Was ist das denn?«

»Piratenbowlen«, antwortete Uwe. Sein Atem streifte ihren Nacken.

Um Klaudia herum brodelte in Schwarzlicht leuchtendes Meer. Links von ihr trieben Möwen im Wind und Schiffe zerschellten an einer sturmumtosten Felseninsel oder wurden von Riesenkraken in die Tiefe gezerrt.

Über den Bowlingbahnen tanzten grellfarbene Laserblitze. Der Schankraum vor den Bahnen wirkte wie eine Hafenspelunke aus dem 18. Jahrhundert, und auf der anderen Seite der Bahnen leuchtete eine ebenfalls von Schwarzlicht erhellte Fototapete, die eine Piratenbucht zeigte.

»Setz dich hierhin.« Demel drückte Klaudia neben einen einbeinigen Piraten auf eine Bank.

»Okay, mit diesem Herrn kannst du mich fotografieren. Froh, einen festen Halt zu haben, lehnte sich Klaudia gegen den hölzernen Piraten.

»Hier ist unser Tisch.« Wibke setzte sich vor eine abgetrennte Bahn. »Ich hab extra den am Rand genommen, damit unsere Raucher es nicht so weit haben.«

»Ich dachte, damit niemand sieht, wie wir die Kugeln in der Gosse versenken.« Joe winkte Klaudia und zeigte auf einen Platz neben sich.

»Ich war noch nie bowlen.« Klaudia zog sich einen Stuhl an die Längsseite des Tisches. Ihr war klar, dass Joe ihr Verhalten als Zurückweisung empfinden musste, aber seit dem Hörsturz wurde ihr übel, wenn jemand direkt neben ihrem Klingelohr sprach. Vor allem, wenn dieser Jemand ein Mann war. Das läge an den unterschiedlich betroffenen Frequenzen, hatte ihr die Ärztin in der Kur erklärt. Klaudia war eher der Ansicht, dass diese Unverträglichkeit damit zusammenhing, dass ein Mann für den Hörsturz verantwortlich war.

Joe trug die Zurückweisung mit Fassung. »Was möchtest du trinken?«

»Auch ein Köstritzer und einen Obstler. Ich muss ja nicht mehr fahren.«

»Für mich das Gleiche.« Demel setzte sich auf den freien Platz neben Klaudia.

Na, das kann ja heiter werden, dachte Klaudia und rückte ein wenig zur Seite.

Aber dann wurde der Abend doch sehr nett. Am Tisch herrschte ein ständiges Kommen und Gehen, und nachdem Klaudia die erste Kugel hinter sich hatte fallen lassen, machte ihr das Bowlen richtig Spaß. Die Bahn neben ihnen war von einem Einzelbowler belegt, der mit Sporttasche und eigenen Kugeln angerückt war und ungeachtet der Laserblitze mit jedem Wurf alle Kugeln abräumte.

»Wenn nur solche Leute hier wären, würde ich mich gar nicht an die Bahn trauen«, raunte Klaudia Joe zu. »Das ist ja abartig, was der mit Kugel macht.«

»Pinn, Pinn, Pinnchen.« Wibke winkte der Kellnerin mit ihrem leeren Glas.

»Ich hab genug, danke.« Klaudia hielt die Hand über ihr Pinnchen, aber als die Kollegen lauthals protestierten, gab sie lachend nach. Uwe würde schon dafür sorgen, dass sie sicher nach Hause kam.

»Direkt gesetzeswidrig«, stimmte Joe ihr zu. »Wir sollten ihm ein Ticket wegen Pinabräumüberschreitung verpassen.«

»Oder wegen Überschreitung der Höchstgeschwindigkeit«, rief Demel, was ihm einen irritierten Seitenblick des Powerbowlers einbrachte.

Als das Spiel vorbei war, feierten die Polizisten an der Bar weiter. Tanzmusik dröhnte aus den Boxen, und Joe zog Klaudia auf den Tanzboden. Wow, dachte sie. Wann habe ich das letzte Mal getanzt?

Die Kirchendisco fiel ihr ein. Jeden Samstag von 17:00 bis 21:00. Dunkle Tanzfläche, die Jungen standen feixend am Rand, und die Mädchen tanzten miteinander Bump. Hier blieb keiner am Rand stehen. Joes Herz klopfte dumpf gegen ihre Brust, als er sie im Schiebertakt durch das Gewimmel der Kollegen, die sich zum Rhythmus der Musik bewegten, über die winzige Tanzfläche führte. Klaudia spürte, wie sich ihr eigener Herzschlag beschleunigte, und das lag nicht nur an der ungewohnten Bewegung. Joe roch gut: eine Mischung aus Rasierwasser und Minze, und seine Nähe fühlte sich gut an. Unvermittelt dachte Klaudia an die Warnung der Sekretärin und wich zurück.

»Damentausch?« Demel schob sich zwischen sie, und Joe landete in Wibkes Armen.

»Geiler Schuppen oder?«

»Ja toll.« Auch Demel drückte sie eng an sich, und zu allem Überfluss kamen ihr auch seine Füße näher als nötig.

»Der nächste Herr, die gleiche Dame.«

Bevor Klaudia realisierte, wer sie abklatschte – sie kam sich vor wie der Star der Tanzschule, umschloss wieder Joes Hand die ihre. Diesmal hielt er Abstand, er hatte also gespürt, dass sie vor ihm zurückgewichen war. Er beugte sich zu ihr, sein warmer Atem streifte ihr Klingelohr.

Au Scheiße. Er spricht mit mir. Klaudia fuhr mit dem Kopf zurück als schwirre eine Wespe vor ihrer Nase und nicht in ihrem Ohr. »Entschuldige. Was hast du gesagt?«

»Ich wollte dich …« Verliebt schaute er sie an. In ihrem Ohr schwoll die Tenorstimme an. Sie musste raus hier.

Dankbar registrierte Klaudia das Vibrieren des Smartphones an ihrem Hüftknochen. »Oh Verzeihung. Bestimmt die Frau meines Vaters«, sagte sie das Erste, was ihr in den Sinn kam. »Ich muss drangehen.«

Ohne Joes Antwort abzuwarten, verließ Klaudia die Tanzfläche. Sie atmete auf, als ihr Display nicht Connys

Telefonnummer zeigte, sondern nur einen geschlossenen Briefumschlag. Conny verschickte keine Mails. Weil sie in dem Schwarzlicht kaum mehr als dieses Symbol erkennen konnte, verließ Klaudia die Bowlingbahn. Aus dem Restaurant wehte ihr der Geruch von gebratenem Fleisch entgegen. Jemand klimperte auf dem Klavier. Klaudias Magen knurrte. Vielleicht sollte sie sich auch einen Burger bestellen. Der Gedanke an Essen verschwand, als sie den Absender der Mail las: *caroherz1983@gmx.com*

Carolin? Die Mail war von Carolin? Klaudia brauchte zwei Versuche, um den Umschlag zu öffnen. Ein Smiley? Was soll das? Klaudia starrte auf die Büroklammer. Unschlüssig wanderte ihr Daumen über das Display, und drückte schließlich auf Öffnen.

Dieses Aas. Klaudias Verstand brauchte keine Sekunde, um zu erkennen, was die hellen und dunklen Flecken auf dem Foto bedeuteten. Schließlich hatte sie erst kürzlich ein ähnliches Bild auf Annalenes Handy gesehen. Links oben über diesen Flecken stand: Carolin Ferber.

Arno Ferber. Carolin Ferber. Heiraten ist was für Beziehungskrüppel, sirrte Arnos Stimme in ihrem Klingelohr. Der Geruch des Essens legte sich wie ein Fettfilm auf ihre Kehle. Ich muss hier raus.

Klaudia stolperte zum Ausgang.

»Hoppla.« Uwe lehnte am Treppengeländer und fing sie auf. Schnaps spritzte aus der Flasche, die er in der Hand hielt. »Was'n los?«

»Gib mir 'nen Schluck.«

Das solltest du nicht! Klaudia ignorierte die Stimme der Vernunft. Beziehungskrüppel hatte er gesagt. Beziehungskrüppel. Ein Schluchzen wütete in ihrer Kehle.

»Du Arsch.«

»Was?«

»Nichts.« Klaudia riss Uwe die Flasche aus der Hand. Wie flüssiges Feuer rann der Schnaps durch ihre Kehle.

»Danke.« Gierig atmete sie die nach Brackwasser und frisch gemähtem Gras riechende Nachtluft ein.

»Ich konnte es nicht mehr aushalten.« Unbestimmt wedelte Uwe mit der Hand in Richtung Bowlingbahn. »Ich bin das letzte Arschloch.«

»Bestimmt nicht.« Klaudia setzte die Flasche wieder an und trank in tiefen Zügen.

»Ey!«

Klaudia schaute zu Uwe auf. Wieso lieg ich in seinen Armen?

»Saufen ist nicht deine Stärke, was?«

Wo ist die Flasche? Klaudia trat einen Schritt zurück, das Knirschen von Glas unter ihren Ballerinas beantwortete ihre Frage. »Hab ich …?«

»Kein Thema. War eh fast leer.«

Die Restauranttür öffnete sich. »Alles in Ordnung?«

»Ja klar«, antwortete Uwe an Klaudias Stelle. »Wir stoßen gerade auf gute Nachbarschaft an.«

»Na dann.« Unschlüssig blieb Joe in der Tür stehen. Als weder Klaudia noch Uwe Anstalten machten, die Unterhaltung fortzusetzen, tippte er sich gegen die Stirn, als trage er eine Dienstmütze. »Bis gleich dann.«

»Bin ich …« Klaudia war sich weder sicher, ob sie die Frage stellen wollte, noch, ob sie eine Antwort wollte.

Du musst es wissen.

»Äh … umgefallen?«

»Kann man so sagen.«

»Ach du Scheiße.«

»Kann passieren. Ich glaub, ich kümmere mich mal darum, dass jemand die Schweinerei hier wegmacht, und dann bring ich dich nach Hause. – Kannst du alleine stehen?«

»Klaro«, antwortete Klaudia mit mehr Zuversicht in der Stimme, als sie empfand. Sie klammerte sich ans Geländer, als könnte sie jeden Augenblick abstürzen. Dabei drehte sich nicht einmal im Ansatz die Welt um sie herum. Selbst Paul Potts schwieg. Umgefallen. Dafür pochte dieses Wort in ihren Schläfen: Um-ge-fal-len. Sie erinnerte sich nicht einmal daran. Kein Schwindel, kein Sirren. Nicht einmal Schwärze. Nur Uwes Augen und der Gestank von Schnaps. Einfach umgefallen.

Die Aufregung. Irgendetwas in ihr klammerte sich an diese Erklärung. Es war ein langer Tag gewesen. Erst die Kälte, dann der Alkohol. Auf keinen Fall hätte sie trinken dürfen.

»Scheiß auf die Aufregung«, murmelte Klaudia. Sie wusste, dass sie sich selbst belog. Diese dämliche Ärztin in der Kur hatte ihr mehr als genug über die Diagnose Hörsturz und sämtlicher Differenzialdiagnosen erzählt. Mennieré. Drop Attacks. Was kam als Nächstes?

Uwe. Und zwar mit einer Kellnerin im Schlepptau. Als sei sie seine gebrechliche Urgroßmutter, half er ihr die Treppe hinunter.

»Kann ich mich bei dir einhängen?« Noch traute Klaudia ihrem Gleichgewicht nicht wieder über den Weg.

»Von Schnaps lässt du wohl besser die Finger, was?«

»Kannste laut sagen«, antwortete Klaudia, froh darüber, dass zumindest Uwe eine zufrieden stellende Erklärung für ihr Wegsacken hatte. Aber vielleicht hatte er auch recht. Nie wieder Schnaps.

»Oder dir war schlecht von diesem ganzen Lichtkram. Geht Silke auch immer so.« Unter der Straßenlaterne neben dem Schlangenkopf blieb er stehen und hob mit der Fingerspitze ihr Kinn. »Du siehst jetzt noch aus wie eine Moorleiche.«

»Mir geht's gut.«

»Klar«, antwortete Uwe und musterte sie hellsichtig. »Muss ja. Nicht wahr?« Selbst ein ausgemachter Macho konnte nicht unbeschadet mit drei Frauen zusammenleben, ohne nicht ein Mindestmaß an empathischen Fähigkeiten zu entwickeln.

»Und warum hast du wie ein Penner aus der Flasche gesoffen?«, fragte Klaudia. Angriff war die beste Verteidigung.

»Das ist eine lange Geschichte.« Uwes Atem strich über ihre Wange. Nur wenige Zentimeter lagen zwischen ihren Lippen.

»Erzähl sie mir.« Leichtigkeit breitete sich in ihrer Magengegend aus. War es für Carolin auch so einfach gewesen, sich Arno zu nehmen? Kein Gedanke an die Frau, die auf ihn wartete? Wie von selbst reckte sich Klaudia auf die Zehenspitzen und überbrückte den Abstand zwischen ihren Lippen.

»Äh ja«, stotterte Uwe zurückweichend, als habe sie ihn gebissen.

Der magische Augenblick war vorbei, und die Last dessen, was für einen Moment möglich gewesen war, drückte auf Klaudias Schultern.

»Tut mir leid«, flüsterte sie. »Ich weiß nicht, was in mich gefahren ist. Du willst quatschen, und ich will zuhören. Wenn ich was anderes wollte, würde ich mich von Demel abschleppen lassen.« Sie lachte unfroh auf.

»Oder von Joe?«

»Joe?« Klaudia schüttelte den Kopf. »Für den bin ich Gift.«

»Er ist ein prima Kerl.«

»Hast du ihn nicht als Mönch bezeichnet?«

»Ja schon.« Aus Uwe sprach das schlechte Gewissen. »Aber er ist wirklich ein feiner Kerl, und er scheint dich zu mögen.«

»Mag sein. Aber weißt du was? Ich habe gerade eine Mail von der frischgebackenen Ehefrau meines Ex gekriegt. Sie ist schwanger! Ich krieg ehrlich gesagt schon Pickel, wenn ich nur das Wort Beziehung höre.«

Erschrocken biss sich Klaudia auf die Unterlippe. Warum sag ich ihm das?

»Das ist echt Mist.« Uwe schloss Klaudia tröstend in die Arme. Er roch nach Schnaps und nach Rauch und ein wenig nach Weichspüler.

»Kannste laut sagen«, schniefte Klaudia an seiner Brust. Es tat gut, umarmt zu werden. Es tat einfach nur gut.

Keiner von beiden bemerkte den Mann hinter ihnen, der mit einem langen lautlosen Seufzen ausatmete, bevor er seine Kamera hob.

35. Kapitel

Thangs Atem keuchte über den Lenker. Schweiß tropfte von seinem Kinn. In seinen Waden wütete Schmerz. Nicht mehr lange und der Schmerz würde sich in heißes

Wohlgefühl verwandeln. Er schaltete in den nächsten Gang. Seine Füße stemmten sich gegen den Widerstand. Thang wusste nicht, wie lange er bereits durch die Nacht fuhr. Er wusste nur, dass sein Kopf endlich wieder frei war. Frei von der Erinnerung an die Knochen, die sie heute gefunden hatten. Frei von der Erinnerung an den Geruch seiner Wohnung und frei von der Erinnerung an das Eis, das er für Janina hatte kaufen wollen. Es gab nur ihn, die Nacht und den feuchten Asphalt, der im Licht seiner Radlampe wie ein silbernes Band schimmerte. Am Bahnübergang bremste Thang und bog Richtung Spreehafen ab. Die Kollegen saßen wahrscheinlich noch beim Bier zusammen. Durst brannte in seiner Kehle. Er hatte es so eilig gehabt, wegzukommen, dass er ohne Trinkflasche losgefahren war. Vielleicht sollte er ihnen bei einem alkoholfreien Bier Gesellschaft leisten. Nicht dass er verdurstet vom Rad fiel und in der Spree landete. Für einen Moment drängte sich die Erinnerung an die Knochen wieder in sein Bewusstsein, und er musste grinsen. Die arme Klaudia. Kaum einen Monat da und schon zwei Morde auf dem Teller. Das war mehr, als ihr Vorgänger in zehn Jahren abgearbeitet hatte. Langsam lenkte Thang sein Rad auf den Gehweg. Kopfsteinpflaster war Gift für die Alufelgen. Im Licht einer Straßenlaterne stand ein Pärchen in inniger Umarmung. Thang bremste so stark, dass sich das Hinterrad aufrichtete. Wenn das mal keinen Ärger gab.

36. Kapitel

Mittwoch, 22. Mai

»Guten Morgen, Frau Bartke.« Klaudias Lächeln versackte in den Tiefen ihrer Mundwinkel, die so früh am Morgen nur den Gesetzen der Schwerkraft gehorchten. Wie Schimmel lagen der üble Geschmack von Alkohol und Angst auf ihrer Zunge, und irgendwann zwischen Einschlafen und Aufwachen hatte ihr jemand den Kopf mit irgendetwas ausgestopft, das sich anfühlte wie der Flokati, der vor ihrem Sofa lag. »Ich hab da mal 'ne Frage.«

»Muss ja ein toller Abend gewesen sein«, sagte Frau Bartke mit einem Überschwang, den Klaudia in ihrem angeschlagenen Zustand nur schwer ertrug und den sie sich noch schwerer erklären konnte. »Die Kollegen wollten Sie schon vermisst melden, wie ich hörte.«

»Äh wie bitte?«

»Na gestern«, half ihr die Bartke auf die Sprünge. »Joe und Peter waren ganz verzweifelt.«

Scheiße, sie hatte sich nicht verabschiedet. Aber wieso wusste die Bartke davon? Klaudia stocherte in ihrer alkoholtrüben Erinnerung.

»Wir waren im Restaurant. Essen«, sagte Frau Bartke, Klaudias Verwirrung richtig deutend. »PH hatte mich eingeladen. Sie wissen doch: Sein Geburtstag.«

PH? Die Bartke? PH und die Bartke? Ließ diese Frau denn niemanden aus?

»Ah ja.« Klaudia unterdrückte einen gequälten Seufzer. PH war also auch im *Flaggschiff* gewesen? Schlimmer geht immer.

Wahrscheinlich wussten auch schon alle, dass sie mit Uwe abgehauen war. Und jeder machte sich seinen Reim darauf. Klaudia atmete konzentriert ein und aus. Ein falsches Wort und sie war Gesprächsstoff für die nächsten Monate. Dorf war Dorf. Egal ob es ein großes Präsidium wie in Gelsenkirchen war oder dieser Backsteinbau mit seinen roten Linoleumböden und der abblätternden Wandfarbe.

»Für meinen Geschmack schwappte zu viel Testosteron über die Kegelbahn.«

»Kann ich mir vorstellen. PH war übrigens völlig von der Rolle. Gleich eine zweite Leiche und Sie sind noch kaum einen Monat bei uns. Kaffee?«

»Das wäre meine Rettung.« Klaudia stemmte sich gegen den Wortschwall. Sie hatte heute Morgen geradezu fluchtartig die Wohnung verlassen, nachdem Uwes iPhone sie aus tiefstem Schlaf gezerrt hatte. Auf der Suche nach der Ursache für das enervierende Klingeln war sie über ihren Vermieter gestolpert, der auf dem Flokati vor ihrem Sofa schnarchte. Stotternd und mit hochroten Köpfen hatten sie sich auf die Beine geholfen und sich gegenseitig versichert, dass nichts passiert war.

Uwe war schneller verschwunden, als ein Furz stinken kann. Und das nicht ohne Grund. Ebenso wie sie litt er unter dem Kater nach dem Seelenstriptease. Klaudia hatte ebenso fluchtartig wie Uwe ihre Einliegerwohnung verlassen, die obligatorische Rose in den Biomüll geschmissen, den Wagen absaufen lassen und es nur mit Mühe ins Büro geschafft. Das Kopfsteinpflaster hatte ihr den Rest gegeben, und wenn nicht ihre Abneigung gegen Krankenhäuser wäre, hätte sie sich selbst in die Klinik gegenüber eingewiesen. Ein Kater war schließlich auch eine ernst zu nehmende neurologische Störung. Zumindest fühlte er sich so an. Ihre letzten Kraftreserven erschöpfte Klaudia beim Aufhängen der Jacke. Am liebsten hätte sie sich mit ihrem Smartphone, das ebenfalls auf dem letzten Energiebalken dümpelte, an die Steckdose geklemmt. Klaudia klammerte sich an den Gedanken, dass nur der Alkohol für ihre Schwäche und dieses Gefühl, als habe ihr jemand einen Flokati in den Kopf gestopft, verantwortlich war. Alkohol und Koffeinmangel. Wenn nicht die beiden Toten gewesen wären, sie hätte sich wie eine Katze irgendwo verkrochen und ihre Wunden geleckt.

»Hier.« Frau Bartke drückte ihr einen Becher in die Hand, aus dem der verführerische Duft von frisch gebrühtem Kaffee stieg.

»Danke.« Diesmal gelang ihr ein Lächeln. »Ähm. Ich bräuchte die Vermisstenmeldungen der letzten …« Klaudia hatte nicht den blassesten Schimmer, wie lange die Knochen bereits in der Erde gelegen hatten. Hoffentlich hatten die Kollegen von der Spusi wirklich daran gedacht, Bodenproben mit nach Berlin zu schicken. Das schlechte Gewissen, nicht sofort die Berliner angefordert zu haben, nagte an ihr. Sie hasste es, Kompromisse zu machen. Aber wahrscheinlich hatte Thang recht und sie waren auf eine oder einen schlecht erhaltenen Ötzi gestoßen. Sie hoffte es zumindest. Eigentlich reichte ihr ein Mordfall. »Am besten Sie besorgen mir alle aus diesem Jahrhundert.«

»Das wird aber ein vergnüglicher Tag für Sie.«

»Meinen Sie, es sind so viele?« Klaudia hatte mit zehn bis fünfzehn Akten gerechnet.

»Na ja.« Frau Bartke zog eine Schreibtischschublade

auf und entnahm ihr einen Schlüsselbund. »Als die Mauer fiel, sind einige verschwunden.«

»Stimmt. Ungarn und so. Aber die meisten werden sich doch irgendwann wieder gemeldet haben, als die Grenzen offen waren.«

»Nicht jeder hat es Richtung Westen gezogen.« Frau Bartkes Lächeln verrutschte einen Millimeter.

Einen Pfennig für deine Gedanken, dachte Klaudia.

»Kann man sich gar nicht vorstellen, oder?«, antwortete sie in typischer Wessimanier, obwohl sie sich sehr wohl vorstellen konnte, dass nicht alle Ossis begeistert von der Wende gewesen waren. Aber weil sie das Gefühl hatte, dass hinter Frau Bartkes Bemerkung mehr steckte, konnte es nicht schaden, Widerspruch zu provozieren.

Doch die Bartke überging ihre Bemerkung einfach. »Was halten Sie davon, wenn wir uns duzen?« Ihr Lächeln saß wieder so perfekt wie ihre Kostümjacke. »Schließlich sind wir hier in der Minderheit. Ich heiß Petra.« Sie streckte Klaudia die schmale Hand entgegen. »Ich hab mich riesig gefreut, als ich gehört habe, dass noch eine Frau zu uns wechselt.«

»Wenigstens eine.« Klaudia nippte an ihrem Kaffee.

»Du meinst PH?« Petra lachte. »Mach dir um den mal keine Sorgen. Hunde, die bellen, beißen nicht. Er ist ein total lieber Kerl. Wenn man ihn zu nehmen weiß.«

»Mag sein.« Klaudia hielt nicht viel von den Schlichen weiblicher Diplomatie. Vor allem nicht, wenn die diplomatischen Pfade über Matratzen führten.

»Sein Problem ist, dass er dich noch nicht so einschätzen kann. Er macht sich Sorgen. Immerhin warst du lange krank.«

Klaudia verschluckte sich an ihrem Kaffee. Daher wehte also der Wind.

»Ich hoffe, nichts Ernstes?« Petras Zahnpastalächeln bekam etwas Lauerndes.

»Nein, keine Sorge.« Die Wut half Klaudia, ihr Lächeln ebenso petrasicher in den Mundwinkeln zu verankern.

»Das ist ja wunderbar.« Petra strahlte, als hätte sie sechs Richtige plus Zusatzzahl. »Wenn Kollegen lange ausfallen, denkt man ja immer gleich an Krebs.«

Oder Klapse, ergänzte Klaudia wortlos, vor allem, wenn sie dann auch noch die Dienststelle wechseln.

»Und deshalb sollst du herausfinden, was mit mir los ist?« Klaudia fühlte sich nicht fit genug für diese Art von Verhör. »So von Frau zu Frau.«

»Erwischt.« Petra klapperte mit dem Schlüsselbund in ihrer Hand. »Ich hab PH gleich gesagt: Das funktioniert nicht. Aber ich hab's wenigstens versucht.«

»Alles, was er zu mir wissen muss, steht in meiner Personalakte.«

Klaudia wusste selbst, dass sie klang, als hätte sie etwas zu verbergen. Aber sie wollte verdammt noch mal in Ruhe gelassen werden.

»Nicht sauer sein.« Petra schob mit dem Knie die Schreibtischschublade zu. »Als Vorgesetzter muss er schließlich wissen, wie belastbar seine Mitarbeiter sind. Und dein alter Chef konnte sich deinen plötzlichen Wechsel nicht erklären.«

»So? Konnte er nicht?« Klaudias Tinnitus arbeitete sich wütend durch den Flokati, der ihre Hirnwindungen verstopfte. Sie sah Arno direkt vor sich. Diskrete Bräune, nachdenklich gerunzelte Stirn, getrimmter Backenbart, Fingerspitzen, die in einem langsamen Rhythmus gegeneinandertippten. Unzählige Male hatte sie ihm in Besprechungen gegenübergesessen.

»Was hältst du davon, wenn wir heute Mittag zusammen essen?«, fragte Petra. »Ich seh dich immer über die Gleise verschwinden. Bei mir gegenüber ist ein nettes Café.«

»Danke. Vielleicht ein anderes Mal«, antwortete Klaudia über den anschwellenden Lärm eines vorbeifahrenden Zuges hinweg. Sie mochte ihren mittäglichen Döner. Irgendwie erinnerte er sie an zu Hause.

»War's ein Mann?«, raunte Petra.

»Wie bitte?« Klaudia schüttelte den Kopf. »Denkst du eigentlich nur an Männer?«

»Tun wir das nicht alle?« Petra legte ihr die Hand auf die Schultern. »Es sind immer die Kerle, die uns aus unseren Leben katapultieren.« Petras Stimme klang, als wüsste sie, wovon sie redete. Vielleicht war auch sie das Opfer einer posttraumatischen Beziehungsstörung.

»Oder Frauen.« Klaudia trat einen Schritt zurück. Petras Hand fiel ins Leere. »Denk an Demel. Wobei ich jede Frau verstehen kann, die diesen Fotofreak sitzen lässt.«

»Du tust ihm unrecht. Er ist wirklich süß. Ich weiß, wovon ich rede. Das Gefühl, es könnte ernst werden, aktiviert bei ihm sämtlich Fluchtmechanismen.«

»Danke für den Hinweis.« Klaudia stellte die Tasse ab. Für heute war ihr Bedarf an Gesprächen von Frau zu Frau gedeckt.

»Und wenn ich dich so anschaue.« Petra musterte Klaudia unter hochgezogenen Brauen hervor. »Könnte deinem Ego eine heftige Affäre auch nicht schaden. Deshalb mein Tipp: Lass die Finger von Joe und nasch erst mal ein bisschen von Peter. Er lohnt sich wirklich.«

Klaudia war sich nicht sicher, ob ihr Tinnitus ihr einen Streich spielte oder ob Petra ihr gerade wirklich Tipps für ihr nicht vorhandenes Liebesleben gab. »Klingt, als hättest du sie ausprobiert.«

»Nicht beide, Schätzchen.« Petra hob abwehrend die Hände. »Joe ist vom Umtausch ausgeschlossen. Er sucht die Frau fürs Leben.«

»Und das wäre nicht ich?« Bin ich bescheuert?, fragte sich Klaudia entsetzt. Natürlich bin ich das nicht.

»Auf keinen Fall, Herzchen. Das spüre ich.«

»Dann sag mir einfach Bescheid, wenn ich so weit bin. Das erspart mir eine Menge Ärger.«

»Den haben Sie bereits.« Einen geblümten Becher in der Hand kam PH herein und ging, ohne Petra zu beachten, hinüber zur Kaffeemaschine. »Wenn Sie mir bitte in mein Büro folgen würden.«

37. Kapitel

Die Gedanken der Frau zerfetzen am Stacheldraht in ihrem Kopf. Solange sie nicht weiß, wer sie ist, wird sie nicht wissen, warum sie hier ist. Sie muss systematisch vorgehen. Nicht ihre Zeit mit diesen Kindern verplempern.

Zeit? Was ist Zeit? Auch das wird sie wissen, wenn sie nur sich selbst gefunden hat.

»Kab«, flüstert die Frau. »Kac – Kad – Kaf.« Nichts. Weiter. Vielleicht gibt es keinen Namen mit K.

»L?« Die Frau grübelt. Lisa fällt ihr schließlich ein,

dann Laura. *M! Maria, Mechthild, Manfred.* Irgendwas stimmt nicht mit den Namen. Die Frau kommt nicht darauf, was es sein könnte. Ich muss sie aussprechen, nicht denken. Die Frau beginnt noch einmal.

»Lisa, Laura, Maria, Mechthild, Manfred.« Was ist mit Manfred? Manfred ist kein Name für eine Frau. Ist das SEIN Name? Heißt ER Manfred?

»Manfred?«, ruft die Frau in die Dunkelheit hinein.

Manfred! Manfred! Wie ein Echo kehrt das Wort zu ihr zurück und fällt vor ihr zu Boden. Die Frau macht sich nicht einmal die Mühe, es aufzuheben. Sie ist müde. Ständig ist sie müde. Die Dunkelheit presst ihre Wirbelsäule zusammen und überflutet ihr Gehirn, bis die Frau das Gefühl hat, ihre Gedanken trieben in einer zähen Brühe. Sie spürt die Kälte am Hinterkopf. Noch immer ist dort die Beule, die ihr die Erinnerung genommen hat. Die Frau dreht den Kopf zur Seite. Vielleicht kommt die Erinnerung zurück, wenn die Beule verschwunden ist. Vielleicht muss sie sich gar nicht anstrengen mit dieser vergeblichen Suche.

Wer sich aufgibt, hat verloren.

Was weiß ihre Mutter schon vom Aufgeben? Die Frau kriecht zurück zu ihrer Pritsche, zerrt sich die Decke über den Kopf, die schon lange den sauren Geruch ihres Körpers angenommen hat, und deshalb weiß die Frau nicht mehr, wo sie anfängt und wo ihr Körper aufhört.

Pling – Pling –

Die Frau wartet auf das Fallen des nächsten Tropfens. Vergeblich.

Es klappert die Mühle am rauschenden Bach.

Kein Klappern, kein Rauschen. Nur undurchdringliche Stille. Wieso hat ER das Wasser abgestellt? Die Frau richtet sich auf. Ihr Herz rast. Sie greift sich an die Kehle, will den Schrei zurückhalten, der in ihrer Brust wütet.

Was hab ich getan? Schritt für Schritt tastet sie sich ihren Weg zu dem Becken aus Stein. Fünf Schritte vor, drei nach links. Ihre Finger finden den Hahn, drehen ihn. Vergeblich. Hinter sich hört die Frau das Quietschen, das ihr verrät, dass die Klappe geöffnet wird. Erleichtert atmet sie aus. Nichts hat sie getan. ER gibt ihr Brot. ER gibt ihr Tee. ER gibt ihr Leben. Sie tastet sich zurück zur Pritsche, ihre Hände wandern über den Metalltisch. Nichts.

Ene Mene Mu und raus bist du – bist du – bist du – bist du – bist du – bist du – bist du. Die Kinder springen um sie herum, klatschen vor Freude in die Hände.

Die Frau schlägt nach ihnen, trifft ihre Arme, ihre Beine, ihre Brust, die Beule auf ihrem Hinterkopf, ihre Wangen. Immer heftiger ohrfeigt die Frau sich, bis sie schließlich schluchzend zusammenbricht.

Armes Häschen bist du krank. Die Kinder beugen sich über sie, ziehen ihr die Decke über die Schultern und verschwinden lachend in der Dunkelheit.

38. Kapitel

PH hielt nichts von einleitenden Worten. Klaudia saß noch nicht einmal, da segelte ihr schon das hochoffiziell aussehende Fax einer Berliner Kanzlei entgegen. Bevor Klaudia auch nur die Chance hatte, es zu überfliegen, schnauzte er sie an.

»Ist es im Ruhrpott nicht üblich, Hinterbliebene schonend zu behandeln?«

»Ich verstehe Ihre Frage nicht.« Klaudia schaute zu ihm auf.

»Nennen Sie ›in unzulässiger Weise haltlose Verdächtigungen ausstoßend und damit die seelische Notlage unserer Klientin mit Füßen tretend‹, schonend?«

»Wie bitte?« Klaudia glaubte, sich verhört zu haben. »Wer sagt das denn?«

»Professor Doktor Doktor Wichtig«, ätzte PH. »Der Rechtsanwalt von Frau König.«

»Ach?« In Klaudias Ohren pfiff ein Dampfkessel. »Und weil so ein Wichtigwichser das sagt, ist das auch so? Und Sie hören sich noch nicht einmal meine Version der Geschichte an, sondern verurteilen mich in Bausch und Bogen? Das ist also der kollegiale Führungsstil, auf den Sie so viel Wert legen.« Klaudia hatte es endgültig satt, sich von PH abkanzeln zu lassen, als sei sie frisch von der Polizeischule.

PH schnappte nach Luft wie ein Karpfen auf dem Trockenen. Ganz offensichtlich hatte noch keiner ihrer Kollegen es gewagt, so mit ihm zu sprechen.

»Also«, sagte er, als er wieder genügend Luft in den Lungen hatte, um sprechen zu können. »Was haben Sie zu diesem Vorfall zu sagen?« An seiner Schläfe pochte eine Ader.

Ein falsches Wort und ich kann ihn von der Decke kratzen. Klaudia atmete bewusst und langsam aus, bevor sie das Schreiben zurückgab. »Was immer hier steht, stimmt nicht.«

Ihr Chef öffnete den Mund, aber sie hob abwehrend die Hand. »Frau König war völlig aufgelöst. Die Frage nach ihrem Auto hat ihr den Rest gegeben. Sie schlägt um sich, weil sie den Gedanken an den Tod ihres Mannes nicht erträgt.«

»So, meinen Sie?« PH musterte sie mit zusammengekniffenen Augen.

»Ja. Meine ich.« Klaudia straffte die Schultern und erwiderte seinen Blick. Sie würde nicht einknicken. Wenn sie überhaupt eine Chance haben wollte, auch in diesem Revier gute Arbeit zu leisten, dann musste sie von vornherein klarstellen, dass sie nicht bereit war, an der kurzen Leine zu laufen.

»Sie sind neu hier, Frau Wagner.« PH presste die beiden Silben ihres Namens zwischen den Zähnen hervor. »Und deshalb merken Sie sich bitte für die Zukunft Folgendes.«

Klaudia ahnte, dass sie aktuell auf seiner Sympathieskala knapp unterhalb juckender Hämorrhoiden dümpelte.

»Ich schätze es nicht, wenn sich meine Beamten in Situationen bringen, in denen im Zweifelsfall Aussage gegen Aussage steht. Vor allem nicht, wenn es sich um Leute mit Beziehungen handelt. Haben wir uns verstanden? Sie können von Glück reden, dass Frau Demeter-Anders im Moment nicht im Dienst ist.«

»Wie bitte?«

»Das ist die Staatsanwältin, die normalerweise mit uns zusammenarbeitet.«

Klaudia verzichtete darauf, PH daran zu erinnern, dass sie keineswegs allein in der Wohnung der Witwe gewesen war. Sie kannte Thang nicht gut genug, um einschätzen zu können, ob er sie unterstützen oder ihr in den Rücken fallen würde.

»War das alles?«

»Nein, Sie werden umgehend zu dieser Frau fahren und sich persönlich entschuldigen.«

Du Arschloch. Klaudia gelang es nur mit äußerster Körperbeherrschung, die Tür nicht hinter sich zuzuknallen.

»Na? War's kuschelig gestern?« Thang schaute auf, als Klaudia ins Büro rauschte. Er hatte seine Enttäuschung über ihr Verhalten auf seiner Fahrt nach Hause überwunden. Es ging ihn schließlich nichts an, mit wem sie ins Bett stieg. Und wenn Uwe unbedingt zwei Frauen unter einem Dach brauchte, kümmerte ihn das so viel wie der Wetterbericht in Timbuktu. Er hatte genügend eigene Sorgen.

Der Fernseher lief noch, als er in die Wohnung zurückgekehrt war. Janina war eingeschlafen, eine leere Schachtel Mon Cherie auf dem Schoß. Er hatte sie zugedeckt und den Fernseher ausgeschaltet. Sie schlief ruhiger im Sitzen, da fiel ihr das Atmen leichter. Leise, damit er sie nicht weckte, war er ins Schlafzimmer gegangen. Auch er schlief besser, wenn Janina nicht neben ihm lag.

Statt einer Antwort knurrte Klaudia etwas zwischen zusammengebissenen Zähnen hervor, das sich nur mit viel Fantasie anhörte wie ein Gruß, und schmiss sich hinter ihren Schreibtisch.

»Petra hat die gerade gebracht.« Er zeigte auf den Aktenwagen neben der Tür. »Willst du dir die Zeit verkürzen, bis wir etwas von Tanja Heise hören?«

»Wäre schön. Gibt's was Neues?« Auch wenn Klaudia so wütend war, dass der Nagellack von ihren Zehen splitterte, funktionierte ihr Polizistenhirn.

»Die Berliner Kollegen haben das Go für die Wohnungsdurchsuchung gekriegt.« Bereitwillig kehrte Thang in die sicheren Gefilde der Arbeit zurück. Schließlich konnte es ihm egal sein, mit wem Klaudia rummachte. Er musterte sie mit neu erwachtem Interesse. Was Uwe wohl an ihr fand?

»Ich glaube, es wäre besser, wenn sie auch in ihrem Büro suchen könnten. Was meinst du?« Klaudia kramte in ihrer Handtasche.

Thang beobachtete, wie ein Kaugummi zwischen ihren Lippen verschwand. Ob sie ein Alkoholproblem hatte oder zu den Frauen gehörte, die ständig kotzten, um ihr Gewicht zu halten? Er war sich sicher, dass Klaudia etwas hinter dem Pfefferminzgeruch verbarg.

»Vielleicht hat ihr Verschwinden ja doch etwas mit diesem Gutachten zu tun.« Klaudia zerknüllte das Papier und warf es in den Korb unter ihrem Tisch. Die König konnte warten. Sie hatte eh keine Ahnung, was sie ihr sagen sollte.

»Ich sag Joe, dass er beim zuständigen Richter nachhakt.«

»Ich hab ein Scheißgefühl.«

Ein vorbeifahrender Zug, der die Scheiben klirren ließ, unterbrach ihre Unterhaltung.

»Willst du gute Nachrichten hören?«, fragte Thang, als der Zug vorbei war.

»Kann nicht schaden, oder?« Klaudia schob die Tastatur mit den Ellbogen zur Seite und rieb sich das pelzige Gefühl aus den Schläfen.

»Der Befund der Rechtsmedizin ist da.«

»Das ist doch mal was.« Klaudia griff nach ihrer Kopie der Fallakte. »Als aktenführender Kollege ist Joe wirklich ein Geschenk des Himmels.«

»Nicht nur als aktenführender Kollege, oder?« Thang

unterdrückte ein Grinsen. So eine Steilvorlage konnte er sich nicht entgehen lassen. »Warst du nicht mit ihm aus?«

»Wir waren essen, mehr nicht.«

»Klar.« Thang räusperte sich. »Seite vier.« Er lehnte sich zurück und tippte sich mit der Spitze eines Stiftes gegen die Zähne. Er war neugierig, ob Klaudia über die gleiche Stelle stolpern würde.

Klaudias mit Watte blockierten Hirnwindungen jammerten beim ersten Blick in den Bericht. Mehrere Seiten, Schriftgröße 8.

»Nun sag schon.« Sie rieb sich die schmerzenden Schläfen.

»Lies selbst.«

Du mich auch. Klaudia warf Thang einen wütenden Blick zu. Das machst du doch nur, weil du zu Hause nichts zu lachen hast.

Wie zur Bestätigung ihrer Gedanken schmetterte Thangs iPhone los. Seine einsilbigen Antworten ausblendend, begann sie zu lesen.

»Ach ne.« Klaudia griff nach einem Textmarker und markierte die Diagnose. »Weder seine Frau noch sein Sohn haben irgendetwas in dieser Richtung erwähnt, oder hab ich da was verpasst?« Sie klappte die Akte zu und starrte den Wattebäuschen hinterher, die als Kumuluswolken ihr Hirn verließen und zur Decke strebten. Was weder Kaffee noch PH geschafft hatte, dieser eine Satz hatte es bewirkt. Ihr Hirn arbeitete wieder in Normalbetrieb. Aber was hatte das alles zu bedeuten? Was veränderte diese Information, die sich in Königs Därmen verborgen hatte. Irritiert runzelte sie die Stirn. »Sag mal, dieser Wasserfleck.« Klaudia zeigte auf die Ecke am Fenster. »Ist der neu?«

»Was?« Irritiert schaute Thang in die Richtung, in die sie zeigte. »Glaub nicht. Warum fragst du?«

»Nur so. Ist mir gerade erst aufgefallen.«

»Vielleicht wussten sie es nicht.« Nahtlos kehrte Thang zu ihren Überlegungen zurück.

»Meinst du? So etwas hält man doch nicht vor seiner Familie geheim, oder?« Klaudia dachte an die Schnapsverstecke ihrer Mutter. »Schließlich ist es keine Sucht oder so etwas.«

»Menschen halten die unterschiedlichsten Sachen geheim.« Auch Thang dachte in diesem Moment an Verstecke, wenn auch andere.

Für einen Moment hatte Klaudia Trauer hinter Thangs Maske aus Gleichmütigkeit aufblitzen sehen.

Was sind deine Geheimnisse?, fragte sie sich. Wenn man neu in eine Dienststelle kam, wusste man so wenig über die Kollegen. Sie wusste gerade mal, dass er verheiratet war. Nichts über seine Familie, nichts. Hatte er Kinder? Lebten seine Eltern noch? Oh Mist. Siedend heiß fiel Klaudia ihr eigener Vater ein. Sie hatte schon wieder vergessen, ihn anzurufen. Unschlüssig spielte sie mit dem Smartphone und steckte es dann doch weg. Dienst ist Dienst und Schnaps ist Schnaps. Auch ein Spruch ihrer Mutter.

»Vielleicht wusste er es nicht.« Thang klopfte sich schon wieder mit dem Kugelschreiber gegen die Zähne.

So langsam ging Klaudia diese Angewohnheit des Kollegen auf die Nerven. »Was meinst du?«, wiederholte Thang seine Frage. »Wusste er es?«

»Keine Ahnung. Bin ich Arzt?« Flüchtig fragte sich Klaudia, wann sie eigentlich das letzte Mal zur Krebsvorsorge gewesen war. »Aber vielleicht könnte uns einer der

Rechtsmediziner diese Frage beantworten.« Noch einmal blätterte Klaudia die Akte auf und suchte nach den Unterschriften. »Zum Beispiel dieser Klaas.«

»Ruf ihn an.«

»Nein, da weiß ich etwas Besseres. Ich fahr vorbei. PH will sowieso, dass ich nach Berlin fahre.«

39. Kapitel

»Haben Sie einen Termin?« Die Sekretärin an der Anmeldung der Rechtsmedizin gab Klaudia den Dienstausweis zurück.

»'tschuldigung.« Eine junge Frau in einem knallroten Sweatshirt mit dem Aufdruck *Gerichtsmedizin Berlin* drängte sich an Klaudia vorbei und nahm eine Kiste mit Briefen von einem Sideboard.

»Nein«, antwortete Klaudia. »Aber wir haben eine für die Ermittlungen wichtige Frage zu klären, die keinen Aufschub duldet.«

»Haben Sie das?« Die künstlichen Fingernägel der Sekretärin wanderten über die Tastatur. »Der Bericht ist gestern an Ihr Revier gegangen.« Wahrscheinlich war es leichter an den Hütern der Unterwelt vorbeizukommen als an ihr. Klaudia lächelte ihr Leck-mich-Lächeln und ließ die ID zurück in die Schultertasche gleiten. »Ich hab Zeit.«

»Sie …« Das Klingeln ihres Telefons lenkte die Sekretärin ab.

»Fachverwaltung Leichenschauhaus, Sie sprechen mit Frau Tod.«

Klaudia rettete sich in einen Hustenanfall.

»Ach du bist es.« Frau Tod drehte ihren Stuhl so, dass Klaudia ihren akkurat geföhnten Hinterkopf bewundern konnte. Weil das auf Dauer langweilig war, schaute sie sich um: Das Büro war mit Landesmitteln und wenig Fantasie eingerichtet. Helle Möbel, Schreibtischcontainer, pflegeleichter Fußboden. Davon abgetrennt führte eine Sicherheitsschleuse in den nicht öffentlichen Bereich des Hauses. Den Zugang bewachte ein älterer Herr in der Uniform eines Sicherheitsdienstes, der hinter einem in die Wand eingelassenen Fenster hockte und ein Butterbrot aß. Klaudia nickte ihm zu.

»Zu wem woll'nse denn?« Ein Brotkrümel hing zitternd an seiner Unterlippe.

»Doktor Klaas.«

»Und die lässt'se nicht, wa?«

»Wohl nicht, aber bis Weihnachten hab ich eh nichts vor.«

»Bulette, wa?« Der alte Mann grinste.

»Exbulle mit zu kleiner Pension, wa?« Klaudia zwinkerte ihm zu.

»Gar nicht so dumm, die Kleine.« Der Wachmann zog ein Taschentuch aus den Tiefen seiner Uniform und wischte sich die Hände ab. »Komm'se rein.«

Mit einem Summen sprang die Tür auf. Klaudia hielt unwillkürlich die Luft an. Obwohl die Klimaanlage auf Hochtouren rauschte, legte sich die für eine Rechtsmedizin übliche Mischung aus Desinfektionsmitteln und süßlichem Leichengeruch wie ein Film auf ihre Schleimhäute. Kein schöner Ort für eine Brotzeit, aber Klaudia wusste aus eigener Erfahrung, dass sie den Geruch in wenigen Minuten schon nicht mehr wahrnehmen würde.

»Den Gang runter, die vierte Tür links.«

»Danke, Kollege, Sie haben was gut bei mir.« Klaudia winkte ihm zum Abschied. Aus den Augenwinkeln sah sie, dass die Sekretärin immer noch telefonierte.

Man sollte Privatgespräche am Arbeitsplatz verbieten, dachte sie gut gelaunt.

Bis auf das Rauschen der Klimaanlage waren ihre Schritte das einzige Geräusch in diesem Teil des Gebäudes.

Klaudia zählte die Türen und klopfte schließlich an die vierte.

»Frau Tod hat Sie bereits angekündigt.« Die Frau, die sich als Irina Klaas vorstellte, stand hinter einem Metalltisch und sortierte Knochen. Ihr raspelkurz geschnittenes Haar leuchtete wasserstoffblond.

Auf dem Tisch lag der Schädel, den Klaudia bereits kannte. Weitere Knochen formten einen unvollständigen Brustkorb, ein halbes Bein, ein Becken, Füße mit verrutschten Zehen.

»Ich hätte nicht gedacht, sie so bald wieder zu sehen.«

»Haben Sie NIWSAU gefunden?« Die Klaas musterte mit zusammengekniffenen Augen ein Knochenfragment.

»NIWSAU?«

»Nicht identifiziertes weibliches Skelett, Alter unbekannt.« Die Klaas legte das Knochenstück unterhalb des Schädels ab. »Das ist meine persönliche Identifizierung. Ich finde, es klingt besser als 2013/05/21/1/WKU.

»Auf jeden Fall«, stimmte Klaudia ihr zu. »Tut mir leid, dass ich Sie so überfalle.«

»Kein Problem.« Die Klaas lächelte versonnen. »Im Moment ist es ruhig, da freut man sich über jede Abwechslung. Aber so langsam geht's wieder los. Um Pfingsten herum war's wie abgeschnitten. Nur eine Obduktion, keine Begutachtungen, keine Verbrennungen. Nichts. Dafür sind gestern gleich zwei unbekannte Leichen hereingekommen.«

Klaudia horchte auf. »War zufällig eine Frau dabei?«

»Nein.« Die Ärztin legte einen kleinen Knochen auf den Tisch, und der Ringfinger der rechten Hand war nun komplett. »Vermissen Sie eine?«

»Ja schon.« Klaudia räusperte sich. »Deshalb haben wir ja sie hier gefunden.«

»Also ist unsere NIWSAU«, sanft strich Doktor Klaas über den altersbraunen Schädel, »so etwas wie ein Kollateralschaden.«

»Kann man so sagen.« Allerdings muss man dafür ziemlich abgebrüht sein, dachte Klaudia, behielt den Gedanken jedoch für sich. Immerhin wollte sie etwas von der Ärztin. »Aber deshalb bin ich nicht hier«, fuhr sie fort. »Es geht um Ihren Bericht über den Toten aus dem Wochenendhaus im Spreewald.«

Haben Sie die Fallnummer?« Die Ärztin zog die Plastikhandschuhe von den Händen, pustete hinein, damit sie sich wieder umstülpten, und legte sie sorgfältig neben dem Schädel ab.

»Ähm ja natürlich.« Klaudia kramte nach ihrem Smartphone. Vier Anrufe in Abwesenheit. Was wollte Uwe von ihr? »Also die Nummer ist: 2013/05/16/PDS_DS/MKI.«

»Alles klar.« Die Finger der Ärztin klackerten über die Tastatur. »Und was ist Ihnen unklar?«

»Wir haben mit der Familie gesprochen, und keiner erwähnte diese Krebserkrankung.«

»Ja und?«

»Und da frage ich mich: Kann es sein, dass er es selbst nicht wusste?«

»Und um mir diese Frage zu stellen, kommen Sie extra nach Berlin?«

»Es hat sich so ergeben.« Klaudia hatte nicht die Absicht, der Ärztin zu erzählen, dass die Rechtsmedizin nur eine Station auf ihrem Gang nach Canossa war.

»Nun ja.« Die Ärztin atmete pustend aus. »Es war schon ein ziemlich ausgedehnter Befund. Ich mein, man hat schon Pferde kotzen sehen, aber eigentlich ist es extrem unwahrscheinlich, dass ein Darmkrebs in diesem Stadium symptomfrei verläuft.«

»Aber könnte man ihn geheim halten?«

»Man kann alles geheim halten.« Die Ärztin trat an den Tisch und zog sich wieder die Einmalhandschuhe über die Finger. Ihr Zeigefinger fuhr über den Schädel, als striche sie der Toten eine Haarsträhne aus der Stirn. »Selbst den Tod eines Menschen.«

»Diesen nicht«, widersprach Klaudia. Wut stieg in ihr auf, wenn sie daran dachte, dass es irgendwo da draußen einen Menschen gab, der diese Frau einfach so verscharrt hatte. »Ich hab schon einen Berg Vermisstenakten auf dem Schreibtisch. Gibt es bereits irgendwelche Sortierkriterien, die mir weiterhelfen könnten?«

»Wir haben Knochenmehl zur Altersbestimmung gezogen, und wenn ich ihn zusammengebastelt habe, machen wir noch Röntgenaufnahmen vom Kiefer.«

»Und?«

»Schwer zu sagen. Meine erste Schätzung liegt irgendwo zwischen zwanzig und dreißig Jahren.«

»Lebensalter oder Liegedauer?«

»Wahrscheinlich beides. Aber ...« Die Doktorandin hob abwehrend die Hände. »... ich kann das nur schätzen. Es gibt kein validiertes Verfahren, um die Liegezeit im forensisch relevanten Zeitraum zu datieren.«

»Ich weiß.« Klaudia starrte auf die Knochen. Wer bist du? »Gibt's schon Hinweise auf eine mögliche Todesursache?«

»Bisher nur ein Haarriss im Schädel, aber ob der tödlich war, würde ich dann doch bezweifeln. Allerdings haben wir auch noch nicht alle Knochen gesichtet.«

»Könnte man eigentlich mit Computertechnik ihr Aussehen rekonstruieren?«

»Sie gucken zu viel CSI.« Die Ärztin legte einen Wirbelkörper auf den Tisch. »Ich denke, sie sollten es erst einmal mit den Röntgenaufnahmen bei den Zahnärzten der Umgebung versuchen.«

»Mühsam ernährt sich das Eichhörnchen.«

»Wem sagen Sie das.« Die Ärztin öffnete einen weiteren Plastikbeutel und ließ den Inhalt klackernd auf den Tisch gleiten, sofort überlagerte der erdige Duft von feuchtem Waldboden alle anderen Gerüche.

»Da waren auch noch so Stoffreste.«

»Das ist doch großartig. Haben die Kollegen schon was gesagt?«

»Heißt das, die Proben sind nicht hier?«

»Genau das heißt es.« Die Ärztin drehte ein ringförmiges Knochenfragment zwischen den Fingern und legte es schließlich unterhalb des Schädels ab. »Ich schätze, dass die Kollegen der KTU sie mitgenommen haben.«

»Mitgenommen?«

»Ja, nach Eberswalde.«

»Sorry.« Klaudia ärgerte sich, dass sie nicht vorher in

der Akte nachgeschaut hatte, wohin die einzelnen Proben gegangen waren. »Ich bin noch nicht so lange hier.«

»Kein Thema«, antwortete die Ärztin und legte einen weiteren Fingerknochen seitlich des Beckens ab. »Woher kommen Sie?«

»Gelsenkirchen«, antwortete Klaudia. »Das ist im …«

»Im Pott«, ergänzte die Ärztin Klaudias Satz. »Ich hab in Essen meine erste Leiche gefleddert. Ist schon ein weiter Weg von NRW nach Brandenburg«, fügte sie nachdenklich hinzu. »Seit wann sind Sie denn hier?«

»Seit März.« Fasziniert beobachtete Klaudia, wie die Ärztin mit schlafwandlerischer Sicherheit Knochen für Knochen an seinen richtigen Platz legte.

»Wenn Sie so weitermachen, haben wir hier bald mehr als genug zu tun. Ich hoffe, Sie finden Ihre Vermisste lebend.«

»Ich auch«, seufzte Klaudia. »Aber es fällt mir zunehmend schwer, daran zu glauben.«

Klaudias Smartphone vibrierte, als sie die Sicherheitsschleuse erreichte. Wieder Uwe. Seufzend nahm sie das Gespräch an. Vom freundlichen Gruß des Wächters und dem weniger freundlichen Stirnrunzeln der Sekretärin begleitet, verließ sie das rechtsmedizinische Institut.

»Wo bist du?« Uwes Stimme klang gehetzt.

»Warum fragst du?«

»Ich muss dich unbedingt sprechen. Silke läuft Amok!«

»Das sind die Hormone.« Klaudia sagte das Erste, das ihr einfiel, obwohl sich ihr Wissen über die Auswirkung weiblicher Hormone auf PMS beschränkte. Ungeduldig blies sie die Wangen auf, während sie zu ihrem Wagen lief. »Die beruhigt sich auch wieder.«

»Du hast ja keine Ahnung«, brüllte Uwe in den Hörer.

»Hör mal«, fauchte Klaudia. Drehte Uwe jetzt komplett ab? »Wenn du jemanden suchst, den du zusammenfalten kannst, dann bist du bei mir an der falschen Adresse. Wenn du brüllen willst, ruf Silke an. Nicht mich!« Wütend drückte sie das Gespräch weg.

40. Kapitel

Die Frau liegt auf der Pritsche. Ihre Augen starren in die Dunkelheit. Die Iris flitzt hin und her. Die Kinder sind wieder da, spielen mit ihr.

Mutter, Mutter, wie weit darf ich reisen?, rufen sie, und die Frau muss ihnen antworten. Drei Schritte, vier Schritte oder zehn Schritte. Welche Zahl immer ihr einfällt, und dann muss sie sich im Kreis drehen und zählen, und wenn sie fertig ist, darf sich keines der Kinder mehr bewegen. Vom ständigen Drehen ist der Frau schwindelig, außerdem ist es schwierig, alle Kinder gleichzeitig im Auge zu behalten. Sie verschwimmen ständig mit der Dunkelheit. Die Frau weiß, dass keins der Kinder sie erreichen darf. Die Stimme hat es ihr gesagt. Die Stimme, von der sie gedacht hat, es sei die Stimme ihrer Mutter. Jetzt ist sie sich nicht mehr so sicher. Vielleicht ist es auch SEINE Stimme. Obwohl sie nicht klingt wie ein Mann. Die Stimme in ihrem Kopf, die immer wieder aus dem Nirgendwo auftaucht. Die Stimme hat ihr gesagt: *Du musst sie im Auge behalten. Sonst – Ene, mene Katzendreck – bist du weg. Und dann*

gibt es dich nicht mehr, und wenn es dich nicht mehr gibt,
gibt es mich auch nicht mehr.

Die Verantwortung sorgt dafür, dass die Augen der Frau durch die Dunkelheit flitzen. Obwohl Durst ihre Glieder lähmt. Sie erinnert sich nicht mehr an den letzten Schluck Wasser, den letzten Bissen Brot. Während ihre Zunge anschwillt und ihre Lippen aufplatzen, spielt sie mit den Kindern. Es ist schon erstaunlich, was sie alles sieht: Brombeerbüsche, deren zarte Blüten von Bienen umschwirrt werden; im Sonnenlicht flimmerndes Wasser, das träge gegen Pfosten plätschert. Und immer wieder die spielenden Kinder.

Irgendwo im Nirgendwo leben diese Bilder, auch wenn sie mit jedem Tag ihrer Gefangenschaft verblassen. Wie der Regenbogen in einer Seifenblase verblasst, bevor er in schwarze Tränen zerfällt und die Seifenblase platzt.

Die Frau weiß, dass sie eins dieser Kinder ist, und hofft auf ein Zeichen.

Damit sie sich erkennt. Sie hat es aufgegeben, nach ihrem Namen zu suchen. Ihre Suche hat IHN erzürnt. Ein Stacheldrahtwort. Seit ER ihr das Wasser genommen hat, gebiert der Zaun in ihrem Kopf viele Stacheldrahtworte, an denen sie sich verletzt.

Knubbelige Knie ragen aus Schaumbergen auf. Eine Erinnerung aus dem Nirgendwo, die sie ablenken soll. Vielleicht sieht sie ihr Gesicht, wenn sie sich umdreht. Aber sie kann sich nicht umdrehen, sonst zerren die Kinder an ihr, und dann ist sie nicht mehr da und ... Die Gedanken der Frau flitzen durch die Dunkelheit wie ihre Pupillen

Mutter, Mutter, wie weit darf ich reisen?

Die Frau ist so konzentriert, dass sie den Schmerz, der

in ihrem Inneren kommt und geht und dabei wächst, erst bemerkt, als er von der Größe eines Sandkorns auf die Größe eines Felsens angewachsen ist. Zischend atmet sie ein, und prompt sind die Kinder über ihr, zerren lachend an den feinen Körperhaaren, häuten sie mit ihren verschwitzten Fingern und singen dabei.

Ene, mene, Katzendreck und du bist weg.

Und dann ist es doch nicht die Frau, die verschwindet, sondern die Kinder, die zerplatzen wie Seifenblasen, und eine Woge aus Schmerz rollt über die Frau hinweg.

Die Frau keucht. Ihrer Kehle entweicht ein atemloses, gurgelndes Knurren. Flüssigkeit sickert aus ihr heraus. Warm, wie sie selbst. Reflexhaft versucht sie die Flüssigkeit mit den Händen zu stoppen. Der Schmerz versickert in ihren zitternden Beinen. Was ist das? Die Frau berührt mit der nassen Hand ihre Lippen, streckt die Zunge vor.

Vanille. Weihnachtsplätzchen. Kerzen. Der Duft bringt so viele Worte mit sich, dass die Frau mit beiden Händen danach greift. Doch schon rollt die nächste Woge aus Schmerz über sie hinweg und löscht die tröstlichen Bilder aus. Keuchend stemmt die Frau sich dem Schmerz entgegen. Ihre Fersen drücken sich in die Matratze. Etwas in ihrem Bauch platzt. Etwas drängt hinaus, drückt ihre Beine auseinander. Knubbelige Knie in Seifenschaum. Kein Seifenschaum. Schmerz. Der Verstand der Frau schaltet sich weg, zieht sich zurück in den sicheren Raum hinter dem Stacheldraht, wartet zitternd in der tröstlichen Dunkelheit des Nirgendwo. Jede Zelle ihres Körpers hat das Wissen von Generationen gespeichert. Ihre Lunge weiß, wie sie die Luft dosieren muss, um ihr zu helfen. Ihre Fersen wissen, wie sie in der dünnen Matratze Halt finden. Ihre Finger wissen, wie sie sich in die weiche Haut der Kniekehlen krallen müssen. Jede Zelle ihres Körpers weiß, was sie zu tun hat, um dieses Leben aus ihr herauszupressen, das in ihr gewachsen ist und auf das sie sich gefreut hatte, bevor sie seine Existenz vergessen hat, so wie sie sich vergessen hat.

Der Körper der Frau knurrt und stöhnt und presst, und schließlich ist alles vorbei, und nur ein hohles Gefühl bleibt zurück, das sich mit Tränen füllt. Die Finger der Frau tasten sich vor zu diesem Klecks zwischen ihren Beinen, versinken in seiner glitschigen Nachgiebigkeit, bevor die Dunkelheit in sie dringt und sie erlöst.

Ene, mene, Katzendreck, jetzt isse weg.

41. Kapitel

Klaudia kurvte über die engen Rampen eines Parkhauses in der Nähe der Bleibtreustraße. Straßennamen gibt's, dachte sie und fragte sich, ob König noch leben würde, wenn er diesen Appell beherzigt hätte. Wie hatte König junior sein Verhalten umschrieben?

Mein Vater hatte schon immer einen Hang zu jüngeren Frauen, hatte er gesagt, aber vielleicht ließ sich eine schwangere Geliebte nicht ignorieren. Wut stieg in Klaudia auf. *caroherz1983@gmx.com!* Sie wollte sich lieber nicht vorstellen, zu was sie gestern in der Lage gewesen wäre, wenn Arno und Carolin in der Nähe gewesen wären und sie eine Waffe gehabt hätte.

Klaudia schüttelte den Gedanken ab. Er klang nach einer verpassten Gelegenheit.

Die Therapeutin in der Kur wäre stolz auf sie. Sie müsse ihre Wut rauslassen, hatte sie gesagt und Klaudia damit einen Riesenschreck eingejagt. Sie hatte sich mit Händen und Füßen gegen die Erkenntnis gewehrt, dass sie in ihrer Beziehung mit Arno agiert hatte wie ihre Mutter. Weich und nachgiebig. Und zum Schluss traurig. Ihr hatte es das Ohr zerschossen, und vielleicht sollte sie dankbar dafür sein. Ihre Mutter hatte die Traurigkeit in Schnaps ertränkt, bis sie keinen Tag mehr ohne aushielt. Und auch wenn Klaudia immer wieder die Schnapsvorräte zerstörte, so hatte sie ihr doch geholfen, nach außen hin den Schein zu wahren. Hatte das Geheimnis bewahrt und sich mit ihrer Mutter in der Abwärtsspirale gedreht, bis das Leben auf den grauen Küchenfliesen aus ihr heraussprudelte.

Eine Sozialarbeiterin vom Jugendamt hatte Klaudia damals gefragt, ob sie denn nicht gewusst habe, wie es um ihre Mutter stand. Du hättest doch jederzeit zu mir kommen können, hatte sie gesagt und damit alle Schuld auf Klaudia geladen. Dumme Kuh.

Klaudia manövrierte den Wagen in eine Parkbucht neben einem Pfeiler und kramte nach ihrem Smartphone. Schon wieder vier Anrufe in Abwesenheit. Drehte Uwe jetzt völlig ab?

Wie hieß es noch: Kleiner Finger Arm ab. Klaudia wischte über das Display und suchte die Nummer der König. Einige Freizeichen später meldete sich die Witwe mit der leicht angeschlagenen Stimmlage, die Klaudia nur zu gut von ihrer eigenen Mutter kannte.

»Ich bin gerade in der Nähe, Frau König«, sagte sie betont munter, »und würde gerne einige neue Aspekte mit Ihnen besprechen.«

»Ich weiß nicht. Ich muss erst meinen Sohn … Können Sie nicht …«

»Es dauert wirklich nicht lange«, unterbrach Klaudia Frau Königs hilflose Bemühungen, sie abzuwimmeln.

»Ich bin«, sie überlegte einen Moment, »in fünfzehn Minuten bei Ihnen.« So viel Zeit würde die König brauchen, um sich in einen präsentablen Zustand zu versetzen.

Zeitgleich mit Klaudia traf Sebastian König vor dem Wohnhaus seiner Mutter ein.

Verstärkung. Damit hättest du rechnen müssen. Klaudia zwang sich zu einem neutralen Gesichtsausdruck.

»Meine Mutter hat mich angerufen. Sie ist in keinem guten Zustand. Der Tod meines Vaters, verstehen Sie?«

»Ich weiß.« Klaudia empfand Mitleid mit ihm. Wie oft hatte sie selbst nach Rechtfertigungen für ihre Mutter gesucht. »Ihre Mutter braucht Hilfe«, antwortete Klaudia. »Es gibt Polizeiseelsorger.«

»Wir kommen schon klar, danke.« König lächelte schmerzlich. »Wissen Sie, wann wir die Leiche abholen lassen können?«

»Die Rechtsmedizin arbeitet, so schnell sie kann.«

»Hat Jan auch gesagt.«

»Ach ja. Ihr Mann.« Klaudia räusperte die Verlegenheit weg. »Als Arzt kennt er sich natürlich aus.«

»Wohl eher nicht«, antwortete Sebastian König und rieb sich die Nasenwurzel, als habe er Kopfschmerzen. »Als Arzt hat er eher mit mehr oder weniger gesunden Frauen zu tun. Aber sein Vater ist Bestatter.«

»Ihr Mann ist Gynäkologe?« Holzauge sei wachsam. Konnte es vielleicht sein, dass der smarte Sohn und Erbe etwas von der Schwangerschaft gewusst hatte? Schweigepflicht hin oder her? Auch eine Variante.

»Gibt es was Neues von Frau Heise?« König rieb sich erneut die Nasenwurzel. »Ihre Familie, und natürlich auch wir, machen uns große Sorgen.«

»Bisher nicht.« Klaudia schüttelte den Kopf.

»Meinen Sie, Sie hat meinen Vater ...?«

»Wäre sie dazu in der Lage?«

»Keine Ahnung.« Achselzuckend schloss König die Haustür auf. »Menschen sind zu vielem in der Lage, oder?«

»Wie wahr.«

Frau König stand schwankend in der Wohnungstür. Unruhig flitzte ihr Blick zwischen Klaudia und ihrem Sohn hin und her.

»Mutter.« König griff nach dem Arm seiner Mutter. »Warum hast du mir nicht gesagt, dass du Kreislaufprobleme hast?«

»Sie sollten vielleicht die Füße hochlegen.« Klaudia lächelte, als würde sie jedes Wort glauben. Es konnte nie schaden, unterschätzt zu werden. »Ich werde Sie auch nicht lange aufhalten.« Klaudia tauchte in die Pfefferminzwolke ein, die Frau König umhüllte, und folgte Mutter und Sohn ins Wohnzimmer.

»Olfaktorische Camouflage«, murmelte Klaudia lautlos.

»Bitte nehmen Sie Platz.« Frau Königs Hand wedelte unbestimmt in Richtung des Sofas, während sie sich mit Hilfe ihres Sohnes in einen Sessel gleiten ließ. Ein Speichelfaden klebte in ihrem Mundwinkel. Ansonsten war ihr Gesicht so ausdruckslos, wie bei Klaudias erstem Besuch. Nicht einmal der Alkohol vermochte die botoxgelähmten Gesichtszüge aufzumeißeln.

»Wir haben ein Fax Ihres Anwaltes erhalten«, begann

Klaudia, kaum dass sie saß. »Es tut mir leid, wenn unsere Ermittlungen sie ungebührlich belastet haben. Ich möchte mich dafür entschuldigen.« Sie legte ihr Gesicht in bedauernde Falten.

»Sind Sie deshalb hier?«, fragte Sebastian König. Klaudia hatte das Gefühl, etwas wie Erleichterung schwinge in seiner Stimme mit. Sie schaute zu ihm hinüber, konnte jedoch sein Gesicht im Gegenlicht nicht erkennen. Mist.

»Unter anderem.« Sie überlegte kurz, ob sie die beiden jetzt mit Tanja Heises Schwangerschaft konfrontieren sollte, verwarf den Gedanken aber wieder. Sie bewegte sich im Moment auf sehr dünnem Eis, und diesmal stand wirklich ihr Wort gegen das der Königs. PH wartete nur auf eine Gelegenheit, ihren Kopf unter die Guillotine zu legen.

»Die Obduktion Ihres Mannes hat einen für uns überraschenden Aspekt ergeben«, sagte sie und legte so viel Freundlichkeit in ihre Stimme, wie es ihr möglich war. »Er hatte wohl Darmkrebs. Wussten Sie das?«

»Krebs!« Die Witwe beugte sich vor. Tränen schossen ihr in die Augen. Ihre Stimme überschlug sich. »Mein Mann hatte Krebs?«

»Er hat Ihnen also nichts von seiner Erkrankung gesagt?«

»Was spielt das für eine Rolle?« Sebastian König trat zu seiner Mutter und legte die Hand auf ihre Schulter. »Vater wurde erschossen.«

»Krebs.« Frau Königs Stimme überschlug sich. »Er hatte Krebs.«

»Er wird es nicht gewusst haben«, sagte Sebastian König.

»Das denke ich nicht«, antwortete Klaudia. »Die

Krankheit war wohl schon zu weit fortgeschritten, um unbemerkt zu bleiben. Ihr Vater hatte wahrscheinlich schon Metastasen.«

»Sie meinen«, Sebastian König ging neben seiner Mutter in die Knie. »Er war todkrank?«

»Oh mein Gott.« Frau König schlug die Hände vors Gesicht. »Todkrank?« Ihrer Kehle entwichen Geräusche, die Klaudia im ersten Augenblick für Schluchzer hielt, bis sie begriff, dass Frau König lachte. »Tod-, Tod-, Todkrank?« Ihr Lachen klang wie zerberstendes Glas. »Das dreckige Schwein.«

»Gehen Sie jetzt.« Sebastian König drängte Klaudia zur Tür. »Sie ist total betrunken.«

»Wenn sie morgen wieder nüchtern ist, möchte ich Ihre Mutter auf dem Revier sehen.« Klaudia reichte König ihre Karte. »Und Sie auch. Und«, fügte sie hinzu, »Sie sollten Ihren Rechtsanwalt mitbringen.«

42. Kapitel

»Weiber.« Uwe starrte auf das Display seines iPhones. Wie konnte sie ihn einfach so abwürgen? Er stützte die Unterarme auf der Schreibtischplatte ab und massierte sich die Stirn. Wenn er nur an Silkes Anruf dachte, drückte Panik ihm Galle in die Kehle. Wer, verdammt noch mal, tat so etwas? Uwe kämpfte mit der Erinnerung. Und wer, verdammt noch mal, war überhaupt alles dabei gewesen? Thang? Joe? Die Kollegin mit dem Zopf? Demel? Jede Möglichkeit, die Uwes schnapsgeschädigtes

Hirn ausspuckte, verwarf er sofort wieder. Er kannte jeden dieser Kollegen seit Jahren, hatte nie Ärger gehabt. Aber vielleicht Klaudia. Er griff wieder nach dem iPhone und wählte ihre Nummer. Diesmal musste sie ihm zuhören, und wenn er sie in Grund und Boden brüllen musste.

»*Dieser Anschluss ist vorübergehend nicht erreichbar.*«

Wieder flog das Handy auf die Tischplatte. Was denkt die sich eigentlich? Die kann doch nicht einfach ihr Telefon ausschalten.

»Guten Tag, Herr Wachtmeister.«

Die zittrige Altfrauenstimme holte Uwes schmerzendes Hirn in die Wirklichkeit der Bürgersprechstunde zurück, wo sein Körper allen seelischen Erschütterungen zum Trotz immer noch ausharrte.

»Frau Nowak.« Ausgerechnet die. Mit Mühe hielt er seine Stimme neutral.

»Bei mir ist eingebrochen worden.« Heideliese Nowak schob ihren Rollator vor Uwes Schreibtisch. »Die Russen.«

Bitte nicht. Uwes Stoßgebet verhallte ungehört. »Weiß die Schwester, dass Sie hier sind?«

»Katka haben sie auch geholt.«

»Nicht Ihre Schwester.« Unwillkürlich sprach Uwe lauter. Es wurde immer schlimmer mit der alten Nowak, dabei sah sie gar nicht so verwirrt aus. Eigentlich war sie eine feine Dame. Immer adrett und die Haare in ordentliche Wasserwellen gelegt, nur das Hirn darunter funktionierte nicht mehr so ordentlich. Eigentlich funktionierte es überhaupt nicht mehr. Schade, dass sie trotzdem immer noch den Weg zur Bürgersprechstunde fand.

»Die – Schwestern – im – Heim.« Uwe betonte jedes

Wort, manchmal half das, doch heute war die alte Nowak ziemlich weit in ihre Welt abgedriftet.

»Ich hab keine Schwester im Heim.« Sie runzelte die Stirn. »Oh schau doch nur.« Sie beugte sich vor und zupfte mit spitzen Fingern an dem Stiefmütterchen herum. »Überall Käfer.« Ihre Nase verschwand fast zwischen den blauen Blüten. »Die kommen aus den Holzdielen.«

»Ich stell das mal weg.« Uwe griff nach dem Blumentopf und rettete das Stiefmütterchen vor Frau Nowaks zupfenden Fingern. Wenn er gedacht hatte, dass damit auch die Käferplage behoben sei, hatte er sich allerdings geirrt.

»Die krabbeln in die Akten.« Jetzt wischte Frau Nowak mit der flachen Hand über die Tischplatte.

»Frau Nowak«, sagte Uwe mit dem letzten Rest Selbstbeherrschung, zu dem sein schmerzendes Hirn imstande war. »Da sind keine Käfer.«

»Die kommen aus den Holzdielen.«

Bevor Uwe der alten Frau sagen konnte, was er von ihren Käfern hielt, klopfte es kurz an die Bürotür, und nahezu zeitgleich steckte Schiebschick den Kopf durch den sich öffnenden Türspalt. »Hier bist du also.« Dem Kopf folgten der spitze Altmännerbauch und schließlich der gesamte Schiebschick.

»Gustav, hier sind überall Käfer.«

»Ja, dann tu sie wegmachen, Heideliese.«

»Die Russen haben Katka geholt.«

»Ja, der Iwan macht so was.«

»Wer verdammt noch mal ist Katka?«, fragte Uwe dazwischen.

»Ach das ist 'ne alte Geschichte«, winkte Schiebschick ab.

»Die Russen haben sie geholt.«

»Ja, und wir tun sie suchen, wa?«

»Ja, Gustav, das machen wir und Katkas junger Mann.« Die alte Frau strahlte Uwe an. »Der hilft suchen. Der ist ja bei der Polizei.«

»Ja das macht er. Wa?« Schiebschick blinzelte Uwe zu. »Wir gehen nur schon mal vor. Katkas junger Mann kommt dann nach, wenn er die Käfer weggemacht hat. Wa?«

Uwe nickte immer noch wie ein Wackeldackel, als die beiden bereits sein Büro verlassen hatten. Alt werden war nichts für Feiglinge. Noch einmal griff er nach seinem Handy, wieder nur Klaudias Mailbox. Welcher Polizist stellt sein Telefon aus? Lautlos ja, aber aus? Irgendwie sah ihr das nicht ähnlich. Na ja. Seufzend stemmte sich Uwe in die Höhe. Die Bürgersprechstunde war vorbei und damit auch sein Dienst. Unwillkürlich wischte sein Daumen über das Display und öffnete die Mitteilungen. Er starrte auf das Bild. Kein Wunder, dass Silke tobte, dabei konnte er sich nicht einmal daran erinnern, Klaudia umarmt zu haben.

43. Kapitel

Kurz hinter Königs Wusterhausen staute sich der Verkehr wegen einer Wanderbaustelle. Celine Dion schallte aus dem Lautsprecher, und das Hochgefühl, das Klaudia noch beim Herausfahren aus dem Parkhaus verspürt hatte, versickerte im Sitzpolster.

Ruf Papa an! Wie Leuchtreklame blinkte der Gedanke in Klaudias Hirn auf.

Warum sollte ich?, nahm Klaudia den Dialog mit sich selbst auf. Damit ich wieder wie ein torkelnder Hubschrauber in seine heile Welt stürze?

Wie viel Mühe sich alle mit ihr, dem Resultat einer betrunkenen Nacht, gegeben hatten. Papa. Conny. Die Zwillinge. Bereitwillig hatten sie sie in ihre Familie aufgenommen. Ebenso bereitwillig, wie sie Jahr für Jahr Mädchen aus aller Welt aufnahmen, die zuverlässig wie der erste Schultag am Ende der Ferien bei ihnen einzogen. Klaudia hatte jede Einzelne von ihnen gehasst.

»Verdammt«, fluchte sie und blinzelte die Tränen weg. »Wann erfindet mal endlich einer einen Scheibenwischer für Augen?«

Ein Fiat Panda, vollgeklebt mit bunten Aufklebern, rollte an ihr vorbei. Der Fahrer stieß fast mit dem Kopf an den Fahrzeughimmel.

»Interessant«, murmelte Klaudia und hängte sich hinter den Fiat. »Ein Pfarrer, der lügt.«

Kurz hinter der Ausfahrt Roggosen lenkte Pfarrer Vollmer seinen Wagen an den Straßenrand und kam zu Klaudias Wagen. »Wieso verfolgen Sie mich?«

»Sie fahren also den Wagen.« Klaudia stieg ebenfalls aus. Wie ein feuchter Film legte sich der Nieselregen auf ihre Haut. Sie verschränkte die Arme vor der Brust. »Nicht Ihre Frau war damit am Hafen. Nicht wahr? Sie waren es.«

»Das ist eine Unterstellung.«

»Ja«, antwortete Klaudia knapp. »Aber ich weiß es.«

»Ich verbiete mir diesen Tonfall. Wir haben Ihnen schließlich alles gesagt und mit Ihnen kooperiert.«

»Ach ja? Haben Sie das?« Wut kochte in Klaudia hoch.
»Und warum weiß ich dann immer noch nicht, warum dieser Wagen …« Sie schlug mit der flachen Hand auf das Autodach. »… letzte Woche Donnerstag am Hafen stand?«

»Das sind Stasimethoden, die Sie hier anwenden«, fauchte Vollmer. »Ich werde mich an geeigneter Stelle beschweren.«

»Tun Sie das, aber zuerst beantworten Sie meine Frage.«

»Ich denke überhaupt nicht daran.« Vollmer schob Klaudia aus dem Weg und quetschte sich hinters Steuer. Bevor er die Fahrertür zuschlagen konnte, stand sie wieder neben ihm. Auf keinen Fall würde sie ihm erlauben, wegzufahren. Nicht ohne eine Antwort.

Die Augenbrauen zu wütenden Balken verzogen schaute der Pfarrer zu ihr auf.

»Herr Vollmer: Waren Sie in Königs Haus?«

»Ich. Ich.« Vollmers Augen weiteten sich, als ihm die Tragweite ihrer Frage aufging. Seine Schultern sackten nach vorn. »Es tut mir leid«, sagte er schließlich.

»Was tut Ihnen leid?«

»Der arme Mann ist tot, und natürlich müssen Sie denken, dass … Aber glauben Sie mir. Ich hab ihn nicht umgebracht. Ich kannte ihn überhaupt nicht. Ich meine: Nur aus Erzählungen meiner Frau.«

»Und wie gut kannte Ihre Frau ihn?«

»Nein, nein.« Vollmer schüttelte den Kopf. »Es ist nicht das, was sie denken. Aber trotzdem haben Sie recht, mir zu misstrauen.«

»Was ist an dem Donnerstag in Königs Haus passiert?« Klaudia spürte, dass Vollmer bereit war, zu sprechen. Ein Pfarrer tötete nicht einfach und ging dann zur Tagesordnung über. Sie ignorierte den Schmerz in ihren Oberschenkeln. Eine falsche Bewegung, und das Band, das Vollmer half, zu gestehen, würde reißen.

»Ich bin ...«, murmelte Vollmer mit tränenerstickter Stimme. »Ich bin Mitglied einer Arbeitsgemeinschaft der Landeskirche.«

Obwohl Klaudia nicht verstand, was diese Mitgliedschaft mit dem Mord zu tun hatte, unterbrach sie ihn nicht. Die meisten Täter schlugen einen weiten Bogen, bevor sie sich dem Kern näherten. Wahrscheinlich brauchten sie die Umhüllung durch gute Taten und Rechtfertigungen, um sich selbst zu ertragen. »Wir unterhalten eine Gedenkstätte auf dem Sankt Thomas Friedhof. Deshalb bin ich hier. Ist das nicht merkwürdig?« Er schaute ihr in die Augen, und Klaudia wusste, dass er in ihrem Gesicht nichts anderes als freundliche Anteilnahme sah. »Ich hätte nie gedacht«, fuhr Pfarrer Vollmer fort. »Dass ich ein feiger Mensch bin. Im Gegenteil. Ich habe mich für einen aufrechten Christen und Staatsbürger gehalten, der sich mit jedem anlegt, wenn es um seine Herde und Gottes Schöpfung geht. In meinem tiefsten Inneren habe ich Menschen verachtet, die feige sind. Deshalb auch mein Engagement in dieser Arbeitsgemeinschaft.«

Nässe kroch in Klaudias Nacken. Ihre Oberschenkel brannten, und der Tinnitus murrte in ihrem Ohr. Der Pfarrer sollte endlich auf den Punkt kommen. Doch von all dem ahnte Vollmer nichts. Er sah nur ihr aufmerksames Gesicht, das zu ihm aufschaute, wie die Gesichter der Gläubigen, und verfiel ins Predigen. Seine Stimme schwoll an, und Klaudia konnte sich gut vorstellen, wie sie von der Kanzel herab das Kirchenschiff füllte.

»Auch unsere Kirche war zu feige, gegen das Unrecht

aufzustehen, und schlimmer noch. Sie hat davon profitiert und dieses Fremdarbeiterlager verwaltet. Und noch schlimmer ...« Seine Stimme sank herab zu einem Flüstern, und Klaudia ertappte sich dabei, dass sie die Luft anhielt. »Mein eigener Vater hat es verwaltet. Mein Vater, der ein guter Christ war und der trotzdem Briefe mit Heil Hitler unterschrieben hat, die Menschen in den sicheren Tod schickten. Und warum? Weil er Angst hatte. Nie hätte ich mir vorstellen können, dass ich jemals gegen mein Gewissen handeln würde. Aber dann kam die Angst in unser Leben. Schleichend erst. Sie wissen schon: diese Anschläge. Und immer waren es Häuser, die meine Frau betreut hatte. Nächtelang haben wir uns die Köpfe heiß geredet. Wollten es nicht wahrhaben. Nicht unser Sohn. Nicht unser Bio.« Pfarrer Vollmer starrte erschöpft auf seine Hände, die wie zum Gebet vereint zwischen seinen Knien baumelten. Klaudia wusste, dass er Hilfe brauchte.

»Bio?«, fragte sie sanft. »Ist das sein Spitzname?«

»Ja.« Vollmer nickte. »Er liebt die Natur. Wir haben das immer unterstützt. Aber seit dem Camp im letzten Jahr ist er uns entglitten. Mir entglitten.«

»Also sind Sie ihm gefolgt.«

»Sein Mathelehrer hat mich angerufen. Mir gesagt, dass Martin mal wieder den Unterricht schwänzt.«

»Und deshalb sind Sie zum Hafen gefahren?«

»Ich wollte wissen, ob das Kanu meiner Frau an unserem Anleger liegt. Wir haben einen eigenen in der Nähe des Hafens, weil manche Häuser nur übers Wasser zu erreichen sind.«

»Und?«, fragte Klaudia. »War das Boot da?«

Der Pfarrer nickte. »Ich bin wieder nach Hause gefahren und hab auf Martin gewartet. Wo hätte ich ihn suchen sollen?«

»Ja. Wo?« Klaudia stemmte sich in die Höhe. Der magische Augenblick war vorüber, und sie war keinen Schritt weiter. »Ich mag mich ja irren«, sagte sie. »Aber ist es nicht ein bisschen weit von Jänschwalde nach Lübbenau?«

»Das hat Martin auch gesagt, als ich ihn mit unserem Verdacht konfrontiert habe, und glauben Sie mir: Ich habe wie ein Ertrinkender nach diesem Strohhalm gegriffen. Aber dann kamen Sie mit Ihren Fragen, und plötzlich war von Mord die Rede.«

»Und deshalb haben Sie geschwiegen.«

»Ja.« Der Pfarrer nickte. »Doch der HERR sorgt dafür, dass die Wahrheit erkannt wird; er entlarvt die Worte der Lügner.«

»Und sorgt für eine Wanderbaustelle?« Kopfschüttelnd starrte Klaudia auf den Pfarrer. Wozu Glaube doch fähig war. Sie räusperte sich. »Kommen Sie bitte morgen mit Martin aufs Revier, damit wir Ihre Aussagen aufnehmen können.« Sie wandte sich ab und kehrte zu ihrem eigenen Wagen zurück. »Möglicherweise haben meine Kollegen noch weitere Fragen.« Auch wenn ich Ihnen glaube, fügte sie in Gedanken hinzu.

44. Kapitel

Zwei Stufen auf einmal nehmend stieg Klaudia die Treppe zu ihrem Büro hoch. Die meisten Kollegen waren schon längst zu Hause. Aber noch einmal würde sie sich nicht von PH lang machen lassen. Wer weiß, wie schnell dieser Professor Doktor Wichtig diesmal seine Beschwerde faxte. Zu Klaudias Erstaunen hockte Thang noch hinter seinem Schreibtisch. Theatralisch hielt er den Telefonhörer einige Zentimeter vom Ohr entfernt.

Der scheint auch kein Zuhause zu haben, dachte Klaudia. Zumindest keines, in das es ihn zieht. Sie verspürte Mitleid mit ihrem Kollegen. »Was machst du denn noch hier?«

»Was wohl?« Thang musterte sie mit zusammengekniffenen Augen. »Du siehst aus, als hättest du sechs Richtige mit Zusatzzahl.«

»Bingo.« Klaudia hängte ihre Handtasche an den Garderobenständer und kramte das Smartphone heraus. Unwillkürlich wischte ihr Daumen über das Touchscreen, doch das Smartphone blieb dunkel. »Mist.« Sie hätte es im Auto aufladen sollen.

»Hör'n Sie Frau Nowak?«, unterbrach Thang das Keifen, das aus dem Hörer drang. »Heute ist ganz schlecht für Einbrüche. Rufen Sie doch morgen wieder an.« Ohne eine Antwort abzuwarten, legte er auf und sah Klaudia an. »Spuck's aus.«

»Ich glaub, es war Königs Frau.« Während ihr Computer hochfuhr, erzählte Klaudia ihm alles.

»Kann sein, kann nicht sein.« Die Beine von sich gestreckt, lehnte Thang in seinem Bürostuhl und klopfte sich mit einem Stift gegen die Zähne. »Trotzdem sollten wir die anderen Möglichkeiten nicht aus den Augen verlieren. Immerhin war König junior nicht angetan von dem Gedanken, uns einen Blick in das Gutachten werfen zu lassen, und der Pfarrer kann viel erzählen, wenn der Tag lang ist. Er hat einmal gelogen.«

»Haben wir denn etwas, was uns in dieser Richtung weiterbringen könnte?«

»Nur Heises Laptop.«

»Was ist mit dem Computer in ihrem Büro?«

»Der zuständige Richter ziert sich noch.«

»Scheiße«, fluchte Klaudia halbherzig. »Wahrscheinlich sitzt dem auch ein Professor Doktor Doktor Wichtig im Nacken.«

»Häh?«

»Vergiss es. Red' weiter.«

»Vielleicht haben dieser Pfarrer und sein Sohn doch etwas mit dem Mord zu tun, aber anders, als wir denken?« Thang legte den Stift vor sich auf die Tischplatte.

»Mal ehrlich.« Gedankenverloren nahm Klaudia eine Akte vom Vermisstenstapel. Gewellter Rand, muffig riechend, männlich. Die Akte wanderte auf den Archivstapel. »Wie realistisch ist es wohl, dass ein Pfarrer und sein Sohn zu Terroristen mutieren?«

»Denk an die RAF«, gab Thang zu bedenken.

»Ich weiß nicht.« Klaudia griff nach der nächsten Vermisstenakte. Irgendein Kollege hatte den Abdruck seiner Kaffeetasse auf dem Pappeinband verewigt, und wie die Akte aussah, war das lange vor der Wende passiert. »Der kleine Punk hat einfach nicht das Format.« Wieder Vermisstensache männlich.

»Trotzdem ist es ein anderer Kreis, in dem wir uns drehen.« Thang zerknüllte das Blatt Papier.

»Wir und unsere Varianten, was?« Die nächste Akte war eine Vermisstensache weiblich. Aber die Vermisste war sechsundachtzig gewesen, als sie verschwand, und damit wohl zu alt, wenn Klaudia sich auf die Aussage der Ärztin verlassen konnte.

»Willst du nicht Schluss machen für heute?«, fragte Thang.

»Ich schreib noch den Bericht.«

»Oh«, lästerte Thang. »Die Kollegin ist scharf auf ein Fleißkärtchen. Wartet denn niemand auf dich?«

»Was meinst du?« Klaudia schaute von der Akte auf. »Wer sollte auf mich warten?«

»Vielleicht … dein Rosenkavalier?«

»Spinner.« Klaudia fühlte sich unbehaglich. Sie hatte das Gefühl, dass Thang etwas anderes hatte sagen wollen. Aber was? Wusste er etwa, wer hinter den Rosen steckte?

»Was ist mit dir?« Auf der Unterlippe kauend tippte sie ihr Kennwort ein. Dannenberg1995.

Dannenberg. Arno. Carolin. Baby. Das ganze Elend des gestrigen Abends schlug wieder über ihr zusammen. Sie sollte unbedingt das Kennwort wechseln. In ihrer alten Dienststelle hatte sie Arno1995 benutzt. Und als ihr hier an ihrem ersten Arbeitstag der Systemadministrator mit zweiundsiebzig Stunden Beugehaft gedroht hatte, sollte sie ihr Anfangskennwort nicht beim ersten Einloggen wechseln, war ihr nichts Besseres als Jahr und Ort ihrer ersten Begegnung eingefallen: Mai 95. Dannenberg. Castortransport. Ihr erster Einsatz in der Hundertschaft. Vor lauter Aufregung hatte sie tagelang kaum essen können und die martialische Uniform mit ihrem Angstschweiß getränkt. Alles hatte ihr Angst eingejagt: die Menschen, die sie von der Straße trugen, der Inhalt der Züge. Schließlich war sie einfach umgefallen, und es war Arno gewesen, der sie wie ein mittelalterlicher Ritter zum Saniwagen geschleppt hatte. »… sammelst du auch Fleißkärtchen?«, beendete sie ihren Satz.

»Ich könnte Wände damit tapezieren.« Obwohl Thang

lächelte, schien es Klaudia, als schließe sich ein Vorhang hinter seinen Augen. Er schaltete seinen Computer aus und griff nach seinem iPhone. »Wir sehen uns morgen.«

Es war bereits nach acht, als Klaudia ebenfalls ihren Computer ausschaltete und nach Hause fuhr.

Wenn ich zu Hause bin, ruf ich als Erstes Papa an, nahm sie sich vor. Doch wie so viele gute Vorsätze sollte auch dieser unerfüllt bleiben. Denn kaum rollte ihr Peugeot in die Einfahrt, sprang der Scheinwerfer über der Garage an, und Uwe hastete aus der Eingangstür.

Hat der auf mich gewartet? Müde angelte Klaudia nach ihrer Schultertasche, die bei einem Bremsmanöver im Kreisverkehr in den Fußraum gerutscht war.

»Ich hab den ganzen Tag versucht, dich zu erreichen.«

»Das ist mir nicht entgangen.« Klaudia drückte die Zentralverriegelung.

»Das mit gestern Abend. Ich meine. Das gibt dir noch lange nicht das Recht …«

»Das glaub ich jetzt nicht.« Unbemerkt von ihr war Silke hinter Uwe getreten und nicht nur Silke. Die ganze Familie Michalke stand orgelpfeifenmäßig aufgereiht in der Einfahrt. Nur das Kaninchen fehlte.

»Du hast gesagt, da ist nichts, und jetzt sagt die so was? Ich glaub dir kein Wort mehr. Ich will, dass die verschwindet. Sofort!«

»Was geht hier eigentlich ab?« Klaudias Herz stolperte durch ihre Kehle.

»Deshalb hab ich ja versucht, dich zu erreichen.« Mit hochgezogenen Schultern, als erwarte er einen Schlag in den Nacken, stand Uwe neben seiner Frau.

»Wenn die nicht sofort verschwindet, dann siehst du uns nie wieder!«

»Silke, bitte.«

»Bitte was?,« schrie Silke.

Klaudia spürte, wie Adrenalin ihre Gefäße flutete: Ihre Knie zitterten, und in ihrem Magen breitete sich ein Gefühl aus, als schlage ein riesiger Vogel mit seinen Schwingen.

»Mama hat eine Mail gekriegt«, sagte Annalene, einen Punkt neben Klaudias Gesicht anstarrend. »Mit 'nem Foto.«

»'nem Foto?«, fragte Klaudia.

»Verdammt noch mal, was für ein Foto?«, wiederholte sie ihre Frage, als niemand Anstalten machte, ihr zu antworten.

»Von dir und ...« Annalene nickte in Richtung ihres Vaters.

»Wie bitte?«

»Ach, die Dame erinnert sich nicht? Na warte.« Silke zerrte ihr Smartphone aus der Hosentasche. »Hier.« Hektisch wischte sie mit dem Zeigefinger über den Bildschirm.

»Lass gut sein.« Uwe drückte ihre Hand herunter, bevor Klaudia einen Blick auf das Bild werfen konnte. »Ich hab dir doch gesagt, da ist nichts.«

Seine Stimme echote durch das anschwellende Sirren in Klaudias Schädel. Sie schluckte. Übelkeit hob ihren Magen. »Silke, wirklich. Da ist nichts. Mir war schwindelig. Ich hatte zu viel getrunken.«

»Genau danach sieht das aus«, fauchte Silke und hielt Klaudia das Handyfoto vor die Nase. Zu dicht. Das Bild flimmerte vor ihren Augen, der Horizont kippte. Schweiß versickerte zwischen ihren Brüsten. »Wisst ihr was?«, stieß sie zwischen zusammengebissenen Zähnen hervor.

Sie musste weg. Sich in Sicherheit bringen, bevor die nächste Attacke sie aus den Latschen kippte. »Ihr kotzt mich an.« Sie schob sich an Silke vorbei, die ihr nur widerwillig Platz machte. Auf keinen Fall durfte sie torkeln. Die mondgraue Pflasterung flirrte vor ihren Augen.

»Und das eine sag ich dir«, hörte sie Silke »Morgen ist sie verschwunden, oder du siehst mich nie wieder.«

45. Kapitel

Donnerstag, 23. Mai

Nach einer schlaflosen Nacht, die Klaudia damit verbracht hatte, ihre Habseligkeiten zu packen und Paare im Allgemeinen und ihre Vermieter im Besonderen zu verfluchen, verließ sie mit dem zusammengerollten Flokati über der Schulter am frühen Morgen die Wohnung. In ihrem Kopf sirrte mal wieder ein Hornissenschwarm.

Du solltest im Bett bleiben, dachte sie benommen. Aber dazu müsste man erst einmal eins haben. Doch das war kein Problem, welches sich so früh am Morgen lösen ließ.

Klaudia blieb am Treppenabsatz stehen, um den Flokati auf die andere Schulter zu hieven.

»Es tut mir leid.« Flüsternd zog Uwe die Wohnungstür hinter sich ins Schloss und schaute zu ihr auf. Auch er sah aus, als hätte er zu wenig Schlaf gekriegt.

»Da sind wir schon zu zweit.«

»Wenn ich nur wüsste, wer das war. Ich würde …«

»Ich auch.« Klaudia wischte sich Teppichflusen aus dem Mundwinkel. »So viel zum Thema: Silke ist nicht eifersüchtig.«

»Sie ist sonst nicht so.«

»Klar. Ich hoffe, du hast deine Dienstwaffe fest im Blick.«

»Wie bitte?« Unwillkürlich tastete Uwe nach dem leeren Holster an seiner Hüfte.

»Vergiss es.« Klaudia zwängte sich aus der Haustür. Eine Rose klemmte hinter dem Heckscheibenwischblatt. Der Hornissenschwarm in ihrem Kopf drehte eine Ehrenrunde. Klaudia schmiss die Rose auf den Boden und zertrat sie. Erst dann öffnete sie die Heckklappe und warf den Teppich auf den gepackten Koffer.

»Was ist?« Klaudia schob Uwe aus dem Weg und zwängte sich hinters Steuer.

»Ich bezahl dir ein Zimmer bei Babben.«

»Das wird Silke bestimmt gefallen«, ätzte Klaudia und startete den Wagen. Erst beim dritten Versuch gelang es ihr, den Rückwärtsgang einzulegen. Mit quietschenden Reifen schoss sie aus der Einfahrt.

Dieses Foto war kein übler Scherz wie die anderen. Irgendwer will dein Leben zerstören. Nicht irgendwer. Klaudia hatte eine ziemlich genaue Vorstellung davon, wer dieses Arschloch war, und es würde ihm leidtun. Dafür würde sie sorgen. Klaudia schaltete Celine Dion an, um den Hornissenschwarm in ihrem Kopf zu übertönen. Der Schnappschuss war nicht nur Silke zugespielt worden. Er hing auch, von einem blutroten Herzen umrandet, am schwarzen Brett.

»Ach du Scheiße«, murmelte Thang hinter ihr. »Was geht denn hier ab?«

»Ich bring ihn um.« Klaudia riss das Foto ab. »Der hat doch nicht alle Tassen im Schrank.«

»Sorry, aber PH will dich sprechen.« Petra lehnte an ihrer Bürotür. Ihre sonst so lächelbereiten Mundwinkel folgten der Schwerkraft Richtung Kinn.

»Das trifft sich gut.« Das Bild in der Hand stürmte Klaudia an ihr vorbei und riss die Tür zu PHs Heiligtum auf. Ihr Chef telefonierte gerade und stoppte sie, ohne den Hörer vom Ohr zu nehmen, mit einer Handbewegung. »Ich danke Ihnen«, sagte er schließlich und legte den Hörer nach einem letzten Gruß auf.

»Das ist Mobbing.« Klaudia knallte das Foto auf den Tisch. »Dieser Demel hat doch nicht mehr alle Tassen im Schrank.«

»Ich hab Sie nicht kommen lassen, um mit Ihnen über ihr Sexualleben zu sprechen«, fauchte PH. »Was haben Sie gestern mit Frau König gemacht?«

»Steht in meinem Bericht.«

»Sie sollten sich entschuldigen, mehr nicht. Ich meine mich zu erinnern, bereits erwähnt zu haben, dass ich es nicht begrüße, wenn meine Beamten sich in zweifelhafte Situationen bringen. Kann das sein? Sie wissen gar nicht, was Sie für ein Glück haben, dass Sie es nur mit mir zu tun haben.«

»Was soll das denn heißen?«

»Weil ich ein mehr als geduldiger Mensch bin.« Speichel nässte den Schreibtisch vor PH. »Wäre Staatsanwältin Demeter-Anders im Dienst, sähe die Sache anders aus.«

Demeter-Anders. Klaudia schnaubte. Was musste PH für eine Pappnase sein, wenn er sich hinter einer abwesenden Staatsanwältin verbarrikadierte.

»Die Frau steht kurz davor, zu gestehen. Da fehlt nur noch so viel.« Klaudia schnippte mit den Fingern. »Und das nur, weil ich, im Gegensatz zu Ihnen, meinen Job gemacht habe.« Sie schäumte vor Wut. Was bildete sich diese Karikatur eines Dienststellenleiters eigentlich ein. »Und das wüssten Sie, wenn Sie meinen Bericht gelesen hätten.«

»Ich habe Ihren Bericht gelesen, und was soll das heißen, im Gegensatz zu mir.«

»Ihre Aufgabe als Dienststellenleiter ist es, Hinweisen über Mobbing nachzugehen, und was dieser Demel abzieht, ist indiskutabel.«

»So indiskutabel wie der Selbstmordversuch einer Tatverdächtigen?«

Der Fußboden buckelte, und Klaudia musste sich am Schreibtisch festhalten, um nicht umzufallen.

»Frau König?«, flüsterte sie.

»Haben Sie noch andere Tatverdächtige?«

»Was ist passiert?«

»Alkohol und Überdosis Schlaftabletten.«

»Darf ich?« Ohne die Antwort ihres Chefs abzuwarten, sackte Klaudia auf den Stuhl vor seinem Schreibtisch. »Wie geht es ihr?« Sie quetschte die Frage an den Tränen vorbei, die in ihrer Kehle lauerten. Nur nicht losheulen.

»Keine Ahnung. Sie ist in einem Krankenhaus in Mitte.«

»Etwa im Hedwig?«

»Woher wissen Sie das?«

»Der Schwiegersohn des Opfers arbeitet dort.«

»Schwiegersohn. Ich dachte … Ach so. Ja.«, stotterte PH. »Und was das angeht.« Er nahm das Foto in die Hand.

»Ich bin bestimmt kein Moralapostel, aber wenn Sie sich schon mit einem verheirateten Kollegen einlassen, sollten Sie wenigstens diskret sein.«

»Da ist nichts. Uwe hat nur …« Klaudia stockte. Was ging PH ihr Privatleben an. Sie war eine gute Ermittlerin, und das musste ihm reichen. »Mir war nicht gut«, sagte sie schließlich. Etwas Besseres fiel ihr nicht ein, und irgendwie stimmte es ja auch.

»Passiert Ihnen das häufiger?« PH beugte sich vor und legte die Fingerspitzen aneinander.

»Nein«, fauchte Klaudia. Hitze stieg ihr in die Wangen. Sie konnte sich gut vorstellen, welche Gedanken hinter der gerunzelten Stirn ihres Chefs arbeiteten. »Ich habe kein Alkoholproblem, und ich hatte auch nie eins.«

Sie beugte sich vor, um ihren folgenden Worten mehr Nachdruck zu verleihen. »Aber Sie haben ein Problem mit Demel. Noch ein Foto an der Pinnwand und ich bin beim Personalrat.«

46. Kapitel

»Häschen in der Grube
saß und schlief, saß und schlief.«

Die Frau hockt auf der Pritsche. Ihre Arme umschlingen die Knie. Ihr Rücken presst sich gegen die Wand, der Blick ist zur Decke gerichtet. Ihre Füße stehen in der Lache aus Blut, Fruchtwasser und Scheiße. Das Nachthemd klebt an ihrem Körper.

»Häschen in der Grube

saß und schlief, saß und schlief.«

Seit Stunden singt sie diesen Refrain. Sie singt mit einer hohen Kinderstimme, die so gar nicht zu ihrer stinkenden schwarzen Realität passt. Aber ihre eigene Stimme ist zerbrochen, und die Frau hat diese neue Stimme aus den Blutklumpen zwischen ihren Beinen gekratzt. Hat dem Kind die Stimme weggenommen.

Ene – Mene – Katzendreck und du bist weg.

»Häschen in der Grube
saß und schlief, saß und schlief.«

Rotes Licht flammt auf. Die Frau bemerkt es nicht, weil ihr Körper beschlossen hat, dass es besser ist, wenn sie nicht sieht. Der Wasserhahn tröpfelt. Auch das hört die Frau nicht. Ihr Körper hat beschlossen, dass es besser ist, wenn sie nicht hört. Die Frau singt nur den Refrain: monoton und mit dieser verdorrten Kinderstimme, denn ihr Körper hat beschlossen, dass es gut ist, wenn sie singt: Mit dieser fremden Stimme singt. Der Stimme des Kindes, das zwischen ihren Beinen vertrocknet.

Sie erkennt IHN nicht, als ER die Tür öffnet, weil ihr Körper beschlossen hat, dass es besser ist, wenn ihr Verstand hinter dem Stacheldraht im Nirgendwo bleibt und nicht zurückkehrt.

»Häschen in der Grube
saß und schlief, saß und schlief.«

ER starrt auf die blutigen Klumpen zwischen ihren Beinen. Zögernd streckt er die Hand vor, zieht sie im letzten Augenblick zurück, als habe er sich an einer unsichtbaren Feuerwand die Finger verbrannt.

»Häschen in der Grube
saß und schlief, saß und schlief.«

Sich rückwärts tastend stolpert ER aus dem Verlies.

Aber ER kehrt zurück. ER zwingt Wasser zwischen die verschorften Lippen der Frau, heiße Suppe. Massiert ihre Kehle, damit sie schluckt, schneidet ihr das blutverkrustete Nachthemd vom Körper und wäscht ihren geschundenen Leib mit warmem Wasser und nach Lavendel duftender Seife, die die Frau nicht riecht, weil ihr Körper beschlossen hat, nicht zu riechen; kämmt ihre verklebten Haare, was sie nicht spürt, weil ihr Körper beschlossen hat, nicht zu fühlen. Dann zieht er sie an und weint, was sie nicht sieht und nicht hört, weil ihr Körper beschlossen hat, dass es besser sei, nicht zu sehen und nicht zu hören.

47. Kapitel

Thang schaute nur kurz auf, als Klaudia ins Büro rauschte, und vertiefte sich wieder in den Bericht, der vor ihm auf dem Schreibtisch lag. Klaudia hatte das Gefühl, dass er den Kopf ein wenig einzog. Als Ehemann wusste er wohl, wann es besser war, zu schweigen. Allerdings hatte ihm wohl seine bessere Hälfte noch nicht gesagt, dass es extrem nervte, wenn man sich ständig beim Lesen rhythmisch mit dem Bleistift gegen die Zähne klopfte. Klaudia juckte es in den Fingern, dem Kollegen den Stift aus der Hand zu schlagen. Sie wusste selbst, dass sie ungerecht war, und sackte auf ihren Bürostuhl. Angestrengt starrte sie auf ihr Eingangsfach. Umweltpapier. Berge von Umweltpapier. Rau und grau. Schuld. Schuld. Selbstmord. Schuld. Die Gedanken drehten sich in ihrem Schädel wie eine Endlosschleife.

Verdammt noch mal, rief sich Klaudia selbst zur Ordnung. Nun ruf endlich an. Sie straffte den Rücken und griff nach dem Diensttelefon. Irgendwie erschien ihr der massive Hörer mehr Sicherheit zu geben als ihr eigenes Smartphone.

Sie könne ihr keine Auskunft zu Frau König geben, sagte die Schwester so höflich, dass ihr Misstrauen geradezu durch die Ohrmuschel waberte. Für weitere Auskünfte möge sie sich bitte an ihre Kollegen der Berliner Polizei wenden.

»Du mich auch.« Klaudia griff nach ihrer Schultertasche.

»Wir fahren nach Berlin.« Mit verschränkten Armen baute sie sich vor Thangs Schreibtisch auf. »Die König hat versucht, sich umzubringen.«

Schweigend klappte Thang den Bericht zu und stieg ebenso schweigend zu ihr in den Peugeot. Klaudia spürte seine Blicke, als sie das Getriebe durch die Gänge jagte.

Erst als sie aus der Stadt heraus waren, siegte seine Neugier. »Und? Was hat er gesagt?«

»Was glaubst du?« Klaudia überholte im Kreisverkehr einen LKW und bog auf die Berliner Chaussee ab. »Natürlich steht er hinter Demel. Schließlich bin ich ja nur die Neue.«

»Wenn du in dem Stil weiterfährst, bist du die Neue, die Thang auf dem Gewissen hat.«

»Entschuldige.« Mit einem Seufzer atmete Klaudia an.

»Läuft da denn was mit Uwe?«

»Du nicht auch noch.« Vor Wut verriss Klaudia das Lenkrad.

»Na ja. Das Ganze wirkt ja schon sehr vertraut.«

»Mein Gott. Wir waren betrunken, mir war schlecht. Da ist nichts. Aber glaub mir: Ich bring diesen Demel um.«

»Bist du denn sicher, dass er es war?«

»Wer sonst fotografiert mich ständig?«

»Trotzdem«, beharrte Thang. »Komische Sache.«

»Oh ja, sehr komisch. So komisch, dass ich deshalb aus meiner Wohnung geflogen bin.«

»Du bist was?« Thang starrte sie mit offenem Mund von der Seite an.

»Du hast schon ganz richtig gehört.« Wütend blinzelte sich Klaudia die Tränen aus den Augen. »Dieser Scheißkerl hatte nichts Besseres zu tun, als das Foto Uwes Frau zu schicken, und die hat es natürlich komplett in den falschen Hals gekriegt.«

»Scheiße.«

»Kannste laut sagen.«

»Aber selbst auf die Gefahr hin, dass du gegen das nächste Auto fährst. Ich kann mir nicht vorstellen, dass Peter so etwas macht.«

»Ja, ich weiß. Peter der Nette. Peter der Lustige. Peter der Beziehungskrüppel.«

»Häh?«

»Der Beziehungskrüppel. Wusstest du das nicht. Petra hat ihm eine posttraumatische Beziehungsstörung attestiert.«

So wie mir, dachte Klaudia.

»Und wollte mich deshalb mit ihm verkuppeln.« Klaudia wollte lieber nicht daran denken, wie Petras Diagnose mittlerweile aussah. Sie tippte auf Nymphomanin.

»Aber warum sollte er das tun? Eigentlich schadet das Foto doch eher Uwe als dir.«

»Also mir reicht, was es mit meinem Leben anstellt«, antwortete Klaudia. Aber Thangs Gedanke arbeitete in ihr. Was, wenn es stimmte? Wenn es gar nicht um sie, sondern um Uwe ging?

Ohne zu einem Ergebnis zu kommen, stemmte Klaudia die Möglichkeit durch ihre Hirnwindungen. Was wusste sie schon über ihren Vermieter? Trotzdem: Welchen Grund gab es, einem kleinen Repo schaden zu wollen?

Eifersucht? Neid? Unerwiderte Gefühle? Keine der drei Möglichkeiten erschien Klaudia sehr wahrscheinlich. Und doch gab es diese Bilder.

Bis zur Autobahnauffahrt untermalte nur das Klackern des Stiftes, mit dem Thang seine Zähne malträtierte, ihre Gedanken.

»Und was machst du jetzt?«, fragte er schließlich, nachdem Klaudia den Peugeot zwischen zwei LKWs gequetscht hatte.

»Keine Ahnung.« Sie schaltete in den dritten Gang, trat das Gaspedal durch und wechselte auf die Überholspur. Den BMW, der hinter ihr aufblendete, ignorierte sie. »Fürs Erste such ich mir wahrscheinlich irgendein bezahlbares Zimmer.«

»Vielleicht weiß Schiebschick was.«

»Schiebschick? Der Mann für alle Fälle?« Klaudia lachte freudlos auf. »Woher kennst du ihn eigentlich?«

»Ist so 'ne Art Onkel von mir.«

»Er wollte mir schon das Haus andrehen, zu dem du mich geschickt hast.«

»Wär nicht das Schlechteste«, sagte Thang. »Immerhin ist es möbliert.«

»Hm.« Grübelnd kaute Klaudia auf der Unterlippe.

Ein Blick in den Rückspiegel zeigte ihr, dass der BMW ihr fast auf der Stoßstange saß und die rechte Spur frei war. »Aber wahrscheinlich ist es eh zu teuer.«

»Die alte Nowak macht dir einen Sonderpreis, wenn du versprichst, einmal im Monat auf Einbrecherjagd zu gehen.«

»Du hättest Makler werden sollen.« Klaudia wechselte auf die rechte Spur. Mit röhrendem Motor zog der BMW an ihr vorbei. »Warum bist du eigentlich Polizist geworden?«

»Warum du?«, fragte Thang zurück.

Seine Stimme klang eine Spur aggressiv. Klaudia biss sich auf die Unterlippe. Ob er ihre Frage in den falschen Hals gekriegt hatte? So nach dem Motto: Warum bist du Halbvietnamese Bulle geworden? Und warum sollte er sie schließlich nicht in den falschen Hals kriegen? Klaudia war lang genug bei der Polizei, um sich keine Illusionen über die Ausländerfreundlichkeit ihrer Kollegen zu machen.

»Zum Medizinstudium hat mein Abi-Schnitt nicht gereicht«, antwortete sie bedächtig. Sie musste selbst überlegen, warum sie eigentlich bei der Truppe war. »Und auf Krankenschwester hatte ich keinen Bock.«

»Und da blieb nur noch die Polizei?«

»Nein. Natürlich nicht.« Klaudia schmunzelte. Sie dachte zurück an ihre Jugend. »Aber ich hatte eine schlimme Phase als Jugendliche, und da bin ich einem echt netten Polizisten begegnet.« Klaudia dachte an den Bullen in der Bahnhofwache in Gelsenkirchen. Nach einem Punkkonzert hatte sie betrunken im Zug randaliert und war von der Bahnpolizei auf der Wache abgeliefert worden: vor Wut um sich tretend, mit einer dicken Beule am Hinterkopf von dem Zusammenprall mit einer Maglite und die Hände mit Handfesseln auf dem Rücken zusammengeschnürt. Zuerst hatte sie sich geweigert, etwas anderes als *Faschisten* und *Bullenschweine* von sich zu geben, aber als er ihr die Hände losgebunden und ihr eine Zigarette gegeben hatte, war sie zumindest bereit, ihm ihren Namen zu verraten, und als er ihr dann noch Tee einschenkte und sie ein nettes Mädchen nannte, waren ihre Dämme gebrochen – wahrscheinlich war er einfach nur der Tropfen, der das Fass zum Überlaufen brachte – und sie hatte ihm vom Tod ihrer Mutter, ihrer Schuld und der lähmenden Sprachlosigkeit ihrer neuen Familie erzählt. Und er hatte ihr von Miriam erzählt, einem Mädchen wie sie, aus guter Familie, die ihre vermeintliche Schuld mit Alkohol und Drogen betäubt und schließlich auf dem Bahnhofsstrich gelandet war. Irgendein Freier hatte sie abgestochen und zwischen die Gleise geworfen. Er hatte sogar Bilder von ihr. Vorher und nach ihrem Tod, und Klaudia hatte verstanden, dass Miriam mehr für ihn war als nur ein Fall und dass sie mehr für ihn war als nur eine betrunkene Jugendliche. Als der Tee schon längst kalt war, hatte sie ihm erlaubt, ihren Vater anzurufen. Und als der übernächtigt und voller Sorge ins Revier stürmte, hatte der Polizist ihn zur Seite genommen. Als sie ihm danken wollte für den Tee, die Zigaretten, das Zuhören, hatte er nur abgewunken und gesagt: Dafür sind wir doch da. Mehr nicht. Die Beule hatte nur noch einige Tage beim Kämmen gezwiebelt, doch die Erinnerung an diesen Bullen hatte sie nie verlassen. »Ich weiß nicht, wo ich ohne ihn heute wäre.« Klaudia tauchte aus dem Strom ihrer Erinnerungen wie aus einem warmen Bad auf.

»Drogen?«

»Nein. Eher Wut und Alkohol. Meine Mutter war gerade gestorben.«

»Ah ja.«

Beim Blick in den Rückspiegel sah Klaudia, dass Thang sie musterte.

»Du bist also zur Polizei gegangen, um Mädchen wie dir zu helfen?« Thangs Stimme klang spöttisch, und Klaudia spürte, wie Hitze ihre Wangen färbte.

»Nein.« Sie schüttelte den Kopf. »Nur dieser Kollege war der erste Anstoß für mich, mich mit dem Beruf auseinanderzusetzen. Und dann hat mich natürlich das viele Geld gereizt.« Beide lachten über ihren Scherz.

»Und nun du.« Klaudia hatte schon fast die Hoffnung auf eine Antwort aufgegeben, als Thang sich räusperte.

»Ich war neun, als die Mauer fiel.« Er starrte auf die aufleuchtenden Bremslichter des polnischen LKW vor ihnen. »Mein Vater war kurz vorher gestorben, und meine Mutter stand auf einmal mit mir und meiner kleinen Schwester da. Obwohl wir genauso sprachen wie die anderen, haben die Kinder in der Schule uns als Fidschis beschimpft, und als dann zweiundneunzig Neonazis das Wohnhaus in Lichtenhagen abgefackelt haben, hat uns meine Mutter wochenlang nicht mehr aus dem Haus gelassen. Es war Schiebschick, der dafür gesorgt hat, dass wir wieder zur Schule gegangen sind, und vor allem hat er dafür gesorgt, dass die anderen Kinder uns in Ruhe gelassen haben. Aber meine heile Kinderwelt hatte einen Riss und dann, ich war achtzehn, da hat ein Typ einen Vietnamesen in Berlin abgestochen. Einfach so. Da hab ich mir gedacht: Wir können nicht immer nur die Opfer sein. Wir müssen Teil des Systems werden.«

»Und deshalb bist du bei der Polizei?«

»Ja.« Thang lachte. »Mir gefiel der Gedanke, Nazis lang zu machen.«

»In Lübben?«

»Warum nicht? Meinst du, nur weil es hier so touristisch nett ist, gibt's keine?«

»Nein. Natürlich nicht«, antwortete Klaudia. »Aber müsstest du gegen Nazis nicht eher präventiv tätig sein? So als Revierpolizist oder so?«

»Ein Fidschi als Repo?« Thang lachte auf. »Selbst PH würde das nicht wagen. Und außerdem –« Aus Thangs Hose schallte dieser unsägliche Klingelton, der einen Anruf seiner Frau ankündigte.

»Was gibt's?« Seine Stimme hatte den leicht ungeduldigen Tonfall eines Mannes, der an der kurzen Leine zerrt. Hatte Arno sie zum Schluss auch so kurz abgefertigt, wenn sie ihn angerufen hatte? Klaudia erinnerte sich nicht, und sie fragte sich, ob sie es deshalb nicht wusste, weil sie sämtliche Anzeichen einfach ignoriert hatte. So wie Thangs Frau sie ignorierte und immer wieder anrief. Sie versuchte, sich die Frau am anderen Ende der Leitung vorzustellen. Was wusste sie von ihr? Dass sie krankgeschrieben war und vietnamesisch kochte. Das war nicht viel. Nicht einmal ihren Namen kannte sie.

Aber das ließ sich ändern. Klaudia schaltete zurück in den vierten Gang. Irgendeine Wanderbaustelle lauerte immer auf der Strecke zwischen Lübben und Berlin. »Wie geht's deiner Frau?«, fragte sie, als Thang das iPhone zurücksteckte.

»Wieso fragst du?«, fuhr er sie an.

»Nur so.« Klaudia fuhr mit steifem Nacken an einem LKW vorbei. Sie hasste enge Fahrspuren. »Ist ja kein

Grund, mir gleich an die Kehle zu gehen. Du hast mal erwähnt, dass sie krank ist.«

»Klar. Tut mir leid. Es ist nur. Na ja, Egal.«

»Wie heißt sie eigentlich?«

»Janina.«

»Klingt nicht vietnamesisch.«

»Sollte sie das sein?«

»Entschuldige. Ich wollte dir nicht zu nahe treten. Ich dachte nur wegen des Kochens.«

»Sie ist Deutsche.«

»Und wie habt ihr euch kennen gelernt?« Klaudia schaltete zurück in den ersten Gang und schloss wieder auf.

»Kennen gelernt?« Thang schüttelte den Kopf. »Irgendwie kannten wir uns schon immer.«

»Schon immer?« Klaudia lenkte den Peugeot zurück auf die rechte Fahrspur. »Du bist echt maulfaul, wenn es um dich geht, was?«

»Du doch auch«, konterte Thang.

»Eins zu null für dich.«

»Also. Er drehte sich auf seinem Sitz zu ihr herum. »Wieso bist du hier?«

»Ich glaube,« Klaudia kuppelte, als die Bremslichter des Wagens vor ihr aufleuchteten. »Dieser Stau ist nicht lang genug für die Langversion. Aber um es kurz zu machen: Mein ehemaliger Chef und Freund hat sich von mir getrennt, und das hat mich ein bisschen aus meinem Leben gekegelt.«

»Und deshalb warst du krankgeschrieben.«

»Ja«, bestätigte Klaudia. »Was würde Petra sagen? Posttraumatische Beziehungsstörung.«

»Alkohol?«

»Du bitte nicht auch noch.« Klaudia war froh, dass sie in den dritten Gang schalten konnte. »PH hält mich auch für einen Süffel.«

»Und das bist du nicht?«

»Würdest du mir glauben, wenn ich nein sage?«

»Warum nicht?«

»Aber ich stehe unter Beobachtung, was?« Und diesmal dachte Klaudia nicht an ihren unbekannten Rosenkavalier, sondern an jeden einzelnen Kollegen und vor allem an Petra, PHs Auge und Ohr im Revier.

»Tun wir das nicht alle?« Thang kurbelte die Rückenlehne zurück und schloss die Augen.

48. Kapitel

»Sie können da nicht rein.« Zwischen Infusionsständer und Rollator stehend, versperrte ihnen eine Schwester den Weg. Klaudia streckte der Schwester ihren Dienstausweis entgegen. Wenn sich Keime in diesem Krankenhaus ebenso schnell ausbreiteten wie Neuigkeiten, war es schlecht um die Gesundheit der Patienten bestellt. »Polizei. Wir müssen dringend mit Frau König sprechen.«

»Aber.«

»Kein Aber.« Klaudia schob sich an ihr vorbei und öffnete die Tür zum Patientenzimmer. Es brauchte schon mehr als eine übereifrige und übergewichtige Schwester, um sie von Frau König fernzuhalten.

»Aber das geht doch nicht.« Das Selbstbewusstsein der Schwester zerplatzte mit einem leisen Plopp, und zurück blieb eine überforderte Frau, die sich vor dem Oberarzt fürchtete.

»Danke, wir kommen zurecht.« Klaudia winkte Thang, ihr zu folgen. »Wir werden auch nichts anfassen.« Sie schloss die Tür, bevor die Schwester Einwände erheben konnte.

»Wie kommen Sie dazu, hier einfach einzudringen?« Ein sehr erzürnter Mann in weißem Kittel über grüner OP-Kleidung drehte sich zu ihnen um. Doktor König, stand auf dem Namensschild auf seiner Brust.

Sieh da, der Ehemann. Klaudias Blick wanderte zu Sebastian Königs Rücken, der nichts von ihrem Eindringen mitbekommen zu haben schien. Er saß auf einem Stuhl neben dem Bett seiner Mutter und hielt ihre Hand.

»Polizei.« Thang trat vor und präsentierte dem Doktor seinen Ausweis.

»Lass gut sein.« Klaudia begriff schneller als er, dass sie zu spät gekommen waren.

»Ich nehme an, Sie sind Jan König?«, fragte sie den Arzt.

Er nickte.

»Hat Ihre Schwiegermutter noch –?«

»Nicht jetzt.« Der Arzt schüttelte den Kopf. Dunkle Ringe lagen unter seinen rot geäderten Augen.

»Es ist schon gut.« Sebastian räusperte sich. Ohne sich zu ihnen herumzudrehen, legte er vorsichtig, als hätte er Angst, sie zu zerbrechen, die Hand seiner Mutter auf die Bettdecke. »Ob man sie faltet?« Er schaute zu seinem Mann auf. Tränen zitterten an seinen Wimpern.

»Wenn du möchtest.« Die Stimme des Arztes klang wie eine Umarmung.

Gänsehaut kroch Klaudias Arme hoch. Sie schluckte.

Selten hatte sie eine solche Verbundenheit zwischen zwei Menschen erlebt.

»Ich weiß nicht.« Sebastian drehte sich nun doch zu ihnen herum. Auch seine Augen waren blutunterlaufen. »Was meinen Sie?«

»Äh, ich ...«, stotterte Klaudia. Unwillkürlich schaute sie zum Bett. Nicht einmal der Tod hatte über das Botox gesiegt.

Ein Klopfen enthob sie einer Antwort. Eine Woge von Wichtigkeit vor sich herschiebend, rauschte ein älterer Arzt ins Zimmer. Ihm folgte die übergewichtige Schwester.

»Wie ich hörte, haben Sie sich den Anweisungen des Pflegepersonals widersetzt?« Er bremste knapp vor Klaudia und stellte damit klar, dass ihm durchaus bewusst war, welcher der beiden Polizisten der Übeltäter war.

»Ist schon in Ordnung«, unterbrach ihn Sebastian König und erhob sich aus dem Kunstledersessel. »Danke, Professor. Können wir irgendwo reden?«

»Also?«, fragte Klaudia sanft. »Was wollten Sie uns erzählen?« Der Chefarzt persönlich hatte sie in sein Besprechungszimmer geführt, und nun saßen sie um einen Ebenholztisch herum, der so blank poliert war, dass Klaudia vor ihrem Spiegelbild zurückschreckte. Eine Sekretärin in Perlenkette und Twinset hatte sie mit Kaffee und Wasser versorgt und dann lautlos die gepolsterte Tür hinter sich geschlossen.

So wahrt man also das Arztgeheimnis. Klaudia schaute zu Thang hinüber.

»Nun ja ...« Sebastian König schluckte, beendete den Satz nicht. Er griff nach der Hand des Mannes, der neben ihm auf dem Sofa saß und den Klaudia in Gedanken nur Doktor nannte, weil es ihr schwerfiel, die Herren König und König auseinanderzuhalten. Die Sekretärin hatte sie und Thang in Klubsessel komplimentiert, in denen sie versanken. Klaudia rutschte zur äußersten Kante des Sessels vor und legte ihr Smartphone auf die Tischplatte. Sie hasste es, wenn ihr Kopf beim Sitzen auf gleicher Höhe mit ihren Knien war. Für einen Moment fragte sie sich, ob das möglicherweise eine Form von perfider Gesprächsführungsstrategie war. So etwas wie der Schandbalken im Mittelalter. Klaudia verscheuchte die Gedanken. Wie immer, wenn sich eine entscheidende Wende in einem Fall abzeichnete, grummelte ihr Magen, und ein hohles Gefühl breitete sich darin aus. »Hätten Sie etwas dagegen, wenn wir das Gespräch aufzeichnen?«

»Was meinst du?« Sebastian König schaute unschlüssig zum Doktor.

»Du weißt, was ich denke«, murmelte der Arzt, ohne aufzuschauen. Er wirkte verstockt.

Einen Pfennig für deine Gedanken. Klaudia musterte ihn: mittelblond, mittelgroß, bröckelndes Pokerface. Ein zuckendes Augenlid verriet seine Anspannung. Und das, obwohl er dieses typisch basisneutrale Arztgesicht wahrscheinlich schon im Grundstudium trainiert hatte. Erste Vorlesung, erstes Semester: keine Gefühle zeigen. Aber das war leichter gesagt als getan, denn hier saß kein Patient. Hier saß der Mann, den er liebte, und es ging um Selbstmord oder Mord. Klaudia wog die zweite Variante ab. Es gäbe Gründe, aber beweisen ließe sich das Ganze wohl nicht. Außerdem: Warum sollte Sebastian König seine Mutter umbringen?

Weil sie seinen Vater getötet hat. Weil ich sie einbestellt habe? Weil sie die Wahrheit gesagt hätte? Klaudia kaute auf ihrer Wange. Vielleicht, dachte sie. Aber was war die Wahrheit? Sie versuchte sich die Situation vorzustellen: Es könnte ihr Wagen gewesen sein. Sie könnte die beiden überrascht haben. Aber wo war dann die Heise? Vielleicht war sie aber auch schon nicht mehr im Haus gewesen? Nur etwas, was das Verhältnis verriet. Was hatte die König gesagt? ›Dein Vater war nie gut darin, Sachen zu verbergen‹? So könnte es gewesen sein. Klassischer Affekt. Das würde sie ihr zutrauen. Wenn Frau König ihren Mann erschossen hatte, konnte die Pistole überall zwischen der Datscha und Berlin sein. Aber wie passte die verschwundene Tanja Heise ins Bild. Klaudia dachte an die tote Frau König, und es fiel ihr schwer, zu glauben, dass sie ohne Hilfe und ohne eine Spur zu hinterlassen einen Menschen verschwinden lassen konnte.

Sebastian König räusperte sich. Klaudia schaute auf, sah seine geröteten Augen. In den letzten Tagen war er um Jahre gealtert. Hatte er etwa seiner Mutter geholfen?

»Was soll's«, sagte er. »Die Wahrheit verletzt keinen mehr.«

Tut sie das wirklich nicht? Lautlos ließ Klaudia die Luft, die sie vor Anspannung zurückgehalten hatte, aus den Lungen entweichen.

»Ich denke, Sie ahnen bereits, dass sich mein Vater scheiden lassen wollte, und das war etwas, was selbst meine Mutter nicht ignorieren konnte.« Sebastian König knetete die Hand seines Mannes. »Ich hätte es ihr nicht sagen sollen.«

»Warum haben Sie es ihr denn gesagt?«, fragte Klaudia.

»Sie hätte es doch sowieso erfahren.« Der Arzt klang, als sagte er diesen Satz nicht zum ersten Mal. »Dein Vater wollte sich scheiden lassen. Das kann man nicht, ohne dass der Ehepartner davon erfährt.«

»Wussten Sie von der Schwangerschaft?«

»Ja.« Sebastian König nickte.

»Warum haben Sie das nicht früher erwähnt?«

»Ich dachte nicht, dass es eine Rolle spielt. Schließlich waren da ja diese anonymen Briefe. Na ja. Und als Tanja dann auch noch verschwunden war, dachte ich, es wirft ein schlechtes Licht auf uns. Scheiße!«, Sebastian König schlug die Hände vors Gesicht. »Ich hab gehandelt wie meine Mutter. Ich wollte es einfach unter den Teppich kehren. Es nicht wahrhaben.«

So ist das, dachte Klaudia. Wenn es hart auf hart kommt, ähneln wir unseren Eltern mehr, als uns lieb ist.

»Wie wär's, wenn Sie uns einfach alles der Reihe nach erzählen?«, sagte Thang.

»Der Reihe nach?« Für einen Moment wirkte König verwirrt, dann atmete er tief ein. »Ja. Natürlich. Vater hat's mir gesagt. Also, das mit der Schwangerschaft und dass er sich scheiden lassen wollte. Das war kurz bevor er …« Sebastian König stockte. Klaudia schielte zu ihrem Smartphone. Der Energieverbrauch bei Aufnahmen war enorm, aber noch war der grüne Balken gut gefüllt. Vorsichtshalber unterbrach sie die Aufzeichnung und wartete mit dem Zeigefinger über dem Display, dass König weitersprechen würde.

»Erst war es natürlich ein Schlag in die Magengrube«, fuhr König schließlich fort. »Ich meine, mein Vater ist, war Ende fünfzig, und dann redet er von Scheidung, Baby und Neuanfang.«

»Ihr Vater hat also zuerst mit Ihnen gesprochen?«

»Ja. Hat er.«

»Warum nicht mit Ihrer Mutter?«

»Sie war gerade wieder in Therapie, und er wollte nicht, dass sie wegen ihm einen Rückfall kriegt.«

Er war zu feige. Klaudia dachte an Arno. Hätte er ihr jemals die Wahrheit gesagt, wenn sie ihn nicht erwischt hätte? Oder hatte er dafür gesorgt, dass sie ihn erwischte?

»Aber Sie haben es ihr gesagt.«

»Ja. Jan meinte … Wir haben uns Sorgen gemacht. Nicht direkt Sorgen. Wissen Sie …« König schaute hastig zum Doktor. »Wir wollten, dass sie vorbereitet ist. Nicht dass sie plötzlich ohne ausreichende Mittel dasteht.«

Du hattest Schiss, dass du sie bei einer Trennung am Hals hast. Klaudia nickte. Sie verstand ihn nur zu gut.

»Was genau bedeutet Neuanfang?«, Mit einem Seitenblick checkte Klaudia den grünen Balken, der gehörig geschrumpft war. Wenn König nicht bald auf den Punkt kam, würde es eng werden.

»Na ja. Er wollte die Firma verkaufen.« König starrte auf seine Hände.

»Ach ja?« Die Frage echote durch ihre Hirnwindungen. »Also Ihr Erbe.«

»Wenn Sie es so sehen wollen. Ja. Mein Erbe. Und natürlich war das ein Schlag ins Gesicht. Aber deshalb habe ich ihn noch lange nicht umgebracht. Und jetzt wo ich weiß, dass er so krank war, verstehe ich ihn sogar. Er wollte die Zeit nutzen, die ihm noch bleibt.«

»Mit Frau Heise?«

König nickte.

»Und das alles haben Sie Ihrer Mutter erzählt.« Thang beugte sich vor und stellte die Kaffeetasse auf die Tischplatte. König nickte, ohne aufzuschauen.

»Und kurz danach wird Ihr Vater erschossen.« Klaudia

starrte auf das Smartphone. Vielleicht waren Notizbuch und Papier doch die bessere Alternative. »Und deshalb denken Sie, dass sie es war.«

»Nein, eigentlich nicht.«

»Hör doch endlich auf«, stieß Jan König hervor. »Sie ist tot. Du musst sie nicht mehr beschützen. Sie hat ihn umgebracht.«

»Jan. Bitte.« König sprang auf. Mit dem Knie stieß er gegen den Tisch, polternd fiel die Flasche um, und Mineralwasser sprudelte über den Tisch. Hastig rettete Klaudia ihr Smartphone.

»Woher wissen Sie das, Herr Doktor?«

»Wegen der Pistole.«

49. Kapitel

Pling – Pling – Pling

Das Geräusch zerplatzt auf dem Finger der Frau und erinnert ihr Herz daran, zu schlagen. Jeder Tropfen ein Herzschlag und alle drei Herzschläge ein Atemzug. Und immer nach drei Atemzügen führt die Frau den Finger an den Mund und benetzt ihre Lippen.

Häschen in der Grube
saß und schlief, saß und schlief.

Der Refrain patrouilliert vor dem Stacheldraht in ihrem Kopf. Achtet darauf, dass keine Stimmen über den Todesstreifen springen und ihren Kopf explodieren lassen. DER MANN ist bereits vergessen. Obwohl ER geweint hat und gesagt hat, dass er sich um sie kümmern wird, ist ER nicht zurückgekehrt. Und als ihr Körper nicht mehr getränkt, nicht mehr gefüttert, nicht mehr gesäubert wurde, hat ihr Körper beschlossen, dass es Zeit ist, sich einen anderen Verbündeten zu suchen, und hat die Frau zum Waschtrog geschickt: Fünf torkelnde Schritte geradeaus, drei nach links. Dann berührte ihr Knie den Waschtrog. Ihr Körper hat die Hand vorgestreckt und angefangen, die Wassertropfen aufzufangen. Er ist nicht auf die Idee gekommen, den Hahn aufzudrehen. Die Erinnerung daran ist ihm abhandengekommen. Vielleicht fürchtet er sich aber auch nur vor dem Plätschern des Wassers. Wie soll ein Herz wissen, wann es schlagen muss, wenn niemand den Rhythmus vorgibt? Wie soll eine Lunge wissen, wann sie atmen soll, wenn niemand zählt? Wie soll ein Finger wissen, wann er borkige Lippen tränken soll, wenn kein Tropfen fällt? Lauter Fragen, die sich die Frau nicht stellt. Sie funktioniert einfach in der Dunkelheit. Solange ihr Körper weiß, was zu tun ist und das Kind den Refrain singt, lebt sie. Und solange der Wasserhahn tropft, weiß ihr Herz, wann es schlagen muss, und ihre Lunge weiß, wann sie atmen muss, und ihr Finger weiß auch Bescheid.

50. Kapitel

»Da sind wir wohl die heißesten Anwärter auf den Titel Ermittlerteam des Monats, Kriminalobermeisterin Wagner, was?« Thang lehnte geradezu selbstzufrieden hinterm Steuer ihres Peugeots.

»Schön wär's«, antwortete Klaudia, die Mühe hatte, die Straße nicht doppelt zu sehen. Sie kämpfte gegen ein Gähnen an, das ihr den Kiefer auszurenken drohte. Das Adrenalin, das in den letzten Stunden ihre Blutadern geflutet hatte, verebbte, und zurück blieb bleierne Müdigkeit und eine Melodie, die durch ihre Hirnwindungen summte. *The Winner takes it all.* Nicht mal ein Lied von Celine Dion, sondern ein alter ABBA-Hit. »Aber solange die Heise, oder das, was von ihr übrig ist, nicht auftaucht, kennen wir nur die halbe Geschichte.«

»Du glaubst nicht an den Selbstmord?«

»Tust du es?«

»Na ja«, antwortete Thang und klopfte sich selbstvergessen mit dem Zeigefinger gegen die Zähne. »Passt schon gut. Wir haben die Waffe, ein Motiv und sogar den Täter. Was willst du mehr?«

»Ist das Ganze nicht ein bisschen zu einfach? Tot und schuldig?« Klaudia kaute auf der Unterlippe.

»So funktioniert das Gesetz von Ursache und Wirkung.«

»Häh«, quetschte Klaudia an dem Gähnen vorbei, das nun doch ihren Kiefer ausrenkte.

»Ursache: Schuldig – Wirkung: Selbstmord.« Thang zog auf die Überholspur und gab Gas.

»Ich weiß nicht.« In Klaudias Kopf sirrte das Lied von ABBA.

»Und wenn das alles nur eine Wahnsinnsinszenierung war?«

»Dann war das oskarreif.«

»Und du meinst, das wäre nicht möglich?« Klaudia schloss die Augen.

»Ich meine, es wäre kompliziert«, antwortete Thang.

»Und die meisten Verbrechen sind nicht kompliziert. Rein statistisch liebt man sich erst, und dann bringt man sich um.«

»Und was sagt die Statistik zu Tanja Heise?« Wieder zwang ein Gähnen Klaudias Kiefer auseinander.

»Ja«, räumte Thang ein. »Die ist ein Problem.«

Klaudias Fuß drückte gegen das Bodenblech, als er dicht an einen Mercedes heranfuhr, dessen Fahrer offenbar nicht daran dachte, auf die rechte Spur zu wechseln und sich zwischen die LKW zu quetschen, um sie vorbeizulassen. Der Bordcomputer zeigte einen Spritverbrauch von achtzehn Litern an. Unauffällig schaute Klaudia zum Tacho. Sie hatte gar nicht gewusst, dass ihr Wagen so schnell war. Sie sprach erst wieder, als Thang die Autobahn verließ.

»Je länger ich über diese ganze Sache nachdenke, umso passender erscheint mir der Selbstmord der Täterin. Diese ganze Geschichte mit den Drohbriefen. Das Verschwinden der Heise. Das ist keine Tat im Affekt. Das ist geplant. Und irgendwie glaube ich nicht, dass diese pinselschwingende Alkoholikerin dazu in der Lage war.«

»Aber wer dann?«, fragte Thang. »Nicht einmal ihr Sohn wusste von der Waffe.«

»Sagt er.«

»Warum sollte er lügen?«

Ja, warum sollte er? Die Frage hatte einen bitteren Beigeschmack.

»Nun ja.« Thang blinkte rechts. Während er darauf wartete, abbiegen zu können, entwickelte er seinen Gedanken weiter. »Ohne die Leiche der Heise wird ihm kaum etwas nachzuweisen sein.«

»Stimmt.« Klaudia drückte auf den Fensterheber und

atmete die regenkühle Luft ein. Die Melodie in ihrem Kopf verschwand mit einem leisen Plopp. Sie dachte an die zierliche Frau mit ihren farbverschmierten Händen und dem ausdruckslosen Gesicht.

Thang bremste, um auf die Majoransheide abzubiegen, die an den Bahngleisen entlangführte. Das Smartphone in seinem Rucksack klingelte mit dem immer gleichen Ton, der die Anrufe seiner Frau ankündigte. Mittlerweile gelang es Klaudia ebenso gut wie Thang, den Ton zu ignorieren. »Wenn wir wenigstens eine Ahnung hätten, wo wir suchen müssten.«

»Vielleicht ist sie im Moor gelandet?« Thang lenkte den Wagen auf den Behindertenparkplatz vor dem Reviereingang.

»Was ist jetzt eigentlich?« Er zog den Zündschlüssel und gab ihn ihr. »Wo wirst du pennen?«

»Wann sollte ich mich darum kümmern?« Eine Welle von Selbstmitleid überrollte Klaudia. Sie stieß die Beifahrertür auf.

»Ich könnte –«, setzte Thang an, wurde jedoch abrupt unterbrochen, als Peter Demels tomatenroter Kopf über ihnen auftauchte.

»Wer hat dir denn eigentlich ins Hirn geschissen?«, tobte er auf Klaudia herunter. »Du blöde Fotze glaubst doch nicht im Ernst, dass ich meine Zeit damit verplempere, dir hinterherzuspionieren. Dich könnten sie mir nackt auf den Bauch binden …« Er schnappte nach Luft wie ein Karpfen auf dem Trockenen.

»Halt die Klappe, Peter!«, rief Thang, bevor Klaudia überhaupt den Sinn der Worte begriff, die wie eine Hageldusche auf sie niederprasselten. Das Herz pochte ihr in den Schläfen.

»Halt du doch die Klappe! Oder bumst du sie etwa auch? Morgen bin ich beim Personalrat.«

Ein Abgrund, in dem das Blut laut rauschend versackte, öffnete sich oberhalb Klaudias Magen. Dieser Scheißkerl. Sie klammerte sich an die Beifahrertür.

Fenster wurden aufgerissen. Kollegen und Mitarbeiter der gegenüberliegenden Kliniken steckten die Köpfe heraus.

Dieses notgeile Arschloch. Klaudia wütete innerlich, doch ihrer Kehle entwich nur ein gequältes Krächzen.

Was hast du denn erwartet, fragte sie sich. Dass er klein beigibt und sich entschuldigt.

»Hör auf!« Petra tauchte neben Demel auf und zerrte ihn vom Fenster weg. Mit einem Knall, der über den Hof hallte, flog das Fenster zu. Wie ein vielstimmiges Echo folgten die anderen Fenster.

»Das meint er nicht so.« Thang berührte ihren Arm.

»Meint er nicht?« Klaudias Krächzen schraubte sich zu einem schrillen Keifen hoch. Sie schlug Thangs Hand weg. Wenn sie wütend war, ertrug sie keine Berührung. »Wahrscheinlich tut dir der arme Peter auch noch leid.« Sie schmiss die Autotür zu und stürmte die Stufen zum Revier hoch. Nur weg hier. Auf der Treppe prallte sie gegen Joe.

»Klaudia«, stammelte er und hielt ihren Arm fest, damit sie nicht fiel.

»Rühr mich nicht an.« Klaudia riss sich los und rannte die Treppen zu ihrem Büro hoch. Die Tür prallte gegen die Wand, so heftig stieß Klaudia sie auf. Atemlos keuchend und vor Wut zitternd sackte sie auf ihren Stuhl. »Das wird er bereuen«, zwängte sie zwischen zusammengebissenen Zähnen hervor.

»Lande mal wieder.« Thang hängte den Rucksack an seinen Schreibtischstuhl. »Was hast du erwartet?«, fragte er.

»Was wohl?«, zischte Klaudia. Offensichtlich war sie die Einzige, die erwartet hatte, dass PH professionell handeln würde. Thang baute sich mit verschränkten Armen vor ihrem Schreibtisch auf. Eine Haarsträhne fiel ihm in die Augen. »Auf deiner Prioritätenliste sollte für heute die Suche nach einem Bett ganz oben stehen. Es sei denn, du willst unter deinem Schreibtisch übernachten. Wie ich hörte, hat das Uwe erst letztens getan.«

»Ich …« Klaudia ballte die Hände zu Fäusten, um ihre Wut zu mobilisieren. Vergeblich. Ihre Akkus waren leer. Zu viel war heute passiert.

»Ich ruf Schiebschick an.«

Müde zuckte Klaudia mit den Schultern. »Was soll ich mit einem Haus im Spreewald?«

»Feriengäste beherbergen?«

»Spinner.« Trotz ihrer Erschöpfung fühlte sie sich ein bisschen besser.

»Er wartet am Haus auf dich«, informierte Thang sie wenig später. »Gib das in dein Navi ein.« Er reichte ihr einen Zettel. »Und nun verschwinde. Ich kümmere mich um den Bericht.«

51. Kapitel

Wie versprochen wartete Schiebschick vor dem Haus.

Obwohl es an Touristen vermietet wurde, war nur die Küche in der üblichen funktionellen und unpersönlichen

Art eines Ferienhauses eingerichtet. Von hier ging es rechts in einen Schuppen, in dem neben einem Gastank – Heißwasser und Kochen – zwei Paddelboote – Einkaufen und Spazierenfahren – aufgebockt waren. »Und hier ist der Hauptwasserhahn.« Schiebschick zwängte sich an den Booten vorbei.

»Heideliese fragt immer, ob das Wasser abgestellt ist, wenn keiner hier wohnt.« Schiebschick wischte sich Spinnweben von den Händen.

»Wenn du willst zeig ich dir, wie's geht.«

»Ich glaub, einen Wasserhahn kann ich noch abdrehen«, antwortete Klaudia.

»Ich mein das Paddeln.«

»Nicht nötig.« Mit der flachen Hand strich Klaudia über den Kiel. »Ich war mal im Ruderverein.«

Eine weitere Tür führte in einen ehemaligen Stall, der zu einem modernen Bad umgebaut worden war, und die dritte Tür führte schließlich in einen schmalen Wohnraum, in dem ein dunkler Holztisch und ein ebenso dunkel gebeiztes Büfett sowie hochbeinige Sessel standen, die mit geblümtem Damaststoff bezogen waren. Die Möbel sahen aus, als seien sie mindestens hundert Jahre alt und gefielen Klaudia auf Anhieb.

»Da ist das Schlafzimmer«, Schiebschick zeigte auf die Tür, die vom Wohnzimmer abging. Auch hier sahen Bett und Schrank aus, als hätten viele Generationen sie genutzt. Aber immerhin hingen Heizkörper an den Wänden, Strom kam aus der Steckdose, Wasser aus dem Hahn, und sie hatte Geschirr in den Schränken. Und endlich Privatsphäre. Insgesamt war das Haus also eine Verbesserung zu ihrer vorherigen Wohnsituation, und Klaudia gefiel der Gedanke, abends am Fließ zu sitzen. Als Schiebschick ihr

allerdings detailreich erklärte, wie es sich mit der Sicker-
grube verhielt und dass sie sich mindestens eine Woche
vorher bei einer in der Gemeindeordnung festgelegten
Firma melden müsse, um sie leeren zu lassen, fragte sich
Klaudia, ob sie sich nicht doch besser an die Lübbener
Wohnungsbaugesellschaft wenden sollte. Aber dafür war
es jetzt zu spät. Also nahm sie die Schlüssel und ver-
sprach, sich in den nächsten Tagen wegen des Mietver-
trags bei Frau Nowaks Anwalt zu melden.

Der Vollmond schien durch eine Wolkenlücke, als
Klaudia zu ihrem Wagen ging, um den Flokati aus dem
Kofferraum zu holen. Sie lauschte dem Rauschen des
Windes in den Erlen. Erst jetzt wurde ihr bewusst, dass
sie noch niemals in ihrem Leben allein in einem Haus gewohnt hatte: Mit Mutter hatte sie in der siebten Etage eines Hochhauses gelebt; mit Vater in einem Haus mit vielen Zimmern und ebenso vielen Menschen; mit Arno in
einer Eigentumswohnung in einem Sechsfamilienhaus;
ohne Arno in einem Wohnklo mit Kleiderschrank und
ungewolltem Familienanschluss. Und jetzt ganz allein in
einem Fachwerkhaus am Fließ, mit Holzschuppen und
Rasenfläche vor dem Haus. Auf einmal fühlte sie sich
schrecklich einsam, und ein Schauer lief ihr über den Rücken. Zum ersten Mal in ihrem Leben schloss sie eine Tür
hinter sich ab.

Später, als sie im Bett lag, fiel ihr ein wie der italienische
Stiefel geformte Wasserfleck in der Ecke zwischen Fenster und Tür auf. Noch ein Grund mehr, in die Stadt zu
ziehen, dachte sie und schlief über dem Gedanken ein.

Vielleicht war es die Matratze, die sich anfühlte wie
eine Wolke, vielleicht war es die Ruhe, vielleicht war es

aber auch nur die Erschöpfung: Klaudia schlief jedenfalls traumlos, bis das Klingeln ihres Smartphones sie weckte. Ohne das Gesicht aus dem Kissen zu heben, tasteten sich ihre Finger auf der Suche nach dem Telefon durch den Flokati. Kühl strich die Morgenluft über ihren nackten Arm.

»Jhm«, murmelte sie mit vom Schlaf vertrockneten Stimmbändern.

»Hab ich dich schon wieder geweckt?«, fragte Conny. »Das tut mir leid. Das wollte ich nicht.«

»Schon in Ordnung.« Klaudia zog die Beine an und setzte sich auf die Bettkante. Schlaftrunken schaute sie sich um. Das fremde Zimmer verwirrte sie, aber dann fiel ihr Blick auf den Wasserfleck in der Ecke neben dem Schrank, und die Erinnerung kehrte zurück. Sie war in dem Haus am Fließ. In ihrem Haus.

»Ich dachte, ich erwisch dich noch vor dem Dienst.«

»Hast du.« Klaudia schaltete das Telefon auf freisprechen um und öffnete den Koffer, der neben dem Bett lag. »Ist mit Papa alles in Ordnung?«

»Natürlich. Sonst hätte ich dich doch angerufen.«

Klaudia war zu müde, um Conny darauf hinzuweisen, dass sie genau das gerade tat.

»Aber weißt du«, fuhr Conny fort. »Wir vermissen dich, und da haben wir gedacht, wir könnten dich mal besuchen.« Conny schwieg, um Klaudia Gelegenheit zu geben, ihrer Idee begeistert zuzustimmen. Sie sprach immer im Plural, wenn es um Vater ging. Dabei war Klaudia sich ziemlich sicher, dass – wenn überhaupt – nur ihr Vater sie vermisste. Das schlechte Gewissen schwappte wie Sodbrennen in ihre Kehle.

»Natürlich nur, wenn es dir keine Umstände macht«, fuhr Conny fort.

»Nein, gar nicht. Das ist eine großartige Idee.« Vor Schreck über ihre eigenen Worte stolperte Klaudia über den Koffer. Hatte sie das wirklich gerade gesagt? »Lass uns heute Abend darüber sprechen«, fügte sie hinzu, nachdem sie sowohl ihr inneres als auch ihr äußeres Gleichgewicht wiedergefunden hatte. »Ich muss jetzt los. Frühbesprechung.«

Und das war nicht einmal gelogen. Obwohl sie in keinem der Zeitlöcher versackte, die ihr normalerweise zwischen Dusche und Kaffee auflauerten – ganz einfach weil sie nichts im Haus hatte –, würde sie sich beeilen müssen, wollte sie nur halbwegs pünktlich sein. Die Pfützen auf dem Gehweg vermeidend, rannte Klaudia durch den Regen zu ihrem Auto. Fassungslos starrte sie auf die Rose, die hinter dem Scheibenwischer klemmte. Blut rauschte in ihren Ohren. Wer war dieser verdammte Rosenkavalier? Und wieso wusste er, dass sie hier war?

Während der Fahrt zum Revier kaute Klaudia auf dieser Frage herum, und hätte ihr Navi sie nicht geführt, wäre sie wahrscheinlich in einem Fließ gelandet.

Uwe. Thang. Schiebschick. Demel? Die Namen wischten im Rhythmus des Scheibenwischers durch ihre Gedanken.

Was ist mit Joe? Auf der Unterlippe kauend dachte Klaudia über diese neue Variante nach. Woher sollte er wissen, dass sie umgezogen war? Vielleicht wusste es ja jeder? Klaudia dachte an Thangs Bemerkung zu Uwes Übernachtung unterm Schreibtisch.

»Sie haben Ihr Ziel erreicht.« Die freundliche Stimme ihres Pfadfinders beendete Klaudias Grübeleien. Mechanisch lenkte sie den Peugeot in eine freie Parklücke auf dem unbefestigten Parkplatz gegenüber des Polizeireviers. Für einen Augenblick drückte sie den Hinterkopf gegen die Nackenstütze und atmete den Lederduft der Sitze ein. Sie hatte mal gelesen, Autohersteller würden die Innenräume von Neuwagen mit einem Duft parfümieren, der dem Käufer das Gefühl von Freiheit und Geborgenheit suggerieren sollte. Also konnte es nicht schaden, eine ordentliche Nase voll mit ins Revier zu nehmen. Vielleicht fühlte sie sich dann weniger getreten und verfolgt: Die Fotos. Die Rosen. PH. Die Kollegen. An dieser Stelle ihrer Gedanken startete sie den Wagen wieder, was ihr allerdings erst auffiel, als Celine Dion *»Just another one of those mysteries«* sang. Scheiße. Sie zog den Schlüssel aus der Zündung. Flucht ist keine Lösung.

Diese Erkenntnis kam reichlich spät. Klaudia dachte an das Leben, das sie hinter sich gelassen hat. Ich bin nicht davongelaufen, widersprach sie sich selbst. Ich bin nur … Ach verdammt. Sie ließ den Sicherheitsgurt zurückschnappen und stieß die Wagentür auf.

Der uniformierte Kollege hinter der Glasscheibe suchte hektisch etwas auf seinem Schreibtisch, sobald sich ihre Blicke begegneten.

Du Arsch, dachte Klaudia und grüßte ihn so betont freundlich, dass er keine andere Chance hatte, als ihren Gruß zu erwidern. Keiner dieser Typen würde sie dazu kriegen, den Kopf einzuziehen und sich im Unrecht zu fühlen. Sie atmete tief ein, bevor sie die Tür zum Konferenzraum aufstieß. PH saß auf seinem Stammplatz vor dem Flipchart. Stirnrunzelnd schaute er auf, als Klaudia sich auf den freien Platz neben Thang setzte.

»Entschuldigen Sie die Verspätung.« Ohne zu blinzeln, starrte Klaudia PH in die Augen. Ein falsches Wort und ich bin beim Personalrat.

»Kein Problem«, sagte PH zu Klaudias Erstaunen. »Kollege Rudnik hat uns bereits ins Bild gesetzt. Saubere Arbeit.« Er klopfte kurz mit den Fingerknöcheln auf die Tischplatte, und die Kollegen folgten zögernd seinem Beispiel.

Saubere Arbeit? Klaudia öffnete den Mund zu einer Entgegnung, unterließ es aber nach einem Seitenblick auf Thang. Schon erstaunlich, was man im Spreewald unter sauberer Arbeit verstand: Die Täterin hatte die Nerven verloren und Selbstmord begangen, und eine Frau war immer noch verschwunden. Aber wahrscheinlich war dieses Pseudolob PHs Art, ihr zu zeigen, dass er im Moment nicht an einer Konfrontation interessiert war.

Langsam ließ Klaudia ihren Blick um den Tisch wandern. Auch diese Kollegen lasen in ihren Unterlagen oder griffen zu ihren Kaffeetassen, um ihr nicht in die Augen schauen zu müssen. Selbst Petra hielt den Blick gesenkt. Obwohl Klaudia damit gerechnet hatte, brannte die Zurückweisung unterhalb des Zwerchfells. Nur Joe lächelte ihr mit dem ängstlichen Blick eines getretenen Hundes zu. Klaudia unterdrückte einen Stoßseufzer. Sie hätte besser damit leben können, wenn auch er sie nach dem gestrigen Zusammenstoß meiden würde. So würde sie mit ihm sprechen müssen. Uwe, der heute ebenfalls bei der Frühbesprechung anwesend war, grinste schief, als sich ihre Blicke begegneten.

»Wenn du dann bitte weitermachen könntest«, forderte PH einen uniformierten Kollegen der Nachtschicht auf, den Klaudia noch nicht kannte.

»Also wie gesagt: Wir hatten eine Rangelei an der

Mehrzweckhalle, und auf der L51 ist ein Lkw mit einem Wildschwein kollidiert.« Er schaute in seine Notizen und ergänzte, ohne die Miene zu verziehen: »Das Tier ist flüchtig.«

»Na dann.« PH schob seinen Kaffeebecher zur Tischmitte. »Lass eine Phantomzeichnung anfertigen und das Viech zur Fahndung ausschreiben.«

Mit diesem lahmen Scherz endete die Frühbesprechung.

»Einen Augenblick noch, Frau Wagner.« PHs Stimme erwischte Klaudia mal wieder zwischen den Schulterblättern.

Nicht schon wieder dieses Spielchen. Betont langsam drehte sie sich um.

»Im Rahmen der Amtshilfe werden sich die Berliner Kollegen um die Vermisstensache kümmern«, sagte PH. »Sie können sich also voll und ganz auf ihre Knochen konzentrieren.«

»Ist das alles?«

»Ja. Das heißt: Nein.« PH räusperte sich. »Ich werde einen gemeinsamen Gesprächstermin mit allen Beteiligten und dem Personalrat organisieren. Bis dahin möchte ich Sie bitten, den Ball flach zu halten.«

»Mich. Bitten«, wiederholte Klaudia. Sie spürte geradezu, wie ihre Augenbrauen die Stirn hoch wanderten. »Nur zu ihrer Information: Nicht ich habe den Kollegen Demel auf offener Straße als Fotze beschimpft.«

»Ähem.« PH räusperte sich wieder. »Das war natürlich überhaupt nicht in Ordnung, und ich möchte mich in aller Form für den Kollegen entschuldigen, ich ...«

»Sollte nicht er das tun?«, unterbrach Klaudia ihren Chef.

»Das wird er sicherlich, wenn er dazu in der Lage ist. Herr Demel ist bis auf Weiteres krankgeschrieben. Er …«

»Stopp.« Klaudia unterbrach PH mit ausgestreckter Hand. »Diesen Schuh ziehen Sie mir nicht an. Herr Demel hat mich verfolgt und beschimpft. Sie machen mir kein schlechtes Gewissen.«

BIST DU WAHNSINNIG GEWORDEN? Klaudia erschrak vor der Wut, die in ihr kochte.

»Ich …« PH trat einen Schritt auf sie zu. Eine Ader pochte an seiner Schläfe. »Ich denke, es ist besser, wir besprechen die Angelegenheit in Gegenwart des Personalrats«, sagte er schließlich, die Lippen schmal vor Wut.

»Das denke ich allerdings auch.« Klaudia drehte auf dem Absatz um und drängte sich an Petra vorbei aus dem Besprechungszimmer. Und wieder war es Joe, über den sie stolperte.

»Es …«, stießen sie beide gleichzeitig hervor.

»Du …«, setzten sie wieder gleichzeitig an. Hitze stieg in Klaudias Wangen, und auch über Joes Hals kroch ein rötlicher Schimmer. Schweigend und jeweils den Blick des anderen meidend, standen sie sich für eine gefühlte Ewigkeit gegenüber.

»Es tut mir leid«, sagte Klaudia schließlich. »Das mit gestern, meine ich.«

»Ist schon in Ordnung«, wehrte Joe verlegen auflachend ab. »Du warst aufgebracht.«

Aufgebracht? Klaudia kannte dieses Wort aus alten Büchern. Tatsächlich hatte sie noch nie erlebt, dass ein realer Mensch es benutzte.

»Ja. Das war ich wohl.«

»Und zu Recht.«

»Trotzdem hätte ich dich nicht so anschnauzen dürfen.«

»Schon vergessen.« Die Röte hatte jetzt Joes Wangen erreicht. »Was hältst du davon, wenn wir heute Abend …«

»Gar nichts«, antwortete Klaudia, schneller, als sie denken konnte. Aber vielleicht war es auch besser so. Es war nicht fair, ihm Hoffnungen zu machen. Sie war einfach noch nicht so weit, und wenn sie so weit wäre, wäre er nicht der Richtige.

»Pass auf, Joe«, fuhr sie fort, und diesmal war sie es, die dem Blick des Kollegen auswich. »Du bist ein wirklich netter Kerl. Aber …« Hilflos hob sie die Hände. »Das funktioniert nicht.«

Sie drängte sich an ihm vorbei und floh in ihr Büro.

»Ich weiß.« Thang telefonierte. »Ich muss Schluss machen.« Er drückte das Gespräch weg und legte sein iPhone neben die Tastatur. »Du siehst aus, als könntest du einen Kaffee gebrauchen.«

»Ich könnte noch ganz andere Dinge gebrauchen«, antwortete Klaudia und ließ sich hinter ihren Schreibtisch fallen. »Aber ein Kaffee wäre ein Anfang.«

»Ich hol dir einen«, bot Thang an und kramte in seinem Rucksack. »Außerdem siehst du aus, als könntest du etwas zu essen vertragen. Hier«, er streckte ihr eine Tupperdose entgegen.

»Was ist das?« Leicht misstrauisch musterte Klaudia die braunen Rollen. Der Geruch von gebratenem Palmöl und Sojasoße stieg ihr in die Nase.

»Frühlingsrollen«, antwortete Thang. »Janina hat sie gemacht.«

»Ich will dir nicht dein Frühstück klauen.« Klaudia schob die Tupperdose von sich. »Außerdem bin ich eher der Knäckebrottyp.«

»Wenn du meinst.« Thang verstaute die Dose wieder in seinem Rucksack.

»Ach Scheiße«, fluchte Klaudia. »Jetzt habe ich wohl meinen letzten Verbündeten verloren.«

»Keine Panik. Nicht wegen einer Frühlingsrolle.« Er drehte sich zu ihr um. »Fidschis und Wessifrauen müssen schließlich zusammenhalten.«

»Janina ist wohl sehr fürsorglich.«

»Was?«, fragte Thang.

»Ich meine …« Klaudia wusste selbst nicht, was sie meinte. Ihr gesunder Menschenverstand funkte gerade SOS.

»Immer diese Tupperdosen.« Sie bückte sich, um ihren Computer hochzufahren.

»Du isst sie nie, nicht wahr?« Sie richtete sich wieder auf und musterte ihren Kollegen.

»Ich bin eher der Eiweißshake-Typ.«

»Und warum sagst du es ihr nicht?«

»Ich hol dir einen Kaffee. Du hast einen langen staubigen Tag vor dir.« Thang nickte in Richtung der Akten, die auf ihrem Schreibtisch lagen.

Komischer Typ. Klaudia schüttelte den Kopf. Aber offensichtlich der Einzige, der sie nicht in Grund und Boden verdammte.

Nach der Tasse Kaffee fühlte Klaudia sich in der Lage, zum Alltag zurückzukehren. Sie checkte die neuen Mails und sortierte die Akten, die Petra ihr gebracht hatte.

»Die guten ins Töpfchen, die schlechten ins Kröpfchen«, murmelte sie.

Thang hatte, nachdem sie mit Kaffee versorgt war, das gemeinsame Büro verlassen und war noch nicht wieder zurückgekehrt. Also konnte sie mit sich selbst reden, so viel sie wollte.

Thangs iPhone brummte über die Tischplatte und kündigte mit diesem sehr speziellen Klingelton einen Anruf seiner Frau an. Es juckte Klaudia in den Fingern, das Gespräch anzunehmen, aber man musste kein Ermittler sein, um zu wissen, dass sie durch so eine Aktion wahrscheinlich ihren letzten Freund im Revier verlieren würde.

»Er ist leider nicht da.« Klaudia griff zur nächsten Akte. Ein Pling in ihrem Posteingang ließ sie aufschauen und ein Blick auf den Absender, die Akte, in der sie gerade las, vergessen.

Von: Irina.Klaas@GerMed_berlin.de
An: Klaudia.Wagner@polizei_brandenburg.de
Betreff: Aktenzeichen 2013/05/21/1/WKU

Guten Morgen, Frau Wagner,

weil Sie Ihren ersten Fall in Ihrer neuen Dienststelle laut Staatsanwalt in Rekordzeit gelöst und uns mit einer weiteren Leiche versorgt haben, schicke ich Ihnen auf die Schnelle schon mal im Anhang die Röntgenbilder vom Kiefer ihres »Kollateralschadens« zu.

Den kompletten Bericht erhalten Sie wie üblich per Post.

Herzliche Grüße

Irina Klaas

Klaudia scrollte weiter nach unten.

P. S. Unter Berücksichtigung der von mir erhobenen Befunde (UV -Fluoreszenz, Luminoltest etc.) würde ich weiterhin davon ausgehen, dass Ihr Kollateralschaden zum Zeitpunkt ihres Todes zwischen zwanzig und dreißig Jahre alt war (eher plus fünf als minus fünf Jahre) und im forensisch relevanten Zeitraum zu Tode gekommen ist.

P. P. S. Mit einer Todesursache kann ich Ihnen allerdings nicht dienen.

P. P. P. S. Sie sollten die Röntgenaufnahmen auch an umliegende Kieferorthopäden schicken.

»Na denn.« Klaudia klickte mit der Maus auf die Büroklammer und starrte auf das Röntgenbild. »Wie viele Zahnärzte gibt's hier eigentlich?«, fragte sie, ohne aufzuschauen, als sich die Tür öffnete.

»Reichlich«, antwortete Joe. »Warum fragst du?«

»Irgendwer hat vielleicht noch Unterlagen über diese Patientin.« Klaudia drehte den Monitor in seine Richtung. »Das ist gerade aus Berlin gekommen.«

»Das ging aber schnell.« Joe starrte auf den Bildschirm. Die Wärme, die sein Körper abstrahlte, prickelte auf ihrer Haut. Unwillkürlich schob Klaudia ihren Stuhl zurück. »Suchst du Thang?«

Joe nickte.

»Ich weiß nicht, wo er ist. Soll ich ihm etwas ausrichten?«

»Sag ihm einfach, er soll sich bei mir melden.«

»Mach ich.« Klaudia zwang sich zu einem herzlichen Lächeln.

»Ich geh dann mal«, sagte Joe, bewegte sich aber nicht von der Stelle.

»Ja tu das.« Klaudia drehte den Monitor wieder in ihre Richtung. »Ich glaub, ich fang mit Lübbenau an.« Sie tippte »Zahnarzt« und »Lübbenau« in die Suchfunktion ihres Browsers. Joe stand immer noch neben ihr, und von ihrem Haaransatz perlten Schweißtropfen und versickerten im Kragen ihres Poloshirts.

»Zwölf Treffer«, murmelte sie, um ihre Verlegenheit zu überspielen, und kopierte die Liste in ein Word-Dokument. »Das ist ja übersichtlich.« Sich an ihrem Lächeln festhaltend, schaute sie zu Joe auf. Bitte nicht. Ihr innerer Stoßseufzer blieb unerhört. Er starrte sie an, als wolle er sie auswendig lernen. Klaudia unterdrückte einen Seufzer. Wieso war ihr Leben nur so kompliziert? Sie hatte weder um einen Rosenkavalier noch einen Stalker noch einen verliebten Kollegen gebeten.

»Ach Joe.« Seufzend zog Klaudia die Adressliste aus dem Drucker. »Können wir nicht einfach Kollegen sein?«

Joe öffnete den Mund, aber da kehrte Thang zurück. Sofort verließ Joe, der vergessen zu haben schien, dass er mit Thang sprechen wollte, das Büro, und Klaudia atmete erleichtert auf. Die nächsten Stunden verbrachte sie mit Telefonaten und dem Versenden des Röntgenbildes. Die moderne Kommunikationstechnik war schon eine große Erleichterung.

Wenn man nicht gerade Ultraschallfotos des Babys vom Ex kriegt, schoss es ihr durch den Kopf.

»Es reicht«, sagte Klaudia sehr zu Thangs Erstaunen und griff nach ihrer Handtasche. Ohne den Rechner herunterzufahren, stürmte sie aus dem gemeinsamen Büro.

Thang schaute kopfschüttelnd auf, als die Tür hinter ihr zuschlug.

»Was die wohl wieder ausheckt.« Sein iPhone meldete sich mit »Auferstanden aus Ruinen« und vertrieb jeden Gedanken an Klaudia.

52. Kapitel

Es regnete immer noch, als Klaudia mit Einkäufen beladen zu ihrem Haus zurückkehrte. Schiebschick öffnete ihr das Gartentor. Der Regen tropfte von seiner wasserdichten Jacke.

»Gehören Sie zum Inventar?« Klaudia hievte die Plastiktüten aus dem Kofferraum und rannte an ihm vorbei zum Haus.

»Die Heideliese hat gedacht, sie schaut mal nach dem Rechten.«

»Ich hab's noch nicht zum Rechtsanwalt geschafft.« Und ich geh auch nicht hin, sondern such mir eine andere Wohnung, wenn diese Überraschungsbesuche nicht umgehend ein Ende haben, fügte sie in Gedanken hinzu.

»Wie schön, Sie kennen zu lernen.« Klaudia stellte die Plastiktüten auf den Küchentisch und streckte der alten Dame, die auf einen Rollator gestützt in ihrer Küche stand, die Hand entgegen. Heideliese Nowak sah ganz anders aus, als Klaudia sich nach allem, was über sie und von ihr gehört hatte, vorgestellt hatte. Irgendwie … distinguiert. Wie eine Dame. Eine sehr alte Dame.

»Da bist du ja wieder.« Anstatt die ausgestreckte Hand zu ergreifen, strich ihr Frau Nowak über die Wange. »Die

Männer beim Kragen, die Frauen an den Beinen.« Sie schnalzte mit der Zunge.

»Wie bitte.« Hilfe suchend schaute sich Klaudia nach Schiebschick um.

»Heideliese«, rief Schiebschick. »Das ist die Frau Wagner. Ich hab dir von ihr erzählt.«

»Russen. Überall Russen.«

»Manchmal vertut sie sich mit der Zeit. Aber sonst ist sie ganz fit, wa? Wir haben Blumen mitgebracht.« Er zeigte auf einen Rosenstrauß, der auf dem Tisch lag.

Rosen! Ausgerechnet Rosen! Klaudia hätte schreien können. »Ja danke«, gelang es ihr zu sagen. »Ich stell sie mal ins Wasser.« Sie griff nach dem Strauß.

»Da!« Kreischend zeigte Frau Nowak auf den Tisch.

»Was denn?« Klaudias Herzschlag setzte nur mühsam wieder ein.

»Käfer. Überall Käfer.«

»Wo?« Vorsichtig legte Klaudia den Blumenstrauß auf den Tisch.

»Die kommen aus den Holzdielen.«

»Was?« Klaudia fuhr zurück.

»Alles gut«, beruhigte sie Schiebschick. »Die Heideliese ist halt ein bisschen …« Hinter dem Rücken der alten Dame tippte er sich mit dem Zeigefinger gegen die Schläfe.

»Wa? Die Frau Wagner ist bei der Polizei!«, fügte er an Frau Nowak gerichtet hinzu.

»Welche Frau Wagner?« Verwirrt schaute Heideliese Nowak von Schiebschick zu Klaudia.

»Na die nette holca hier.« Schiebschick legte seinen Arm um Klaudias Schulter. Er stank nach feuchter Wolle und Schweiß. Unwillkürlich hielt Klaudia die Luft an.

»Aber das ist doch die Katka.« Frau Nowak schüttelte

den Kopf. »Ihr junger Mann ist bei der Polizei, nicht sie. Wir haben ihn besucht.« Sie strahlte Klaudia an, dann verlor sich ihr Blick im Nichts. Schließlich beugte sie sich über den Rosenstrauß und zupfte mit spitzen Fingern Blütenblätter von den Stielen.

»Überall Käfer«, murmelte sie. »Überall Käfer.«

»Wer ist Katka?«, flüsterte Klaudia.

»Ihre Enkeltochter«, antwortete Schiebschick ebenso leise. »Heideliese hat sie aufgezogen und kurz vor der Wende hat sie rübergemacht.«

»Die Russen haben sie geholt«, murmelte Frau Nowak, deren Ohren besser arbeiteten als ihr Verstand.

»Und wo ist sie jetzt?«, fragte Klaudia.

»Keine Ahnung«, antwortete Schiebschick achselzuckend. »Hat halt rübergemacht.«

»Und sie kümmert sich überhaupt nicht um ihre Oma?« Klaudias Polizistenhirn sprang mit einem leisen Surren an.

Du kümmerst dich doch auch nicht um deinen Vater. Nicht nur ihr Polizistenhirn setzte sich in Betrieb.

Schiebschicks nächste Bemerkung trug auch nicht dazu bei, dass sie sich besser fühlte.

»Wer kümmert sich schon um die Alten. Wa?« Er spitzte die Lippen, als wollte er auf den Boden spucken.

»Wie alt war die Katka denn, als sie verschwand?«, fragte Klaudia und stopfte alle Schuldgefühle in eine Kammer ihres Herzens. Egal wie schlecht ihr eigenes Gewissen war, es gab auch andere Gründe als Egoismus oder Gleichgültigkeit, die verhinderten, dass Menschen sich meldeten. Sie dachte an die Knochen, die sie gefunden hatten. Jemand hatte die Frau getötet und verscharrt wie einen Hund.

»Weiß nicht«, murmelte Schiebschick in ihre Überlegungen hinein. »Eine holca halt.« Schabend rieb er sich das Kinn. »Hübsch war sie.« Er lächelte ihr zu. »So wie du.«

Er flirtet mit mir? Klaudia schluckte. Aber so waren Männer nun mal. Je oller, je doller. Sie dachte an Arno, den werdenden Vater.

»Zweiundzwanzig war sie«, sagte Heideliese Nowak plötzlich. Klaudia horchte auf. Ihre Stimme klang auf einmal klar

Nicht mehr so jallerig, dachte Klaudia. Sie hatte keine Ahnung, woher sie das Wort kannte oder ob es überhaupt existierte, aber sein Klang traf tatsächlich ziemlich genau ihren Höreindruck.

»Neunundachtzig ist sie verschwunden. Wir haben sie überall gesucht. Sogar mit Polizeihunden. Aber sie war einfach fort.«

Frau Nowaks tränende Altfrauenaugen irrten nicht mehr ziellos durch den Raum, sondern waren nun fest auf sie gerichtet. Sie musste eine tolle Frau gewesen sein, dachte Klaudia. Früher, als sie noch jung war und das Alter ihr Gehirn noch nicht zerfressen hatte.

»Und Sie haben wirklich nie wieder etwas von ihr gehört?«, fragte Klaudia.

»Ach Katka.« Frau Nowak schob ihren Rollator wieder nah an Klaudia heran und wischte mit zittriger Hand über ihre Schulter. »Überall Käfer«, murmelte sie.

Klaudia half Schiebschick, den Rollator im Kahn zu verstauen. Regen tropfte auf ihren ungeschützten Nacken, und sie hatte es eilig, ins Haus zurückzukehren.

»Ist nett, dass die Frau Wagner jetzt hier wohnt, wa?«

Schiebschick stemmte das Rudel gegen den Anleger. »Wir besuchen sie bald mal wieder.«

Dann wohnt die nette Frau Wagner aber nicht mehr lange hier, dachte Klaudia. Fröstelnd verschränkte sie die Arme vor der Brust. Konnte es nicht endlich Sommer werden? Gerade als die Strömung den Kahn erfasste, schlug sie sich mit der flachen Hand gegen die Stirn.

»Frau Nowak«, rief sie und hoffte inständig, einen lichten Augenblick zu erwischen. »Wie heißt denn Katkas junger Mann?«

»Katka!« Der Schirm, den Frau Nowak über sich hielt, landete im Fließ. »Die Russen kommen«, kreischte sie. »Die Männer bei den Armen, die Frauen bei den Beinen.« Ihr kreischendes Lachen trieb Klaudia ins Haus.

»Achim«, hörte Klaudia Schiebschicks Stimme über Frau Nowaks irres Lachen hinweg, bevor die Tür krachend hinter ihr ins Schloss fiel. »Achim heißt er.«

Klaudias Smartphone vibrierte über den Küchentisch. Sie griff danach, wie nach einem Rettungsring. Ich will mein altes Leben zurück. Ich will Arno zurück. Ich will nicht diesen Wahnsinn um mich herum. Die Gedanken wischten durch ihr Gehirn, wie ihr Daumen über den Touchscreen.

»Ich bin's«, meldete sich Uwe. »Ich hab deine Sachen im Auto. Soll ich sie dir vorbeibringen?«

»Was sagt denn Silke dazu?«

»Ich hab noch mal mit ihr gesprochen. Ihr ist klar, dass sie völlig überreagiert hat.«

»Bist du eigentlich bei dem Gespräch dabei?«

»Welchem Gespräch?«

Klaudia erzählte ihm von PHs Vorschlag.

»Nö, und warum auch? Ich meine: Was hab ich damit zu tun?« Uwes Stimme klang defensiv.

»Schon vergessen?«, unterbrach ihn Klaudia. »Dieses Arschloch hat die Bilder an deine Frau geschickt.«

»Das weißt du doch gar nicht.«

»Wer soll es denn sonst gewesen sein?«

»Keine Ahnung? Vielleicht jemand, den wir überhaupt nicht auf dem Schirm haben.«

»Und wie soll so jemand an Silkes Handynummer kommen?«

»Wie kommt Peter an ihre Nummer?«, konterte Uwe. »Die beiden sind sich vielleicht mal beim Tag der offenen Tür begegnet. Ansonsten kennen die sich nicht.«

»Vielleicht kennen sie sich besser, als du denkst?«

»Was willst du damit sagen?«, fauchte Uwe.

»Keine Ahnung. Wahrscheinlich nichts. Und außerdem: Es gibt doch schließlich Telefonlisten im Revier, oder?«

»Stimmt.« Uwe klang, als kaue er auf seiner Unterlippe. »Daran hab ich nicht gedacht.«

Du denkst sowieso eher wenig. Klaudia sprach diesen Gedanken lieber nicht aus. Wenn er nicht gerade ihr Rosenkavalier war, gehörte er zu ihren wenigen verbliebenen Verbündeten. »Und trotzdem willst du nichts unternehmen?«

»Ich weiß, dass das Scheiße ist. Aber Silke geht's wirklich nicht gut. Die Schwangerschaft und so, und ich bin heilfroh, dass sie sich wieder einigermaßen beruhigt hat. Ich werd 'nen Teufel tun und …« Der Satz endete in einem dumpfen Murmeln.

»Was?«

». tschuldigung. Ich hab grad dem Stiefmütterchen

Wasser gegeben. Ist ja auch egal. Soll ich dir jetzt die Sachen vorbeibringen oder nicht?«

»Ich nehme sie morgen mit.« Klaudia starrte auf die Rosen, die immer noch auf dem Küchentisch lagen. »Sag mal«, fuhr sie fort. »Gibt's eigentlich einen Achim bei uns?«

»Keine Ahnung. Warum fragst du?«

»Schiebschick hat einen erwähnt.«

»Dann meint er mich. Aber wieso?«

»Ach nur so. Du, ich muss jetzt wieder.« Mit dem Daumen drückte Klaudia das Gespräch weg.

Wie alt war Uwe eigentlich? Und wie alt war er 1989 gewesen?

Klaudia kaute noch an dieser Theorie, als sie ins Bett ging. Sie starrte in die Nacht, bis die Ränder des Wasserflecks im bleichen Licht des Mondes flirrten.

Wer heißt Achim? – Uwe.

Es kann trotzdem ein anderer Achim gewesen sein.

Wer hat die Knochen gefunden? Uwe.

Zufall.

Wieso war er überhaupt im Team gewesen? Er ist Repo.

Der Wasserfleck antwortete nicht. Aber es musste einen Weg geben, das herauszufinden.

Weiter im Text: Wer hatte die Möglichkeit, mir Rosen unter den Scheibenwischer zu stecken? Uwe.

Aber hängt das zusammen? Klaudia tastete mit den Füßen nach einer kühlen Stelle auf dem Laken. Wenn sie schlafen wollte, musste sie zu anderen Maßnahmen greifen. Warum nicht einen Trick benutzen, den sie in der Kur gelernt hatte, um ihren Tinnitus einzudämmen? Sie setzte sich auf, boxte ihr Kopfkissen zurecht, schloss die Augen, konzentrierte sich auf ihre Atmung und visualisierte ein Stoppschild. »Stopp!« Dann ließ sie sich zurückfallen, boxte noch einmal in ihr Kopfkissen und drehte sich auf den Bauch. Wenig später schlief sie so tief, dass sie den Schatten nicht bemerkte, der ums Haus wanderte.

53. Kapitel

Montag, 27. Mai

Das Wochenende verging ohne Rosengruß. Entweder hatte ihr heimlicher Verehrer sein Pulver verschossen, oder sie hatte ihn vertrieben. Vielleicht war er aber auch nur wasserscheu. Um bei dem Dauerregen nicht wieder ins Grübeln zu geraten, beschloss Klaudia, sich gründlich in ihrem neuen Haus umzuschauen. Die Schränke in Schlafzimmer und Küche enthielten keine Überraschungen. Im Badezimmer fand sie einen Tablettenblister, den sie vorsichtshalber entsorgte, und im Bootsschuppen stieß sie hinter einem Schrank mit Gartengeräten auf einen spinnwebenverhängten Feuerlöscher, der sie hoffen ließ, dass sie ihn niemals würde benutzen müssen.

Sie nutzte eine Regenpause, um über die Leiter, die am Haus lehnte, auf den Dachboden zu steigen. In früheren Zeiten war hier Stroh gelagert worden, heute war die Dachkammer leer bis auf eine ausrangierte Kiste, die in einer Ecke stand und die weder romantische noch geheimnisvolle Gegenstände, sondern nur mottenzerfressene Vorhänge enthielt.

Und Mäusenester, dachte Klaudia angewidert, als sich einer der Vorhänge bewegte. Mit einem lauten Knall rutschte ihr der Deckel aus der Hand. Sich die Finger an den Oberschenkeln abwischend, wich sie zurück.

Stell dich nicht so an, rief sie sich selbst zur Ordnung. Du bist immerhin Polizistin.

»Deshalb muss ich aber keine Mäuse mögen«, antwortete Klaudia sich selbst und war froh, dass niemand sie hören konnte. Sie kehrte zurück zur Leiter und schaute sich um. Von hier oben hatte sie eine gute Übersicht, und da die Straße auf der anderen Seite des Hauses verlief, sah sie nichts als Bäume, Wasserläufe und Wiesen und konnte sich einbilden, sie sei ganz allein auf der Welt. Obwohl dieser Gedanke sie an ihrem ersten Abend im neuen Haus geängstigt hatte, gefiel er ihr nun zunehmend. Eine Amsel landete auf der Wiese vor ihrem Haus, hackte mit ihrem Schnabel in die Grasnarbe und flog dann mit einem Wurm im Schnabel davon. Die Stille hüllte Klaudia ein, wie ein Kokon, bis das Sirren in ihrem Kopf sich in dem Rauschen des Regens, der von den Bäumen tropfte, auflöste.

Ihre Stoppschildstrategie war so erfolgreich gewesen, dass sie in der Nacht von Sonntag auf Montag eine Gewitterfront verschlief.

Schon wieder Montag, summte Klaudia eine Liedzeile von Bernies Autobahn Band, als sie aufs Revier zuging. Ihre Mutter hatte solche Musik gemocht. *Ich hätte lieber einen Lohntag, vielleicht auch einen Schontag, aber nein …* Sie tippte den Code ein. Diesmal duckte sich kein Kollege bei ihrem Anblick, und an der Tür zu Petras Büro hing ein Schild, welches darauf aufmerksam machte, dass sie ab sofort montags von 07:30 bis 10:00 im Schulsekretariat der 2. Grundschule tätig sei und deshalb dringende Archivanfragen an PM Schreiber zu richten seien. Demel krankgeschrieben. Petra zwangsversetzt. Und …

Ein hastiger Blick auf die Pinnwand zeigte ihr, dass auch keine neuen Schnappschüsse auf sie warteten. Schlecht fing die Woche jedenfalls nicht an. Klaudias Zuversicht verpuffte allerdings sofort, als sie ihr E-Mail-Postfach öffnete. Hunderte anonyme E-Mails mit dem Betreff »Schlampe« blockierten ihren E-Mail-Eingang.

»Na warte du Arschloch.« Klaudia kopierte die Mails in einen Ordner und leitete anschließend jede einzelne an PH weiter. »Jetzt hab ich dich an den Eiern.«

»Was machst du da?«

Beim Klang von Uwes Stimme stolperte Klaudias Herzschlag für den Bruchteil eines Wimpernschlages.

Mit den zwei Plastiktüten in der Hand sah er so harmlos aus. So ganz der Papityp, der Spinnen in einem Glas fing und im Garten freiließ.

»Aufräumen«, antwortete Klaudia vielleicht eine Spur zu hastig. Jetzt nur nichts anmerken lassen.

Uwe hievte die Tüten auf ihren Schreibtisch und zog die Uniformhose hoch.

»Gott, ich wusste gar nicht, dass es so viel war.« Klaudia griff nach den Tüten, um zu verhindern, dass sie umfielen.

»Alles Sachen aus dem Kühlschrank.«

»Und die kutschierst du seit Freitag im Auto herum?«

»Eigentlich seit Donnerstag.« Uwe kratzte sich verlegen den Nacken. »Du warst kaum zur Tür raus, da hat Silke das Appartement ausgeräumt.« Er grinste sie entschuldigend an. Wie viele Frauenherzen hatte er schon mit diesem Blick schmelzen lassen? »Annalene hat das Zeug gerettet.«

»Also glaubt wenigstens sie an meine Unschuld.«

»Wohl eher nicht. Aber sie ist im Moment schlecht auf Silke zu sprechen.« Er schaute sich um. »Wo ist Thang?«

»Keine Ahnung.«

»Na dann.« Unschlüssig drehte sich Uwe zur Tür.

»Wie geht's denn Silke?« Klaudia hatte nicht die Absicht, ihn aus den Fängen zu lassen, bevor sie nicht die Informationen hatte, die sie brauchte.

»Ach die. Die kriegt sich wieder ein.«

»Und Bhanu?«

»Der geht's nicht so gut. Petra Pan ist tot.«

»Du meinst das Kaninchen?«

»Ich hab vergessen, es zu füttern.«

»Das ist übel.« Klaudia schickte eine weitere Mail an ihren Chef.

»Sag mal, wieso nennt Schiebschick dich eigentlich Achim?«, fragte sie. Ihr Gesicht spiegelte sich im Bildschirm.

Ohne aufzuschauen, griff Klaudia nach den Tüten und verstaute sie zwischen Computer und Heizung.

»Du solltest die Sachen in den Kühlschrank stellen«, meinte Uwe.

»Mach ich sofort«, antwortete Klaudia nicht ganz wahrheitsgemäß. »Ist dir das peinlich mit dem Namen?«

»Nein, natürlich nicht. Ist nur nicht mein Rufname. Deshalb denke ich wohl nicht dran. Mein Opa hieß so. Ich glaub, außer dir und Schiebschick weiß das gar keiner.«

»Nicht mal Silke?«

»Klar, die schon. Aber die hält dicht. Hoffe ich zumindest.«

»Und natürlich deine Eltern.«

»Klar«, antwortete Uwe. Wenn er sich über Klaudias Interesse an seinem Zweitnamen wunderte, ließ er es sich zumindest nicht anmerken. »Aber die wohnen ja nicht mehr hier. Sind nach der Wende nach Wiesloch in Baden-Württemberg gezogen. Hier gab's ja keine Arbeit mehr. Mein Alter hat da bei der Heidelberger Druck als Mechatroniker angefangen.« Er hockte sich auf Klaudias Schreibtischkante.

»Und du bist hiergeblieben?«

»Nein, natürlich nicht. Zuerst bin ich mit.«

»Und hast ein Heer von gebrochenen Herzen zurückgelassen.«

»Das wohl nicht gerade. Obwohl …« Grinsend rieb er sich die Nase.

»Gestern war die Nowak bei mir.«

»Gruselig, oder? Letztens im Bürgerbüro hat sie überall Käfer gesehen.«

»Sie war im Bürgerbüro?«

»Sie können sie ja nicht festbinden. Die Alte ist komplett gaga. Hat wieder von den Russen gefaselt.«

»Und von Katka?«

»Ja.« Uwe nickte zustimmend. »Von der auch.«

»Und?«, fragte Klaudia. Weder ihr Gesichtsausdruck noch ihre Stimme verrieten ihre Aufregung. »Kanntest du die?«

»Wahrscheinlich schon. Früher kannte in Lübbenau ja jeder jeden.« Uwe rieb sich das Kinn. »Aber erinnern tu ich mich nicht.«

»Sie gehörte also nicht zu den Mädchen, die du mit gebrochenem Herzen zurückgelassen hast?«

»Nö.« Uwe schüttelte den Kopf. »Ich war damals ja erst siebzehn, und sie muss schon über zwanzig gewesen sein. Ich meine, heute wär' so ein Altersunterschied vielleicht kein Problem mehr, aber in dem Alter sind das Welten.«

»Moin.« Thang hängte den Fahrradrucksack an seinen Schreibtischstuhl und nahm seinen Fahrradhelm ab. Wasser tropfte von seinen Haaren.

»So doll regnet's doch gar nicht.« Uwe hob die Augenbrauen.

»Ich war schwimmen.«

»Bei dem Wetter?«

»Ich bin im Training.«

»Wofür denn?«, fragte Uwe. »Stundenschwimmen?«

»Auch«, antwortete Thang. »Aber in erster Linie für den Triathlon.«

»Fährst du den wieder mit Pe…?« Uwe stockte.

»Peter? Demel?« Klaudia starrte Thang an. Sie wusste selbst nicht, warum sie sich auf einmal verraten und verkauft fühlte.

»Oh. Oh.« Uwe schob seinen Hintern von der Tischkante. »Ich muss los. Bürgersprechstunde.«

»Du fährst mit Demel?« Klaudia schäumte vor Wut. »Nach allem, was war?«

»Ich bin dir keine Rechenschaft schuldig.« Thang zog ein Handtuch aus seinem Rucksack und frottierte sich die Haare.

»Der Mann hat doch nicht alle Tassen im Schrank.«

»Du weißt nicht einmal, ob er es wirklich war.«

»Denkst du etwa, dass ich lüge?« Mit einem Ruck schob Klaudia die Tastatur gegen den Bildschirmfuß. »Vielleicht denkst du sogar, dass etwas dran ist an der Geschichte? Kein Rauch, ohne Feuer? Ist es das?«

»Ach halt doch die Klappe.« Thang stopfte das Handtuch zurück in seinen Rucksack. »Selbst wenn, wäre es mir scheißegal.«

»Halt doch die Klappe. Ein toller Rat.« Klaudias Augen verengten sich zu Schlitzen. Ihre Stimme zitterte vor Wut. »Aber so läuft es für Frauen bei der Polizei. Nicht wahr? Da hat sich in den letzten Jahrzehnten nicht viel geändert. Klappe halten und all euren sexistischen Scheiß schlucken.«

»Jetzt markier hier bloß nicht das Opfer.« Thang fuhr herum. »Ich hab's so satt, mir ständig von irgendeiner Frau ein schlechtes Gewissen einreden zu lassen. Ich weiß, was ich gesehen habe. Also halt endlich die Luft an und mach hier nicht einen auf verfolgte Unschuld.«

Nach diesem Satz fühlte Thang sich für genau zwanzig Sekunden großartig. Danach setzte der Katzenjammer ein. Scheiße. Scheiße. Scheiße.

Er starrte Klaudia hinterher, die hinausstürmte, und folgte ihr nach einem Blick auf die Uhr. Mittlerweile kannte er sie gut genug, um zu wissen, dass sie nicht auf dem Damenklo ihre Wunden lecken würde, sondern schnurstracks zur Frühbesprechung lief. Direkt hinter ihr betrat er das Besprechungszimmer. Niemand erwiderte ihren Gruß, und PH verkroch sich fast in seinen Unterlagen, während die anderen Kollegen über ihre Telefone wischten. Selbst der Praktikant schenkte ihr keinen Kaffee ein. Klaudia saß mit durchgedrücktem Rücken auf ihrem Platz. Nur ein zuckender Nerv in ihrem Augenwinkel verriet ihre Anspannung. Thang bewunderte sie für ihre Haltung.

54. Kapitel

Der Fahrtwind blies Annalene den Regen ins Gesicht. Frierend zog sie die Schultern hoch. Sie solle ihre Winterjacke anziehen, hatte Silke gemault, reflexhaft hatte Annalene nach der dünnen Jacke gegriffen, und nun fror sie. Weil Silke einfach nicht aufhören konnte, sie wie ein kleines Kind zu bevormunden. In Gedanken nannte sie ihre Mutter nur noch beim Vornamen, in Wirklichkeit vermied sie jede Anrede. Wenn es nach ihr gegangen wäre, hätten Bhanu und Silke bei Oma Wurzeln schlagen können. Dann würde Silke ihren dicken Wanst wenigstens nicht durch Lübbenau schieben, und sie müsste sich auch nicht Bhanus ständige Jammerei wegen Petra Pan antun. Die beiden waren so endpeinlich. Und Uwe erst. Knutschte notgeil in der Gegend rum und ließ sich auch noch dabei erwischen. Annalene hatte die Schnauze voll von ihrer Familie, der Schule, ihrem Leben. Sie wollte nur noch weg. Wie Klaudia. Die war fein raus. Wohnte weit weg vom Schuss und hatte mit dem ganzen Durcheinander nichts mehr zu tun. Wieso hatte sie sich überhaupt mit Uwe eingelassen? Er war doch voll alt und überhaupt. Obwohl Annalene sich wirklich Mühe gab, gelang es ihr nicht, auch Klaudia total peinlich zu finden. Im Gegenteil, sie sah in ihr die einzige Hoffnung, ihrer Familie zu entkommen und bei der Gelegenheit auch noch Silke eins auszuwischen. Klaudia würde sie bestimmt bei sich wohnen lassen. Annalene streckte den Arm aus und bog rechts ab. Klaudias neue Adresse hatte sie Uwe aus den Rippen geleiert. Er hatte nicht einmal bemerkt, dass sie ihn aushorchte. Kein Wunder, dass er nur Repo war und kein richtiger Polizist wie Klaudia. Der wäre das nicht passiert. Wenn sie nicht so voll gegen den beschissenen Staat wäre, würde sie auch zur Polizei gehen und wie Klaudia sein. Verbrecher zur Strecke bringen und so. Aber nicht in diesem Scheißsystem. Annalene trat heftiger in die Pedale. Spritzwasser durchnässte ihre Jeans. Noch drei Jahre hing sie hier fest. Heftig zog sie beide Bremsbügel, und schlingernd kam ihr Rad neben einem parkenden Auto zum Stehen. Jetzt hätte sie doch fast die Zufahrt zum Fließ verpasst.

Erst als sie vor dem Haus hielt, kam ihr die Erkenntnis, dass Klaudia wahrscheinlich nicht zu Hause war.

Egal, dachte sie und schloss aus reiner Gewohnheit ihr Rad an die Leiter, die an der Hauswand lehnte. Lass nie dein Fahrrad unabgeschlossen irgendwo stehen. Die ständigen Ermahnungen ihres Vaters waren ihr so in Fleisch und Blut übergegangen, dass sie nicht einmal mehr über diese Handlung nachdachte. Sie würde eher vergessen, sich die Zähne zu putzen, als ihr Fahrrad abzuschließen. Annalene richtete sich auf und wischte die feuchten Hände an der Hose ab. Geschützt durch das überstehende Dach, schaute sie sich um. Schön war es hier. Sie, die in ihrem Leben noch nie den Rasen gemäht oder Unkraut gejätet hatte, versuchte sich vorzustellen, wie es wäre, auf dem Land zu leben und Gemüse zu ernten. Vielleicht sollte sie nicht in eine Großstadt, sondern in eine alternative Landkommune ziehen. Oder besser noch nach Christiania, dieser Kommune in Kopenhagen. So langsam siegte die Nasse-Füße-und-eigentlich-weiß-ich-nicht-was-ich-hier-soll-Gegenwart über ihre Zukunftsfantastereien. Fröstelnd zog sie die Schultern hoch. War ja klar, dass Klaudia nicht hier sein würde. Andererseits wäre es nach dem ganzen Theater der letzten Tage auch keine gute Idee gewesen, die Matheklausur mitzuschreiben. Annalene schaute durch das Fenster neben dem Blumenspalier. Nur eine umgestülpte Kaffeetasse im Abtropfgitter verriet, dass hier jemand wohnte. Annalene stieg die beiden Stufen zur Eingangstür hinauf. Sie kletterte auf das kleine Mäuerchen neben der Treppe und tastete auf der vergeblichen Suche nach einem Ersatzschlüssel den Mauervorsprung über der Eingangstür ab. Seufzend sprang sie von der Mauer. Sie hatte sich schon fast damit abgefunden, auf dem offenen Dachboden campieren zu müssen und schließlich zu erfrieren, und drückte die Klinke eigentlich nur der Vollständigkeit halber. Knarrend schwang die Tür auf. Voll krass.

Ganz wohl fühlte sich Annalene nicht, als sie in Klaudias Wohnung eindrang. Wie zur Rechtfertigung ihres Tuns meldete sich ihre Blase. Ein Notfall. Klaudia konnte unmöglich etwas dagegen haben, dass sie ihre Toilette benutzte. Annalene öffnete eine Tür zu ihrer Rechten. Nur ein Schuppen. Also die andere Seite. Ein schmales Wohnzimmer. Sie ging zur nächsten Tür. Das Schlafzimmer. Die Schranktüren standen offen. Annalenes Verstand brauchte einen Moment, bis er begriff, dass hinter der Schranktür Schuhe standen, die sich bewegten..

»Es tut mir leid, ich«, stammelte sie, als sie realisierte, dass es Männerschuhe waren, die sie sah. Blankgewienerte Schuhe, wie Polizisten sie trugen.

»Papa?« Annalene stolperte rückwärts gegen einen Sessel, drehte sich um und stürmte aus dem Haus. Papa ging fremd. Darüber nachzudenken, war das Eine, ihn in einem fremden Schlafzimmer zu erwischen, etwas ganz Anderes. Eine ungeahnte Welle der Verzweiflung brach über ihr zusammen. Ihre Welt zersplitterte. Sie erreichte ihr Fahrrad, bückte sich nach dem Schloss. Schritte hinter ihr. »Lass mich in Ruhe«, fauchte sie, ohne aufzuschauen, und plötzlich übermannten sie Schmerz und Dunkelheit.

55. Kapitel

Klaudia verließ die Frühbesprechung, ohne dass PH sie zurückrief. Wahrscheinlich hat er noch nicht seine Mails gecheckt, dachte sie und verspürte einen Anflug von Schadenfreude. Viel wahrscheinlicher war allerdings, dass er diese Mails einfach ignorierte. Schließlich ignorierte er alles, was in seinem Revier schieflief. Aber Klaudia war zu ausgelaugt, um wütend zu sein. Sie kehrte zu ihrem Schreibtisch zurück. Ene Mene Muh und raus bist du. Mit dem Zeigefinger tippte sie auf die nach feuchtem Papier riechenden Akten. Das Pling, das eine eingehende E-Mail begleitete, lenkte sie ab. Sie löschte die letzten Schlampenmails, die ihr Postfach verstopften. Übrig blieben eine Mail der Berliner Kollegen und eine erste Antwortmail auf ihre Nachfrage. Wow. Klaudia kniff die Augen zusammen. Sie hatte frühestens Ende der Woche mit Antworten gerechnet. Klaudia klickte auf das Umschlagsymbol.

Sehr geehrte Frau Polizeiobermeister Wagner,
Klaudia schmunzelte: Eine Mail wie ein Brief aus einer anderen Epoche.

Er habe an der Quartalsabrechnung gesessen, als ihre Anfrage einging, schrieb Doktor Klausner und ...

Hat der keine Sekretärin? Klaudia dachte an die langen Abende, die Conny zum Quartalsende mit der Abrechnung für ihren Vater verbracht hatte.

... als er die Röntgenbilder sah, habe etwas bei ihm geklingelt.

Auch bei Klaudia klingelte es und nicht nur in ihrem kranken Ohr. Sie vergaß Demel, sie vergaß PH, sie bemerkte nicht einmal, dass Thang hereinkam und hinter sie trat.

Wie ihr sicherlich auch schon aufgefallen sei, schrieb Doktor Klausner, wären die beiden seitlichen Schneidezähne nicht angelegt und deshalb die Eckzähne in die Lücke gezogen worden. Das sei an und für sich nichts Außergewöhnliches, es sei aber auch nicht alltäglich. Etwa bei zwei bis fünf Prozent aller Kinder ... Klaudia überflog den nächsten Absatz, der unterschiedliche kieferorthopädische Behandlungsmöglichkeiten aufzeigte, und sie überflog auch den folgenden Absatz, der die langwierige Suche im umfangreichen Röntgenarchiv des Doktors beschrieb. Und mit zunehmender Ungeduld überflog sie noch den Absatz, der sich mit den Schwierigkeiten befasste, einen Nachfolger zu finden. Offensichtlich hatte der gute Doktor ihre Anfrage genutzt, seiner Abrechnung zu entgehen. Klaudia knirschte mit den Zähnen. Wenn dieser Kieferknacker nicht bald auf den Punkt kam, würde sie eine Beißschiene brauchen. Sie scrollte sich durch die Mail, bis sie weiter unten endlich fand, was sie suchte.

Die Röntgenaufnahmen gehörten zu Kathrin Neumann, geboren 27. Mai 1967.

Klaudia fuhr mit der Maus über die Bildschirmuhr. Heute war der siebenundzwanzigste Mai. Sie biss sich auf die Unterlippe.

»Was ist das für ein Anhang?« Thang tippte mit seinem Kugelschreiber gegen den Bildschirm.

»Schaun wa mal.« Klaudia klickte auf die Datei. »Das ist nicht möglich«, keuchte sie und starrte auf die Fotografien.

»Was ist?«, fragte Thang.

»Ich weiß nicht.« Klaudia starrte auf ihre zitternden Hände. »Sie sieht aus, wie ...« Ihr Speichel reichte nicht, um den Satz zu beenden. Sie schluckte. »Sie sieht aus wie ... Oh Mann.« Mit einem Ruck schob sie den Bürostuhl zurück. Sie hatte das Gefühl, an den Worten, die in ihrem trockenen Hals feststeckten, zu ersticken.

»Spinnst du?« Im letzten Augenblick rettete Thang seine Zehen durch einen Sprung zur Seite.

»Ich ...« In Klaudias Kopf sirrten Hornissenschwärme. Sie stolperte zu ihrer Schultertasche, wühlte darin herum, bis ihre Finger fanden, was sie gesucht hatte. Sag, dass es nicht wahr ist, flehte sie innerlich, als sie mit zittrigen Fingern ihren Führerschein aufklappte.

»Das kann nicht sein.« Sie starrte auf ihr eigenes lächelndes Gesicht und dann auf das ebenfalls lächelnde Gesicht der Toten.

»Ach du Scheiße.« Thang griff nach ihrem Führerschein und hielt ihn neben den Bildschirm. »Was geht denn hier ab?«

»Ich weiß es nicht.« Klaudia verschränkte die Arme vor der Brust. Sie hatte das Gefühl, auseinanderzufallen.

Thang scrollte sich durch den Bericht des Arztes. Klaudias Augen folgten den Zeilen. Kathrin Neumann, … wohnhaft in … Die Buchstaben der Adresse tanzten vor Klaudias Augen. Sie konnte sie sehen, buchstabieren, aber ihr Verstand weigerte sich, sie zu Worten zusammenzufügen.

»Das kann nicht sein«, murmelte Thang. Seine Hand legte sich warm auf ihre Schulter, trotzdem fror Klaudia, als stünde sie nackt in der Arktis. »Du wohnst in ihrem Haus.«

56. Kapitel

Ihre Knie sind eins geworden mit dem Stein, schon längst spürt sie nicht mehr dessen Kälte. Erst ist ihre Haut rot geworden unter dem ständigen Druck, dann weiß und dann hatten sich Geschwüre gebildet. Aber die Frau spürt den Schmerz nicht. Genauso wenig wie sie ihre Fersen spürt, die unter ihr wegfaulen. Ihr Körper hat beschlossen, dass es keinen Sinn macht, Schmerzen zu spüren, genauso wenig wie es Sinn macht, hungrig zu sein. Es reicht, wenn das Herz im Rhythmus des tropfenden Wassers schlägt und wenn ihr Finger ihn viermal pro Minute, zweihundertvierzigmal pro Stunde und fünftausendsiebenhundertsechzigmal pro Tag mit einem Tropfen Wasser versorgt. Tagelang? Wochenlang? Ein Leben lang?

Pling – Pling – Stille.

Der letzte Tropfen trocknet auf dem Finger der Frau. Ihr Herzschlag stolpert, und für einen Augenblick schweigt die Kinderstimme in ihrem Kopf. Der Stacheldraht zerbröselt, Stimmen überfluten die Frau, sie duckt sich, presst die Hände gegen die Ohren. Will nichts hören. Will nichts fühlen. Vergeblich. Nur einen Augenblick hat die Stimme in ihrem Kopf gezögert, und schon ist alles zurück. Die Kinderstimmen, die sie verhöhnen. Die vergebliche Suche nach sich selbst. Die Schmerzen, die ihr die Beine wegschlagen und sie wimmernd neben dem Waschtrog zu Boden sinken lassen.

»Häschen in der Grube
saß und schlief, saß und schlief.«

Nicht die Stimme des Kindes singt den Refrain, sondern ihre eigene zerbrochene Stimme, aber sie ist nicht stark genug, die Angst zurückzuhalten.

Sie wird sterben, die Frau weiß es, weil ihr Herz nicht mehr weiß, wann es schlagen soll, und gegen ihre Brust stolpert.

Namenlos.

So lange hat die Stimme geschwiegen, warum musste sie ausgerechnet jetzt aus dem Nirgendwo auftauchen und sie an den einen großen Schmerz erinnern.

Namenlos.

Ene mene Katzendreck und DU. BIST. WEG.

Die Frau schluchzt. Dann formen ihre Lippen den ersten Buchstaben.

»A!«, sagt sie in die Dunkelheit hinein. »Andrea? – Anja? – Anna? – Anne? – Agnes?« Sie spürt, dass ihr keine Zeit bleibt, abzuwarten. Hastet weiter durch das Alphabet. »Barbara? – Brigitte? – Bärbel?«

Das Herz, das Herz, es ruht sich aus, es bringt nur einen Ton heraus.

»Nein«, stammelt die Frau, schlägt sich auf die Brust. Ihr Herz stolpert sich wieder in einen müden Takt.

»Christa? Claudia? Doris? Dörthe? Elke? Erika? Franziska? Gertrud? Gerlinde? Silke?«

So viele Namen, so wenig Zeit. Panisch hustet die Frau, ihr Herzschlag wird schneller, immer schneller: Dabumm. Dabum. Dbm.

Zu schnell. Die Frau krallt die Fingernägel in die Brust, will es stoppen.

»K!,« stößt sie hervor. »K!« Ka! Ja, das ist es. Das Herz der Frau saugt und pumpt jetzt so schnell, dass das klebrige Blut nicht mehr seine Kammern füllen kann.

»Kab«, krächzt die Frau.

Keine Zeit. Keine Zeit.

»Kat-.« Kat ist richtig. Die Frau spürt es, und sie sieht das Wort vor sich. Es tanzt auf einem Regenbogen.

»Katka.« Die Frau streckt die Hände nach dem Wort aus, streichelt seinen Klang.

Nach fünfhundertdreiundsiebzig Stunden und sechsundzwanzig Minuten hat die Dunkelheit ihr ihren Namen zurückgegeben.

»Katka.« Sie erkennt sich jetzt. Weiß, dass irgendwo im Nirgendwo Menschen an sie denken, sie vermissen, und sie weiß, wer ihr das angetan hat und warum.

»Es tut mir leid«, murmelt sie, und dann zieht sich ihr Herz in einem letzten verzweifelten Bemühen zusammen und erschlafft.

Armes Häschen bist du krank, dass du nicht mehr hüpfen kannst?

Die Kinder beugen sich zu ihr herab und helfen ihr auf die Füße. Lachend folgt sie ihnen über den Stacheldraht hinweg.

57. Kapitel

»Nichts, gar nichts.« Entnervt warf Thang die letzte Akte auf den Stapel. Klaudia lehnte mit verschränkten Armen am Fenster und schaute zu, wie der Wind den Regen gegen die Scheibe trieb.

»Sie hat mich erkannt.«

»Die Nowak hat mehr Löcher im Gehirn als ein Sieb.«

»Aber sie hat Katka zu mir gesagt.«

»Das sagt sie zu jedem«, widersprach Thang. »Ihre Enkeltochter war ein junges Mädchen, als sie verschwunden ist. Du bist …« Er stockte. »Es ist fünfundzwanzig Jahre her.«

»Was ist mit Schiebschick?« Klaudia dachte an die Kahnfahrt mit dem alten Mann. »Er wollte, dass ich in dem Haus wohne.«

»Puh.« Thang blies die Wangen auf. »Du glaubst doch nicht im Ernst, er könnte dein Rosenkavalier sein.«

»Warum nicht?« Mit der Spitze des Zeigefingers folgte Klaudia einem Regentropfen. Sie dachte an Uwe, der auch Achim hieß. »Auch eine Variante.«

»Ich glaub's nicht.« Der Bürostuhl knarrte, als Thang sich vorbeugte. Mit den Ellbogen schob er die Tastatur aus dem Weg. »Ich kenne ihn, seit ich ein Kind war. Ich kann ihn mir einfach nicht als Stalker vorstellen.«

»Wer dann?«

»Keine Ahnung. Aber was ist, wenn die Rosen und das hier zwei Paar Schuhe sind und wir in die falsche Richtung laufen, wenn wir nach deinem Rosenkavalier suchen?«

»Kann sein.« Klaudia wandte sich vom Fenster ab. Noch immer steckte ihr der Schock wie eine schwere

Grippe in den Gliedern. »Damit wären wir dann wieder bei Peter.«

»Du musst mit PH reden.«

»Er glaubt mir nicht.«

»Er mag vielleicht nicht glauben, dass Peter etwas mit der Sache zu tun hat, aber er ist Bulle. Er riecht einen Furz, bevor er stinkt.«

»Das Einzige, was ihm stinkt, bin ich«, fauchte Klaudia. »Und was soll er überhaupt tun? Mir etwa einen Kollegen zur Seite stellen? Etwa Uwe?« Sie lachte bitter auf.

»Na ja.« Thang räusperte sich. »Vielleicht nicht gerade Uwe. Der Ärmste dürfte auch so schon genug Probleme haben.«

»Mag sein«, antwortete Klaudia. Noch ein Bauklotz auf ihrem schwankenden Gedankenturm.

Nun sag's ihm schon, zischte sie sich selbst in Gedanken zu.

Unschlüssig kaute Klaudia auf ihrer Unterlippe. Thang glaubte schon nicht, dass Peter etwas mit der Sache zu tun hatte, wenn sie ihm jetzt noch von ihrem Verdacht gegen Uwe erzählte, würde er sie wahrscheinlich einweisen lassen. Andererseits: Mit wem sollte sie reden? Außerdem war er der Einzige ihrer Kollegen, der zu jung war, um etwas mit dem Tod ihrer Doppelgängerin zu tun zu haben. Doppelgängerin: Allein das Wort trieb ihr die Luft aus den Lungen, wie ein Faustschlag in die Magengrube.

»Schiebschick hat etwas gesagt …« Klaudia stürzte sich in den Satz. Mit vorgestrecktem Kopf und vor der Brust verschränkten Armen überwand sie die vier Schritte, die zwischen dem Fenster und Thangs Schreibtisch lagen. Sie lief vor und zurück, wie ein Gefangener. Und war sie nicht eine Gefangene? Für den Bruchteil eines

Wimpernschlages sah sie Ziegelmauern, die an sie heran-
rückten, und atmete abgestandene Kellerluft ein. Sie
machte auf dem Absatz kehrt und ging zum Fenster,
schob die schmutzigweißen Lamellen zur Seite. Hinaus-
schauen. Den Regen sehen, die Bahngleise. Das Klirren
der Fensterscheiben hören, das einen Zug ankündigte.
Normalität. Nicht dieser Wahnsinn, der wie eine über-
laufende Kloake in ihr Leben sickerte.

»Was denn?« Erst Thangs Frage erinnerte sie daran,
dass sie einen Satz begonnen hatte. Sie holte tief Luft.
»Er hat gesagt ...« Ihr Atem kondensierte an der Fensterscheibe. »Diese Enkeltochter hätte einen Freund bei der
Polizei gehabt. Und der soll Achim geheißen haben.«

»Und?«

»Uwe heißt so.«

»Wie? Uwe heißt so? Wie kommst du denn darauf?«

»Ich hab ihn gefragt.« Klaudia wandte sich vom Fenster ab. Fröstelnd verschränkte sie die Arme vor der Brust.

»Und da hat er das einfach so gesagt?« Thangs Gesicht
war ein einziges Fragezeichen.

»Ja.«

»Aber ...« Thang ließ einen Stift zwischen seinen Fingern kreisen. »... der Mord – wenn es einer war – ist fast
ein Vierteljahrhundert her. Wer weiß, wer damals alles
Achim hieß. Und überhaupt: Wie alt ist Uwe eigentlich?«
Thang reagierte, wie Klaudia es erwartet hatte.

»Das ist das, was ich weiß.« Klaudia schluckte gegen
die Enttäuschung an.

»Ja. Schon. Aber ...«

»Ich weiß. Es scheint alles so absurd. Andererseits ...«
Sie nahm ihre Wanderung zwischen Fenster und Thangs
Schreibtisch wieder auf. Die Bewegung half ihr beim

Denken. »Ich weiß, dass das alles zusammenhängt. Das ist nicht nur Bauchgefühl. Das ist auch Instinkt. Ich weiß es einfach.«

»Dein Riecher in Ehren, aber Uwe hätte die Bilder nicht machen können.«

»Und wieder sind wir bei Peter.« Klaudia machte auf dem Absatz kehrt, als ihre Hüfte gegen den Thangs Ablagekorb stieß. »Oder«, sie blieb abrupt stehen. »Du hast sie gemacht.«

»Keine Chance.« Thang hob abwehrend die Hände. »Ich bin nicht so der Fotofreak.«

»Aber du warst da. Du hast es selbst gesagt. Warum eigentlich? Du wolltest doch nach Hause.«

»Da war ich auch, Frau Verhörleiterin, und dann habe ich beschlossen, eine Runde mit dem Rad zu drehen.« Thang zog die Tastatur an ihren Platz zurück. »Training ist wichtig.«

»Natürlich.« Auch wenn Klaudia nicht glaubte, dass er ihr geheimnisvoller Feind war, so wusste sie doch, dass er log. Aber wer sagte in diesem Scheißrevier schon die Wahrheit?

58. Kapitel

Annalene erstickte an der Dunkelheit. Ihre Nase war verstopft vom Weinen. »Mama«, wimmerte sie. Sie wollte nach Hause. Zu Mama und Bhanu und auch zu dem Baby. An Papa wollte sie nicht denken. Konnte sie nicht denken. Eine Decke schützte sie vor der feuchten

Kälte und der Dunkelheit, die nach ihr griff. Aber die Decke schützte sie nicht vor der Dunkelheit und Kälte, die in ihr lauerten. Papa hatte ihr das angetan. Nicht in ihren finstersten Träumen hätte Annalene sich eine derart absolute Dunkelheit vorstellen können: Kein Licht, kein Grau, kein Schimmer, nur undurchdringliche Schwärze, in der sich ihre Konturen auflösten. Annalene wusste nicht mehr, wo sie aufhörte und die Dunkelheit begann. Nach der ersten Panik hatte sie angefangen, mit den Fingern ihre Umgebung abzutasten und eine Bestandsaufnahme zu machen: Kissen. Decke. Beule. Und nun hockte sie wimmernd mit angezogenen Beinen auf der Pritsche. Wie im Gefängnis, dachte sie, ohne jemals in einem Gefängnis gewesen zu sein. Aber sie kannte die Arrestzellen im Revier. »Papa.« Ihr Krächzen verlor sich in der Dunkelheit. »Lass mich raus, Papa. Ich sag nichts zu Mama, und ich freu mich auch aufs Baby, und mit Bhanu vertrag ich mich auch. Papa! Scheiße! Lass mich raus!« Die Dunkelheit verschluckte ihre Schreie, wie sie alles verschluckte. Nicht alles. Über ihren keuchenden Atem hinweg hörte Annalene das Tröpfeln. Ihre Füße tasteten sich zum Rand der Pritsche, wie sie sich schon zweimal zum Rand vorgetastet hatten. Noch schaffte sie es nicht, die Dunkelheit zu überwinden. Vielleicht lauerte ein Abgrund zwischen ihr und dem Tröpfeln. Vielleicht war sie nicht allein? War da nicht ein Rascheln? Ein Fiepen? Hastig zog Annalene die Füße wieder in die Sicherheit der Decke zurück. Eine trügerische Sicherheit. Sie starrte in die Dunkelheit. Ihre Augen fühlten sich groß und rund an, wie Eulenaugen. Wieso tat Papa das? Annalene tastete wieder nach der Beule.

Nein, nicht Papa. Ihr Herz schlug schneller.

59. Kapitel

Klaudia trug die Akten die Treppe hinunter. Thang hatte ihr einiges zum Nachdenken gegeben.

»Ach du Scheiße.«

Die Stimme ließ Klaudia zusammenzucken. Demel stand am Fuß der Treppe und schaute zu ihr auf.

»Ich äh. Wir …«

»Was?«, fauchte Klaudia.

»Wir sollten reden.«

»Vergiss es.« Klaudia starrte über ihn hinweg. »Ich rede nur mit dir, wenn jemand vom Personalrat dabei ist.«

»PH hat mir von den Mails erzählt, und ich meine: dass du mir so eine Sauerei zutraust. Ich würd doch so etwas nie machen.«

»Ach, und das andere Bild?«

»Aber das war doch was ganz anderes.« Demel versuchte tatsächlich seinen Blondinenblick bei ihr. Es juckte Klaudia in den Fingern, ihm dieses dackelige Grinsen aus dem Gesicht zu klatschen.

»Die-Schöne-und-das-Biest-mäßig, oder so. Das tut doch keinem weh. Aber ich schwör dir, das andere Bild hab ich nicht gemacht. Du kannst die anderen fragen. Ich bin nicht mal zum Pissen raus.«

»Ich glaub dir.« Klaudia hob die Hände, um seinen Redestrom zu stoppen.

»Ehrlich?« Der Blondinenblick gewann einiges an Selbstbewusstsein. »Ich hatte doch keine Ahnung.«

»Und wieso bist du jetzt klüger?«

»Wegen der E-Mails natürlich. Ehrlich. Ich hab damit nichts zu tun.«

Und auch wenn Demel lange Zeit für Klaudia der Hauptverdächtige gewesen war, so wusste sie doch, dass diese Vermutung eine Sackgasse war. Sie war sich sicher, dass der Schlüssel zu all diesen Ereignissen die Ähnlichkeit zwischen ihr und der Toten war. Jemand hatte sie gesehen und erkannt: Trotz der vielen Jahre, die seit dem Tod ihrer Doppelgängerin vergangen waren, und dieser Jemand beobachtete sie. Erst die Rosen, dann die Bilder, dann die Hassmails. Sie dachte an das Kleid, das falsch herum im Schrank gehangen hatte. Allein die Vorstellung, dass, wer immer sie beobachtete, in ihrer Wohnung gewesen war, richtete die feinen Haare in ihrem Nacken auf. Schaudernd zog sie die Schultern hoch. Wer war der Unbekannte?

Oder die Unbekannte? Klaudia blinzelte. Noch mehr Möglichkeiten und ihr Schädel würde platzen wie eine überreife Melone. Schmerz breitete sich zwischen ihren Augen aus.

»Ist dir nicht gut?«

Demel beugte sich besorgt vor.

»Nein. Nein. Alles bestens.« Mühsam stemmte sich Klaudia aus dem Sumpfloch ihrer Gedanken. »Fotografier mich einfach nicht mehr.«

Das Archiv befand sich neben dem Technikraum im Keller. Die Tür stand offen.

»Wenigstens etwas«, murmelte Klaudia, der erst jetzt einfiel, dass sie sich den Schlüssel bei Joe hätte holen müssen. Klaudia dachte an ihr letztes Gespräch. Es würde wahrscheinlich noch ein bisschen dauern, bis sie Freunde sein konnten.

Sie schob die Akten in ein freies Regal und ging hinüber zum Computer, um sich auf die Suche nach Kathrin Neumann zu machen, die heute Geburtstag gehabt hätte und die so viele Jahre verscharrt im Wald gelegen hatte.

»Was machst du denn hier?« Joe kam aus einem Gang der Gleitregalanlage. Seine Stimme klang schroff, und er vermied es, in ihre Richtung zu schauen.

Wärme stieg Klaudia in die Wangen, und sie war froh, dass Joe mit dem Handrad beschäftigt war.

»Ich suche eine Vermisstenmeldung.«

»Aber Petra hat dir doch alle hochgebracht.« Joe trat hinter Klaudia an den Computer.

»Das mag sein, aber die, die ich suche, ist nicht dabei.«

»Dann gibt es sie nicht.«

Holla die Waldfee, da war sich aber einer sehr sicher. Klaudia richtete sich auf. Ohne es zu ahnen, hatte Joe genau den richtigen Knopf gedrückt, um ihre Unsicherheit abzustellen.

»Wir haben die Tote im Wald identifiziert.«

»So schnell?«

»Ja.« Klaudia drehte sich zu Joe um. Solange sie über Fälle sprachen, fühlte sie sich einigermaßen sicher. Trotzdem fuhr sie hastig fort: »Der Hinweis in der E-Mail mit den Kieferorthopäden hat mich drauf gebracht. Es hat sich tatsächlich einer gemeldet. Er hat sogar Bilder mitgeschickt.«

»Bilder?«

»Ja. Ich vermute, dass die Tote die Enkeltochter meiner Vermieterin ist.«

»Deiner Vermieterin?«

»Genau. Der Name der Toten ist Kathrin Neumann«, antwortete Klaudia mit mehr Munterkeit in der Stimme, als sie empfand. »Wir haben sogar ein Foto. Du kennst doch diese Vorher/Nachher Fotos, die Kieferorthopäden sich ins Wartezimmer hängen, damit die Kids wissen, wofür sie die Zahnspange so lange ertragen müssen.« Klaudia redete zunehmend verzweifelt gegen ihre Verlegenheit an.

»Und was hast du gesucht?«, fügte sie erschöpft hinzu.

»Nichts.«

»Nichts?« Klaudia drehte den Spieß um, während sie den Namen der Toten in die Suchfunktion eintippte.

»Ich hab was weggebracht.«

»Weggebracht?« Jeder, der den Grundkurs Verhörtechnik nicht verschlafen hatte, beherrschte diesen Trick. Nur reagierte Joe im Gegensatz zu ihr nicht mit Sprechdurchfall. Er blieb einsilbig. Kein Wunder, nach ihrem Auftritt auf der Treppe. Sie musste sich unbedingt bei ihm entschuldigen.

Eigentlich musste sie sich ständig bei ihm entschuldigen. Irgendein Fettnäpfchen erwischte sie immer, wenn sie mit Joe sprach.

»Scheiße«, fluchte sie lautlos und scrollte durch die Dateien. »Nichts. Sie ist tatsächlich nicht als vermisst gemeldet.«

»Das habe ich dir bereits gesagt.«

»Aber Frau Nowak sprach von Polizeihunden.«

»Frau Nowak spricht auch oft von Einbrechern.« Joe starrte auf seine Schuhe. »Vielleicht kann sie den Gedanken nicht ertragen, dass das Mädchen sie im Stich gelassen hat.« Seine Stimme klang belegt. Wieder ein Fettnäpfchen.

»Tut mir leid. Ich wollte dich nicht an deine Verlobte erinnern. Ignorier mich einfach. Ich bin so feinfühlig wie ein Maschinenhauer.«

»Ein was?«

»Ach ja.« Klaudia biss sich auf die Unterlippe. Wie verwirrt musste sie eigentlich sein, um Arnos Standardvergleich zu missbrauchen. »Ist so 'ne Art Schlosser. Unter Tage. Also früher, als noch Kumpels unter Tage malocht haben. Also bei uns, im Ruhrgebiet.«

So viel zum Thema Sprechdurchfall. Klaudia schluckte trocken.

»Und der Zahnarzt hat Bilder geschickt?«

»Ja.« Diesmal war es an Klaudia, kurz angebunden zu sein.

»Vor kurzem habe ich von ihr gehört«, murmelte Joe plötzlich. »Ich hatte sie schon fast vergessen, und dann hör ich von ihr, nach all den Jahren.« Er räusperte sich, als hätte er einen Kloß im Hals. »Sie hat sich kaum verändert.«

»Wirklich?« Fast hätte Klaudia noch ›wie schön‹ hinzugefügt, bremste sich aber im letzten Augenblick. Es wurde Zeit, dass sie hier rauskam, bevor sie weitere Peinlichkeiten von sich gab. Hastig loggte sie sich aus dem Archivsystem aus. »Schon komisch, dass niemand sie vermisst hat.«

»Oh, ich glaube schon, dass sie vermisst wurde.« Joe schaute von seinen Schuhen auf. Seine Gedanken waren wohl immer noch bei seiner Verlobten.

»Gut, also: nicht vermisst gemeldet hat«, korrigierte sich Klaudia. »Warst du eigentlich damals schon bei der Polizei?«, fragte sie.

»Ja«, antwortete Joe. »Zweiundneunzig durchleuchtet und als unbedenklich eingestuft. Warum fragst du?«

»Gab's hier im Revier mal einen Achim?«

»Wie kommst du denn darauf?«

»Schiebschick hat so etwas gesagt.«

»Schiebschick?«

»Ja. Dieser Achim soll der Freund von Frau Nowaks Enkeltochter gewesen sein.«

»Nie gehört.«

»Kanntest du sie?«

»Die Tote?« Joe kratzte sich das Kinn. »Kaum. Sie soll recht lebenslustig gewesen sein.«

»Lebenslustig? Aha.« Ein Synonym für häufig wechselnde Männerbekanntschaften. Also durchaus ein mögliches Motiv. »Was ist eigentlich mit ihren Eltern?«

»Sie war Waise.«

»Waise?«

»Ja. Hat Schiebschick dir das nicht erzählt? Gehört zu seinen Lieblingsgeschichten. Muss so neunzehnsiebzig gewesen sein.« Joe klang, als lese er aus einer Akte. »Sie haben ein Flugzeug entführt.«

»Ein Flugzeug.« Diesmal war es keine ausgeklügelte Verhörtechnik, sondern Verblüffung, die Klaudia die Worte wiederholen ließ.

»Ja.« Joe ließ sich Zeit.

Seite umblättern, nächster Satz, dachte Klaudia. Als hätte sie den Gedanken ausgesprochen, fuhr er fort:

»Einen Linienflug. Aber der Pilot hat sie reingelegt, und als sie gemerkt haben, dass er in Ostberlin gelandet ist, haben sie sich erschossen.«

»Wie schrecklich.« Klaudia biss sich auf die Unterlippe.

Allein die Vorstellung, seine Eltern auf diese Art und Weise zu verlieren, ließ sie schaudern. »Die arme Frau Nowak.« Klaudia schaltete den Bildschirm aus und stemmte sich in die Höhe. »Ich hoffe, sie ist weit genug in ihrer anderen Welt, wenn ich ihr sagen muss, dass ihre

Katka tot ist.« Sie drückte sich an Joe vorbei, atmete seinen Aprilduft ein. Eine Erinnerung streifte sie wie eine nektartrunkene Hummel und taumelte davon, bevor sie sie fassen konnte.

60. Kapitel

Um 14:15 war Uwes Welt noch leidlich in Ordnung. Nachdem er die Plastiktüten bei Klaudia abgeliefert hatte, machte er erst einmal einen Abstecher zu »Bubner«.

»Wie geht's Annalene?« Wie immer packte ihm die Verkäuferin ein Quarkbällchen zu seiner Bestellung.

»Gut«, antwortete Uwe mechanisch und griff nach der Tüte. »Ach, da bin ich ja beruhigt. Chantalle hat sich schon Sorgen gemacht. Fünfundzwanzig Cent auf Zwei.« Sie zählte ihm die Münzen in die Hand. »Sie wissen ja wie die Mädchen sind. Simsen den ganzen Morgen.«

»Wieso Simsen?«

»Na ja.« Beunruhigt schaute die Verkäuferin auf. »Annalene ist doch krank.«

»Stimmt.« Uwe schlug sich gegen die Stirn, als sei er zu blöd, sich den Gesundheitszustand seiner Kinder zu merken. Er kochte vor Wut.

»Na warte, Fräuleinchen«, stieß er zwischen zusammengepressten Zähnen hervor, als er die Bäckerei verließ. Die nächsten zwanzig Minuten verbrachte er damit, immer wütendere Mitteilungen auf Annalenes Mailbox zu sprechen.

Schließlich hielt er es nicht mehr aus und rief zu Hause

an. Auch hier meldete sich nur der Anrufbeantworter. Ohne eine Nachricht zu hinterlassen, legte er auf. Wo verdammt noch mal war Annalene? Wie konnte es sein, dass Hormone ein Kind so sehr veränderten. Hatte sie vielleicht einen Freund? Uwe malte sich aus, welche Sorte Freund Annalene haben könnte. Wahrscheinlich irgendeinen Umweltfritzen, für den Polizisten nur Bullenschweine waren und Schule so überflüssig wie Kohlekraftwerke. Nicht genug, dass man nicht mehr der Held im Leben seiner Tochter war, jetzt hockte auf dem Podest ihrer Zuneigung auch noch ein Bengel, der sie dazu brachte, die Schule zu schwänzen und ihren Vater zu verachten. Uwe rollte das Quarkbällchen über die Tischplatte. Vielleicht wurde das nächste Kind ja ein Junge.

Und wenn ihr etwas passiert ist? Der Gedanke kam aus dem Nichts, und Uwes Wut schrumpfte, wie ein Luftballon, aus dem die Luft entwich.

Was, wenn ihr etwas passiert ist?

Annalene hat heute Morgen ganz normal das Haus verlassen.

Natürlich. Sie ist ja nicht dumm.

Sie hat noch nie die Schule geschwänzt.

Irgendwann ist immer das erste Mal.

Aber sie würde nie ihr Handy ausstellen.

Mit diesem letzten Argument siegte die Sorge, und Uwe hatte plötzlich das Gefühl, Sand zu atmen. Er musste Silke anrufen, vielleicht wusste sie ja, wo Annalene war. Aber was sollte er ihr sagen? Hey, ich wollte mal anrufen, um zu wissen, wo ihr alle steckt? Er konnte Silke doch unmöglich sagen, dass Annalene die Schule geschwänzt hatte. Sie würde sich aufregen, und das war Gift für ihren Blutdruck, der sowieso schon wieder einem neuen Höchststand zusteuerte. Uwe schob sich das Quarkbällchen in den Mund. Er war nicht der Typ für unentschlossene Selbstgespräche. Eigentlich funktionierte er wie ein Lichtschalter: An. Aus. Kein unentschlossenes Flackern. An. Aus. Er entschied sich, etwas zu tun, und tat es. Er musste sich nur entscheiden. Ich rufe Silke an! Aber was soll ich ihr sagen? Denk nach. Der süße Teig quoll in seinem Mund auf. Er schluckte.

Vielleicht war sie bei Klaudia. Die Erkenntnis krümelte wie Zucker vom Quarkbällchen. Annalene hatte ihn ausgehorcht. Er spuckte den Teigballen in ein Papiertuch und zerrte das iPhone aus der Brusttasche des Uniformhemdes.

61. Kapitel

Keuchend und mit schmerzenden Waden hechtete Klaudia die letzten Stufen hinauf. Vielleicht sollte sie doch einmal Thangs Werben nachgeben und anfangen, Sport zu treiben.

Vielleicht war sie aber auch einfach nur zu schnell gerannt?

Flucht ist keine Lösung. Oh doch, dachte Klaudia. Immerhin war es im Moment schwierig mit Joe. Sie stolperte über die letzte Treppenstufe. An ihrem Hüftknochen vibrierte das Telefon. Ungeduldig fingerte sie es aus der Hosentasche. Schon wieder Uwe. Das Smartphone zwischen Ohr und Schulter geklemmt, schob sie sich durch die Glastür, die das Treppenhaus von den Büros trennte.

»Was gibt's?«

»Annalene ist verschwunden.«

»Wie verschwunden?«, fragte Klaudia noch atemlos vom Laufen und lauschte Uwes Bericht. »Das ist jetzt nicht dein Ernst, oder?«, fragte sie, als er schließlich fertig war. »Sie hat die Schule geschwänzt und geht nicht an ihr Telefon. Und du läufst sofort Amok?« Der Helikoptermutter Silke hätte sie diese überzogene Reaktion sofort zugetraut, aber dass Uwe genauso verrückt war, wenn es um seine Töchter ging, hatte sie nicht erwartet. Gut, dass ihre eigene Jugend noch vor Handyzeiten gewesen war. Mutierten Eltern durch Handys zu Überwachungsfreaks, die schon durchdrehten, wenn ihr Kind mal das Handy ausschaltete? Wahrscheinlich hatte Annalene die Nummern ihrer Eltern auf irgendeine Blockierliste gesetzt. Klaudia wusste, dass es solche Funktionen gab, auch wenn sie nicht wusste, wie man sie einrichtete. Sie sollte vielleicht mal die Gebrauchsanweisung ihres Telefons durchlesen, dann würde sie Uwes Nummer auch blockieren.

»Sie ist bestimmt bei dir«, jammerte Uwe. »Sie hat mir deine Adresse aus den Rippen geleiert.«

»Ja und?«

»Kannst du nicht nachschauen?«

»Warum sollte ich?«

»Bitte. Ich glaub, es würde ihr guttun, mit dir zu sprechen. Ich würd' sie später abholen. Du kannst mir eine SMS schicken.«

»Hast du keine Angst, dass Silke sie liest?«

»Bitte.«

Klaudia sah seinen Dackelblick direkt vor sich. »Also gut.« Sie nahm das Smartphone vom Ohr und schaute auf die Uhr. Würde sie halt ihre Mittagspause nicht zwischen KIK und ihrem Lieblingsdöner verbringen. »Ich fahr kurz nach Hause.«

Klaudia sah das Fahrrad sofort. Sie rannte durch den Regen zum Hauseingang. Die Tür klapperte im Wind.

»Annalene?«, rief sie und trat in ihre Küche. Die Tür zum Wohnzimmer stand einen Spalt offen. »Hey. Bist du hier?«

Keine Antwort. Das Sirren in Klaudias Ohr stolperte. Von ihrer Intuition geleitet zog sie ihre SIG Sauer aus dem Holster und entsicherte sie. Schussbereit stieß sie die Tür auf: Ein umgestürzter Stuhl. Keine Menschenseele. Klaudia durchquerte den Wohnraum und stieß die Tür zu ihrem Schlafzimmer auf. Das Erste, was sie sah, war das *Marc Cain*-Kleid, das ausgebreitet auf ihrem Bett lag. Konnte das Annalene gewesen sein? Aber wo war sie dann? Und warum war der Stuhl umgestürzt? Vor was oder wem war sie davongelaufen? Und warum stand ihr Fahrrad immer noch an der Leiter?

Sich dicht am Haus haltend, kehrte Klaudia zum Fahrrad zurück. Etwas glänzte im aufgewühlten Schlamm zu ihren Füßen. Klaudia steckte die Pistole zurück in das Holster und bückte sich. Ein Fahrradschlüssel. Ihr Polizistenhirn arbeitete auf Hochtouren. Motorengeräusch ließ sie aufhorchen. Ein Auto hielt neben ihrem Peugeot. Joe stieg aus. Warum verdammt noch mal war er ihr gefolgt?

Sie richtete sich auf.

»Was willst du denn hier?«

»Ich hab dir was mitgebracht.« Joe streckte ihr eine Kuchenschachtel entgegen.

»Das passt jetzt grad gar nicht. Aber komm rein.«
Klaudia drehte auf dem Absatz um und lief zurück zur
Küche. Komischer Typ dieser Joe.

Nicht Joe. Joachim.

Klaudia stolperte gegen den Küchentisch.

Joachim. Joe. Achim. Seine Stimme in ihrem Kopf:
Verlobte verschwunden. Schiebschicks Stimme: *Achim
heißt er.*

Joe stellte die durchnässte Kuchenschachtel auf den
Tisch.

»Ich hol einen Teller«, kiekste Klaudia und verfluchte
die aufsteigende Panik in ihrem Kopf. Es ist unmöglich.

»Nicht Joe«, murmelte sie über das anschwellende Sirren in ihrem Ohr hinweg, und dann kippte Joe einfach
aus ihrem Blickfeld.

62. Kapitel

Grelles Licht. Bleilider. Ein Wasserfleck. Erinnerungen:
Italienischer Stiefel. Fahrrad. Kuchen. Kuchen? Bei dem
Gedanken stieg ihr Galle in die Kehle. Klaudia schluckte,
konnte nicht klar denken. Weiter. Nicht aufgeben. Sie
musste nachdenken: Das Haus am Fließ. Das Haus der
alten Frau. Ihr Haus. Sie war zu Hause. Lag im Schlafzimmer. Ihrem Schlafzimmer. Auf dem Bett. Ihrem Bett.
War gefesselt. Mit den Händen an das Kopfende ihres
Bettes gefesselt. Sie fror. War nackt. Zäh wie Schlick
schwappten die Gedanken durch ihren Schädel. Ihr
Zwerchfell zog sich zusammen. Wieder füllte sich ihr

Mund mit dem fauligen Inhalt ihres Magens. Diesmal gab es kein Zurück. *Kann nicht schlucken, kann nicht atmen.* Ihr Herzschlag stolperte. Sie warf sich auf die Seite, die Fesseln zerrten an ihren Gelenken. Schweiß brannte in ihren Augen. Klaudia würgte und kotzte und würgte und keuchte und fror. *Luft. Atmen.* Ihr Herz pumpte gegen das Würgen an, bis nur noch einzelne Schläge in ihren Schläfen widerhallten. Schlieren waberten vor ihren Augen, nahmen ihr die Sicht. *Ich kann nicht mehr. Dunkelheit. Schwärze. Tod.* Panisch riss Klaudia die Augen auf. Sah die Rose. *Angst.* Ein Knarren. Die Tür öffnete sich. Uwe. Nackt.

Nicht Uwe, gellte eine Stimme in ihr, aber sie konnte es nicht aussprechen. Ihr Körper gehorchte ihr nicht. Es war falsch. Klaudia wusste, dass es falsch war, aber sie wusste nicht warum. Schweiß floss ihr in die Augen. Sie blinzelte. Mit den Händen bedeckte Uwe seine Blöße. Warum war er nackt? Warum sie? Scham flutete ihre Wangen. Uwe war nicht allein. Joe stand hinter ihm. Uwe. Joe. Joachim. Achim. Die Namen verknoteten sich in ihrem Gehirn. Klaudia versuchte den Knoten zu lösen, wollte verstehen. Vergeblich. Uwe stolperte vor ihr Bett. Für einen Moment sah Klaudia eine Pistole in Joes Hand. Holpernd setzte sich ihr Verstand in Bewegung und sortierte die Bilder. Die Waffe war ihre SIG Sauer. Sie war auf Uwe gerichtet. Joe trug Handschuhe. Uwe war nackt. Klaudia verstand. Sie würde sterben. Sie würden beide sterben.

»Bitte nicht.« Der Satz, nicht mehr als ein Nuscheln. Wie eine schleimige Schnecke schob sich ihre Zunge gegen die Zähne. Zu mehr fehlte ihr die Kraft. Klaudias Kopf fiel zurück auf das Kissen, das klamm war von ihrem Schweiß. Sie schloss die Augen. *Nichts sehen. Nichts hören. Nichts sagen.* Aber sie konnte ihre Ohren nicht verschließen. Sie hörte Uwes Keuchen, spürte seine Angst. Wusste, was er ahnte. Sie würden sterben. Hier in diesem Zimmer mit dem Wasserfleck, der aussah wie der italienische Stiefel. Sie wusste es, und es war ihr egal. Sie wollte nicht mehr, hielt einfach die Luft an. Wartete, dass ihr Herz wieder stolperte. Seit Arno sie ausgetauscht hatte, wie eine ausgelaufene Batterie, starb sie jeden Tag ein bisschen an diesem Sirren in ihrem Kopf und dem Schwindel, der sie vernichtete. Einfach nicht mehr atmen. Aber die Luft rasselte durch ihre Brust. Man stirbt nicht einfach so, kann es nicht beschließen.

»Leg dich neben sie.« Joe schob Uwe zum Bett.

Klaudia roch seine Angst. Scharf und stechend durchdrang sie ihren eigenen Geruch nach Schweiß und Erbrochenem. Die Matratze senkte sich unter seinem Gewicht. Uwes Schulter landete auf ihrem ausgestreckten Arm. Klaudia stöhnte auf. Sein Gewicht zerrte an ihren Fesseln, kugelte ihr fast das Handgelenk aus. Klaudia biss sich auf die Unterlippe, bis sie Blut schmeckte. Sie wollte nicht schreien. Ein Ruck, und Ameisenheere fluteten ihre tauben Finger. Uwes Gewicht hatte den Knoten gelöst. Ihre Hand war frei, und mit den Ameisenheeren kehrte auch ihr Lebenswille zurück. Selbst wenn jeder Tag ein kleiner Tod war. Sie wollte nicht sterben. Nicht so. Nicht hier. Nicht besudelt von ihrem eigenen Erbrochenen. Und auch Uwe sollte nicht sterben. Nicht jetzt. Nicht durch ihre Waffe. Die Wut stoppte ihre flirrenden Pupillen. Während sie Joe nicht aus den Augen ließ, tasteten ihre befreiten Finger im Schutz von Uwes Körper über das Bettlaken. Uwe atmete keuchend ein, als er ihre Berührung spürte. Er hatte verstanden.

»Wo ist Annalene?« Uwe tat, was man tat, wenn man in Gefahr war. Ablenken. Zeit schinden.

»Hast du Angst, sie zu verlieren?«

»Sie ist meine Tochter!«

»Alles deins, was? Deine Frau, deine Tochter, deine Hure.«

Joe beugte sich vor. Sein Gesicht war Klaudia so nahe, dass seine Augen zu einem Zyklopenauge verschwammen.

»Es ist alles deine Schuld.« Er entsicherte die Pistole, drückte ihr den Lauf zwischen die Augen.

»Ich hab euch gesehen. Weißt du das? Immer habe ich euch gesehen. Damals und heute.« Du erinnerst dich nicht, nicht wahr. Wie auch …« Speichel tanzte in Joes Mundwinkeln. Er lachte. Kälte wanderte über Klaudias Rücken, und auch Uwe schauderte.

»Das wenigstens hat funktioniert«, sagte Joe. »Du erinnerst dich nicht. Nicht an ihn, nicht an das Kind und auch nicht an mich.«

»Ich bin gestorben«, murmelte Klaudia. Achim und Katka. Katka und Joe. »Du hast mich getötet.«

»Nein.« Joe schüttelte den Kopf. »Es war der Unfall.« Seine Stimme wurde schrill. »Sie hat es getan.«

»Wer ist sie?«

»Na Heideliese.«

Red weiter, dachte Klaudia. Sie verstand kein Wort. Was hatte die alte Frau mit dem Tod ihrer Enkeltochter zu tun?

Uwe bewegte sich an Klaudias Schulter. Der Bann war gebrochen. Joe richtete die Waffe auf ihn. Klaudia fluchte innerlich.

»Ich hab dich geliebt.« Sie würde alles sagen, damit er

weiterredete. Die SIG Sauer, die auf Uwe gerichtet war, zitterte. Zum Reden bringen. Sie musste ihn wieder zum Reden bringen. Mit jedem Wort stiegen ihre Chancen, dass er zusammenbrach. Ein Auto fuhr in den Hof. Das Schlagen einer Autotür. Hoffnung.

»Mach die Beine breit.« Auch Joe hatte das Schlagen der Tür gehört.

»Was …«

»Mach schon.« Joes Stimmung schlug um. Er war jetzt ungeduldig, wollte es zu Ende bringen. Aber was? Warum knallte er sie nicht einfach ab? Die Handschuhe, ihre Waffe, das Auto. Sie beide nackt. Klaudia begann, zu verstehen.

»Leg dich auf sie.«

»'nen Teufel werd ich tun.« Uwes Stimme überschlug sich vor Entsetzen.

Die Bewegung war so schnell, dass Klaudia sie erst realisierte, als Uwes Kopf auf ihre Schulter prallte und er bewusstlos zusammensackte. Blut lief über seine Wange. Joes Schlag hatte ihn voll an der Schläfe getroffen.

Schritte im Hof.

»Leg den Arm um ihn.« Joe zog an dem Knoten, mit dem Klaudias anderes Handgelenk gefesselt war, befreite ihre Hand. Klaudia tat, was er verlangte. Sie hielt die Luft an. Jetzt hatte sie beide Hände frei. Joe wich zurück in die Ecke zwischen Fenster und Tür. Vor dem Fenster tauchte Silkes Gesicht auf. Sie schaute ins Zimmer: Sah, was Joe sie sehen lassen wollte. Ihren Mann und Klaudia in inniger Umarmung. Sah nicht das Blut, das über Uwes Hals floss, nicht die Fesseln, die vom Bettrahmen hingen, nicht Joe, der unter dem italienischen Stiefel lauerte.

»Verschwinde«, kreischte Klaudia. Ihre Stimme

schnarrte wie ein schlecht geöltes Scharnier. Silke wendete sich ab. Hatte sie verstanden? Sah sie die Gefahr?

Nein. Die Haustür klapperte. Schritte in der Küche. Hastig, wütend. Ein Stuhl polterte. Klaudia starrte auf die Tür, sah, wie sich die Türklinke senkte. »Nein!«, schrie sie. »Joe ist …« Die Tür schlug gegen die Zimmerwand. Silke stürmte ins Zimmer. Die Wut hatte sie blind und taub gemacht. Bevor sie begriff, umschlang Joes Arm von hinten ihren Kehlkopf. »Jetzt sind wir komplett«, flüsterte er dicht an ihrem Ohr, den Blick triumphierend auf Klaudia gerichtet. Noch nie hatte Klaudia sich so hilflos gefühlt. Sie würden sterben, alle drei würden sie sterben, und Joe würde davonkommen, schon wieder davonkommen. *Es reicht*, rief eine Stimme in ihrem Inneren. Verlier jetzt bloß nicht die Nerven.

Silkes Finger krallten sich in Joes Jackenärmel, jetzt sah sie die Blässe im Gesicht ihres Mannes, das Blut, die Fesseln. Jetzt begriff sie. Jetzt, wo es zu spät war.

Tu etwas, dachte Klaudia und wusste nicht, wen sie meinte. Sich selbst oder Silke, die keuchte und mit vor Panik hervorquellenden Augen auf ihren bewusstlosen Mann starrte.

»Eifersucht ist schrecklich, nicht wahr?«, wisperte Joe so leise, dass Klaudia ihn kaum verstehen konnte. »Eifersucht tötet.« Joes Hand mit der SIG Sauer wanderte an Silkes Arm entlang, streichelte mit dem Lauf ihre Hand. »Du wirst ihn erschießen«, flüsterte er. »Du wirst beide erschießen.«

»Nein!« Panisch warf Silke den Kopf hin und her. Ihr Schrei endete in einem Grollen, ein Zittern wanderte durch ihren Körper, und plötzlich ging alles rasend schnell. Ihr Körper bog sich wie eine zu straff gespannte

Saite, ihr Kopf schlug gegen Joes Nase, ihre Arme schnappten zurück und schlugen Joe die Pistole aus der Hand.

Jetzt.

Mit einer gewaltigen Kraftanstrengung kämpfte sich Klaudia unter Uwes Körper hervor. Sie wusste nicht, was mit Silke los war. Sie wusste nur, dass sie alle tot sein würden, wenn sie jetzt nicht schnell war. Die Beine knickten unter ihr weg, sie robbte in die Ecke, in die ihre Waffe geflogen war. Gerade als ihre Fingerspitzen den Lauf berührten, stieß Joe Silkes zuckenden Leib von sich und kickte die SIG Sauer aus Klaudias Reichweite. Er stürzte sich auf sie. Sein Gewicht presste ihr die Luft aus den Lungen, trotzdem gelang es ihr, sich zur Seite zu rollen, wie sie es in unzähligen Trainingsstunden getan hatte. Ihre und Joes Finger griffen gleichzeitig nach der Pistole, doch Klaudia war den entscheidenden Bruchteil einer Sekunde schneller. Ihr Herz pumpte jetzt pures Adrenalin durch ihre Adern. Kraft schoss in ihre Muskeln. Tausendfach geübte Bewegungsabläufe. Mit der entsicherten Pistole in der Hand kam sie auf die Beine. Klaudia richtete die Waffe auf Joe, der sprungbereit vor ihr stand.

»Bleib, wo du bist«, keuchte sie. Noch nie hatte Klaudia sich so sehr gefürchtet. Uwe lag wie tot auf dem Bett. Silkes Hacken zuckten und trommelten auf den Holzboden. Flüchtiger Ammoniakgeruch stieg ihr in die Nase. Ein Ächzen. Für einen Moment irrte ihr Blick hinüber zum Bett. Sofort war Joe über ihr. Seine Finger schlossen sich um ihren Hals, drückten zu. Es war nur eine winzige Bewegung ihres Zeigefingers, und der Knall zerriss die Luft. Schmerz schoss ihr in den Ellbogen, warf sie zurück. Der Druck auf ihre Kehle ließ nach. Joe stolperte zurück. Er bewegte sich, wie in Zeitlupe. Neben Silke brach er in die Knie, sein Blut strömte über ihren zuckenden Körper.

63. Kapitel

Annalene rannte um ihr Leben. Dunkelheit. Bleigewichte an den Füßen. Atemlos. Seitenstechen. Ihre Beine zuckten.

Pling – Pling – Pling.

Nur ein Traum, dachte sie, als sie Stoff unter den Fersen spürte. Nur ein Traum.

Pling – Pling – Pling.

Annalene seufzte erleichtert. Sie rannte nicht um ihr Leben. Sie war zu Hause, lag in ihrem Bett, es war dunkel, nicht mehr Nacht und noch nicht Morgen. Gleich würde Mama kommen.

Pling – Pling – Pling.

Annalene drehte sich zur Wand, ihr Kopf schmerzte, sie hob die Hand. Es tut so weh. Wimmernd öffnete sie die Augen, doch die Dunkelheit blieb. Kalt, drohend, undurchdringlich. Irgendwo tröpfelte Wasser.

Die Wirklichkeit zerfetzte Annalenes Gedanken.

»Mama?«, schluchzte sie und rollte sich wie ein Igel zusammen, verschloss die Augen vor der Dunkelheit. Diskolichter flimmerten auf ihren geschlossenen Lidern.

Annalene wusste nicht, wie lange sie bereits in diesem Gefängnis war. Allein mit dem Tröpfeln des Wasserhahns. In ihren Eingeweiden wühlte die Angst. Das Tröpfeln zerrte an ihren Nerven. Sie richtete sich auf, setzte sich an die Bettkante. Übelkeit schlug über ihr zusammen. Jeder Atemzug schmeckte, als sei er bereits durch zu viele Kehlen gegangen. Ihre Zehen krallten sich in den nackten Boden. Sie musste aufstehen. Die Tür finden.

Die Hände vorgestreckt, tastete sie sich ihren Weg durch die Dunkelheit, zählte die schlurfenden Schritte. Eins. Zwei. Drei. Vier. Bei Fünf stießen ihre Fingerspitzen gegen eine Wand. Wie weiter? Annalene lauschte, versuchte eine Entscheidung zu treffen. Ging sie zum Wasser oder in die andere Richtung? Der Durst lenkte ihre Schritte nach links. Ein Schritt, ein zweiter, ein dritter. Ihr Knie stieß gegen ein Hindernis, ihre Finger umschlossen den Wasserhahn. Das Gewinde war eingerostet, ließ sich nicht drehen. Der Durst in ihr wuchs. »Verfickte Scheiße.« Wie ein Knurren entwich der Fluch ihrer Kehle. Sie nahm die zweite Hand zu Hilfe. Das Gewinde knirschte, gab aber nicht nach. Annalene biss sich auf die Unterlippe, furzte vor Anstrengung. Sie lenkte die gesamte Kraft, zu der ihr Körper noch fähig war, in ihre Finger. Endlich ein Ruck. Das Gewinde knirschte, gab nach.

Pling – Pling – Pling.

Schluchzend sank Annalene neben dem Waschtrog zu Boden.

64. Kapitel

Das Zittern setzte ein, als die Sanitäter Silke in den Krankenwagen schoben. Irgendjemand drückte Klaudia einen Becher mit heißem Tee in die Hand, der so süß schmeckte, dass es sie schüttelte. In eine Decke gehüllt hockte sie am Küchentisch und starrte auf die Tasse in ihren Händen. Thang saß neben ihr.

»Ich fass es einfach nicht«, sagte er. »Ich fass es einfach nicht.«

Klaudia hätte nicht zu sagen vermocht, wie oft sie diesen Satz gehört hatte in den letzten Stunden. Von Thang, PH, Wibke, die Klaudia an sich drückte, bevor sie ihren Zopf in die Kapuze schob. Selbst Demel drückte im Vorbeigehen ihre Schulter.

»Wird Silke …« Klaudia schaffte es nicht, den Satz zu beenden. Die Angst, dass Silke oder das Kind sterben könnten, ätzte sich wie Säure in ihre Gedanken. Ihre Schuld. Alles ihre Schuld. Spätestens als sie das Bild gesehen hatte, hätte sie es wissen müssen. Diese Erkenntnis hockte als Schmerz in ihrer Kehle. Flehend schaute sie zu Thang auf.

Sein Blick wich ihr aus. »Ich weiß es nicht. Die Ärzte kümmern sich um sie. Jetzt geht's erst einmal um dich.«

»Wenn ich doch nur schneller geschaltet hätte«, murmelte Klaudia in die Tasse hinein. Tränen schossen ihr in die Augen.

»Dazu hättest du Hellseher sein müssen.«

»Wenn wir wenigstens wüssten, wo Annalene ist.« Klaudia stellte die Tasse auf den Tisch. Bei dem Gedanken an das Mädchen verknotete sich ihr Magen. »Wenn ich die Nerven behalten hätte, könnten wir …« Unvermittelt spürte Klaudia Joes Hände an ihrem Hals. Polternd landete die Tasse auf der Tischkante, und der heiße Tee ergoss sich über die Decke, in die sie der Notarzt gehüllt hatte. Klaudia spürte die Hitze nicht, die ihre Haut verbrühte. Sie hatte einen Menschen getötet. Das Zittern schüttelte ihren Körper, und das Klappern ihrer Zähne übertönte selbst das Sirren in ihrem Ohr. Sie hatte einen Menschen getötet. Einen Menschen.

Einen Mörder, kreischten ihre Gedanken gegen die Panik an, die Klaudia zu ersticken drohte.

»Klaudia!« Thang kniete vor ihr, legte ihr die Hände auf die Schultern. »Sieh mich an.« Seine braunen Augen fixierten sie. »Du. Hast. Keine. Schuld.«

»Ich …« Wimmernd sackte Klaudia an seiner Schulter zusammen. Während sich die Polizistin in ihr unendlich schämte, weinte sich die verängstigte Frau aus.

»Ist ja gut.« Thang klopft ihr beruhigend auf den Rücken. »Gleich kommt jemand. Mit dem kannst du reden.«

Die Schlafzimmertür klapperte. Unwillkürlich schaute Klaudia auf. PH trat in den Wohnraum. Für einen Augenblick begegneten sich ihre Blicke. Hastig zog er die Tür ins Schloss, trotzdem sah Klaudia Joes angewinkelte Beine. Sie senkte den Blick auf ihre Hände. Mörder, dachte sie. Du bist ein Mörder. Ich bin ein Mörder. Er ist ein Mörder.

Hör auf. Klaudia blinzelte und konzentrierte sich auf PH, der sich ihr gegenüber an den Küchentisch setzte. Müde schob er sich die Kapuze des Ganzkörperoveralls von den verschwitzten Haaren und wandte sich Thang zu: »Frag Wibke, ob sie Klaudia etwas zum Anziehen bringen kann. Und«, fügte er hinzu: »Wissen wir schon was von Uwes Tochter?«

»Noch nicht.« Thang verließ die Küche. Diesmal hielt Klaudia den Blick auf ihre Hände gesenkt, als die Schlafzimmertür klapperte. Sie hatte das Gefühl, schwankend an einem bröckelnden Abgrund zu stehen.

»Habt ihr sein Haus untersucht?« Klaudia war sich bewusst, dass sie mit diesen Fragen nur nervte. Natürlich würden die Kollegen das Haus auf den Kopf stellen. Das Haus. Den Garten. Sie würden jeden Stein umdrehen. Bitte. Lass sie nicht tot sein.

»Das ist jetzt nicht deine Baustelle.« Noch nie hatte PH sie geduzt. Aber vielleicht war jetzt und hier tatsächlich der beste Zeitpunkt, um damit anzufangen. »Ich hab ein Kriseninterventionsteam angefordert«, sagte er. »Zum ersten Mal in 25 Dienstjahren.«

»Tut mir leid.«

»Nein. Entschuldige.« PH griff nach ihrer Hand. »Ich wollte damit nur sagen, dass ich noch nie etwas Derartiges erlebt habe. Es überfordert mich einfach. Also wenn ich was Falsches sage …«

»Schon gut.« Klaudia zog die Hand unter seiner hervor. Was erwartete er denn von ihr? Dass sie ihn tröstete?

»Na ja.« PH zog ebenfalls seine Hände zurück, als hätte sie ihm einen Schlag mit der Maglite versetzt. »Ähm.« Eine Ader an seiner Schläfe klopfte. »Du musst dich jetzt um dich selbst kümmern. Wir reden später.«

»Ja.« Klaudia schloss die Augen. Das Zittern kehrte zurück. »Mein Gott«, presste sie hervor. »Wenn ich ihn nur nicht erschossen hätte …«

»… dann hätten wir jetzt drei Leichen da drin«, ergänzte Thang, der mit einem Kleiderbündel in der Hand zurückgekehrt war. »Du hast alles richtig gemacht.«

»Er hat was über die alte Frau gesagt.«

»Welche Frau?«

»Ich weiß nicht.« Verzweifelt versuchte Klaudia Joes Augen aus ihrem Kopf zu vertreiben. »Meine Vermieterin«, sagte sie schließlich, weil ihr beim besten Willen nicht der Name der alten Dame einfallen wollte.

»Die alte Frau Nowak?« Thang rieb sich die Nase. »Du meinst? Annalene könnte bei ihr sein?«

»Nein.« Klaudia schüttelte den Kopf. »Nein. Nicht Annalene. Es ging um …« Sie schwitzte. Sobald sie versuchte, sich an einen Namen zu erinnern, schob sich Joes hasserfüllter Blick wie ein Tor vor ihre Erinnerungen. »Seine Verlobte«, sagte sie schließlich. »Er hat gesagt, die Alte hat sie getötet.«

»Vergiss es.« Thang legte die Kleidung auf den Tisch. »Wahrscheinlich ist das seine Wahrheit, mit der er all die Jahre gelebt hat. Du weißt doch, wie das funktioniert. Verdrängung.« Er nickte Richtung Bad. »Willst du?«

Der Raum schwankte, als Klaudia aufstand. Unwillkürlich griff sie nach der Stuhllehne, und die Wolldecke glitt auf ihre Füße. Nackt stand sie vor den Kollegen. Hitze schoss ihr in die Wangen. Klaudia floh ins Bad.

Als sie angezogen war und sich so weit beruhigt hatte, dass sie das Gefühl hatte, nicht sofort in Tränen auszubrechen, sobald jemand sie nur anschaute, kehrte sie in die Küche zurück. PH und Thang waren verschwunden, dafür dampfte eine neue Tasse Tee auf dem Tisch.

»Ich hab extra viel Zucker reingetan«, sagte eine Stimme vom Herd.

Klaudia fuhr herum. »Was machen Sie denn hier?«

»Ihr Chef hat mich angefordert.«

»Sie?«

»Wohl nicht mich persönlich.« Pfarrer Vollmer lehnte an der Spüle. Er sah etwas schmaler aus, als Klaudia ihn in Erinnerung hatte, aber vielleicht lag das nur daran, dass er komplett schwarz gekleidet war. »Aber ich gehöre zum Kriseninterventionsteam.«

»Sie?« fragte Klaudia noch mal.

»Ja ich.« Vollmer stieß sich von der Spüle ab und setzte sich Klaudia gegenüber an den Tisch. »Wenn Sie wollen, organisiere ich einen anderen Kollegen für Sie.«

»Nein. Ist schon in Ordnung.« Klaudia griff nach der Tasse. »Sind meine Kollegen …?« Sie nickte in Richtung des Schlafzimmers.

»Ja. Ich soll auf Sie aufpassen, hat Ihr Chef gesagt.«

»Wahrscheinlich war er froh, Ihnen das Feld zu überlassen.«

»Es ist immer besser, wenn man den Fachleuten die Arbeit überlässt.«

»Und Sie sind Fachmann für die Seele?«

»Ich bemühe mich.«

»Sie meinen, Sie können mich ertragen.«

»Können Sie sich selbst ertragen?«

»Oh bitte nicht diese Psychokacke.« Klaudia hob abwehrend die Hände.

»Wie Sie wollen.«

Klaudia lauschte auf die Geräusche aus ihrem Schlafzimmer. Es klang, als würden die Kollegen ihre Sachen zusammenpacken. Sie schaute hinaus in den Hof. Neben Pfarrer Vollmers Fiat standen zwei Männer in den roten Sweatshirts der Gerichtsmedizin Berlin. Klaudia schluckte. Sie würde es nicht ertragen, den Mann zu sehen, den sie getötet hatte. »Ich muss hier raus.« Die Entscheidung fiel in einer verborgenen Kammer ihres Gehirns. Sie würde genau das tun, was PH ihr geraten hatte, sich um sich selbst kümmern. Und da es ihr am besten ging, wenn sie Polizeiarbeit machte, würde sie genau das tun. Auch wenn das wahrscheinlich das Letzte war, was PH wollte.

»Ich kann Sie fahren«, bot Vollmer an. »Haben Sie Freunde hier?«

»Ja«, antwortete Klaudia. »Am Hafen.«

Wie eine ferne Erinnerung streifte Klaudia die Trauer um ihr altes Leben, als sie in den rostigen Fiat des Pfarrers stieg. Es tat nicht einmal mehr weh. Wahrscheinlich gab es tatsächlich nichts Besseres als ein frisches Trauma zur Traumabewältigung. Nun war es nicht mehr ihr Leben nach Arno, sondern das Leben nachdem sie abgedrückt hatte. Fröstelnd zog Klaudia die Schultern hoch.

»Die Erinnerung wird Sie immer wieder anspringen«, sagte Vollmer. Klaudia hoffte, dass er sie wenigstens während der Fahrt aus den Augen lassen würde. Sie hatte keine Lust, zur Krönung des Tages noch vor einem Baum zu landen. Sie lehnte den Kopf gegen das Seitenfenster und schloss die Augen. Nichts sehen. Nichts hören. Nichts fühlen. Joes hasserfüllter Blick zwang sie, die Augen wieder zu öffnen. Nebelfetzen hingen über der Wiese. Wie spät mochte es sein?

»Es wird Ihnen helfen, wenn Sie darüber reden.«

»Ja. Ich weiß.« Doch Klaudia wollte nicht darüber reden. Nicht mit Vollmer und auch mit sonst niemandem. Vielleicht irgendwann einmal mit ihrem Vater. Papa. Ein Gefühl der Stärke straffte ihre Schultern. Wenn das hier vorbei war, würde sie nach Hause fahren. Aber erst musste sie Annalene finden. Klaudia wusste, dass die Fakten irgendwo in ihrem Hirn nur darauf warteten, zusammengeführt zu werden, und daran würde auch Joes hasserfüllter Blick, der sich auf die Innenseite ihrer Lider geheftet hatte, nichts ändern. »Was ist eigentlich mit Uwe und Silke?«, fragte sie.

»Eine Kollegin ist im Krankenhaus.«

»Eine Kollegin. Aha.«

»Wäre es Ihnen lieber …?«

»Nein, nein. Geht schon.« Mit Schaudern dachte Klaudia an die Therapeutin in der Kur.

»Ich verstehe, wenn Sie jetzt nicht reden wollen. Aber Sie können mich jederzeit anrufen.«

»Ja danke.«

Für den Rest der Fahrt redete der Pfarrer über Traumata und Trauergruppen und andere Belanglosigkeiten. Seine Sätze wuselten durch Klaudias Hirn, wie geköpfte Regenwürmer. Doch solange er sie nicht mit Bibelzitaten traktierte, war sie ihm sogar dankbar für die Dauerbeschallung. Seine Stimme hielt Joes Augen von ihr fern, die am Rande ihres Bewusstseins lauerten. Vorsichtig tastete sich Klaudia durch ihre Erinnerungen.

Wieso hatte Joe behauptet, die Nowak habe Katka getötet? Dabei war die alte Dame fest davon überzeugt, dass ihre Enkeltochter noch lebt.

Vielleicht lügt sie? Kann ein altersschwaches Hirn ein solches Geheimnis bewahren? Ja, dachte Klaudia. Altersschwache Hirne schaffen sich ihre eigene Realität.

»Wir sind da.« Pfarrer Vollmer hielt vor dem *Flaggschiff*. Er zog den Schlüssel aus der Zündung, und für einen Moment saßen sie schweigend nebeneinander.

Klaudia starrte in den Regen. »So hat alles angefangen«, murmelte sie.

»Soll ich mitkommen?«

»Nein.« Klaudia drückte die Beifahrertür auf. »Ich melde mich.«

»Warten Sie«, rief Vollmer ihr hinterher. »Ich geb Ihnen einen Schirm.« Aber da hastete Klaudia schon Richtung Hafen. Wie Eispfeile prasselte der Regen auf ihren ungeschützten Nacken.

65. Kapitel

»Na das ist mal 'ne nasse holca«, brummelte Schiebschick.

»Joe Schreiber ist Achim, nicht wahr?«, keuchte Klaudia. Die paar Schritte hatten sie erschöpft, wie ein Marathonlauf.

»Heißt er Joe?« Schiebschick wackelte mit dem Kopf. »Ich kenn ihn nur als Achim.«

Ja. Schade, dachte Klaudia. Was wäre, wenn ich es gewusst hätte? Wenn ich nicht immer den Falschen verdächtigt hätte? Würde Joe dann noch leben? Und Annalene in der Schule sein, wo sie hingehört, und Silke nicht krampfend im Krankenhaus liegen? Klaudia stellte keine dieser unnützen Fragen, sondern die einzige, die ihr sinnvoll erschien. »Wo wohnt er?«

»Willst du ihn besuchen?« Schiebschick zog seine Hornbrille aus der Brusttasche und musterte Klaudia.

»So ungefähr.«

»Isser krank?«

»Nun sag dem Mädel doch, wo er wohnt«, mischte sich ein jüngerer Fährmann mit dem aufgeblähten Nacken eines Bodybuilders ein. »Ist doch kein Geheimnis.«

»Ja, vielleicht will er keinen Besuch.«

Klaudia verfluchte Schiebschicks Solidarität. »Er ist tot.« Der Satz katapultierte sie zurück in ihr Schlafzimmer. Joes Blut strömt über Silkes zuckenden Körper.

Ihre Beine knickten ein, als hätte ihr jemand in die Kniekehlen getreten. Bevor sie wusste, wie ihr geschah, saß sie zwischen den Fährleuten am Tisch und verschluckte sich an einer ätzenden Flüssigkeit, die ihr der Bodybuilder einflößte. Hustend winkte sie ab.

»Das ist keiner eurer Witze, wa?«, fragte Schiebschick.

»Diesmal nicht«, krächzte Klaudia. »Wo wohnt er?«

»Tot sagste?« Schiebschicks Kopf wackelte hin und her, wie bei einem Wackeldackel.

»Bitte.« Klaudia fegte ihre letzte Selbstbeherrschung zusammen, die zu Staub zermalmt zu ihren Füßen lag, und beugte sich vor. »Wo? Wohnt? Er?«

»Ja. Also, wa.« Schiebschick schob seinen Stuhl zurück und stand auf. »Kannste laufen?«, fragte er. »Ist nicht weit. Ich bring dich hin.«

»Ich denke schon.« Vorsichtshalber nippte Klaudia noch einmal an dem Flachmann. »Was ist das eigentlich?«, fragte sie, sich schüttelnd.

»Spreewälder Gurkengeist«, antwortete der Bodybuilder. »Selbst gebrannt.«

Als sie Joes Haus erreichten, war Klaudia nass bis auf die Knochen. Sie kamen zu spät. Das Haus war bereits versiegelt. »Scheiße«, fluchte Klaudia. Sie hatte mit allem gerechnet, nur nicht damit. Vielleicht bedeutete das, dass Annalene bereits in Sicherheit war?

Aber dann hätte Thang angerufen. Klaudia fingerte das Smartphone aus der Hosentasche: Kein Anruf in Abwesenheit. Sie wählte Thangs Nummer.

»Wo bist du?«, fragte er, bevor sie überhaupt zu Wort kam. Flüchtig fragte sie sich, welchen Klingelton er für sie reserviert hatte. »Habt ihr Annalene?«

»Noch nicht. Die Kollegen sind gerade raus aus dem Haus.«

Klaudia drückte das Gespräch weg und starrte auf das eingeschossige Haus. Tief in ihrem Bauch wusste sie, dass hier irgendwo Annalene sein musste. Und die Kollegen hatten sie nicht gefunden.

Das musste heißen, dass sie nicht hier war. Aber bedeutete es das wirklich?

»Ich muss ins Haus.«

»Dann komm.« Schiebschick schob sich durch tropfnasse, dicht stehende Büsche in den Garten. Klaudia folgte ihm. Entlang der Hauswand umrandete eine Natursteinmauer ein Beet mit lachsfarbenen Rosen. Klaudia unterdrückte ein Schaudern und schaute sich weiter um. Die Rasenfläche sah aus, als sei sie mit der Nagelschere gestutzt, und auf Brusthöhe gestutzte Lorbeerhecken bildeten ein Labyrinth.

»Früher war hier ein Bunker«, sagte Schiebschick.

»Woher wissen Sie das? Waren Sie schon mal hier?«

»Ja. Mit der Heideliese. Das war. Warte mal. Genau. Als Achim die Kurve nicht gekriegt hat.«

»Der Motorradunfall«, murmelte Klaudia. »Neunundachtzig. Das Jahr, in dem Katka verschwunden ist.

»Ja. Die Heideliese hat mich mitgenommen, damit ich das Wasser abstelle.«

»Das Wasser?«

»Ja. Weil Achim doch im Krankenhaus war. Aber die Heideliese wusste nicht wie, und da hat sie mich mitgenommen.«

Klaudias Erinnerungen griffen wie Zahnräder ineinander. Was hatte Joe gesagt: Es war der Unfall. Sie musste es tun. Das Wasser. Heideliese hatte das Wasser abgestellt, und Katka war verdurstet.

»Sie war hier.«

»Sach ich doch.«

»Nein. Nicht Frau Nowak. Katka war hier. Irgendwo im Haus muss sie gewesen sein.« Klaudia stieg die Stufen zum Wintergarten hinauf und rüttelte an der Tür. Abgeschlossen. Natürlich. Das Steinbeet. Sie kehrte zurück zur Mauer. Der Duft der Rosen ließ sie würgen. Mein unbekannter Verehrer. Ein irrer Mörder. Ihre Finger gruben sich in die feuchte Erde.

»Der Schlüssel liegt unter der Matte.«

»Wie bitte?«

»Unter der Matte. Heideliese hat ihn zurückgelegt.«

»Das ist über zwanzig Jahre her.« Trotzdem bückte sich Klaudia. Ihre Finger ertasteten den Schlüssel sofort. Schreiber mochte keine Veränderungen. Zuversichtlich steckte sie den Schlüssel ins Schloss. Sie würde Annalene finden. Auf dem Tisch im Wintergarten standen Kästen mit Geranien. Ihr bitterer Geruch vertrieb den Rosenduft von ihren Schleimhäuten. Schiebschick im Schlepptau, wanderte Klaudia durch das Haus. Jeder Raum bewies erneut, dass Joe kein Mensch war, der Veränderungen liebte. Das modernste Möbelstück war ein Flachbildfernseher. Klaudia arbeitete sich systematisch vor. Sie klopfte Wände ab, rief Annalenes Name und hielt Ausschau nach geheimen Türen.

Vielleicht ist sie nicht hier. Mit jeder Wand, die sich als massiv erwies, sank Klaudias Zuversicht. War es vergebliche Hoffnung, die sie antrieb? Hochmut? Angst vor der Wahrheit? Bildete sie sich nur deshalb ein, als Einzige das Versteck finden zu können, weil sie es nicht ertrug, untätig zu sein? Der Zweifel nagte an ihr. Er hat schon einmal eine Frau hier versteckt. Er wird es wieder tun. Sie betete dieses Credo, während sie nach einem Hinweis suchte, von dem sie selbst nicht wusste, wie er aussah.

»Wo geht's zum Keller?«, fragte sie schließlich, als sie sich sicher war, nichts im Erdgeschoss übersehen zu haben.

Hinter der letzten Kellertür fanden sie Joes Dunkelkammer.

»Das ist böse, wa?« Schiebschick schob sich hinter ihr hinein.

»Kann man wohl sagen.« Klaudia starrte auf die Bilder. Sie selbst. Ihr Appartement, ihr Badezimmer. Sie dachte an das Kleid, das falsch herum in ihrem Schrank gehangen hatte. Er war in ihrem Leben herumspaziert, und weder sie noch irgendjemand sonst hatte etwas gemerkt. Sein hasserfüllter Blick schob sich zwischen Klaudia und die Wirklichkeit. Die Panik kehrte zurück.

»Er ist tot, hasse gesagt, wa?« Schiebschick strich ihr eine Strähne aus der Stirn. Sein zerfurchtes Gesicht war ihr so nah, dass sein Zwiebelatem ihre Wange streifte. »Er kann dir nichts mehr tun.«

»Danke.« Klaudia biss sich auf die Unterlippe und riss die Bilder von den Wänden.

»Darfste das denn?«, fragte Schiebschick.

»Nein«, antwortete Klaudia. »Aber es ist mir egal.«

Auch in diesem Raum fanden sie keinen Hinweis auf

eine verborgene Tür. Klaudia biss sich auf die Unterlippe.
»Wo ist der Haupthahn?«

»Gleich hier vorne.«

Sie folgte Schiebschick in den schmalen Durchgang zum Heizungskeller.

»Er ist abgedreht.«

»Dreh'n Sie ihn auf. Bitte.« Klaudia starrte auf das Nummernrad der Wasseruhr. Die Ziffern zitterten, als Schiebschick am Haupthahn drehte, dann begannen sie zu rotieren. Erst die Einer, dann die Zehner.

66. Kapitel

Annalene spürte das Wasser in ihrem Rücken, bevor es aus dem Hahn sprudelt. Sie wusste nicht, wie lange sie gegen die Wand gelehnt gesessen hatte. Das Atmen strengte sie an. Worte wie *Belüftung* kamen ihr in den Sinn und ängstigten sie zu Tode. Würde sie hier drin ersticken? Jetzt zog sie sich am Trog hoch und trank, bis ihre Kehle schmerzte. Erst als ihr Durst gelöscht war, wurde ihr bewusst, was die Rückkehr des Wassers bedeutete. Sie war nicht mehr allein. Er war zurückgekehrt. Der unsichtbare Fremde, den sie für ihren Vater gehalten hatte. Ihr blieb nicht mehr viel Zeit. Sie tastete sich durch ihr Gefängnis, bei fünf wusste sie, dass sie sich gegenüber der Pritsche befand. Ab hier begann Neuland. Mit angehaltenem Atem tastete sie sich weiter, zählte die Schritte, bis ihre Finger einen Spalt ertasteten. Eine Tür. Annalene presste sich gegen die Wand, zog den

Bauch ein. Die Tür würde sie verbergen. Die Tür würde ihr ermöglichen zu fliehen. Hoffentlich. Vielleicht. Das Rauschen des Wassers übertönte ihren keuchenden Atem. Stroboskoplichter tanzten vor ihren Augen. Annalene blinzelte: nur nicht ohnmächtig werden. Auf keinen Fall ohnmächtig werden.

67. Kapitel

»Das is' mal kein tropfender Wasserhahn, wa?«

»Nein, ist es nicht. Klaudia hob den Kopf und streckte die Arme nach dem Wasserrohr aus, in dem das Wasser rauschte. »Wo führt das hin?«

»Keine Ahnung. In den Garten?«

»Das Labyrinth.«

Das Labyrinth, der Bunker. Wieder griffen zwei Gedanken ineinander. Zwei Stufen auf einmal nehmend rannte sie die Treppe hinauf. Im Wintergarten prallte sie mit der Hüfte gegen den Tisch, und einer der Blumenkästen krachte hinter ihr zu Boden. Klaudia riss die Tür auf. Der Regen fiel jetzt wie dichter Vorhang.

»Wo genau war der Bunker?«

»Da drüben.« Schiebschick presste die Hand gegen die Brust. Sein Gesicht war fahl vor Anstrengung. »Du rast ja wie die Ochsen des Teufels.«

»Sie bleiben hier.«

»Das könnt dir so passen, wa?«, keuchte er. »Ich lass doch eine holca nicht im Stich. Muss nur erst mal Luft holen.«

Er folgte Klaudia ins Innere des Labyrinths. Abgebrochene Zweige und die Fußabdrücke der Kollegen wiesen ihnen den Weg zum Mittelpunkt. Eine Skulptur aus Steinkrügen, aus denen Wasser in ein Bassin plätscherte, bildete das Zentrum. Daneben stand eine steinerne Bank. Erschöpft sank Klaudia auf die Bank. Sehr viel nasser konnte sie sowieso nicht mehr werden. Hier also floss das Wasser hin.

»Du findest die Kleine«, sagte Schiebschick, und hockte sich neben sie. Schwer stützte er sich mit beiden Händen auf und atmete keuchend ein und aus.

»Das kann nicht das Ende sein.« Klaudia redete gegen den Schmerz in ihrem Hals an.

»Ist ja gut kleine holca«, sagte Schiebschick und Klaudia hätte ihn am liebsten geschlagen. »Dir geht's jetzt wie dem Teufel, als er den Spreewald gemacht hat. Der hatte auch einen Plan, und dann ist alles ganz anders gekommen.

»Annalene ist hier irgendwo. Dieses Labyrinth. Der Bunker. Das ist kein Zufall. Das ist aus einem Grund hier.« Klaudia stand auf und tastete die Skulptur mit den Fingern ab und stemmte sich dagegen. »Sehen Sie das?« Klaudia bückte sich und fuhr mit den Fingern über den Beton. »Das sind Schleifspuren. Irgendwie lässt sich dieses Teil bewegen.«

»Aber wie?« Ächzend stemmte sich Schiebschick nun ebenfalls gegen die Skulptur.

»Das kann nicht die Lösung sein.« Klaudia biss sich auf die Unterlippe. »Es muss einfach sein. Wie auf Knopfdruck.« Klaudia schaute sich um, kehrte zurück zur Bank, setzte sich und tastete mit den Fingern die Unterseite ab. Sie fand den Knopf erst, als sie schon fast aufgeben wollte.

Schiebschick humpelte an den Rand der Lichtung, als das plätschernde Wasser versiegte und die Skulptur zur Seite schwang.

Klaudia sprang auf und blickte in einen Gang. Ausgetretene Betonstufen führten unter die Erde und endeten vor eine Eisentür.

Annalene drückte sich gegen die Wand. Das Wasser rumorte in ihren Eingeweiden. Wimmernd presste sie die Hände gegen den Bauch. Waren da Schritte? Sie hielt die Luft an. Ein Beben ging durch die Tür, dann schwang sie auf, und ein Schwall kühler Luft verwirbelte den Gestank der Angst.

»Annalene?« Die Stimme einer Frau. Klaudias Stimme. Die Erleichterung durchbrach Annalenes Schutzreflexe. Keuchend sank sie in die Knie und erbrach das Wasser, das sie eben noch so gierig getrunken hatte.

68. Kapitel

Die Ärzte hatten Schläuche in Silke hineingeschoben und sie an Maschinen angeschlossen, die für sie atmeten und ihre Hirntätigkeit und alles andere überwachten. Uwe verstand nur die Hälfte von dem, was die Frau in dem grünen Kittel ihm sagte. Ihre Worte rauschten über ihn hinweg. Nur ein Wort blieb hängen. Schwangerschaftsvergiftung. Er nickte und starrte auf ihre Lippen, die sich bewegten, und er versuchte, zu verstehen. Aber in seinem Kopf war nur Platz für einen Gedanken: Lass mich nicht allein.

Uwe hatte vergessen, dass er Töchter hatte und dass die eine verschwunden war und dass er nicht einmal wusste, was mit der anderen war. Er hielt Silkes Hand, die so kalt war, dass ihn fror, und sah zu, wie ihre Brust sich hob, wenn die Maschine klackte und senkte, wenn sie zischte. Klackte, zischte. Klackte, zischte. Neben ihm saß eine Frau. Sie hatte sich vorgestellt, und Uwe hatte ihren Namen bereits vergessen, bevor sie ihn fragte, ob sie sich zu ihm setzen dürfe. Trotzdem hatte er genickt. Aber nicht, als sie ihn fragte, ob er beten wolle.

Beten? Nein. Uwe wollte nicht beten. Er wollte sein Leben zurück, und vor allem wollte er seine Silke, die so gar nichts mit der Frau zu tun hatte, die jeder Atemzug aus dieser Maschine mehr veränderte.

Irgendwo piepte eine Maschine. Jemand lachte, eine Tür wurde aufgeschoben. Ein Arzt schob ein Gerät vor sich her, seine Gegenwart füllte das Krankenzimmer mit Geschäftigkeit. Die Frau, die hatte beten wollen, verließ den Raum. Uwe blieb. Er sah zu, wie der Arzt Silkes Flügelhemd hochschob und Gel auf ihren Bauch klatschte. Doch bevor er den Schallkopf aufsetzte, floh Uwe aus dem Raum. Er wollte das Kind nicht sehen, das Silke vergiftete.

»Gute Nachrichten.« Die Frau, die eben noch neben ihm gesessen hatte, lehnte an der gelb gestrichenen Wand. Sie reichte ihm ihr Smartphone. Uwe hielt es sich ans Ohr. Klaudias atemlose Stimme. Für einen Moment spürte er ihre nackte Haut auf seiner, und Panik presste sein Zwerchfell zusammen. Blut. Überall Blut.

»Okay«, sagte er schließlich, dann drückte er das Gespräch weg. »Sie haben Annalene gefunden«, sagte er. »Meine Tochter«, fügte er hinzu. »Es geht ihr gut. Sie ist auf dem Weg ins Krankenhaus. Hierher. Oh mein Gott.« Schluchzend schlug er die Hände vors Gesicht.

69. Kapitel

Montag, 24. Juni

»Fährst du zur Arbeit?«

Klaudia kramte nach ihrem Autoschlüssel, als Annalenes Stimme sie zwischen den Schulterblättern erwischte. Sie wohnte wieder bei Uwe. Es hatte sich so ergeben. In das Haus am Fließ hatte sie nicht zurückkehren wollen. Zu viel Blut war dort geflossen. Und um sich eine neue Wohnung zu suchen, fehlte ihr die Kraft. Also war sie wieder hier eingezogen. Uwe war die meiste Zeit bei Silke im Krankenhaus, und irgendwie hatte Klaudia das Gefühl, ihm etwas schuldig zu sein. Es nagte an ihr, dass sie noch nicht im Krankenhaus gewesen war. Sie fühlte sich schuldig, und gleichzeitig war sie wütend über dieses Gefühl. Sie hatte tatsächlich mit Pfarrer Vollmer darüber gesprochen, als er sie zu Frau Nowaks Haus begleitet hatte.

Sie solle nicht die Schuld des Täters auf sich laden, hatte er gesagt, während sie auf den abgeschliffenen Holzboden starrten. Sie sei nicht Jesus.

Wenn das so einfach wäre, hatte sie erwidert. Das hatte sie auch zu Conny gesagt, als sie ihr vorschlug, nach Hause zu kommen. Sollen wir kommen?, hatte Conny gefragt.

Auch das hatte Klaudia abgelehnt.

Sie beendete das Gespräch mit dem Versprechen, sich zu melden, wenn sie Hilfe brauchte. Bis heute hatte sie nicht angerufen.

Seufzend schüttelte Klaudia den Gedanken an ihre Familie aus dem Kopf und kehrte in die Gegenwart zurück.

»Ja, beantwortete sie Annalenes Frage. »Mir fällt die Decke auf den Kopf, wenn ich nicht endlich wieder etwas tue. Wie sieht es bei euch aus? Geht ihr wieder zur Schule?«

»Nach den Ferien«, antwortete Annalene. Sie lehnte am Türrahmen und trug Silkes ausgeleierte Strickjacke über T-Shirt und Jogginghose. Ob es ihr half, die Kleidung ihrer Mutter zu tragen, ihren Duft an sich zu spüren? Seit dem Vorfall war sie wie ausgewechselt. Sie führte den Haushalt und kümmerte sich um ihre kleine Schwester, die nicht einmal von ihrer Seite wich, wenn sie duschte. Klaudia war sich nicht sicher, ob Annalene nicht das gleiche Bedürfnis nach Nähe hatte wie Bhanu. Jede Nacht brannte das Licht in ihrem Zimmer.

Auch jetzt stand Bhanu mit dem Kaninchen im Arm hinter ihrer Schwester, als wolle sie ihr den Rücken stärken. Klaudia fragte sich, wie lange Annalene noch in diesem Notprogramm funktionieren konnte? Von Silkes Mutter wusste sie, dass Annalene sich weigerte, über ihre Erlebnisse zu reden. Sie konnte sie nur zu gut verstehen. Auch sie hatte alle Gesprächsangebote der Polizeipsychologin abgelehnt.

»Ist Uwe im Krankenhaus?«

Klaudias Frage war so überflüssig wie alltäglich. Uwe fuhr morgens früh ins Krankenhaus und kehrte erst abends zurück. Sie würde mit ihm reden müssen. Er konnte die Mädchen nicht ständig seinen Schwiegereltern und ihr überlassen. Auch einer der Gründe, warum sie den Krankenschein nicht hatte verlängern lassen, obwohl der Arzt ihr dazu geraten hatte. Scheiß auf posttraumatische Belastungsstörung, hatte sie gedacht.

»Er lässt uns nicht zu ihr.« Annalene zog ein Päckchen Tabak aus der Tasche der Strickjacke und drehte sich eine Zigarette.

»Was sagt denn deine Oma dazu, dass du rauchst?« Klaudia klammerte sich lieber an das Offensichtliche, als mit den Mädchen über ihre Mutter zu sprechen.

»Was soll sie sagen?« Annalene zuckte mit den Schultern.

Ja, dachte Klaudia. Was soll sie auch sagen? Bei dem, was Annalene durchgemacht hatte.

»Er sagt, wir sollen sie so in Erinnerung behalten, wie wir sie zuletzt gesehen haben.« Unwillig inhalierte Annalene den Rauch. »Er tut so, als sei sie schon tot.«

Irgendwie ist sie das auch, dachte Klaudia. Das letzte Bild, das sie von Silke hatte, ließ sie immer noch schweißgebadet aufwachen.

»Das Baby wächst gut, sagt Oma«, murmelte Bhanu in das flauschige Fell von Petra Pan II.

»Das ist gut«, sagte Klaudia und hasste sich dafür. Nichts war gut. »Ich muss los.«

Sie öffnete die Haustür, und ein Schwall kühler Morgenluft verwirbelte den Rauch aus Annalenes Zigarette.

Du kannst sie nicht einfach so stehen lassen, ihr schlechtes Gewissen meldete sich lautstark.

Und ob ich das kann. Klaudia zog die Kapuze über den Kopf und humpelte zu ihrem Wagen. Seit Wochen regnete es mal mehr und mal weniger. Selbst wenn nicht die Sache mit Joe – in ihren Gedanken hatte sie das Töten eines Menschen zur Sache mit Joe reduziert – passiert wäre, hätte sie das kleine Haus am Fließ verlassen müssen. Brandenburg versank im Hochwasser. Aber das Schlimmste war jetzt überstanden. Zumindest für Brandenburg.

Klaudia ließ den Wagen aus der Einfahrt rollen. Sie winkte dem alten Dassow vom Ende der Straße zu und steckte ihr Smartphone in den 12-Volt-Stecker. Celine Dion schallte aus den Lautsprechern.

My heart will go on. Sie sang die Melodie im abgehackten Rhythmus des Kopfsteinpflasters mit. Seit der letzten großen Attacke im Frühjahr hatte sie kein Vomex mehr gebraucht.

Aber Klaudia wusste, dass es nur eine Frage der Zeit war, bis die Schwindelanfälle zurückkehrten. Vielleicht dauerte es ein Jahr – vielleicht fünf.

Es tröpfelte nur noch aus tief hängenden Wolken, als Klaudia auf den Parkplatz fuhr. Sie betrachtete es als gutes Zeichen.

»Guten Morgen.« Zum ersten Mal seit Wochen hängte sie wieder ihre Schultertasche an den Haken neben der Tür. Kritisch musterte sie die Akten auf ihrem Schreibtisch. Der Stapel war um mindestens dreißig Zentimeter angewachsen. Thang nickte ihr zu. Er telefonierte gerade. Theatralisch hielt er den Hörer einige Zentimeter vom Ohr entfernt. Klaudia hörte das Keifen einer hysterischen Altfrauenstimme.

»Ich hab Ihnen doch schon gesagt, Frau Nowak«, schrie Thang gegen das Keifen an. »Wegen der Russen müssen Sie beim Geheimdienst anrufen.« Er legte auf und fuhr sich mit der Hand übers Gesicht.

»Schön, dass du wieder da bist.«

»Danke.« Klaudia setzte sich hinter ihren Schreibtisch und fuhr den Computer hoch. »Alles beim Alten?«

»Nun ja«, antwortete Thang. »Manche Dinge ändern sich nie.«

»Alles gut bei dir?« Klaudia schaute zu ihm hinüber, während ihr Computer die Updates der letzten Wochen installierte. »Du klingst resigniert.«

»Na ja, das Wetter macht einen halt fertig.« Thang kramte eine Tupperdose aus seinem City-Biker. »Willst du was essen?«

»Du bist ein richtiger Versorgertyp, was?« Lachend wehrte Klaudia ab. »Kaum siehst du mich, willst du mich füttern.«

»Macht er mit allen Frauen.« Petra Bartke steckte den Kopf zur Tür herein. »Nur sind nicht alle so widerstandsfähig wie du. Was gibt's denn?«

Thang reichte ihr die Dose.

»Oh Frühlingsrollen.« Die Augen verträumt geschlossen, atmete Petra ein. »Dafür könnte ich sterben.«

»Das wirst du wahrscheinlich auch, wenn du zu viel davon isst«, murmelte Klaudia. »An Herzverfettung.«

»Besser dick sterben als dünn verhungern«, konterte Petra gut gelaunt. »Willkommen zurück, meine Süße. PH würde dich gerne begrüßen.«

»Ich bin gerade erst zur Tür rein.«

»Um zehn in seinem Büro.« Die Tupperdose in der Hand verließ Petra das Büro.

»Zweihundertachtundsechzig neue Mails.« Klaudia starrte auf die fett gedruckte blaue Zahl. »Ich fass es nicht.« Sie sortierte ihren Posteingang nach Absendern und öffnete zunächst die Mails aus Berlin.

»Die haben noch immer keine Spur von Tanja Heise«, Klaudia überflog die Mail.

»Sag ich ja«, entgegnete Thang. »Pass auf.« Er schaute auf die Uhr. »In ziemlich genau siebeneinhalb Minuten ruft Schiebschick an.«

»Wie kommst du denn darauf?«

»Weil er seit damals jeden Tag nachfragt, ob du wieder im Dienst bist.«

»Ach herrjeh« antwortete Klaudia mechanisch. »Da tausche ich also nur einen bösen Stalker gegen einen guten.«

»Kann sein«, antwortete Thang. »Ich hab allerdings eher den Eindruck, dass er hofft, durch dich seinem Neffen weitere Aufträge zuschustern zu können.«

»Was redest du da?«

»Na ja. Seit du hier bist, hat sich die Zahl der Leichen vervielfacht.«

»Und was hat das mit seinem Neffen zu tun?«

»Er bringt sie unter die Erde.«

»Häh?« Stirnrunzelnd schaute Klaudia von der Mail des Berliner Kollegen auf.

»Weil. Er. Bestatter. Ist.« Thang betonte jedes Wort, als verfüge Klaudia lediglich über das Hirn einer Frühkartoffel. »Er hat das Beerdigungsinstitut in Lübbenau.«

»Er ist Bestatter?« Klaudia starrte Thang an. »Bestatter?«, wiederholte sie.

Königs Stimme: *Als Arzt hat er eher mit mehr oder weniger gesunden Frauen zu tun. Aber sein Vater ist Bestatter.*

»Ja. Das ist es.« Sie scrollte sich durch die Mail, bis sie die Telefonnummer des zuständigen Kollegen fand.

»Ich soll was?«, fragte der entgeistert.

»Herausfinden, welches Beerdigungsinstitut dem Vater von Jan König gehört, und dann bei der zuständigen Staatsanwaltschaft die Exhumierung sämtlicher – »Klaudia konnte kaum so schnell sprechen, wie ihre Gedanken rasten. Die Lösung war so einfach gewesen, und sie hatte es vergeigt.

»Einen Scheißdreck werde ich tun«, unterbrach sie der Berliner Kollege. »Halt dich aus meinem Fall raus.«

»Idiot.« Klaudia warf den Hörer auf die Gabel.

»Er macht's nicht?«, fragte Thang.

Sie schüttelte den Kopf.

»Aber ganz schlecht ist die Idee nicht.« Thang klopfte mit dem Stift gegen seine Vorderzähne.

»Nein, eigentlich ist sie sogar sehr gut. Aber es ist nicht mehr mein Fall.«

»Und weiß das Doktor König?«

»Du meinst?« Klaudia biss sich auf die Unterlippe. »Aber ich kann da schlecht allein aufschlagen.«

»Ich schulde dir noch was, schon vergessen?«

»Nein«, Klaudia dachte daran, wie alles angefangen hatte. Ihr Ausflug mit Schiebschick, der Anruf, der Einlauf, den ihr PH verpasst hatte.

»PH wird toben.«

»Nicht wenn du recht hast.«

70. Kapitel

Klaudia parkte den Wagen auf dem reservierten Parkplatz des Chefarztes der Proktologie. Sie stellte das Polizeischild in die Windschutzscheibe und zog die Kapuze über den Kopf. Auf der Fahrt nach Berlin hatte es wieder angefangen zu regnen.

»Hoffentlich ist er da.« Thang stieß die Beifahrertür auf.

»Wenn nicht, überfallen wir ihn zu Hause.«

Auf der Fahrt hatten sie das Für und Wider abgewogen und sich für einen Überraschungsbesuch entschieden.

Der Herr Doktor sei in der Nachmittagsvisite, sagte die Frau an der Zentrale nach einem kurzen Telefonat.

»Welche Station?«

»K 12. Aber …«

»Danke.« Gefolgt von Thang lief Klaudia zu den Aufzügen. Sie drehte sich noch einmal um und sah, dass die Frau nach dem Telefonhörer griff.

Jan König stand im weißen Kittel an einem Visitenwagen und blätterte in einer Akte. Neben ihm stand eine Schwester, die mit ihrem Stift einen lautlosen Rhythmus auf ihren Block tippte.

»Guten Tag, Doktor König.« Klaudia zog sich die Kapuze vom Haar.

»Sie?« Der Arzt schaute von ihr zu Thang. Klaudia hatte das Gefühl, dass er eine Spur blasser wurde, als er sie erkannte.

»Wir würden gerne mit Ihnen sprechen.«

»Das ist grad schlecht. Sie sehen ja.« Er deutete auf die Akte.

»Auch wenn es um Tanja Heise geht?«

»Sollten Sie dann nicht eher mit Sebastian über diese Frau sprechen?«

»Vielleicht, aber Ihre Eltern führen doch ein Beerdigungsinstitut, nicht wahr?« Klaudia sagte es so beiläufig, als würde sie übers Wetter reden, und ließ dabei Jan König nicht aus den Augen.

Er öffnete den Mund, klappte ihn dann jedoch zu, ohne etwas zu sagen. Für einen Moment starrte er auf seine Hände, die auf dem Visitenwagen lagen, dann räusperte er sich.

Klaudia hätte nicht nur einen Pfennig für seine Gedanken gegeben. Wenn sie sich irrte, konnte sie bei Lidl an der Kasse anfangen oder putzen gehen.

»Einen Augenblick bitte«, bat er schließlich die Krankenschwester, deren Stift regungslos über dem Block schwebte.

»Wenn Sie mir bitte folgen wollen.« Er führte sie zu einer Tür neben dem Schwesternzimmer.

»Einen Moment.« Umständlich kramte er ein umfangreiches Schlüsselbund aus der Tasche und schloss auf. »Datenschutz«, fügte er erklärend hinzu.

Klaudia folgte Thang in ein taubenschlaggroßes Büro. Schreibtisch, Kunstlederstuhl, sirrender Computer, überdimensionaler 90iger-Jahre-Monitor. Stationsärzte waren deutlich weniger luxuriös untergebracht als Chefärzte.

»Möchten Sie einen Kaffee?«, fragte Jan König hinter ihr. »Ich hol mir eben einen.«

Ehe sie antworten konnten, fiel die Tür ins Schloss, und sie hörten das Klackern des Schlüsselbundes.

»Ich glaub's nicht.« Thang rüttelte an der Tür. »Der Typ ist abgehauen.« Mit den Fäusten hämmerte er gegen die Türfüllung.

Aufgeregte Stimmen waren vom Gang zu hören: »Was ist da los? Jemand muss die Haustechnik … Ruf den Chef.«

»Aufschließen, verdammt noch mal!«

Während Thang fluchend auf die Tür einhämmerte, griff Klaudia nach ihrem Smartphone. Scheiße, nur ein Balken.

»Frag, welche Nummer die Zentrale hat«, zischte sie.

Im gleichen Augenblick öffnete sich die Tür. Verdutzte Menschen in Weiß traten zur Seite, um Thang und Klaudia vorbeizulassen.

»Polizei.« Thang hielt die Weißkittel die Dienstmarke unter die Nase. »Bringen Sie uns zum Ärzteparkplatz.«

»Aber.« Quälend langsam steuerte der Arzt die Aufzüge an.

Klaudia stieß die Tür zum Treppenhaus auf. Ihre Schritte polterten auf den Steinfliesen und hallten von den kahlen Wänden wider. Eine erschrockene Physiotherapeutin stellte sich schützend vor ihre Patientin in fliederfarbenem Bademantel, mit der sie Treppensteigen übte. Im Keller rannten sie durch einen abschüssigen Gang. Dicke Versorgungsrohre verliefen unter der Decke.

»Da hinten die Tür.« Keuchend und mit vorgebeugtem Oberkörper blieb der Arzt stehen. Kraftlos deutete seine ausgestreckte Hand in Richtung einer Metalltür, während Klaudia und Thang an ihm vorbei nach draußen stürmten.

Klaudias Atem verdampfte im kühlen Nieselregen. Das Geräusch eines Hochdruckreinigers übertönte ihr Keuchen. Nach Luft schnappend blieb sie stehen und schaute sich um. Reihen von Autos parkten auf dem Platz. Ein Mann mit gelben Kopfhörern und grauem Kittel reinigte eine Abflussrinne.

»Ist hier ein Arzt vorbeigekommen?«, schrie Thang gegen den Lärm des Hochdruckreinigers an.

»Waaa?« Freundlich über das breite Gesicht lächelnd drehte sich der Mann zu Thang um.

Fluchend sprang der Kollege zurück.

»Nicht böse sein«, sagte der Mann mit weinerlicher Stimme. Der Wasserstrahl versiegte.

»Alles gut.« Klaudia begriff schneller als Thang die Besonderheit des Zeugen. »Wir tun dir nichts.« Sie sprach langsam, wie zu einem Kind. »Wir sind von der Polizei und suchen einen Mann. Er hat einen Kittel an, wie ein Arzt. Kannst du uns helfen?«

Der Mann runzelte die Stirn, dann nickte er feierlich. Klaudia brauchte ihre gesamte Selbstbeherrschung, um nicht vor Ungeduld zu platzen. Schließlich hob er den Daumen der linken Hand. »Der Hausmeister.« Mit Hilfe der rechten Hand streckte er den Zeigefinger. »Der Erwin – vom Hol- und Bringedienst«, fügte er strahlend hinzu. »Und Achim. Aber: Achim ist nicht böse.« Er schaute zu Klaudia, die ihm beruhigend zunickte. Mit Hilfe der rechten Hand richtete sich der Mittelfinger auf.

»Und?« Thang beugte sich vor.

»Ja …« Der Mann griff nach dem Ringfinger. Zögerte. Zwischen seinen Lippen tauchte eine breite Zunge auf. Dann ballte er die Finger zur Faust und schüttelte feierlich den Kopf.

Scheiße. Klaudia schlug sich gegen die Stirn, als es ihr wieder einfiel. Aber natürlich. Wie idiotisch von ihnen. Was hatte König gesagt? *Mein Mann fährt kein Auto.* Klaudia zerrte Thang zurück in den langen Gang.

Sie rasten die Treppen zum Erdgeschoss hoch. Klaudias Seiten stachen, als sie im Zickzackkurs – vorbei an verdutzten Patienten mit Infusionsständern und Rollatoren – durch die Halle rannten. Fast wäre Thang gegen die

Automatiktür geprallt, wenn Klaudia ihn nicht im letzten Augenblick an seiner Jacke zurückgezerrt hätte.

König stand am Ende der Auffahrt und telefonierte. Sein Kittel wehte im Wind.

»Doktor König.« Klaudias Stimme drang krächzend wie eine flügellahme Elster durch den Wind.

Der Arzt drehte sich zu ihnen um, nahm das Smartphone vom Ohr. Seine Augen waren gerötet, und Klaudia würde jeden Eid schwören, dass nicht nur Regen über seine Wangen lief. »Sie haben Ihren Mann angerufen?«

Er nickte.

»Kommen Sie.« Thang berührte ihn am Arm.

Während Thang den Arzt zu ihrem Wagen führte, informierte Klaudia die Berliner Kollegen.

»Du hast Nerven« war alles, was der Kollege sagte, nachdem sie ihm den Sachverhalt geschildert hatte.

»Wer heilt, hat recht.« Klaudia fand, dass dieser Standardspruch ihres Vaters gut passte. »Seht zu, dass ihr wenigstens König erwischt.«

»Worauf du einen lassen kannst.«

Doch die Kollegen kamen zu spät. Sebastian König musste sich direkt nach dem Anruf seines Mannes abgesetzt haben. Eine Barabhebung von zehntausend Euro war die letzte Spur, die er hinterließ.

Eher widerwillig duldeten die Berliner Kollegen Klaudias Anwesenheit bei Jan Königs Befragung. Wie so viele Täter, die in ihre Verbrechen hineingeschlittert waren, wirkte der Arzt erleichtert, dass er endlich alles erzählen konnte. Die Ermordung seiner Schwiegermutter belastete sein Gewissen dabei weniger als seine Beteiligung an der Beseitigung von Tanja Heises Leiche. Er und

Sebastian hatten sie anstelle eines anderen Toten in den Sarg gepackt.

Zwei unbekannte Leichen. Klaudia dachte an ihr Gespräch mit der Ärztin mit den raspelkurzen wasserstoffblonden Haaren.

»Ich hätte sie da nicht hineinziehen sollen«, murmelte Jan König, und Klaudia brauchte einen Augenblick, um zu begreifen, dass er seine Eltern meinte.

»Sie hätten sich selbst da nicht hineinziehen lassen sollen. Sie sind Arzt, Sie haben geschworen, Leben zu schützen.«

Jan König schaute auf. In seinen Augen schimmerten Tränen. Für einen Moment war das Sirren des Computers das einzige Geräusch.

»Sie haben ja recht. Vielleicht wenn ich nur einmal nachgedacht hätte. Aber es ging alles so schnell, und schließlich: Sebastian ist mein Mann.«

»Ja, ja, ich weiß.« Mit einem Ruck schob Klaudia den Stuhl zurück und stand auf. »Bis dass der Tod uns scheidet. – Aber Herr Doktor.« Sie legte die Hände auf die Tischplatte und beugte sich vor, bis sie ihm so nah war, dass sie die Mitesser auf seiner Nase zählen konnte. »Damit ist nicht der Tod eines Menschen gemeint, der Ihnen im Weg steht.«

Ohne sich noch einmal umzuschauen, verließ sie das Verhörzimmer.

Ein grandioser Abgang, wenn nur ihre Knie nicht so gezittert hätten.

Epilog

Mit einem Döner in der Hand schlenderte Klaudia an der KiK Auslage vorbei. Seit dem Wochenende war endlich Sommer.

Die Sonnenbrille hatte sie in die Haare geschoben, und ihr Smartphone versorgte sie mit Celine Dion-Schnulzen. Klaudia hatte herausgefunden, dass Dauerbeschallung das Sirren in ihrem Kopf für Stunden zum Schweigen brachte. Sie zupfte Weißkraut aus ihrem Döner und steckte es sich in den Mund. Der Platz lag menschenleer in der Sonne. Wer irgendwie konnte, war im Schwimmbad oder an einem der Seen. Ein Zug ratterte über die Gleise. Sie schaute auf die Uhr. Zeit, ins Büro zurückzukehren. Arbeiten, wo andere Urlaub machen. Seufzend schob sie sich die Sonnenbrille vor die Augen und ging zur Brücke, die über die Bahngleise führte. Die Sonne brannte auf ihren Scheitel, und Celine Dion sang: *When you want it the most there's no easy way out.*

Kauend summte Klaudia die Melodie mit. *Kein leichter Ausweg*, dieser Satz passte wie die Faust aufs Auge zu ihrem Leben. Aber es ging ihr eigentlich schon viel besser. Die Aktion in Berlin hatte ihr den nötigen Kick gegeben, um in ihrem Alltag wieder Fuß zu fassen. Wenn auch fast zu spät, hatte sie immerhin den Fall noch gelöst. Manchmal tat man eben Dinge gerade noch rechtzeitig. Wie zum Beispiel mit Uwe sprechen. Es war nicht einfach gewesen, aber schließlich hatte sie ihn dazu gebracht, mehr Zeit mit seinen Töchtern zu verbringen. Eine weitere Folge ihres Alleingangs war, dass PH sie nun mit höflicher Vorsicht behandelte. Wahrscheinlich hielt er sie für eine wandelnde Zeitbombe. Selbst Demel hatte sich mit Blumen und einem selbst gestalteten Fotobuch über die schönsten Orte im Spreewald bei ihr entschuldigt, und – was noch viel besser war – er ließ den Finger vom Auslöser, wenn er ihr begegnete. Und das Beste von allem: Seit Annalene ihr erklärt hatte, wie man im Smartphone Absender sperrte, hatte sie auch keine neuen Ultraschallfotos mehr erhalten.

Selbst der Besuch ihres Vaters, der sich mit Conny im Spreewaldeck eingemietet hatte, war mit Hilfe ihres GPS und Demels Fotobuch einigermaßen entspannt verlaufen. Tagsüber hatten sie Ausflüge gemacht und »lecker Fisch« – O-Ton Conny – gegessen und abends *Farkle* gespielt. Ein Würfelspiel mit Suchtfaktor, das eine Gastschülerin aus den USA in die Familie gebracht hatte. So war wenig Gelegenheit gewesen, zu reden, und das war Klaudia sehr recht gewesen.

Sie biss in ihren Döner, und prompt spritzte Joghurtsoße über ihr Kinn. Klaudia streckte den Kopf vor, damit die Soße nicht auf ihrem T-Shirt landete. Wenn sie jetzt noch lernte, unfallfrei zu essen, wäre ihr Leben fast perfekt. Zumindest bei Sonnenschein. Nachts kehrte sie oft in ihren schlimmsten Albtraum zurück. Aber solange es hell und sie beschäftigt war, konnte ihr nichts passieren.

Vor dem Treppenaufgang warf sie die Reste ihres Mittagessens in den Abfall und kramte ihren Transponder aus der Schultertasche.

»Die Letzten beißen die Hunde, was?« Der Kollege hinter dem Sicherheitsglas wischte sich mit einem Tuch den Nacken.

»Wann hast du denn Urlaub?«, fragte sie ihn.

»Nicht vor September.« Seufzend bückte er sich und tauchte mit einer Wasserflasche wieder auf.

»Na dann.« Klaudia winkte ihm zu und stieg die Treppen zu den Büros der Kripo hoch. An Petras Büro hing ein Zettel, dass sie vom 24. Juni bis einschließlich 12. Juli in Urlaub sei und deshalb dringende Archivanfragen an … Es folgten die Namen der Kollegen, die sie wochenweise vertraten. Eigentlich hatte Petra ihren Urlaub mit PM Schreiber abgesprochen, also hatte PH improvisieren müssen. Klaudias Name stand nicht auf der Liste.

Im schmalen Flur staute sich die Hitze, und sie war froh, als sie ihr Büro erreichte. Die schmutzigweißen Lamellen rappelten im Durchzug. Ein Zug rauschte vorbei und ließ die Fensterscheiben klirren. Celine Dion sang *No surrender* und wurde von dem hastigen Tuten unterbrochen, das einen eingehenden Anruf anzeigte.

Klaudias Herzschlag stolperte, als sie Uwes Name im Display las. Es war, als schiebe sich eine dunkle Wolke vor die Sonne. Zögernd drückte sie auf den grünen Hörer.

»Das Krankenhaus hat angerufen. Silke hat Wehen.« Uwes Stimme klang wie durch eine Metallpresse gezogen.

»Aber ist das nicht zu früh?«

»Viel zu früh.« Uwe schluchzte.

Unwillkürlich hielt Klaudia die Luft an. Vor ihren Augen waberten schon schwarze Punkte, als er flüsterte: »Aber sie sagen, wenn sie das Kind jetzt nicht holen, sterben beide.«

Und so stirbt nur Silke. Klaudia sprach den Gedanken ebenso wenig aus wie Uwe. Silke wurde beatmet, damit ihr Kind mit Sauerstoff versorgt war, ernährt, damit ihr Kind wuchs, mit Medikamenten versorgt, damit ihr Blut durch die Plazenta floss. Gewaschen, gewickelt, gewendet, damit der lebende Brutkasten keinen Schaden nahm. Alles für das ungeborene Baby.

»Silke hätte das gewollt«, schluchzte Uwe in den Hörer. Je kleiner seine Hoffnung wurde, dass Silke wieder wach werden würde, umso mehr klammerte er sich an diesen Gedanken. Wahrscheinlich hatte er sogar recht.

»Ich schaff das nicht alleine.«

Bitte nicht. Tränen schossen Klaudia in die Augen. Alles in ihr wehrte sich dagegen, ihr Büro zu verlassen.

»Ich hol dich ab«, sagte sie, bevor alles, was sie verband, zu dem Schweigen wurde, das zwischen ihnen wuchs.

Nach einem kurzen Klopfen öffnete Klaudia die Tür zu PHs Büro einen Spalt breit. Eine elegante Blondine im sommerlichen Leinenkostüm drehte sich zu ihr um und hielt mit der Hand die Haarsträhne zurück, die ihr der auf Hochtouren laufende Tischventilator ins Gesicht blies.

»Entschuldigen Sie, ich muss zum Krankenhaus«, sagte Klaudia zu PH. »Kollege Michalke hat angerufen.«

»Ist es nicht viel zu früh?« PH stellte die Schäfchentasse, die er in der Hand hielt, vor sich auf den Tisch. Seine Schultern sackten nach vorn.

»Ich glaube, wir kennen uns noch nicht.« Die Blondine schien nichts von der Trauer zu bemerken, die PH und Klaudia teilten. Sie stand auf und strich sich den Rock glatt. Abwartend blieb sie vor dem Schreibtisch stehen und musterte Klaudia mit schief gelegtem Kopf.

»Entschuldigen Sie.« PH räusperte sich. »Kriminalobermeisterin Wagner.« Er bewegte kurz die Rechte in Klaudias Richtung. »Staatsanwältin Doktor Demeter-Anders.«

»Abteilung Fünf, Staatsanwaltschaft Cottbus«, ergänzte die Blondine und streckte Klaudia die manikürte Hand entgegen. Trotz der Hitze fühlte sich ihr Händedruck kühl an.

»Ich hab schon viel von Ihnen gehört«, sagte Demeter-Anders mit einem Lächeln, das es nicht über ihre Mundwinkel hinaus schaffte.

Ich auch von Ihnen, dachte Klaudia und musterte die Staatsanwältin. Der Teufel trägt Leinen? Alles an der Staatsanwältin wirkte kühl und gediegen. Sie sah nicht aus, als würde sie sich in der Mittagspause Joghurtsoße aufs Designer-Shirt kleckern. Eher nach: Ich knabbere ein Salatblatt.

»Tatsächlich haben wir gerade über Sie gesprochen.« Die Staatsanwältin zeigte auf den freien Stuhl neben sich.

»Tut mir leid.« Hilfe suchend schaute Klaudia zu PH. »Ich bin in Eile.«

»Ich glaube, Sie sollten sich trotzdem einen Augenblick Zeit nehmen. Was denken Sie, Herr Naumann?«

Klaudia brauchte einen Moment, um zu verstehen, dass die Staatsanwältin PH ansprach.

»Einen Moment solltest du dir nehmen.« PH klang resigniert.

»Um was geht's denn?« Klaudia hatte nicht die Absicht, sich zu setzen.

»Wir haben ein Fax aus Berlin bekommen«, sagte die Staatsanwältin. »Die portugiesischen Kollegen haben Sebastian König festgenommen.«

»Ach.« Nun ließ Klaudia sich doch in den Kunstledersessel fallen. Der Ventilator blies ihr ins Gesicht. »Wo?«

»An der Algarve.«

Klaudia hatte eine Vision von Sonne, Sand, Klippen und Meer. Es gab sicherlich schlechtere Orte auf der Welt, um sich vor der Polizei zu verstecken.

»Und wie …?«

»Kommissar Zufall, wie so oft.« Demeter-Anders zupfte den Saum ihres Rockes zurecht. »Ein ehemaliger Geschäftspartner seines Vaters hat ihn in einem Restaurant erkannt. In Santa Bárbara de Nexe.« Die Staatsanwältin sprach den Ortsnamen mit rollendem R aus.

»Shit happens.« Vielleicht war ein Ort, wo andere Urlaub machen, doch nicht die erste Wahl, um sich zu verstecken. »Ich hätte nicht gedacht, dass sie ihn so bald finden. Danke für die Info.« Klaudia stemmte sich aus dem Sitz in die Höhe. Die Jeans klebte ihr am Hintern.

»Lassen Sie sich nicht aufhalten.« Die Staatsanwältin lächelte, als sei eine Audienz beendet.

Zu Klaudias Überraschung stieg nicht nur Uwe in ihren Peugeot, sondern mit ihm Annalene und Bhanu. Am Krankenhaus warteten Silkes Eltern auf sie.

Warum ich?, revoltierte eine Stimme in Klaudia, dabei wusste sie die Antwort: Joe war tot. Silke würde sterben, nur Uwe und sie hatten überlebt.

Eine Frau erwartete sie im Krankenhaus und stellte sich als Klinikseelsorgerin vor. Sie führte sie in einen Vorraum, der kühl war nach der Hitze draußen. Wenn alles vorbei sei, würden die Ärzte zu ihnen kommen, sagte sie und setzte sich mit ihnen auf die Kunstledersitze. Silkes Eltern hielten sich bei den Händen. Bhanu und Annalene saßen eng an ihren Vater geschmiegt. Klaudia starrte auf ihre Hände. In ihrem Kopf brummte der Tinnitus wie eine fette Fliege. Jede Minute klackte der Zeiger der Uhr, die hinter ihr an der Wand hing, scheinbar ohrenbetäubend laut. Klack. Klack. Klack. Klaudia versuchte mitzuzählen, aber ihre Konzentrationsfähigkeit reichte nicht aus.

Und schließlich war es so weit: Zwei grün vermummte Gestalten schoben ein Plexiglasbett mit blinkenden Monitoren und Geräten durch die automatische Tür, die zum OP führte. Sofort waren alle auf den Beinen.

Klaudia begriff nicht, dass dieser Körper, der mit durchsichtiger Folie abgedeckt war, die bei jedem Piepen des Monitors zitterte, ein menschliches Wesen war. Die Haut des Kindes war so dünn, dass die Venen durchschimmerten.

Ein Junge, hörte sie die Ärztin sagen.

»Mein Gott.« Silkes Mutter barg ihr Gesicht im Arm ihres Mannes.

Bhanu drückte sich an Annalene, deren Lippen zitterten. Uwe schwankte, als würde er gleich umfallen.

»Sie können ihn anfassen.« Die rundliche Schwester nahm Uwes Hand und führte sie zum Fuß des Kindes, der unter der Folie hervorlugte. Uwes Zeigefinger berührte die durchscheinenden Zehen. Für einen Moment verweilte er da, dann zog er ihn zurück.

»Ihr auch?«, fragte die Schwester.

Zögernd schaute Bhanu zu ihrer Schwester. Erst als Annalene nickte, streckte sie die Hand aus. Die Schwester ergriff sie und führte sie zu dem kleinen Fuß, dessen Zehen sich streckten.

»Er ist warm«, flüsterte Bhanu.

Annalene schüttelte den Kopf und trat einen Schritt zurück, als die Schwester sie anschaute.

Klaudia umklammerte sich mit beiden Armen, um nicht auseinanderzubrechen.

»Wird er leben?«, fragte Silkes Mutter. Am Arm ihres Mannes wagte sie sich näher an diese Plexiglasinsel heran, in der ihr jüngstes Enkelkind unter durchsichtiger Folie lag.

»Er gibt sich auf jeden Fall Mühe«, antwortete die Ärztin. Eine weitere Frau im grünen Kittel trat aus dem OP. Sie winkte der Seelsorgerin.

»Sie können jetzt zu Ihrer Frau.« Die Seelsorgerin legte Uwe die Hand auf die Schulter.

»Ja.« Uwes Lippen zitterten. Er straffte die Schultern und griff nach den Händen seiner Töchter.

Klaudia trat zur Seite, um die drei vorbeizulassen.

My heart will go on.

Danksagung

Eine Geschichte zu schreiben ist wie eine Reise in eine fremde Welt. Stellvertretend für die vielen Menschen, die mir Weggefährten, aber auch Wegweiser waren, möchte ich an dieser Stelle einigen von ihnen danken:

Dem Team der Polizeiwache Lübben danke ich für die freundliche Aufnahme, die Geduld, die sie mit mir hatten, und für den Flaschenöffner. Er hat einen Ehrenplatz auf meinem Schreibtisch.

Heike König und Steffi Fritz danke ich für das kritische Lesen der ersten Fassung.

Meiner Freundin Elke Pistor danke ich für das Machtwort, das sie gesprochen hat.

Meinem Agenten Herrn Molden danke ich für die Unterstützung und das stets offene Ohr.

Meiner Lektorin Frau Pagel danke ich für die vielen guten Ideen und dem Ullstein Verlag für die Zusammenarbeit und das in mich gesetzte Vertrauen.

Und zum Schluss möchte ich dem Menschen danken, ohne den ich eine andere wäre. Meinem Mann.

Nele Neuhaus

Böser Wolf

Kriminalroman.
Taschenbuch.
Auch als E-Book erhältlich.
www.ullstein-buchverlage.de

*»Frau Neuhaus aus dem Taunus lehrt uns das
Gruseln mit Einblicken in trügerische Idyllen.«*
Brigitte

An einem heißen Tag im Juni wird die Leiche einer
16-Jährigen aus dem Main bei Eddersheim geborgen. Sie
wurde misshandelt und ermordet, und niemand vermisst sie. Auch nach Wochen hat das K 11 keinen Hinweis auf ihre Identität. Die Spuren führen unter
anderem zu einer Fernsehmoderatorin, die bei ihren
Recherchen den falschen Leuten zu nahe gekommen ist.
Pia Kirchhoff und Oliver von Bodenstein graben tiefer
und stoßen inmitten gepflegter Bürgerlichkeit auf einen
Abgrund an Bösartigkeit und Brutalität. Und dann wird
der Fall persönlich.

Inge Löhnig

Deiner Seele Grab

Kriminalroman.
Taschenbuch.
Auch als E-Book erhältlich.
www.list-taschenbuch.de

Denn es ist böse.

Ein Mörder, der sich selbst als Samariter bezeichnet,
sucht in München nach Opfern. Sein Ziel: alte Menschen. Was treibt diesen verblendeten Erlöser an?
Glaubt er, Gutes zu tun?
Auf der Suche nach ihm gerät Kommissar Konstantin
Dühnfort auf die Spur der geheimnisvollen Elena, die
nur eines will: Rache. Sind sie und der Samariter ein
Team? Plötzlich ist sie verschwunden. In seiner Not
provoziert Dühnfort den Mörder gezielt ...

List